LANA ROTARU

Seven SINS

STOLZE SEELE

© privat

Lana Rotaru lebt zur Zeit mit ihrem Ehemann in Aachen. Der Lesewahnsinn begann bei ihr bereits in früher Jugend, die sie Stunde um Stunde in einer öffentlichen Leihbibliothek verbrachte. Nun füllen Hunderte von Büchern und E-Books ihre Wohnzimmer- und E-Reader-Regale und ein Ende ist nicht in Sicht. Eine Lesepause legt sie nur ein, wenn sie gerade selbst an einem neuen Roman schreibt.

Hochmut ist's, wodurch die Engel fielen,
woran der Höllengeist den Menschen fasst.
– Friedrich Schiller († 1805)

WAS BISHER GESCHAH …

Mein Name ist Avery Marie Harper und bis gestern dachte ich, ich sei eine ganz normale Highschool-Schülerin. Doch dann erfuhr ich von Dingen, die außerhalb meiner Vorstellungskraft lagen. Zum Beispiel ist mein bester Freund Adam ein Engel. Mein Schutzengel, genau genommen. Er wurde auf die Erde geschickt, um auf mich aufzupassen.

Wieso?

Weil mein Vater, der mich und meine Mom vor zwölf Jahren verließ, meine Seele an den Teufel verkauft hat, um seine Schauspielkarriere anzutreiben. Der Vertrag sollte pünktlich an meinem achtzehnten Geburtstag mit meinem Tod in Erfüllung gehen, doch als der dämonische Kopfgeldjäger Nox kam, um meine Seele einzukassieren, klärte Adam mich auf, es gäbe eine Klausel, die mir die Möglichkeit bot, um meine Freiheit zu kämpfen. Dafür muss ich sieben übernatürliche Prüfungen bestehen und anschließend gegen Luzifer persönlich antreten.

Leider wurde mir der Haken an der Geschichte erst offenbart, nachdem ich den Prüfungen zugestimmt hatte. Dank mir verloren Adam und Nox ihre jeweiligen Fähigkeiten sowie die Unsterblichkeit. Gemeinsam mit mir sind auch sie nun an die Prüfungen gebunden. Das bedeutet: Wenn einer von uns dreien stirbt, landen wir alle für immer im Höllenschlund.

TEIL 1

EINS

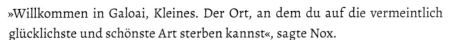

»Willkommen in Galoai, Kleines. Der Ort, an dem du auf die vermeintlich glücklichste und schönste Art sterben kannst«, sagte Nox.

Zögerlich senkte ich meinen Arm und blinzelte. Ich brauchte einen Moment, bis mein Verstand realisierte, was meine Augen wahrnahmen. Unbewusst, als würde mich jemand oder etwas zu sich rufen, wollte ich loslaufen. Ich wollte mir das alles ganz genau ansehen. Mir jedes Detail einprägen. *So was habe ich noch nie gesehen.*

»Nicht so schnell, Kleines.« Nox verstärkte den Griff um meine Hand und zwang mich stehen zu bleiben. »Du solltest lieber hinter mir bleiben. Feen spüren die Anwesenheit von Menschen. Wir werden also nicht lange unentdeckt bleiben. Ich will diesen Moment aber so lange wie möglich hinauszögern. Und wenn es dann doch so weit ist, solltest du nicht unbedingt als Erstes gesehen werden.«

Neugierig studierte ich Nox' Gesichtszüge. Er sah mich ernst an, wirkte jedoch nicht sonderlich aufgebracht oder angespannt. Entweder hatte er sich mit dem Umstand abgefunden, dass wir dieses Abenteuer gemeinsam bestreiten würden, oder er hatte zuvor einfach überreagiert.

Ich nickte. »Okay, dann geh vor. Ich bleibe dicht hinter dir.« Jetzt, da ich endlich wieder alles um mich herum klar und deutlich sehen konnte, kam es mir falsch vor, Nox' Hand zu halten. Doch als ich meine Finger aus seinen löste, zuckte ein undefinierbarer Ausdruck über sein Gesicht. Ehe ich mir Gedanken machen konnte, was das zu bedeuten hatte, kehrte Nox mir erneut den Rücken zu. Wortlos machte er sich auf den Weg, geradewegs auf das Licht zu.

Unvermittelt folgte ich ihm und konzentrierte mich auf den Weg. Zumindest bis ich die ersten Meter in dieser unwirklichen Welt hinter mich gebracht hatte. Mit jedem weiteren Schritt driftete meine Aufmerksamkeit ab, bis sie gänzlich auf meine neue und reizüberflutende Umgebung gerichtet war. Mein Verstand hatte Schwierigkeiten, die vielen Sinneseindrücke zu verarbeiten, und konzentrierte sich zunächst auf das, was sich meinen Augen bot.

Ich befand mich in einem Wald, dessen war ich mir sicher. Ich sah Bäume, Sträucher und Büsche, die aus dem Boden wuchsen, bemerkte Gras und Laub, die unseren Weg pflasterten und unter meinen Schuhsohlen knirschten, als ich darüber schritt. Aber damit hörte die Ähnlichkeit zu den Wäldern, die ich kannte, auch schon auf. Die Baumstämme und Äste hier waren nämlich nicht braun und aus knorriger Rinde, sondern besaßen eine tiefschwarze Farbe und glatte und glänzende Oberflächen. Sie schimmerten durchsichtig, als wären sie aus Glas geblasen. Ein wenig erinnerte mich das Material an Onyxgestein, über das wir irgendwann einmal im Geografieunterricht gesprochen hatten.

Die Blätter hier waren nicht aus einem saftigen, hellen Grün, sondern besaßen eine tiefe und dunkle Farbe wie Flaschenglas. Dabei schimmerten sie metallisch, als hätte man sie mit Autolack veredelt, und verursachten ein diffuses Licht, als wäre es bereits später Nachmittag und die Sonne gerade im Begriff unterzugehen. Die dichten Baumkronen verstärkten diesen Eindruck. Sie ragten hoch in den Himmel und überspannten uns wie ein Baldachin mit ihrem Blätterkleid. Woher das grelle Licht gekommen war, das mich eben noch geblendet hatte, konnte ich unmöglich erklären.

Als Nächstes konzentrierte ich mich auf den Geruch, der mich umgab. Es duftete nach Holz, Laub, Harz und feuchter Erde, jedoch so intensiv, dass es meine Sinne benebelte und mir Kopfschmerzen bereitete. Auch das unentwegte Knirschen unter meinen Schuhsohlen kratzte unangenehm an meinem Nervenkostüm. Dennoch konnte ich nicht aufhören, jedes noch so kleine Detail in mich aufzusaugen.

Den Kopf in den Nacken gelegt drehte ich mich um meine eigene Achse und nahm immer mehr von der bizarren und ungewohnten Schönheit dieses Waldes auf. Dabei bemerkte ich, dass der Eingang zur Kapelle verschwunden war.

Mir bot sich keine Möglichkeit, diesen Gedanken weiterzuverfolgen, denn im selben Moment entdeckte ich Vögel, so farbenfroh und schillernd, dass ich meinen Augen nicht traute. Doch sobald ich versuchte ihre Einzigartigkeit als Erinnerung festzuhalten, schlugen sie mit ihren Flügeln und schossen wie Gewehrkugeln durch das dichte Blätterdach. Es schien fast so, als wüssten sie, was ich vorhatte, und waren zu scheu, mir diesen Gefallen zu tun.

Ich hielt mich nicht an dem Gedanken auf, denn zum einen hatte ich Nox versprochen, ihm nicht von der Seite zu weichen, und zum anderen gab es zu viel anderes, das ich unbedingt noch sehen musste. Da waren zum Beispiel Sträucher, die rechts und links unseren kleinen Pfad säumten und mich zum Teil überragten. Ihre Blätter schimmerten dunkelgrün, doch sobald ich mich abwandte, bemerkte ich aus den Augenwinkeln, dass ihre Farbe ein sattes Mitternachtsblau annahm. Richtete ich meine Konzentration erneut auf das Blätterwerk, präsentierte sich mir ein wunderschönes Tannengrün.

Dieses verwirrende Phänomen blieb nicht das Einzige, was mich faszinierte. Da waren auch noch die faustgroßen Früchte, die in allen Regenbogenfarben leuchteten, als wären sie einem modernen Kunstgemälde entsprungen. Trotz der ungewöhnlichen Farben sahen sie dermaßen köstlich aus, dass sich mein Magen daran erinnerte, viel zu lange nichts mehr bekommen zu haben.

Obwohl ich kein Fan von Obst war, fiel mir eine orangefarbene Frucht ins Auge, die ich unbedingt probieren musste! Ich streckte gerade meine Hand danach aus, als Nox, der nur wenige Meter vor mir lief, stehen blieb, zu mir zurückkam, mein Handgelenk packte und mich schmerzhaft zu sich herumdrehte. In seinem Blick lagen blanke Raserei und Panik.

»Was machst du da?«

»Ich ...« Ich wusste nicht, was ich sagen sollte. Mit einem Mal hatte ich unerträgliche Kopfschmerzen und mir wurde schwindelig. Doch je länger ich Nox in die Augen sah, desto mehr lichtete sich der Nebel in meinem Kopf und meine Gedanken begannen wieder zu arbeiten. *Was hat er gefragt?*

Nox seufzte resigniert, senkte den Kopf und murmelte etwas, das nach »Das fängt ja gut an!« klang. Als er wieder aufsah, wirkte er genervt. »Okay, hier eine neue Regel: Fass nichts an! Also wirklich gar nichts! Selbst wenn du kurz vorm Verhungern oder Verdursten sein solltest, nimm auf keinen Fall irgendetwas zu dir! Hast du mich verstanden?! Die Konsequenzen sind unvorhersehbar.«

»Aber ...« In meinem Kopf tobte ein Wirbelsturm an Gedanken und Emotionen. Leider erschien mir alles derart durcheinander, dass ich unmöglich sagen konnte, aus welchen Bestandteilen sich das Chaos zusammensetzte. »Ich wollte doch gar nichts anfassen«, verteidigte ich mich kläglich.

Wie kommt er darauf?

Nox' Blick huschte nach links, wo direkt neben uns ein knapp zwei Meter hoher Strauch aufragte. Als ich ebenfalls in die Richtung sah, schluckte ich ertappt. Meine Fingerspitzen, die wegen Nox' Griff immer noch bewegungsunfähig in der Luft schwebten, waren nur wenige Zentimeter von einem leuchtend orangen Edelstein entfernt, der sich kontrastreich von seinem dunklen Untergrund abhob. Ich wusste nicht, weshalb ich danach gegriffen hatte, aber es ließ sich nicht abstreiten, dass es so gewesen war.

Als ich wieder zu Nox blickte und mit einem Nicken mein Einverständnis bezüglich der neuen Regel bekundete, ließ er meine Hand los und wandte sich ruckartig von mir ab. Ich hatte das Gefühl, ihn enttäuscht zu haben.

»Los, komm. Wir haben keine Zeit zu verlieren. Und versuche dich nicht alle fünf Minuten in Schwierigkeiten zu bringen. Verstanden?!« Anstatt eines mitschwingenden Grinsens, wie ich es von ihm gewohnt war, nahm ich ausschließlich Gereiztheit in seiner Stimme wahr.

Ich fühlte mich wie ein kleines Kind, das man beim Stehlen erwischt hatte. Dabei hatte ich gar nicht vorgehabt, nach dem Klunker zu greifen.

Oder?

Traurigerweise konnte ich es nicht genau sagen.

Aber wieso sollte ich den Stein anfassen wollen?

Ich machte mir nichts aus Schmuck. Ich hatte ja nicht einmal Ohrlöcher!

Sosehr ich es auch versuchte, ich konnte mir mein Handeln nicht erklären. Und erst recht hatte ich keine Ahnung, was passiert war. Ich erinnerte mich nur daran, dass ich aus dem Kapelleneingang getreten war, und dann hatte Nox mich wie eine Schwerverbrecherin auf frischer Tat ertappt.

Gern hätte ich ihn nach Details gefragt, aber er schien beschlossen zu haben, seiner schlechten Laune zu frönen. Und da wir beide nicht wussten, wie lange diese Reise dauern würde, wollte ich keinen unnötigen Stress heraufbeschwören. Bei Nox wusste ich nie, was er als Nächstes tun oder sagen würde. Er hatte das unnachahmliche Talent, auf ein und denselben Satz in verschiedenen Situationen auf zig denkbare Arten zu reagieren. *Seine Stimmungsschwankungen sind anstrengender als eine Magen-Darm-Grippe während der Periode.*

Schweigsam folgten wir dem schmalen Pfad, der sich zwischen Bäumen und Sträuchern hindurchwand. Dabei achtete ich penibel darauf, meinen Blick auf den Boden zu richten, um eine Wiederholung dieser abstrusen Juwelenaffäre zu vermeiden. Leider war das gar nicht so einfach. Je tiefer wir in den Wald hineinliefen, desto enger wurde der Weg und desto ausschweifender die Botanik. Hätten Nox und ich anfangs noch problemlos nebeneinanderher gehen können, war es in diesem Waldabschnitt bereits für meinen schmalen Körper eine Herausforderung, nicht an jedem hervorstehenden Ast hängen zu bleiben. Doch genau das versuchte ich krampfhaft, denn die Blätter machten nicht nur einen verdammt scharfkantigen Eindruck, sie waren es auch. Jede Berührung, mochte sie noch so kurz und zaghaft sein, schmerzte wie ein Skalpellschnitt. Und auch wenn aus den feinen und fast unsichtbaren Schnitten kaum mehr als ein oder zwei Tropfen Blut hervorquollen, brannten die Wunden qualvoll. Der Schweißfilm auf meiner Haut, der sich wegen der ungewohnt hohen Luftfeuchtigkeit gebildet hatte, steigerte den Schmerz exponentiell.

Erneut beneidete ich Nox um seine Lederjacke, die er bereits auf dem Weg zum Parkplatz angezogen hatte, nachdem wir Alyssa und Adam verlassen hatten. Ihre langen Ärmel waren ein hervorragender Schutz.

Unvermittelt blickte ich auf meine Arme und Beine hinab. Meine helle Haut war von unzähligen roten Strichen übersät und ich musste den Wunsch unterdrücken, das Brennen mit Spucke zu lindern. Eine Infektion konnte ich jetzt wirklich nicht gebrauchen.

Ich sehe aus, als hätte ich mir einen Cat Fight geliefert. Mit echten Katzen.

Mit jedem weiteren Schritt fiel es mir schwerer, Schmerzenslaute zu unterdrücken. Doch ich presste die Zähne fest zusammen und ließ mir meine Qualen nicht anmerken. *Du wolltest hierher! Jetzt beschwer dich nicht, Avery!*

Nach einigen weiteren Minuten blieb Nox wie vom Blitz getroffen stehen und sah sich irritiert um. Ich blieb ebenfalls stehen und bemerkte, wie sein Kopf hin und her ruckte, als würde er der Flugbahn einer betrunkenen Mücke folgen.

»Nein! Verdammt! Nein! Nein! Nein!«

Jedes seiner Worte schallte wie ein Donnergrollen durch den Wald. Blitzschnell richtete er seine Aufmerksamkeit auf einen der massiven Bäume und schlug mit beiden Fäusten mehrmals mit erschreckender Intensität und Geschwindigkeit darauf ein. Bereits nach dem dritten Schlag zierte ein Netz aus dünnen Linien das dunkle Material. Das feine Geflecht schimmerte rot und im ersten Moment dachte ich, der Baum würde bluten, doch als ich Nox' Fingerknöchel sah, wurde mir mein Irrtum bewusst. Seine Haut war aufgeplatzt und frisches, leuchtend rotes Blut rann über seine Hand. Er selbst schien es gar nicht zu registrieren, als er sich mit wutverzerrtem Gesicht zu mir umwandte.

»Das ist deine Schuld! Wenn ich nicht deinetwegen in den Tunnel zurückgemusst hätte, wäre das nicht passiert!« Nox' Augen loderten gleißend hell auf und ich wich zurück. Noch nie zuvor hatte ich eine solche Angst vor ihm gehabt. »Ich wollte dich von Anfang an nicht dabeihaben, weil ich wusste, dass du mir nur im Weg stehen würdest.«

Er folgte mir. Mit jedem seiner Worte kam er näher, bis ich nicht weiter zurückweichen konnte. Doch selbst dann hörte er nicht auf. Wie eine Dampflok presste er seinen Körper gegen meinen und keilte mich zwischen sich und einem Baumstamm fest. Er hob seine Arme und stützte sie rechts und links direkt neben meinen Schläfen an dem Baum ab. Es war mir unmöglich, meinen Kopf wegzudrehen, selbst wenn ich es gewollt hätte. Im Moment war ich viel zu ängstlich, um den Höllendiener aus den Augen zu lassen.

»Ihr Menschen seid nur Ballast«, spie er mir fauchend entgegen und sein heißer Atem prickelte auf meiner wunden Haut. »Am liebsten würde ich dich hier stehen lassen und in die Menschenwelt zurückgehen, um die letzten Stunden meines Daseins mit willigen Frauen zu verbringen. Aber nein, stattdessen muss ich den Babysitter für dich spielen!«

Ich wusste, er wollte mich mit seinen Worten verletzen. Und genau deshalb konnte ich es nicht zulassen. Dennoch spürte ich den Schmerz wie einen brennenden Schürhaken, den man mir in die Brust gerammt hatte. Ich hatte keine Ahnung, was passiert war, aber es konnte unmöglich eine plausible Erklärung für seine hasserfüllten Beleidigungen geben.

»Was ist denn los? Wieso bist du auf einmal ...« *So grausam!* »... ein noch größerer Arsch als sonst?«

Nox sollte auf keinen Fall erfahren, wie sehr mich sein Ausbruch traf. *Ich dachte ehrlich, wir könnten uns endlich zusammenraufen! Gott, bin ich dämlich!*

»Was passiert ist?« Nox schnaubte herablassend und verengte seine Augen zu schmalen Schlitzen. Sein Blick bohrte sich wie ein Assassinendolch in meinen. »Die Fee ist verschwunden! Der einzige Grund, weshalb wir überhaupt an diesem Ort sind und unser Leben riskieren, ist abgehauen!«

»Was?« Das Wort kam nur keuchend über meine Lippen. Zum Teil lag das an der neuesten Entwicklung unserer Situation, aber Nox' massiger Körper, der mir allmählich die Luft abdrückte, hatte auch einen gewissen Anteil daran. »Das kann nicht sein! Wo ist sie hin?«

»Woher soll ich das wissen? Ich war schließlich nicht hier, als sie verschwand.« Nox fluchte ein weiteres Mal. »Das ist echt ätzend. Jetzt muss ich nicht nur aufpassen, dass du dich nicht aus Versehen umbringst, nein, ich muss auch noch diese dämliche Fee suchen!«

Erst ließ Nox seine Arme sinken, dann befreite er meinen Körper, indem er einen Schritt zurück machte. Dabei wandte er seinen Kopf zur Seite und sah sich suchend um. Immerhin entspannte sich seine Mimik dabei minimal, sodass er nicht länger wie ein durchgeknallter Serienkiller aussah, sondern eher wie ein ausgehungerter Tiger, dem man seinen Frühstückskadaver wegnehmen wollte.

Ich öffnete den Mund, um etwas zu sagen, schloss ihn jedoch wieder. Was auch immer ich im Augenblick sagen könnte, es würde Nox nicht beschwichtigen. Was hätte ich auch sagen sollen? Schließlich war nicht ich diejenige gewesen, die Harmony allein hier zurückgelassen hatte.

Er ist zurückgegangen, um dich zu suchen!

Wieder war da ein Teil meines Verstandes, der Nox in Schutz nahm. Allmählich begann dieser Teil mich zu nerven.

Nox kehrte mir den Rücken zu, weiterhin auf der Suche nach Harmony. Als er sprach, klang er ruhiger. Immer noch extrem wütend, aber ruhiger. »Wenn wir Glück haben, hat sie ihr Bewusstsein wiedererlangt und irrt nun irgendwo in der Gegend herum. Wenn nicht ...« Der Rest des Satzes blieb unausgesprochen, aber ich wollte ihn hören. Auch wenn ich mir denken konnte, was er hatte sagen wollen.

»Und wenn nicht? Was ist die Alternative, Nox? Was passiert, wenn Harmony von irgendwem gefunden wurde?«

Langsam, als hätte der Höllendiener alle Zeit der Welt, drehte er seinen Kopf zur Seite. Er sah mich nicht an, aber ich erkannte in seiner Mimik, wie viel Kraft es ihn kostete, nicht erneut in eine Raserei zu verfallen. »Dann, Kleines, ist sie längst tot. Ebenso wie wir, wenn wir noch länger hierbleiben.«

In einer blitzschnellen Bewegung, mit der ich nicht gerechnet hatte, griff Nox nach meinem Handgelenk und lief los. Ich war so überrumpelt, dass ich ihm nur hinterherstolpern konnte. Dabei blieb mir keine Chance, den immer dichter werdenden Ästen und Blättern auszuweichen. Ich konnte nur den Kopf senken und die Schultern anheben, um wenigstens mein Gesicht zu schützen. Dabei fragte ich mich, wozu ich ein unversehrtes Gesicht brauchte, wenn mein restlicher Körper aussah, als hätte mich ein Panzer durch ein Meer aus Stacheldraht gezogen.

In einem scheinbar wahllosen Kurs lief Nox von links nach rechts und wieder zurück. Ich hatte längst die Orientierung verloren und falls er seine Drohung wahr machte und mich allein zurückließ, wäre ich aufgeschmissen.

Nach einer schier endlosen Zeit ließ Nox meine Hand los, als hätte er keine Kraft oder keine Lust mehr, meinen Fremdenführer zu spielen, und blieb einfach stehen. Dann tat er etwas, was ich niemals von ihm erwartet hätte.

Er ließ die Schultern hängen.

Mehrere Sekunden lang stand er stumm vor mir und ich wagte es kaum zu atmen. Sein Anblick verstörte mich mehr als alles, was ich bisher gesehen hatte. Ich konnte mit einem wütenden, zornigen, eingebildeten, arroganten, selbstverliebten und, ja, sogar flirtenden Nox umgehen. Aber mit einem verzweifelten? Nein, das überforderte mich. Zum Glück hatte Nox sich schnell wieder unter Kontrolle. Als er mich ansah, wirkte seine Mimik ausdruckslos.

»Komm. Wir müssen uns ein Lager suchen, ehe es Nacht wird.«

Ohne auf meine Reaktion zu warten, wandte er sich nach rechts und marschierte los, ohne sich davon zu überzeugen, ob ich ihm folgte. Mit einem leisen Seufzen machte ich mich auf den Weg.

»Was passiert nachts?«

»Glaub mir einfach. Du willst nicht im Finsterwald sein, wenn es Nacht wird.«

Mit diesen kryptischen Worten schlug Nox einen Haken nach links und quetschte sich durch zwei eng beieinanderstehende Büsche. Seine Jeans und die Lederjacke schützten ihn, ich jedoch war den scharfen Blättern schutzlos ausgeliefert. Ich sah mich nach einer Ausweichmöglichkeit um, aber ich war von dunkelgrünen Wänden umgeben. *Mir bleibt keine Wahl!*

Also schloss ich meine Lider und atmete tief durch. Wenn ich den Gedanken an die bevorstehenden Schmerzen verdrängte, würde ich es schaffen hindurchzulaufen. *Es wird auch nur ganz kurz wehtun! Wie bei einer Spritze. Nur ein kurzer Piks.*

Mit dieser Ermunterung folgte ich Nox. Je schneller ich hindurch war, desto besser!

Die Qual war schlimmer als befürchtet. Wie brennende Quallententakel peitschten die zurückschnellenden Äste gegen meinen Körper. Ein Ast, den Nox beim Hindurchschlüpfen nach vorn gebogen hatte, schoss zurück und traf meine linke Seite. Der einsetzende Schmerz fühlte sich an, als hätte ein Samuraischwert meine Taille durchtrennt. Ich presste eine Hand gegen die pochende Stelle und die andere zur Faust geballt gegen meinen Mund. Trotz meines Versuchs, einen Aufschrei zu unterdrücken, entwich mir ein Stöhnen. Der Laut zeugte von Erleichterung und gleichzeitigem Schmerz, als ich endlich aus dieser Folterkammer herausstolperte und auf die Knie fiel.

»Was ...?« Nox drehte sich zu mir herum und verstummte augenblicklich. Der Ärger wich aus seinem Blick. Seine Augen weiteten sich und seine Lippen formten sich zu einem unterdrückten Fluch. Mit wenigen Schritten war er bei mir und kniete neben mir nieder. »Verdammt, Kleines! Bist du lebensmüde? Wieso rennst du durch einen Feuerstrauch?«

Er zog seine Lederjacke aus und legte sie mir vorsichtig über die Schultern. Auch wenn seine Geste lieb gemeint war, hasste ich ihn für diese Tat. Der seidige Innenstoff war zwar warm und weich, aber nass geschwitzt, und die Berührung verursachte mir unermessliche Schmerzen. Ich war nicht einmal in der Lage, einen sarkastischen Kommentar hervorzubringen. Stattdessen sagte ich das Erste, was mir in den Sinn kam.

»Du bist doch auch hindurchgegangen. Und da du mich sowieso schon als Ballast empfindest, wollte ich nicht ...« Ich verstummte und senkte den Kopf. Laut ausgesprochen kam mir meine Erklärung ziemlich kindisch vor. Aber Nox' Worte hatten mich zutiefst getroffen. Ich verabscheute den Gedanken, jemandem zur Last zu fallen. Weder brauchte ich einen Beschützer noch einen Babysitter. Im Zweifel würde ich schon irgendwie zurechtkommen oder eben bei dem Versuch sterben. Aber dieses Schicksal konnte mich genauso gut an Nox' Seite ereilen. Auch der Höllendiener war kein Garant fürs Überleben.

Er gab ein schnalzendes Geräusch von sich. »Erstens trage ich Kleidung, die meinen gesamten Körper bedeckt. Zweitens macht mir das Gift nichts ...«

Den Rest seiner Worte verstand ich nicht. Als hätte mir jemand einen Hieb an den Hinterkopf verpasst, verschwamm schlagartig meine Sicht und ich vernahm nur noch Rauschen, wie bei einem schlecht eingestellten Radio.

»Nox?« Meine Stimme klang fremd. Mechanisch und verzerrt. »Mir ist ...« Ich begann zu würgen. Das Stadium der Übelkeit hatte ich übersprungen und war gleich zum Finale übergegangen. Entsetzt schlug ich die Hände vor den Mund, aber das half nicht, die bittere Flüssigkeit, die sich meinen Hals hinaufkämpfte, zurückzuhalten. Mit dem nächsten Würgen quoll der warme, nach Eisen schmeckende Mageninhalt durch meine Lippen. Die leuchtend rote Farbe und die dickflüssige Konsistenz überraschten mich. Noch während ich die Flüssigkeit durch meine Finger rinnen sah, fiel ich in ein schwarzes Loch. Eine höhnische Stimme in meinem Kopf war das Letzte, was ich hörte.

Du hast verloren, Avery. Jetzt gehört ihr mir!

ZWEI

Wenn ich tot war, befand ich mich ganz sicher in der Hölle. Anders waren diese Schmerzen nicht zu erklären. Als hätte ich Rasierklingen geschluckt, konnte ich förmlich spüren, wie ich von innen heraus aufgeschlitzt wurde und elendig verblutete. Ich wollte schreien und meiner Qual Ausdruck verleihen, doch es kam kein Ton heraus. Was logisch war, schließlich mussten die Rasierklingen auf ihrem Weg in meinen Körper meine Stimmbänder zerstückelt haben. Als Alternative versuchte ich meine bleischweren Gliedmaßen zu bewegen, aber auch diese gehorchten mir nicht. Dafür spürte ich ein unangenehmes Kribbeln in meinen Finger- und Zehenspitzen. Es fühlte sich an, als wären sie eingeschlafen. *Kündigt sich Blutverlust nicht auf diese Art an?* Vielleicht hatten aber auch sadistische Dämonen meine Sehnen und Nerven durchtrennt. Hatte Nox nicht einmal so etwas erwähnt? Oder hatte ich davon im Geschichtsunterricht gehört?

Ich war mir nicht mehr sicher. Egal, wessen Idee das auch gewesen war, derjenige hatte gute Arbeit geleistet. Das Gefühl war subtil und im Vergleich zu den anderen Schmerzen kaum erwähnenswert. Dennoch war es viel qualvoller, da es langsam, dafür aber tiefgehend an den Nerven zerrte.

Zum Glück erlöste mich eine weitere Ohnmacht von dieser Qual.

***

Ich wusste nicht, wie lange ich diesmal in der Dunkelheit verbracht hatte, doch es war bei Weitem nicht lange genug. Als ich wieder zu Bewusstsein kam, war der Schmerz gerade mal etwas erträglicher geworden. Das Kribbeln hatte sich bis in meine Finger- und Zehenspitzen ausgebreitet. Dafür hatte das lodernde Brennen in meinem Inneren aufgehört. Leider konnte ich mir keine Gedanken darüber machen, ob das ein gutes oder ein schlechtes Zeichen war, denn kaum hatte ich diesen Zustand registriert, fiel ich wieder in die gnädige Dunkelheit der Bewusstlosigkeit.

***

Als ich das nächste Mal zu Bewusstsein kam, bemerkte ich, dass sich etwas verändert hatte. Das Rauschen in meinen Ohren hatte nachgelassen und ich hörte Geräusche.

Regen?

In der Hölle?

Unmöglich!

Oder?

Um ehrlich zu sein, wusste ich es nicht. Woher auch? Nox hatte mir deutlich zu verstehen gegeben, dass meine Vorstellungen von Hollywood geprägt waren und nichts mit der Realität zu tun hatten. Aber das Prasseln von Wasser war unverkennbar. Es war so deutlich, als würden zahlreiche kleine Tropfen direkt neben meinem Ohr zerplatzen. Gleichzeitig bemerkte ich, dass das Kribbeln nachgelassen hatte. Ebenso wie der restliche Schmerz in meinem Körper. Es war mir zwar immer noch unmöglich, meine Gliedmaßen wie auch meine Lider zu bewegen, aber ich genoss den kurzen Moment der Erholung. Ich war mir sicher, dass das zu dem grausamen Plan meiner Folterknechte gehörte und sicherlich jeden Moment enden würde.

Mit diesem Gedanken im Hinterkopf tauchte ich erneut in die emotions- und gefühllose Kälte der Bewusstlosigkeit ab.

***

»Verdammt!«

Der leise Fluch erweckte mich aus meinem Schlaf.

Schlaf?

Hatte ich wirklich geschlafen? Vermutlich. Zumindest hatte ich einen verrückten Traum gehabt. Ich war mit Nox unterwegs gewesen. In einem Wald.

Der aber gar kein richtiger Wald gewesen war. Ich hatte bunte Vögel gesehen und ...

Ein Stöhnen drang über meine Lippen und unterbrach meine Gedanken. Ich fühlte mich kein bisschen erholt oder ausgeschlafen. Eher erschöpft und verspannt, als hätte ich nach einer alkohollastigen Party auf dem Boden gepennt. Pochende Kopfschmerzen und ein trockener Mund bestätigten diese Annahme und damit hatte ich auch eine Erklärung für meinen abstrusen Traum.

Um meine Rückenmuskulatur etwas zu entspannen, drehte ich mich auf die Seite. Im selben Augenblick schoss ein schmerzhafter Stich durch meine Taille und ich keuchte schmerzgepeinigt auf.

O nein!

Diesen Schmerz kannte ich bereits!

Ich riss die Augen auf und versuchte mich aufzusetzen. Doch ich schaffte es gerade einmal, meinen Oberkörper in einem Fünfundvierzig-Grad-Winkel anzuheben, als meine Stirn unangenehme Bekanntschaft mit einem Felsbrocken machte.

»Scheiße! Verdammt, Kleines! Pass doch auf!«

Eine mir wohlbekannte Stimme drang in meinen Verstand, aber ich brauchte ein paar Sekunden, ehe ich sie zuordnen konnte. Besonders weil ich reflexartig die Augen schloss und mir die schmerzende Stirn rieb.

Nox?!

Was machte der Höllendiener neben mir, wenn ich gerade aus einem Alkoholrausch aufwachte?

Heiß wie Lava durchfuhr mich ein Schauder.

O nein!

Bitte nicht!

Nein!

Nein!

Nein!

Das durfte auf keinen Fall passiert sein!

Hatte ich ernsthaft ...?

Nein! O Gott, bitte nicht!

Wenn ich tatsächlich dem klischeehaftesten Teenagerverhalten aller Zeiten zum Opfer gefallen war und in einem Alkoholrausch mit Nox geschlafen hatte, würde ich mich auf der Stelle umbringen müssen. Aber bis es so weit war, brauchte ich Klarheit. Und dafür musste ich erst mal die Lage sondieren.

Immer noch meine schmerzende Stirn reibend öffnete ich langsam die Augen. Leider konnte ich kaum etwas erkennen. Meine Umgebung war dunkel, nur von einem schwachen Licht erhellt. Ich sah eine schwarze Fläche über mir, die merkwürdig glänzte und keinerlei Ähnlichkeit mit dem Nachthimmel hatte, wie ich ihn kannte. Auf der Suche nach dem Höllendiener drehte ich meinen Kopf nach rechts. Meine steifen Nackenmuskeln schrien protestierend auf, doch ich verdrängte den Schmerz, schließlich hatte ich dringendere Probleme zu klären.

Ich suchte meine Umgebung ab, ohne Nox zu entdecken. Dafür bemerkte ich glatte, dunkle Steinwände, die mich umgaben und mir merkwürdig vertraut vorkamen. *Was ist das?*

Gleichzeitig mit dem Aufkommen der Frage kehrten meine Erinnerungen zurück. Wie Gewehrkugeln schlugen sie in meinen Verstand ein und entlockten mir ein weiteres Stöhnen. *Das war kein Traum! Nox und ich sind wirklich in diesem Wald. Die Bäume und Sträucher. Die Schnitte. Die Schmerzen. Das alles ist echt!*

Erschöpft schloss ich die Augen und drehte meinen Kopf zur anderen Seite. Der dumpfe Schmerz in meinem Nacken strahlte bis in meine Nervenbahnen und erschwerte mir das Denken. *Wir sind wirklich im Feenreich! Wir sind tatsächlich hier und haben Harmony verloren!*

Die Erkenntnis traf mich wie eine Ohrfeige und ich öffnete blinzelnd die Augen. Ich musste Nox finden. Musste erfahren, was passiert war. Sofort!

Mein Blick glitt suchend über die glatten Wände, die aus demselben Material zu bestehen schienen wie die Baumstämme im Finsterwald. Als ich den Höllendiener nirgendwo entdeckte, bemerkte ich ein loderndes Lagerfeuer zu meinen Füßen. Die Flammen wirkten überraschend normal und vertraut, weshalb ich mir erlaubte, für ein paar Sekunden deren beruhigende Wirkung zu genießen. Jetzt spürte ich auch bewusst die Wärme, die sie ausstrahlten. Mir war gar nicht klar gewesen, wie sehr ich gefroren hatte. Doch jetzt wurde mir angenehm warm. Der Duft nach verbranntem Holz, den ich inzwischen ungewollt mit Nox assoziierte, wehte zu mir herüber und ich lächelte selig.

Meine Lider wurden schwer.

Ich bin so müde.

Auf einmal bewegte sich der Boden unter meinem Kopf und vertrieb schlagartig die träge Müdigkeit aus meinen Sinnen. Ehe ich verstand, was geschah, wurde mein Kopf angehoben und anschließend wieder abgelegt. Der Untergrund hatte sich geändert, war nun härter, weniger warm und weich.

Was?!

Ich wollte meinen Kopf drehen, um herauszufinden, was hier passierte, doch im selben Augenblick erschien Nox in meinem Blickfeld und ich vergaß mein Vorhaben. Der Höllendiener rieb seinen Ellbogen. Sein Oberkörper war nackt und seine gebräunte Haut wurde sanft vom Feuerschein beschienen. Zum ersten Mal fiel mir auf, wie definiert seine Muskeln waren.

Wow, ich muss mir ordentlich den Kopf angestoßen haben!

»Na, Kleines. Wieder unter den Lebenden?« Ein schwaches Lächeln unterstrich seine samtweiche Stimme und seine Augen blickten mich warm an. Entweder hatte ich wirklich eine Gehirnerschütterung und träumte noch oder es hatte tatsächlich schlimm um mich gestanden.

Ich scheiterte an dem Versuch, sein Lächeln zu erwidern. Stattdessen stellte ich die Fragen, die mir im Augenblick am wichtigsten erschienen: »Was ist passiert? Und wo sind wir hier?«

Nox kniete sich neben mich, ließ sich dann zurückfallen, zog die Beine vor die Brust und kreuzte die Knöchel. Seine Arme legte er locker auf die Knie. »Du hast versucht dich umzubringen.« Sein Lächeln wich einem frechen Grinsen. »Und da ich keine Lust habe, in die Hölle zurückzugehen, habe ich deinen Arsch gerettet.« Er zuckte mit den Schultern, als wäre das keine große Sache. »Und zu deiner zweiten Frage: Wir befinden uns in einer kleinen Höhle, die den unvergleichlichen Charme besitzt, so unbekannt zu sein, dass selbst so etwas wie Privatsphäre möglich ist.«

Nox' Worte ließen mich aufatmen. Das beklemmende Gefühl in meiner Brust ließ nach. Es reichte sogar aus, um mein loses Mundwerk wieder in Betrieb zu nehmen.

»Hast du dich deswegen ausgezogen? Weil du die Privatsphäre hier so schätzt?«

Nox' Mundwinkel wanderten weiter nach oben, bis sie seine extrem seltenen Grübchen präsentierten. »Fast. Ich dachte, falls du überlebst, hast du dir eine Belohnung verdient.«

Gern hätte ich seine Worte mit dem Zucken meiner Augenbrauen kommentiert, auch wenn meine Lippen lieber amüsiert grinsen wollten. Doch beide Regungen blieben mir verwehrt. Mein Gesicht fühlte sich taub an. *Als wäre eine Zahnarztbehandlung schiefgegangen.* Daher gab ich mich mit einer verbalen Antwort zufrieden. »Ach, und in deiner Welt ist dein nackter Oberkörper eine Belohnung?«

Falls es überhaupt möglich war, wurde Nox' Grinsen noch breiter. Ich konnte mich nicht erinnern, ihn jemals so unbeschwert, ja fast glücklich gesehen zu haben. »Mein nackter Körper ist in jeder Welt eine Belohnung, Kleines. Wann siehst du das endlich ein?«

Anstatt auf seinen Kommentar einzugehen, was ich überraschend gern getan hätte, mir dann aber doch zu vertraut und intim erschien – *wieso flirte ich mit Nox?* –, ließ ich meinen Blick erneut durch die Höhle gleiten. Dabei wusste ich selbst nicht, wonach ich suchte. »Was ist eigentlich genau passiert? Ich meine, als ich ohnmächtig wurde?«

»Wie ich bereits sagte: Ich habe dir den Arsch gerettet und dich hierhergebracht.«

»Und wie? Was hast du gemacht?« Unweigerlich glitt mein Blick zurück zu Nox, der diesen gelassen und gelangweilt erwiderte. Ich wusste selbst nicht, weshalb mir die Details so wichtig waren. Vielleicht weil Nox sich so große Mühe gab, sie zu vertuschen? *Was versucht er zu verbergen?* Nach meinen bisherigen Erfahrungen mit dem Höllendiener konnte man mir meinen Argwohn nicht verdenken.

Nox antwortete nicht sofort, sondern betrachtete mich aus verengten Augen. »Ist das so ein Tick bei euch Menschen? Ständig Fragen stellen zu müssen? Oder habe ich ausgerechnet das neugierigste Exemplar abbekommen?«

Seine Worte versetzten mir einen Stich. *Exemplar? Das bin ich für ihn?* Zickiger als gewollt konterte ich: »Genauso gut könnte ich fragen, ob das ein Tick bei euch Dämonen ist, eine Frage ständig mit einer Gegenfrage zu beantworten.«

Nox' Miene erstarrte und seine Stimme klang kalt und distanziert. »Dann würdest du aber wieder eine Frage stellen, Kleines.«

Langsam wurde ich wütend. »Schön, dann habe ich tatsächlich noch eine für dich: Wieso weichst du ständig meinen Fragen aus? Hast du Angst zuzugeben, dass du etwas Nettes getan hast? Denkst du, ich könnte dich für einen lieben Kerl halten?« Ich lachte sarkastisch. »Mach dir darüber keine Gedanken. Das wird nicht passieren. Dafür hast du mit deinem bisherigen Auftreten bereits gesorgt.«

Nox funkelte mich abschätzig und mit einem kalten und berechnenden Lächeln auf den Lippen an. Ich erwiderte seinen Blick so wütend ich konnte. Es nervte mich ungemein, dass es anscheinend unmöglich war, ein normales Gespräch mit ihm zu führen. Sobald das Thema ihn betraf oder an Tiefe gewann, wich er aus oder zog es ins Lächerliche.

Nach ein paar Sekunden unterbrach Nox unser stummes Duell und zog herausfordernd eine Augenbraue in die Höhe. »Wenn eine Erklärung sowieso nichts an deiner Meinung über mich ändert, warum sollte ich mir dann die Mühe machen und es dir erzählen?«

Meine Wut schwoll weiter an. »Schön, dann erzähl es mir eben nicht.« Ich schloss schnaufend die Augen und drehte meinen Kopf zur Seite. Meine Arme fühlten sich wie nasse Zementsäcke an und ich schaffte es nicht, sie eingeschnappt vor der Brust zu verschränken. Doch das war im Augenblick mein kleinstes Problem. Durch meine hastige Kopfbewegung überfiel mich erneut ein Schwindelanfall und ich drehte langsam den Kopf zurück, während ich gleichzeitig die Augen öffnete. Lieber ertrug ich Nox' Anblick als das Gefühl, nach einem fettigen Fast-Food-Essen mit einer Highspeed-Achterbahn zu fahren.

Ich nahm den Höllendiener aus den Augenwinkeln wahr. Er hatte sich wieder hingekniet und mir den Rücken zugewandt. Damit er nicht dachte, ich würde ihn anstarren, wenn er sich wieder herumdrehte, richtete ich meinen Blick nach oben. Aus welchem Material war wohl diese Höhle? Und woraus waren die Bäume und die Sträucher? Vermutlich würde ich nie eine Antwort auf diese Fragen erhalten.

»Erschrick jetzt nicht, okay?!«

Noch während Nox sprach, drückte sich etwas Kaltes und Nasses an meine Seite. Trotz der Warnung zuckte ich heftig zusammen, was mir einen weiteren schmerzhaften Blitz durch den Körper jagte.

»Zur Hölle, ich sagte doch, du sollst nicht erschrecken. Kannst du nicht wenigstens einmal auf mich hören?« Nox erschien erneut in meinem Blickfeld. Er sah mich nicht an, presste aber seinen Unterarm auf meinen Brustkorb. Seine warme, weiche Haut fühlte sich angenehm an und linderte die Kälte, die sich in meinem Inneren ausgebreitet hatte. Doch im selben Moment wurde mir bewusst, dass ich gar nicht so viel von seiner Haut hätte spüren dürfen. Zumindest nicht, wenn ich angezogen war.

Augenblicklich durchfuhr mich das heiße Gefühl von Panik und ich versuchte meinen Kopf zu heben. Doch Nox' Unterarm hielt mich auf den Boden gedrückt und ich konnte nichts sehen.

»Kleines, ich schwöre dir, wenn du nicht endlich aufhörst, dich zu bewegen, schicke ich dich gleich wieder ins Land der Träume!« Er knurrte seine Worte und ich nahm ihm seine Drohung ab. Dennoch konnte ich nicht den Mund halten.

»Hast du mich ausgezogen?« Meine Stimme klang belegt. Allein der Gedanke an das, was der Höllendiener während meiner Bewusstlosigkeit mit mir angestellt haben könnte, trieb mir Tränen in die Augen. Hastig blinzelte ich sie weg, bevor sie sich aus meinen Augenwinkeln stehlen konnten.

»Ja, und jetzt halt die Klappe, ich muss mich konzentrieren.«

Ich hörte, wie etwas riss und wie es plätscherte. Anschließend spürte ich wieder dieses kalte und nasse Etwas an meiner Seite. Doch diesmal registrierte ich es kaum. Scham kochte siedend heiß durch meine Adern und verdrängte alle anderen Emotionen.

»Wieso?« Meine Stimme war kaum mehr als ein Flüstern, doch in jeder Silbe schwang Hass mit. »Wieso hast du das getan? Du hast gesagt, ich soll dir vertrauen. Und was machst du?« Länger gelang es mir nicht, die brennenden Tränen zurückzuhalten. Ungewollt flossen sie mir über die Schläfen und ich konnte sie nicht einmal wegwischen, was die Peinlichkeit der Situation noch verstärkte und meine Wut weiter schürte. Ein Teufelskreis.

»Was soll ich getan haben, Kleines?« Nox' Kopf schwebte über meinem Gesicht. Seine Mimik war nicht zu deuten. »Was, denkst du, habe ich getan, während du bewusstlos warst?«

Das war keine rhetorische Frage. Er wollte eine Antwort. Und das irritierte mich.

Ich presste meine Lippen fest zusammen, aber die Worte ließen sich nicht länger zurückhalten. »Ich weiß es nicht, okay?!«, spie ich aufgebracht hervor. Im Augenblick war ich nicht in der Lage, erwachsen und reif zu handeln. Ich hatte Schmerzen, war nur knapp dem Tod entkommen und nach einer Ohnmacht nackt aufgewacht. »Aber welchen Grund solltest du haben, mich gegen meinen Willen auszuziehen?«

Nox schien mich allein mit seinem düsteren Blick töten zu wollen, das war eindeutig. Seine Nasenflügel blähten sich und seine Lippen bildeten eine dünne Linie. »Ich habe dir das Leben gerettet. Mehr nicht. Verstanden?! Ich habe es nicht nötig, über bewusstlose, menschliche *Mädchen*«, er betonte das Wort wie eine Beleidigung, »herzufallen. Außerdem könntest du mir nicht bieten, was mich interessiert.« Mit diesen Worten erhob er sich. Sein Arm und das kalt-nasse Ding verschwanden von meinem Körper und hinterließen nichts als Leere und frostig-heiße Schauder, die wie Fieberschübe durch meinen bebenden Körper peitschten.

Der Höllendiener wandte mir den Rücken zu und trat aus meinem Blickfeld. Seine Stimme war scharf wie Rasierklingen. »Bleib hier und beweg dich nicht. Ich komme gleich zurück. Und da du sowieso nicht auf mich hören wirst: Versuche nicht, dich umzubringen. Es wäre ziemlich ätzend, wenn meine ganze Arbeit umsonst war.«

Ich nahm seine schweren Schritte wahr, die immer leiser wurden, bis sie schließlich verstummten und mich mit meinem wild pochenden Herzen zurückließen.

DREI

In einem Punkt hatte Nox recht: Ich hörte nicht auf ihn. Sobald ich sicher war, allein zu sein, stützte ich meinen Oberkörper auf meine Unterarme und versuchte mich umzusehen. Leider lenkten die Schmerzen in meinem gesamten Körper meine Aufmerksamkeit immer wieder auf sich. Besonders das heftige Pochen an meiner Seite war in dieser Position kaum auszuhalten.

Automatisch griff ich an meine Taille und fühlte etwas Warmes, Klebriges. Sofort hob ich die Hand und betrachtete meine Finger, die von einer roten, fruchtig-süß duftenden Masse befleckt waren. Ein wenig erinnerte es mich an Brombeergelee. Gern hätte ich an der Masse geleckt, um den Geschmack zu testen, aber Nox' Warnung ploppte wie ein leuchtendes Ausrufezeichen in meinem Kopf auf und hinderte mich an meinem Vorhaben. Stattdessen ließ ich die Hand wieder sinken und sah mich weiter um.

Als Nächstes musterte ich meinen Körper. Glücklicherweise trug ich noch meine Shorts, auch wenn diese nicht mehr viel Ähnlichkeit mit ihrem ursprünglichen Zustand hatten. Klaffende Löcher und Schnitte verschandelten den Jeansstoff und präsentierten eindeutig zu viel von meiner hellen Haut. Wie ich befürchtet hatte, hatte Nox mir das T-Shirt ausgezogen. Den BH trug ich aber noch.

Jeder Quadratzentimeter meiner nackten Haut war von roten Striemen und Kratzern bedeckt. Ich sah aus, als hätte mich jemand mit einer mit Stacheldraht umwickelten Peitsche malträtiert. Dennoch stellte dieser Anblick eine Verbesserung zu meinem vorherigen Zustand dar. Immerhin waren die Schnitte zugeheilt und bluteten nicht mehr.

Verdammt! Nox hat mir wirklich geholfen!

Schuldgefühle breiteten sich wie Säure in meinem Magen aus, doch ich verdrängte das Gefühl. Nox hatte mich auch oft genug schlecht behandelt.

Das ist aber kein Grund, jemanden für eine Tat zu verurteilen, die er nicht begangen hat! Wenn du im Unrecht bist, musst du dich entschuldigen, Avery.

Ungewollt tauchte die Stimme meiner Mom in meinem Kopf auf und ich konnte mir vorstellen, wie sie mich während ihrer Standpauke mit ernster Miene ansah und dabei ihre Fäuste in die Seiten stemmte.

Ach Mom. Ich vermisse dich!

Mir kam unser Streit in den Sinn. Bei dem Gedanken, dass es vielleicht die letzten Worte gewesen waren, die wir jemals miteinander gewechselt hatten, hätte ich am liebsten losgeheult. Aber da das nicht meinem Naturell entsprach und ich Angst hatte, dass Nox ausgerechnet in diesem Moment wiederkommen würde, schluckte ich meine Befangenheit herunter und sondierte weiter die Lage.

Links neben mir entdeckte ich eine Schale, oder etwas, das vage Ähnlichkeit mit einem Gefäß hatte. Im Grunde war es nur ein größerer Stein, dem man mit reichlich Kraft eine tiefe Einkerbung verpasst hatte. Darin schwamm hellrosa Wasser. Vermutlich war es besser, wenn ich nicht wusste, ob es sich dabei um Blut oder Reste dieser komischen Paste handelte.

Daneben befand sich ein heller Klumpen Stoff, den ich als Nox' T-Shirt identifizierte, nachdem ich ihn auseinandergezogen hatte. Er war von hellen und dunklen Flecken übersät, die alle eindeutig der Farbe Rot zuzuordnen waren.

Er hat sein T-Shirt ausgezogen, um ...

Ich führte den Gedanken nicht zu Ende. Die Schuldgefühle in meinem Inneren waren auch so schmerzhaft genug. Besonders als sich die letzten beiden offenen Fragen klärten und ich Nox' Lederjacke und mein T-Shirt entdeckte. Das weiche Leder diente als Unterlage für meinen Rücken und meinen Kopf hatte der Höllendiener auf dem kläglichen Rest meines T-Shirts postiert. Anders konnte man den zerfledderten Fetzen Stoff nicht bezeichnen. Im Vergleich dazu sahen meine Shorts neu und hip aus.

»Verdammt! Verdammt! Verdammt!« Wütend über mich selbst und die ganze Situation schlug ich wie ein kleines Kind mit den Fäusten auf den Boden. »Was bin ich für eine blöde Kuh?!«

»Willst du darauf eine ehrliche Antwort?« Wie aus dem Nichts erschien Nox in meinem Blickfeld. Seine blonden Strähnen fielen ihm ins Gesicht und normalerweise würde er sie jetzt wegstreichen, doch er trug mehrere Holzscheite, die ihn daran hinderten. Ob es Schweiß oder Regen war, der seinen Oberkörper im Schein des Feuers glänzen ließ, konnte ich nicht sagen und als mir klar wurde, dass ich ihn anstarrte, senkte ich den Blick.

»Nein, schon gut. Ich bin mir sicher, die Antwort auch so zu kennen.« Mit einem Stöhnen schloss ich die Augen und legte mich wieder gerade hin. Ich fühlte mich schlapp und kraftlos, wie bei einer gemeinen Grippe.

Ich hörte, wie Nox Holzscheite ins Feuer warf, und öffnete meine Lider einen Spalt. Er saß vor der Wärmequelle und hatte mir den Rücken zugewandt. Vermutlich war dies die beste Gelegenheit, mich zu entschuldigen. Immerhin musste ich so nicht sein höhnisches Grinsen ertragen.

Ich atmete tief durch. »Nox, hör mal ...«

»Spar dir die Worte, Kleines.« Der Höllendiener drehte seinen Kopf zur Seite. Seine mir zugewandte Gesichtshälfte lag im Schatten und ich konnte seine Mimik nicht erkennen. Dafür fiel es mir umso leichter, seine Stimme zu deuten. »Ich habe dich nicht aus Freundlichkeit oder gar aus Zuneigung gerettet.« Nox wandte sich wieder dem Feuer zu. »Wie ich bereits sagte, will ich noch nicht zurück in die Hölle.« Er legte ein weiteres Holzscheit ins Feuer, das im selben Moment hell aufloderte. »Ich habe rein egoistisch gehandelt.« Schließlich erhob er sich und ging, ohne mich eines Blickes zu würdigen, ans andere Ende der Höhle, wo er sich an einer Wand zu Boden gleiten ließ, die Arme vor der Brust verschränkte und die Augen schloss.

Seine Worte verletzten mich und tief in meinem Inneren weigerte ich mich, sie zu glauben. *So kaltherzig ist er nicht. Oder? Hätte er mich sterben lassen, wenn sein Leben nicht an meins geknüpft wäre?* Ich hatte keine Antworten auf diese Fragen, aber Fakt war, dass zumindest ein Teil seiner Worte der Wahrheit entsprechen mussten, sonst hätte er sie nicht über die Lippen bringen können.

Mist! Jetzt hätte ich meinen besten Freund gebraucht. Aber selbst wenn Adam hier bei mir gewesen wäre, hätte ich niemals mit ihm über dieses Thema reden können. Er hatte mich klar und deutlich vor Nox gewarnt. *Er spielt mit dir. Für ihn bist du nur eine Herausforderung.*

***

In den nächsten Tagen schlief ich viel. Zum einen weil mein Körper die Ruhe und die Energie brauchte, zum anderen weil ich auf diese Weise Nox und sein beharrliches Schweigen nicht ertragen musste. Nur in den wenigen Momenten, in denen er mich verarztete, sprach er mit mir. Aber auch dann waren seine Aussagen so kurz angebunden, dass er sie sich hätte sparen können.

Die Tage vergingen, ohne dass ich sagen konnte, wie viele es waren. Mein Biorhythmus war aus den Fugen geraten und ohne den Hinweis, welche Tageszeit wir gerade hatten, verschwamm alles zu einem zeitlosen Nichts. Immerhin hatte ich Nox mit viel Anstrengung und Geduld eine Erklärung über meinen Gesundheitszustand entlocken können. Ich erfuhr, dass die meisten Sträucher im Finsterwald giftig und der Kontakt mit ihnen tödlich war. Ich hatte Glück, dass mich ihre Blätter nur oberflächlich gestreift hatten. So waren nur winzige Mengen Gift in meine Blutbahn gelangt, die mir zwar ähnliche Symptome wie bei einer Grippe beschert hatten, jedoch nicht lebensgefährlich gewesen waren. Erst der Ast, der mich wie ein Katapult an der Taille getroffen hatte, hatte die ganze Situation drastisch verschlimmert.

Ich startete zwei weitere Versuche, mich bei Nox zu entschuldigen, doch jedes Mal blockte er ab und betonte, dass ich ihm nichts schuldig sei. Er wolle nur sein eigenes Leben retten und ich solle die Sache endlich vergessen.

Doch das konnte ich nicht. Und weil ich so viel Zeit und Gelegenheit hatte, über alles nachzudenken, drehten meine Gedanken und Gefühle langsam, aber sicher durch. Ich war gleichzeitig wütend, traurig, enttäuscht und verletzt. Dabei versuchte ich mir immer wieder vor Augen zu halten, dass Nox ein Dämon war. Er war ein Kopfgeldjäger aus der Hölle und hatte Spaß daran, Menschen zu quälen. Warum also fiel es mir so schwer, seinen Worten Glauben zu schenken?

Ach ja, weil ich schrecklich dämlich und naiv war.

Ich klammerte mich an die wenigen Momente, in denen wir so etwas wie Frieden miteinander geschlossen und uns sogar ganz gut verstanden hatten. Hinzu kam, dass immer wieder die Erinnerungen an diese knisternden Momente neulich in der Cafeteria und am Strand in mein Gedächtnis zurückkehrten.

Wenn das so weitergeht, werde ich noch wahnsinnig!

Ich musste endlich aktiv werden und mich ablenken!

»Nox?«

Der Höllendiener reagierte nicht. Er war gerade erst von seinem täglichen Ausflug zurückgekommen und hatte mir ein paar Früchte mitgebracht, die ich seiner Meinung nach gefahrlos essen konnte. Ehe ich Gelegenheit hatte, mich zu bedanken, hatte er sich wieder vor das Feuer gekniet und mir den Rücken zugewandt.

»Nox, ich weiß, dass du mich hörst!« Ich war genervt. Sein Schweigen war anstrengender als jeder unpassende, anzügliche Witz und ich wünschte mir fast den arroganten Kotzbrocken zurück. *Fast.*

»Natürlich höre ich dich. Aber ich habe keine Lust zu antworten.« Das tiefe Brummen in seiner Stimme hallte von den Steinwänden wider.

Ich schaffte es gerade noch, ein Stöhnen zurückzuhalten. Mit seiner Provokation verstieß er zum gefühlt hundertsten Mal gegen unsere Abmachung, aber daran wollte ich mich jetzt nicht aufhalten.

»Schön, dann hör einfach zu. Ich rede.« Ich stemmte meinen Oberkörper in die Höhe und stützte mich auf den Unterarmen ab. Inzwischen vertrug ich diese Position ganz gut und sie kostete mich nicht mehr so viel Kraft wie noch vor wenigen Tagen. »Ich will raus aus dieser Höhle. Ich will zurück in den Wald und Harmony suchen! Wir wissen immer noch nicht, wo sie ist. Aber ohne sie finden wir niemals das Zepter. Und uns läuft die Zeit davon.«

Nox hatte gestern – *oder war es vorgestern?* – die übrigen Blütenblätter an der Blume auf meinem Tattoo gezählt. Wie Adam bereits erklärt hatte, verlief die Zeit hier tatsächlich sehr viel langsamer als zu Hause. Denn seit dem verhängnisvollen Freitagmorgen, als ich das letzte Mal nachgezählt hatte, waren bisher erst drei Blütenblätter zu Boden gesegelt. *Uns bleiben noch vier Blätter!* Wie viel Zeit das auch immer sein mochte.

Nox drehte sich zu mir herum, in seiner Hand die Steinschale mit der roten Paste. Auf meine Frage, was für ein Zeugs das war und woher er es bekam, hatte er nicht geantwortet. Ebenso wenig wie auf die Frage, wo er das Holz fürs Feuer herbekam, wenn doch sämtliche Bäume und Sträucher hier aus Stein oder etwas Ähnlichem bestanden.

Nox kam zu mir und kniete sich schweigsam neben mich. Das war das Zeichen, mich flach hinzulegen und den Mund zu halten. Wie gewohnt spürte ich kurz darauf ein unangenehmes, kalt-nasses Gefühl, das sich jedoch schnell in eine angenehme, schmerzlindernde Wärme veränderte. Und wie immer konnte ich mir auch dieses Mal ein wohliges Seufzen nicht verkneifen. Es war, als würde eine kuschelige Wärmflasche meine entblößte Haut erhitzen. Denn trotz des prasselnden Feuers war es unangenehm kalt in der Höhle. Leider gab es nichts, womit ich mich zudecken konnte. Und damit Nox mich nicht für eine prüde Zicke hielt, widerstand ich dem Wunsch, mich in seine Lederjacke zu wickeln. Immerhin hatte er auch nicht mehr als eine Hose an, wie ich mir ungewollt in Erinnerung rief.

Nachdem der Höllendiener mit seinem Doktorspielchen fertig war und immer noch nicht reagiert hatte, hakte ich nach. »Hast du mich gehört, Nox?«

»Natürlich.« Er stellte die Schale zur Seite und ging zurück zu seinem Stammplatz. Möglichst weit weg von mir.

»Und? Was sagst du dazu?« Ihm jedes einzelne Wort aus dem Mund ziehen zu müssen war eine Herkulesaufgabe, die mir den letzten Nerv raubte.

»Nichts, wie du unschwer erkennen kannst.«

Ich verdrehte die Augen, versuchte jedoch sachlich zu bleiben. Er wollte nur, dass ich auf seine Provokation einging. Aber den Gefallen wollte ich ihm nicht tun. »Und wieso hast du nichts dazu zu sagen?«

Nox sah vom prasselnden Feuer auf und blickte in meine Richtung. »Weil dein Vorhaben dämlich ist und wir es sowieso nicht umsetzen.«

»Ach, und warum nicht?« Ich versuchte mir mein Grinsen nicht anmerken zu lassen. So viel hatten wir seit Tagen nicht mehr miteinander gesprochen.

Um das Gespräch am Laufen zu halten, war ich auch bereit, seinen arroganten und überheblichen Ton zu ertragen.

»Erstens, weil du kaum allein auf den Beinen stehen kannst und ich keine Lust habe, dich wieder zu tragen, falls du noch einmal zusammenbrichst. Und zweitens ist deine Freundin wahrscheinlich längst tot. Entweder hat einer der beiden Höfe sie gefunden oder sie wurde von einer der Kreaturen gefressen, die im Finsterwald leben.« Nox zuckte mit den Schultern und wandte sich wieder dem Feuer zu. Die Flammen flackerten und warfen tanzende Schatten auf sein markantes Gesicht.

Als er gerade über Harmony gesprochen hatte, war ich zusammengezuckt, hatte es mir jedoch nicht anmerken lassen. »Dann willst du also hierbleiben und darauf warten, dass die Zeit abläuft und wir sterben?« Ein trockenes, angespanntes Lachen perlte über meine Lippen. »Tja, dann kannst du das gern tun. Ich werde mich in der Zwischenzeit ein wenig umsehen.«

Meinen Körper aufrecht hinzusetzen bereitete mir mehr Schmerzen, als ich nach den langen Ruhetagen gedacht hätte. Aber jetzt war es zu spät, ich konnte mich nicht wieder hinlegen. Zum einen hatten wir tatsächlich keine Zeit zu verlieren, zum anderen wollte ich vor Nox nicht zugeben, dass er recht hatte.

»Was hast du vor, Kleines?« In erhöhter Alarmbereitschaft stand er innerhalb eines Wimpernschlags neben mir. Mit verschränkten Armen starrte er auf mich herab.

»Wonach sieht es denn aus?« Ächzend und stöhnend schaffte ich es, mich hinzuknien. Schweißperlen bildeten sich auf meiner Stirn und in meinem Nacken. Mein Kopf baumelte kraftlos herab, als ich mich auf meinen Oberschenkeln abstützte und nach Luft gierte. Ich fühlte mich, als wäre ich während einer heftigen Grippe einen Marathon gelaufen. »Ich gehe ein bisschen an die frische Luft und sehe mich um. Vielleicht finde ich etwas, das mich zu Harmony führt.«

Zitternd und schwankend schaffte ich es aufzustehen. Als ich mühsam den Kopf hob und mir dabei fest auf die Zunge biss, um nicht vor Schmerzen zu stöhnen, sah ich Nox' wilden Blick. Seine smaragdgrünen Augen funkelten im Feuerschein und wirkten noch unechter als sonst. *Aber auch noch schöner.*

»Wie kann man nur so verdammt stur und lebensmüde sein?«

Ich wusste, ich benahm mich kindisch. Aber ich wollte nicht einfach aufgeben. Gleichzeitig konnte ich mir ein schwaches Lächeln nicht verkneifen. Mir war der minimale Hauch Anerkennung in seiner Stimme nicht entgangen.

»Das verrate ich dir, wenn wir diese Prüfung überlebt haben.« Ohne Nox die Gelegenheit zu geben, auf meine Worte zu reagieren, wandte ich mich um in Richtung Höhlenöffnung und machte ein paar vorsichtige Schritte darauf zu.

»Verdammt!« Nox fluchte ungehalten. »Wenn wir diese Prüfung überleben, werde ich dich eigenhändig umbringen, Kleines!«

Auf einmal stand er dicht hinter mir. Ich spürte seinen warmen Körper an meinem Rücken. Dann geschah alles gleichzeitig. Er legte mir seine Lederjacke vorn über die Brust, fast so, als würde er mir eine Zwangsjacke anziehen wollen, und im selben Moment schwebte ich in der Luft. Ich schaffte es nicht einmal, einen überraschten Laut von mir zu geben.

Verblüfft drehte ich meinen Kopf zur Seite und bemerkte, dass Nox mich auf seine Arme gehoben hatte. Meine unversehrte Seite war dicht an seinen muskulösen Brustkorb geschmiegt und ich hatte unbewusst meine Arme um seinen Hals geschlungen. Seine Jacke lag wie eine Decke schützend über meinem Körper und reichte mir in dieser Haltung bis über die Knie.

Als ich ihm ins Gesicht blickte, war seine Mimik eine ausdruckslose Maske und sein Blick nach vorn gerichtet. Ich wagte kaum zu atmen. Sein Verhalten irritierte mich ungemein, aber ich wollte mich nicht beschweren. Der Gedanke, allein in den Wald hinauszugehen, hatte mich schon ziemlich beunruhigt. Aber ich hätte es durchgezogen. Und das war auch der einzige Grund, weshalb mein Puls raste, als wäre er ein Sportwagen auf der Rennpiste.

Wortlos setzte Nox sich in Bewegung und ich wandte meinen Blick in Laufrichtung.

Die Höhle war nicht so groß, wie ich die ganze Zeit angenommen hatte. Nur wenige Schritte hinter dem Lagerfeuer befand sich bereits der Ein- oder in diesem Fall der Ausgang. Je näher wir dem Ende der Höhle kamen, desto besser konnte ich die dahinter liegende Landschaft erkennen. Wir mussten uns auf einer Anhöhe befinden, denn vor uns präsentierte sich in aller Pracht ein dunkelgrünes Meer, das aus den Baumkronen des Finterwaldes bestand.

Ehrfürchtig schnappte ich nach Luft, als ich das gesamte Bild wahrnahm. Über dem Wald erstreckte sich der strahlendste blaue Himmel, den ich jemals gesehen hatte. Jedes Foto, selbst wenn es mit einem Computerprogramm nachbearbeitet worden wäre, käme nicht an diese Farbe heran. Es war unnatürlich schön.

»Wie sind wir hier hochgekommen?«

»Zu Fuß«, knurrte Nox. Er verstärkte seinen Griff und drückte mich beinahe schmerzvoll gegen seine Brust, als wir auf das Plateau vor der Höhle traten.

Es kam mir unangebracht vor, in Nox' Armen zu liegen, obwohl ich bei Bewusstsein war, aber der Weg hinab musste sehr lang sein und bei der Erinnerung daran, wie unser letzter Marsch ausgegangen war, war ich froh über seine Hilfe. Vor allem weil ich es keine Sekunde länger in dieser schwarzen, deprimierenden Höhle ausgehalten hätte. Um dort rauszukommen, nahm ich sogar die Erniedrigung in Kauf, die diese Situation mit sich brachte.

Neugierig reckte ich meinen Kopf und blickte prompt in den tödlichen Abgrund, der vor uns lag. Ich hatte zwar keine Höhenangst, aber der Anblick war so Furcht einflößend, dass ich meinen Klammergriff um Nox' Hals verstärkte und die Augen fest zusammenpresste. Gleichzeitig vergrub ich das Gesicht an seiner Brust. Vom Waldboden aus hatte ich die Bäume auf eine Höhe von dreißig bis vierzig Metern geschätzt. Und jetzt befanden sie sich mindestens genauso weit unter uns. *Das sind fast hundert Meter! Wenn ich hier runterfalle, ist es aus mit mir.*

Als hätte der Höllendiener meine Gedanken erraten, bebte seine Brust und ein erheitertes Lachen erklang. »Was ist, Kleines? Angst, dass ich dich fallen lasse?« Er lachte erneut. »Das brauchst du nicht. Wenn ich dich irgendwann nicht mehr ertrage, kümmere ich mich selbst um dein Ende. Den Spaß würde ich mir von niemandem nehmen lassen.«

Gern hätte ich Nox' Kommentar mit einem giftigen Funkeln kommentiert, aber der Wunsch, die Augen geschlossen zu halten, überwog. Außerdem gab es nichts, was sich anzusehen lohnte. Auf der einen Seite erwartete mich der sichere Tod und auf der anderen der Abgrund hinunter zum Finsterwald.

Nox setzte sich in Bewegung und ich hielt meine Augen weiterhin fest geschlossen. Meine gesamte Konzentration hatte ich darauf gelenkt, wie eine Klette am Höllendiener zu haften. Dabei musste ich mich ziemlich anstrengen, denn er bewegte sich erstaunlich schnell und leise vorwärts. Wenn ich nicht das Spiel seiner Muskeln gespürt hätte, wäre ich mir nicht sicher gewesen, ob wir uns überhaupt bewegten.

Nach ein paar Minuten fasste ich Vertrauen und mein Puls beruhigte sich. Nox' Körperwärme nahm mir die Anspannung und die gleichmäßigen Bewegungen wiegten mich langsam, aber sicher in den Schlaf. Da ich auf keinen Fall wegdriften wollte, zwang ich mich, die Augen offen zu halten und Nox anzusehen. Einen Blick auf die andere Seite riskierte ich nicht. Es war mir lieber, nicht genau zu wissen, auf welcher Höhe wir uns im Moment befanden.

Während Nox starr nach vorn sah, nutzte ich den Moment und musterte sein Gesicht. Sein markantes Kinn war von einem hellen Bartschatten bedeckt, der ihm überraschend gut stand. Seine strahlenden grünen Augen waren ein wenig verengt und wirkten konzentriert. Die Stirn warf leichte Falten und es sah aus, als würde Nox über etwas nachdenken.

»Wieso guckst du mich so an, Kleines?«

VIER

Ertappt senkte ich den Blick. Ich hatte Nox' Frage mehr gespürt denn gehört. Auch wenn seine Worte nur leise über seine Lippen kamen, dröhnte der Bass in seiner Brust.

Als ich nicht antwortete, sah Nox zu mir herab. Ich spürte deutlich seinen Blick. Damit der Höllendiener nicht auf falsche Gedanken kam, sagte ich das Erste, was mir in den Sinn kam.

»Ich habe mich nur gefragt, wieso du das tust.«

Nox sah wieder nach vorn und die Falten auf seiner Stirn vertieften sich. Seine Kiefermuskeln spannten sich an und er verstärkte seinen Griff. Die Erheiterung, die ich eben noch wahrgenommen hatte, war wie weggeblasen.

»Wieso ich was tue?«

Ich schluckte hart, hielt jedoch nicht den Mund. »Wieso du mich auf deinen Armen trägst, obwohl du mich hasst.«

Für eine Millisekunde huschte Nox' Blick in meine Richtung. Auch wenn seine Mimik ausdruckslos blieb, entspannte sich sein Kiefer. »Du kannst kaum auf den Beinen stehen. Und selbst im normalen Zustand würde deine Tollpatschigkeit dafür sorgen, dass du dir hier das Genick brichst. Diese Höhle da oben ist nicht umsonst so unbekannt. Die wenigsten wissen von ihrer Existenz und noch weniger trauen sich da hoch.«

Ich keuchte theatralisch auf. Halb vor Empörung, halb vor Erheiterung. »Tollpatschigkeit? Du kennst mich doch gar nicht! Ich bin überhaupt kein bisschen tollpatschig!«

Gern hätte ich als Beweis darauf bestanden, den Weg eigenständig zu bestreiten, doch Nox hatte recht. Im Augenblick war ich gesundheitlich zu sehr angeschlagen und würde nur unnötig mein Leben riskieren.

Nox sah mich nicht mehr an, aber seine Mundwinkel zuckten, was mich zum Lächeln brachte. Wenn man mal von den Momenten absah, in denen er ein arroganter Macho und Vollidiot war, konnte er zeitweise ganz okay sein. Zumindest solange er den Mund hielt.

»Ihr Menschen seid alle tollpatschig. Es ist ein Wunder, dass die meisten von euch überhaupt so lange leben.«

Mit jedem Wort schmolz die Härte in seiner Mimik und es gelang mir, mich zu entspannen.

»Tja, es kann halt nicht jede Spezies so unglaublich toll, stark und unsterblich sein wie deine oder Adams.« Betont gleichgültig zuckte ich mit den Schultern, doch mein Lächeln verriet mich.

Nox warf mir einen amüsierten Blick zu und meine Wangen wurden heiß. Mein Schulterzucken musste für ihn so gewesen sein, als hätte ich mich an seiner nackten Haut gerieben. Verschämt drehte ich meinen Kopf zur Seite und ließ meinen Blick schweifen. Leider sah ich nichts als ein Meer aus dunklen Baumstämmen. Wir mussten immer noch ziemlich weit vom Ziel unseres Marsches entfernt sein.

Eine Zeit lang schwiegen wir, doch dieses Mal machte es mir nichts aus. Die Stille war nicht mehr so drückend und angespannt wie in den letzten Tagen und ich konnte sogar für einen winzigen Augenblick vergessen, weshalb wir hier waren. Dennoch ging mir eine Frage nicht aus dem Kopf. Und auch wenn ich damit riskierte, die gute Laune des Höllendieners zu ruinieren, konnte ich die Worte nicht länger für mich behalten.

»Aber mal im Ernst, Nox. Warum bist du mitgekommen? Dir kann es doch egal sein, ob ich überlebe oder nicht. Bestimmt denkst du, dass Harmony bereits tot ist und wir deswegen ebenfalls in wenigen Tagen sterben werden. Warum kümmerst du dich dann noch um mich?« Eigentlich hätten meine Worte sachlich und neutral klingen sollen, aber irgendwann hatte sich ein undefinierbarer Ton eingeschlichen. Eine Mischung aus hoffnungsvoll, zickig und irritiert.

Nox antwortete nicht sofort. Und als er sich dann doch dazu durchgerungen hatte, war ich mir nicht sicher, ob ich ihn richtig verstanden hatte. »Du wärst auch ohne mich gegangen und hättest nicht mal drei Minuten lang überlebt. Aber ich habe Adam versprochen, auf dich aufzupassen. Und wie ich bereits sagte, breche ich niemals ein Versprechen.«

Erneut verstärkte er seinen Griff, aber diesmal kam es mir nicht grob oder angespannt vor, sondern so, als würde er sichergehen wollen, dass ich nicht runterfallen konnte.

Perplex starrte ich den Höllendiener an. Ich wusste zwar nicht, mit welcher Antwort ich gerechnet hatte, aber seine Worte verblüfften mich. Dennoch musste ich zugeben, dass ein alberner und kindischer Teil von mir gehofft hatte, dass der wahre Grund ein anderer sei. Irgendeine durchgeknallte Synapse in meinem Verstand hatte gehofft, dass Nox mich ein bisschen mochte und sich vielleicht deshalb um mich sorgte. Vielleicht erhoffte sich diese naive und zutiefst dämliche Synapse sogar, dass wir uns in einer weit entfernten Zukunft anfreunden könnten.

Nox mich mögen? Freunde werden? Ich musste mir irgendwo den Kopf angestoßen haben. Solche Gedanken waren absolut untypisch für mich.

Während ich mich weiter über mich selbst und meine albernen Gedanken ärgerte, hatten wir den Wald erreicht und sahen die Bäume über uns aufragen.

»Und jetzt, Kleines? Wo willst du mit der Suche nach deiner Freundin beginnen?« Nox grinste mich an. Seine Augen funkelten schelmisch und er sah glücklich aus.

Mit einem Mal war mir seine Nähe zu viel. Ich hatte das Gefühl, als stünden mir meine peinlichen Gedanken auf die Stirn geschrieben und Nox würde deswegen so zufrieden aussehen.

»Danke, aber jetzt würde ich gern wieder selbst laufen.« Ich nahm meine Arme von seinem Nacken, drückte mit einer Hand gegen seine Brust und umklammerte mit der anderen die Jacke. Vermutlich hatte ich es Nox' Verblüffung zu verdanken, dass ich mich so problemlos aus seinem Griff winden konnte, aber ich wollte mich nicht beschweren. Wieder festen Boden unter meinen Füßen zu spüren war gerade das Wichtigste für mich.

Lass dich niemals auf einen Kerl ein und bleibe immer unabhängig! Das waren stets meine Lebensleitsätze gewesen. Auf keinen Fall wollte ich jemals in dieselbe Situation geraten wie meine Mom, nachdem James sie verlassen hatte. *Und was lasse ich gerade zu?* Ja, was eigentlich? Ich wusste nicht, was hier geschah, aber es war etwas, das ich nicht kontrollieren konnte, und das machte mir Angst.

Ich warf einen kurzen Blick über meine Schulter und sah zu Nox, der mich mit schräg gelegtem Kopf und in den Hosentaschen vergrabenen Händen stumm, aber eindringlich musterte. Vermutlich wartete er auf eine Antwort. Um den unangenehmen Moment zu überspielen, schlüpfte ich in das weiche Leder. Der Stoff war schwer und die Jacke viel zu groß, aber sie würde mich vor äußerlichen Gefahren schützen, seien es giftige Sträucher, wilde Tiere oder unangemessene Blicke. Zudem konnte ich mir dank der zusätzlichen Kleidungsschicht einbilden, mir eine mentale Rüstung angelegt zu haben. Und diesen Schutz brauchte ich gerade dringend.

Sobald ich mit einem tiefen Atemzug meinen viel zu schnellen Herzschlag etwas beruhigt hatte, sah ich mich suchend um. Ich hatte keine Ahnung, wo ich anfangen wollte, aber das konnte ich unmöglich zugeben. Dafür war ich bereits zu weit gegangen.

Einem Impuls folgend wandte ich mich Nox zu. »In welche Richtung liegt der Platz, an dem du Harmony zurückgelassen hast?« In Krimis starteten Ermittler auch immer am Ort des Verbrechens. So abwegig konnte der Gedanke also nicht sein.

Nox zog seine Augenbrauen zusammen und eine kleine Falte entstand über seinem Nasenrücken. Sein Blick war nachdenklich und seiner Mimik nach zu urteilen erahnte er mein Vorhaben und hielt es für eine schlechte Idee. Dennoch deutete er mit einem Kopfnicken nach rechts.

Ich straffte meine Schultern. Obwohl mein lädierter Körper protestierte, sah ich in die angedeutete Richtung und marschierte los.

***

Wir sprachen nicht, während wir dem Pfad folgten. Das Schweigen setzte mir zu, denn es bot mir zu viel Gelegenheit, jedes andere Geräusch überdeutlich wahrzunehmen. Das schrille Krächzen einiger Vögel oder die wilden Angriffsschreie irgendwelcher anderen Tiere jagten mir stets aufs Neue einen Schauder durch den Körper und ließen mich erschrocken zusammenfahren. Doch da keins dieser Wesen auftauchte, überspielte ich die ängstliche Geste mit unnötigem Muskeldehnen oder einem Kontrollblick über meine Schulter. Es war ein merkwürdiges Gefühl, an diesem Ort vor Nox zu gehen, doch ich beruhigte mich damit, dass er mich bei Gefahr warnen würde. Wahrscheinlich wollte er mir meinen Sturkopf durchgehen lassen und gewiss hielt er mein Verhalten für kindisch. Aber im Vergleich zu seinen Jahrtausenden an Lebenserfahrung musste ihm jeder Mensch kindisch erscheinen.

Mit jedem Schritt, den wir tiefer in den Wald eindrangen, wurde mir unbehaglicher zumute. Dass das Bestehen der ersten Prüfung mir so vieles abverlangte, hätte ich nie für möglich gehalten. Ich konnte froh sein, dass mich Nox' Jacke schützte. Besonders an Stellen, an denen der Pfad von bauchigen und ausufernden Sträuchern verengt wurde. Dennoch konnte ich das schlechte Gewissen nicht ignorieren, das mich von innen heraus aufzufressen drohte. Ich war zwar vor messerscharfen Blättern geschützt und vor Ästen, die mit ihren Dornen an dem Stoff zerrten, doch jetzt war Nox ihnen ausgeliefert. Und seine breite Statur bot sehr viel mehr Angriffsfläche als mein schmaler Körper.

An einer engen Stelle drehte ich mich zu Nox herum, der gerade im Begriff war, einen störenden Ast zur Seite zu schieben. Er wirkte entspannt und vermittelte nicht den Eindruck, als würde er durch einen gefährlichen und von tödlichen Raubtieren bewohnten Dschungel marschieren. Für ihn war es wohl eher ein gemütlicher Sonntagsspaziergang und ihm schienen die Schnitte oder gar das Gift rein gar nichts auszumachen. *Wie unfair!*

»Was ist, Kleines? Bist du schon müde und sehnst dich zurück in meine Arme?«

Seine vor Spott triefende Stimme und sein amüsierter Blick trieben mir das Blut in die Wangen.

Blöder, arroganter Kotzbrocken!

Verlegen wandte ich mich ab. Leider war seine Frage nicht unberechtigt. Durch den Ballast der Jacke und den weiten Weg, den wir bereits hinter uns gebracht hatten, spürte ich jeden einzelnen Muskel in meinem Körper. Ich schwitzte, mein Herz wummerte und ich hatte so starke Kopfschmerzen, dass mir ganz flau im Magen war. Wenn ich jetzt noch zu zittern begann, wären das alle Symptome eines Sonnenstichs. Nur bewegten wir uns hier durch ein diffuses, künstliches grünes Licht, weil kein einziger Sonnenstrahl am Waldboden ankam.

Was würde ich jetzt für eine Dusche geben. Oder wenigstens etwas Trinkwasser.

Suchend glitt mein Blick zwischen den Bäumen und Sträuchern umher, ohne dass ich einen Bach oder eine Wasserstelle entdecken konnte. Ich sparte mir die Verwunderung. So einfach war es offenbar tatsächlich nicht, uns mit allem zu versorgen, was wir brauchten. Während meines Krankenlagers hatte mich der Höllendiener stets mit Nahrung und Wasser versorgt, ohne mir jemals zu verraten, woher die Sachen kamen.

Anstatt auf Nox' Frage einzugehen, nahm ich unseren Marsch wieder auf. Ich wusste nicht, wie weit es noch war, aber ich wollte keine Zeit verlieren.

Mit jedem Schritt wurde es anstrengender und ich litt unerträgliche Qualen. Schwarze Flecken begannen vor meinen Augen zu tanzen und ich bekam kaum noch Luft. Als ich so weit war, meinen Stolz herunterzuschlucken und Nox um Hilfe zu bitten, zerriss ein Schrei die Stille. Der Laut klang anders als die Rufe der Tiere, die wir bisher gehört hatten.

Menschlicher.

Und qualvoller.

Erschrocken drehte ich mich zu Nox herum. »Was war das?«

Der Höllendiener beachtete mich nicht, sondern sah sich mit geweiteten Augen und in erhöhter Alarmbereitschaft um. Offenbar versuchte er den Ursprung des Schreis zu orten.

Seine Nervosität war ansteckend. Automatisch suchte auch ich die Umgebung mit meinem Blick ab.

Kurz darauf hörten wir einen weiteren, diesmal noch lauteren und schmerzerfüllteren Schrei. Meine Fantasie begann bereits in allen Farben und Ausprägungen Erklärungen für dieses Geräusch zu finden, als Nox mein Handgelenk packte und mich zu sich heranzog.

»Los, komm, wir müssen hier weg! Sofort!«

Er lief in die entgegengesetzte Richtung los und versuchte gar nicht erst, auf meine kürzeren und menschlichen Beine Rücksicht zu nehmen. Mit einer Hand presste er meinen Kopf an seinen Oberkörper, als wäre ich eine leblose Puppe, mit der anderen hielt er meinen Rücken an sich gedrückt. Mir blieb nichts anderes übrig, als meine Arme und Beine um seinen Körper zu schlingen und mich wie ein Koala an ihn zu klammern.

Wie ein Tornado pflügte Nox durch den Wald und beachtete keinen der peitschenden Äste, die gierig nach uns griffen, als wollten sie uns von einer Flucht abhalten. Ich hüpfte wie ein Flummi auf und ab, egal wie fest ich mich an den Höllendiener klammerte, und jede Bewegung verschlimmerte meine Kopfschmerzen und die allgegenwärtige Übelkeit. Der Wind pfiff lautstark in meinen Ohren und in meinem Kopf rauschte es. Ich hoffte, der Schwindel würde nachlassen, wenn ich die Augen öffnete, doch sobald ich die dunkelgrüne Wand erkannte, die wie verlaufene Farbe an uns vorbeizog und die Rebellion meines Magens verschlimmerte, schloss ich sie wieder. *Was habe ich mir nur gedacht? Ich kann ja nicht einmal entgegen der Fahrtrichtung in einem Bus sitzen!*

Nox hatte nicht vor, seinen Sprint zu beenden. Wie ein Leichtathlet sprang er gekonnt über am Boden liegende Äste und Steine. Mein Hirn schlug dabei schmerzhaft gegen die Schädeldecke und animierte meinen Magen, seinen Rückwärtssalto in Dauerschleife zu wiederholen. Lange würde ich die Situation nicht mehr ertragen können.

»Nox?!« Meine Stimme war kaum mehr als ein Fiepen und es wunderte mich nicht sonderlich, dass der Höllendiener es nicht hörte.

»Nox!« Ich unterstrich meinen Ruf, indem ich meine Fingernägel in seinen Rücken grub. Mir schwanden die Kräfte und ich spürte, wie meine Beine und Arme schwer wurden. Nicht mehr lange und sie würden sich lösen. Wenn ich mich dann immer noch in dieser Känguruposition befand, würde ich eiskalt auf den Boden aufschlagen und von Nox wie von einer Dampfwalze überrannt werden.

Zum Glück verlangsamte er sein Tempo und blieb nach wenigen Sekunden stehen. Genau rechtzeitig, denn im selben Moment verließen mich die Kräfte endgültig und ich sackte zusammen. Geistesgegenwärtig fing Nox mich auf und setzte mich auf dem Boden ab. Sein Atem kam stoßweise und geräuschvoll über seine Lippen.

»In jeder anderen Situation würde ich darauf stehen, deine Fingernägel in meinem Rücken zu spüren, aber nicht jetzt, Kleines!«

Ich hatte kaum noch Energie, um meinen Kopf zu heben, aber ich musste Nox einfach ansehen. Unter Aufwendung all meiner letzten Kraftreserven öffnete ich die Augen. Der Höllendiener kniete vor mir und als mein Blick den seinen traf, stand für einen Moment die Welt still. In seinen wunderschönen grünen Augen spiegelte sich nichts als grenzenlose Angst. Noch nie hatte ich bei ihm eine derart reine und ehrliche Emotion wahrgenommen.

Und in diesem Moment wusste ich es.

Wir hatten verloren.

Was auch immer Nox eine solche Furcht einflößte, würde unseren Untergang bedeuten.

Merkwürdigerweise beängstigte mich dieser Gedanke kein bisschen. Wir hatten in den letzten Tagen so oft über unseren Tod gesprochen, dass ich unbewusst die ganze Zeit damit gerechnet hatte und nun einsehen musste, dass es tatsächlich endgültig vorbei war.

»Sorry.« Das Wort rutschte mir heraus und ich lächelte schwach. Wenn ich schon jeden Moment sterben würde, war ich froh, dabei nicht allein zu sein.

Nox erwiderte mein Lächeln und vielleicht lag es an meinem umnebelten Verstand, aber in diesem Moment erinnerte er mich an Adam. Ebenso wie Adams Lächeln wirkte seins rein und liebevoll und seine Mimik sanft und aufrichtig.

Geh nicht. Verlass mich nicht.

Ich schloss die Augen. Wenn ich jetzt starb, war das letzte Bild, das ich sah, zumindest ein schönes. Mehr konnte ich mir im Augenblick nicht wünschen.

»Hey! Kleines! Jetzt ist nicht der richtige Moment, um zu schlafen. Wir müssen hier weg!«

Etwas strich mir sanft über die Wange und hielt meinen Kopf aufrecht. Ich versuchte meine Augen zu öffnen, aber es fühlte sich an, als hingen Bleigewichte an meinen Wimpern. Ich hatte keine Kraft mehr. Selbst Atmen war die reinste Qual und wäre es kein reiner Instinkt, hätte ich es sicherlich längst eingestellt.

Etwas Warmes legte sich auf meine Stirn. »Verdammt, du glühst!« Die überraschend weiche Stimme fluchte erneut. »Ich habe dir doch gesagt, dass du noch nicht fit genug bist! Aber du musstest ja deinen Willen durchsetzen! Jetzt wird uns dein Sturkopf das Leben kosten!«

Wieder strich mir etwas mit einer unbeschreiblichen Sanftheit über die Wange. Die Berührung war so zart, dass meine Lider sich flatternd öffneten. Offenbar wollte mein Verstand unbedingt erfahren, woher diese Berührung kam.

Meine Augen tränten. Salziges Nass rann mir aus den Augenwinkeln, aber es half mir, mein Gegenüber zu erkennen. Ich blickte in zwei strahlend grüne Saphire, die mich mit einer Mischung aus Zorn und Sorge anblickten.

»Nox?« Ich brauchte eine Weile, um mich zu erinnern, wem diese einmaligen Augen gehörten.

»Was?« Der Höllendiener knurrte die Silbe, aber seine Mundwinkel zuckten erleichtert.

»Es tut mir leid.« Weitere Tränen flossen mir über die Wangen und ein schweres Gefühl legte sich auf meine Brust. Die Gewissheit, dass meine letzten Sekunden angebrochen waren und ich meine Mom und Adam niemals wiedersehen würde, machte mir das Herz schwer.

»Dafür ist es zu spät, Kleines!« Nox hörte nicht auf, mir über Kopf und Wangen zu streichen. Seine Finger waren nass, aber warm.

»Bist du sauer?«

»Ja!« Wieder knurrte er seine Antwort und diesmal war kein angedeutetes Lächeln zu sehen.

»Auf mich?« Der Gedanke, dass der Höllendiener auch auf diese Frage mit »Ja« antworten würde, versetzte mir einen Stich.

»Ja.«

Mein Herz setzte einen Schlag aus und ich senkte den Blick.

»Aber noch mehr auf mich selbst.«

Verblüfft sah ich auf.

»Ich hätte niemals auf dich hören sollen! Sollten wir also wider Erwarten überleben ...«

»... wirst du mich eigenhändig umbringen. Ich weiß.«

Zu meiner Überraschung schüttelte Nox lächelnd den Kopf, während er immer wieder mit warmen Fingern über mein erhitztes Gesicht fuhr. »Nein, Kleines. So leicht kommst du mir dann nicht mehr davon. Sollten wir tatsächlich überleben, wirst du mich als deinen großen Helden verehren müssen.«

Nox' Worte ließen mich schmunzeln, auch wenn es sich verzerrt anfühlte. Nur er konnte in einer solchen Situation blöde Witze machen.

»Mein großer Held, hm?«

»Absolut.«

»Und wie verehrt man Helden?« Kraftlos ließ ich die Lider sinken. Dabei konnte ich unmöglich jetzt einschlafen. Solange ich noch bei Bewusstsein war, wollte ich mit Nox reden.

»Als Erstes opfert man ihnen seine Jungfräulichkeit. Über den Rest können wir später verhandeln.«

Mit diesen Worten legte Nox mich auf den Boden. Die waagerechte Position, in der ich mich jetzt befand, linderte ein wenig die Übelkeit, während der kühle Boden mir half, die Hitze aus meinem Verstand zu vertreiben.

Habe ich das gerade geträumt oder hat Nox ...

Ich bekam keine Gelegenheit, meinen Gedanken zu Ende zu führen. Auf einmal bebte die Erde. Laute Geräusche drangen an mein Ohr. Es hörte sich an, als galoppiere eine ganze Horde Pferde direkt neben meinem Kopf.

Ein Schrei ertönte, der vage an das Wiehern eines Pferdes erinnerte. Als Nächstes hörte ich ein Ratschen, das von einem dumpfen Poltern und schweren Schritten begleitet wurde.

»Na sieh mal einer an. Wen haben wir denn da?! Nicholas der Verräter. Dass du dich noch einmal nach Galoai traust, hätte ich nicht gedacht.«

Eine mir bisher unbekannte, aber sehr melodiöse Stimme ertönte. »Sehnst du dich derart nach dem Tod, Dämon? Bist du der Unsterblichkeit überdrüssig geworden?«

»Hallo, Xan. So sieht man sich wieder.«

Nox klang angespannt, was mir einen schmerzhaften Stich versetzte. Er sollte sich nicht sorgen, sondern sich zu mir legen und wieder lächeln. Wenn wir schon starben, konnten wir dabei doch wenigstens glücklich sein. Und gerade war ich glücklich gewesen.

»Nenn mich nicht so, Dämon! Für solches Pack wie dich bin ich immer noch Prinz Xantasan Tamesis Nivian vom Winterhof!«

FÜNF

Was?

Hatte ich das wirklich gehört oder es mir nur eingebildet? War das echt, ein Traum oder eine Wahnvorstellung, hervorgerufen durch das Fieber? So oder so, mein Puls beschleunigte sich und Adrenalin rauschte in tosenden Wellen durch meine Adern. Als hätte man mich mit einer Autobatterie gestartet, durchströmte mich neue Kraft.

Ich öffnete die Augen nur einen Spalt, doch es reichte, um einen Teil des Geschehens zu erkennen. Auf dem von dunklem Laub bedeckten Boden entdeckte ich Nox' schwarze Bikerstiefel und seine Beine, die in seiner dunklen Jeans steckten. In meiner aktuellen Position konnte ich zwar nur bis zu seinen Knien sehen, aber dafür sah ich diesen »Xan« vom Winterhof umso besser. Er war ein junger Mann mit langen, weiß-silbrig schimmernden Haaren, die ihm offen über die Schultern fielen und bis zur Taille reichten. An seinen Schläfen lugten spitze weiße Ecken hervor und er trug einen langen schwarzen Mantel, der bis zu seinen Fußknöcheln reichte und darunter dunkle Stiefel und dazu passende Kleidung erahnen ließ. Seine Haut war hell und ebenmäßig, wie Porzellan, seine Gesichtszüge fein und aristokratisch. Die Augen funkelten in einem so hellen Blau, dass mich die Farbe an jahrtausendealtes Eis in einer Gletscherspalte erinnerte.

Hinter dem Feenprinzen stand ein Tier, das die Geräusche erklärte, die ich gehört hatte. Auf den ersten Blick erinnerte es tatsächlich an ein Pferd, doch nach und nach nahm mein zermatschtes Hirn Details und Feinheiten wahr, die mich eines Besseren belehrten. Das Fell des Tieres war pechschwarz und schimmerte wie flüssige Seide. Das Wesen besaß weder Schweif noch Mähne, dafür aber lange, ledrige Flügel, ähnlich denen einer Fledermaus. Auf seinem

Rücken war ein schwarzer Sattel befestigt, der offenbar aus demselben Material war wie die Baumstämme und die Wände der Höhle. Daran hingen Felle, die zu einer Art Tasche gebunden waren, die wiederum mit einem schwarzen Seil verknüpft war, dessen Ende einen auf dem Boden liegenden Körper umwickelte. Als sich die Person rührte, verursachte sie ein metallisches Geräusch. Ihr Gesicht war von mir abgewandt und ich sah nur ihre langen hellblonden Haare und dunkelbraune Lederkleidung, die voller Dreck, Blut und Risse war.

»Ach komm schon, Xan. Du kannst doch nicht immer noch ernsthaft sauer auf mich sein! Das ist jetzt wie lange her? Hundert Jahre? Hundertfünfzig?« Nox versuchte sich an einem zwanglosen Plauderton, aber selbst ich hörte heraus, wie falsch und künstlich dieser klang.

Der Prinz machte ein paar Schritte auf den Höllendiener zu. »Und wenn es dreitausend Jahre wären. Ich erinnere mich noch an jedes Detail unseres letzten Treffens. Insbesondere an den Schwur, den ich damals geleistet habe.« Er griff an seine linke Seite und brachte mit einem leisen Sirren ein Schwert zum Vorschein, das aus milchigem Glas zu bestehen schien und ein pulsierendes Licht von sich gab. »Und ebendieses Versprechen werde ich jetzt einlösen.« In einer geschickten Bewegung hob er das Schwert auf Brusthöhe und richtete die Spitze auf Nox. »Noch einige letzte Worte, ehe ich dich zurück zu deinem Boss schicke, Dämon?«

Zögerlich trat Nox einen Schritt zurück. »Hey, wo ist dein Kampfgeist geblieben, Xan? Ich bin unbewaffnet. Willst du nicht lieber in einem fairen Kampf gegen mich verlieren? Ich meine, die Blamage würde auch so ziemlich groß werden, aber zumindest hättest du auf diese Art eine minimale Chance, dein Gesicht zu wahren.«

Der Prinz lachte. Hell und hoch. Das Geräusch erinnerte mich an Alyssas Lachen und ich fragte mich, ob alle Feen solch liebliche und bezaubernde Töne von sich gaben.

»Ein fairer Kampf? Gegen einen Dämon? Niemals. Und denke nicht, dass ich so dumm bin und auf deinen Trick reinfalle, Nicholas. Noch einmal wirst du kein solches Glück haben wie bei unserem letzten Aufeinandertreffen.«

Der Prinz kam erneut einen Schritt näher. Diesmal klang seine Stimme kein bisschen schmeichelhaft. Sie war tief und rau und verursachte mir eine unangenehme Gänsehaut. »Erst werde ich dir den Kopf von den Schultern schlagen und anschließend meinen Sieg mit dem wertlosen Menschlein dort feiern, das du offenbar zu beschützen versuchst. Es wird mir eine Freude sein, sie so lange zu foltern, bis sie genügend Hass für dich empfindet, damit sie dir die Ewigkeit in der Hölle zur reinsten Qual macht!«

Nox hatte bereits seinen Fuß angehoben, um einen weiteren Schritt zurückzuweichen, doch bei Prinz Xan-wie-auch-Immers Worten verharrte er mitten in der Bewegung. Schließlich setzte er ihn wieder ab und machte einen Schritt nach vorn.

»Gut. Du willst es drauf ankommen lassen, Xani-Tani? Dann lass uns spielen.«

Das, was als Nächstes geschah, vermochte ich weder richtig zu erkennen, noch hätte ich es später beschreiben oder erklären können. Wie ein Sternschnuppenschweif, bestehend aus hellen und dunklen Nuancen, schoss Nox auf den Feenprinzen zu, um sich gemeinsam mit ihm in einem wirbelnden Spiel aus Licht und Finsternis zu vereinen. Immer wieder blitzte etwas Weißglühendes auf, begleitet von einem lauten und animalischen Schmerzensschrei, und bot mir die Möglichkeit, einen Blick auf das Geschehen zu erhaschen.

Und jedes Mal kam mein Herz für einen Schlag zum Stillstand.

Beim ersten Mal lag Nox rücklings auf dem Boden. Der Winterprinz saß auf seinem Brustkorb und presste die Längsseite seiner Schwertklinge gegen dessen Hals, während der Höllendiener diese mit seinen Handflächen umklammert hielt und erbitterten Widerstand leistete. Feine Rinnsale Blut suchten sich einen Weg zwischen seinen Fingern hindurch und schlängelten sich über die gebräunte Haut seiner Arme. Ich war wie erstarrt und konnte den Blick nicht abwenden, auch wenn ich wusste, dass es jeden Moment vorbei war und das Bild sich dann für alle Ewigkeit in meinen Verstand brennen würde.

Mit einem weiteren Schrei, der tief aus Nox' Innerstem kam, verschwamm das Bild in einer erneuten Kugel aus Licht und Dunkelheit. Wie ein ferngesteuerter Ball zuckte diese erst zu der einen, dann zur anderen Seite, bis der Kampf zum Stillstand kamen.

Irgendwie musste es Nox gelungen sein, den Winterprinzen zu entwaffnen und ihn mit dem Rücken gegen einen der Bäume zu pressen. Der Höllendiener hatte seine Hände um den Hals seines Gegners geschlungen und atmete hektisch. Sein Gesicht und der Brustkorb waren von Schnitten und Wunden übersät und seine Beine zitterten stark. Selbst ein Blinder sah, dass Nox am Ende seiner Kräfte war.

»Gib auf, Nicholas!« Der Winterprinz röchelte, aber seine blutverschmierten Lippen waren zu einem siegessicheren Lächeln verzogen. »Du hast keine Chance gegen mich. Nicht hier. Nicht in meinem Reich.« Ein beängstigendes Husten war zu hören, dann sprach der Prinz weiter. »Ich brauche kein Schwert, um dich zu töten. Damit wäre es sicherlich interessanter und qualvoller, aber ich bin nicht wählerisch, solange ich meine Rache bekomme.«

Schlagartig sank die Lufttemperatur. Wie im Zeitraffer überzog eine dünne Schicht Frost den Boden, jedes Blatt und jeden Ast. Einfach alles, was sich zu Füßen des Winterprinzen befand. Der Atem, den ich durch meine vor Panik geöffneten Lippen ausstieß, war als kleine weiße Wölkchen sichtbar. Unaufhaltsam bahnte sich der Frost einen Weg in meine Richtung. Selbst als er meine Beine erreichte, die sofort eiskalt wurden und sich taub anfühlten, hörte er nicht auf.

Was ist das?

Mit weit aufgerissenen Augen und bebenden Lippen riss ich meinen Blick von den weißen Kristallen und sah wieder zu den Kämpfenden. Nox, der in unmittelbarer Nähe zum Prinzen stand, befand sich offenbar im Kern der Kälte, denn seine Hose, die ursprünglich schwarz gewesen war, erschien mir nun hellgrau und ich brauchte einen Moment, ehe ich verstand, dass es sich dabei ebenfalls um eine Frostschicht handelte, die vom Boden über seine Schuhe bis hinauf zu seinen Oberschenkeln reichte und den Höllendiener damit an Ort und Stelle fixiert hatte.

»Nox!« Mein Schrei war laut und panisch, doch als ich ihm eine Warnung zurufen wollte, war meine Stimme kaum mehr als ein leises Wispern. Trotz der Jacke hatte die Kälte nun auch meinen Oberkörper in Beschlag genommen. Meine Zähne und Lippen bibberten, gleichzeitig sprudelte Adrenalin wie kochende Lava durch meine Adern und half mir, die Gedanken klar zu halten, obwohl ich zu gern dem Sog nachgegeben und mich friedlich schlafen gelegt hätte.

Ich darf nicht einschlafen!

Ich hatte zusammen mit Adam genügend Dokus gesehen, um zu wissen, dass man bei solchen Temperaturen auf keinen Fall die Augen schließen durfte. Man würde sie sonst nie wieder öffnen.

Unter Aufbietung all meiner Kraft zwang ich mich auf die Knie. Auch wenn ich eine gefühlte Ewigkeit brauchte, bis ich diese Position erreichte, verlieh mir die Bewegung neuen Mut. *Ich kann es schaffen! Ich werde uns retten!*

Leider hatte ich keine Ahnung, wie ich das bewerkstelligen sollte. Trotzdem musste ich handeln. Nox hatte mir das Leben gerettet und ich schuldete es ihm, wenigstens einen Versuch zu starten, dasselbe für ihn zu tun, so sinnlos und zum Scheitern verurteilt es auch aussehen mochte.

Auf der Suche nach einer hilfreichen Idee sah ich mich um. Dabei fiel es mir schwer, meinen Blick von Nox zu wenden, dessen Hände noch immer um den Hals des Prinzen lagen und zudrückten, während die Eisschicht unaufhörlich weiterkroch. Seine unterdrückten Schmerzenslaute verrieten mir, dass er nicht mehr lange durchhalten würde.

Das Schwert! Natürlich!

Da der Prinz es nicht mehr in der Hand hielt, musste es hier irgendwo sein. Mein Blick huschte über den dunklen Boden, doch ich konnte es nirgends entdecken. Also musste ich mir etwas anderes einfallen lassen.

Ein Geräusch, das so gar nicht nach Nox klang, der angstvoll schrie, weckte meine Neugier und ich riss meinen Kopf nach rechts. Ein ganzes Stück abseits, hinter einer Aneinanderreihung mehrerer Bäume, entdeckte ich das pferdeähnliche Tier, das zu Beginn des Kampfes das Weite gesucht hatte und zwischen zwei Baumstämmen stecken geblieben war. Es versuchte wohl, mit seinen Flügeln zu schlagen, aber die schienen verletzt oder eingeklemmt zu sein. Immer wieder wieherte es aufgeregt und trat mit seinen Hinterbeinen auf der Stelle.

Ein paar Schritte dahinter, zum Teil durch einen dieser Giftsträucher verdeckt, lag der bewusstlose Körper, der offenbar immer noch an das Tier gebunden war. Sein Gesicht war in meine Richtung gedreht, doch mehr konnte ich aus dieser Entfernung unmöglich erkennen.

In Ermangelung geeigneterer Alternativen kämpfte ich mich in eine aufrechte Position, was mich straucheln ließ. Meine tauben und eiskalten Beine wollten wieder nachgeben, aber ich klammerte mich an einen Baumstamm, der in meiner Nähe stand, und hielt mich damit aufrecht.

Ich muss zu dem Tier! Vielleicht finde ich bei ihm etwas Hilfreiches!

Während ich unerträglich langsam auf das Wesen zutaumelte, schickte ich ein Stoßgebet gen Himmel. Wenn es einen Gott gab – und ich hoffte sehr für Adam, dass dem so war –, sollte er mir jetzt gefälligst einen kleinen Gefallen tun und mir helfen. Nach all dem, was wir bereits durchgemacht hatten, war das nicht zu viel verlangt.

Mit jedem qualvollen Schritt, mit dem ich mich dem Tier näherte, wurden Nox' Schreie lauter und markerschütternder. Gleichzeitig vernahm ich das helle, erfreute Lachen des Winterprinzen. In Kombination mit dem Wiehern des pferdeähnlichen Tieres zerrte es schmerzhaft an meinen Nerven. Wenigstens war es hier wärmer und der Boden nicht mit einer Eisschicht bedeckt. Auch wenn es nicht half, mich aufzuwärmen oder meine Bewegungen schneller und fließender auszuführen, fror ich zumindest nicht weiter ein, was im Augenblick schon einen großen Pluspunkt darstellte.

»Rette mich!«

Wie aus dem Nichts ploppten bunte Farben in meinem Kopf auf und ließen mich aufkeuchen. Erschrocken sah ich mich in alle Richtungen um, ahnte aber, dass der Ruf nur in meinem Kopf zu hören war.

»Rette mich und ich gewähre dir einen Wunsch!«

Ich erstarrte, als ich aus den Augenwinkeln eine Bewegung wahrnahm, und drehte meinen Kopf langsam zur Seite. Das Wesen, dessen Körper unter dem Feuerstrauch lag, blickte mich aus tiefblauen Augen an. Sein Gesicht war von unzähligen Schnitten, Prellungen und Wunden übersät, sodass ich nicht erahnen konnte, welche Formen und Konturen es zuvor einmal besessen hatte. Der Glanz in seinen Augen jedoch ließ einen ungebrochenen Überlebenswillen vermuten.

»Wer bist du?« Ich wusste, dass die Stimme in meinem Kopf von dem Wesen unter dem Feuerstrauch kam. Inzwischen hatte ich schon so viel gesehen, was mir fremd war, dass mich diese Gewissheit erschreckend ruhig agieren ließ. Ich wendete meinen Blick zu dem Tier. Nur noch vier oder fünf Schritte war ich von ihm entfernt und würde sicherlich einige Sekunden brauchen, bis ich es ganz erreicht hatte. Dann musste ich meine Angst überwinden, ehe ich die Taschen, die an dem Sattel befestigt waren, durchwühlen konnte. Dabei blieb die Frage, ob ich darin überhaupt etwas Hilfreiches finden würde. *Wenn nicht ...*

»Rette mich und ich erfülle dir jeden Wunsch, den dein Herz begehrt.« Die Fee, von der ich aufgrund der Stimmlage annahm, dass sie männlich war, sprach, ohne die Lippen zu bewegen, und sah mich dabei so intensiv an, als würde sie mich hypnotisieren wollen.

Ich öffnete den Mund. Es war keine bewusste Entscheidung, sondern eher ein Impuls. Doch bevor die erste Silbe über meine tauben und angefrorenen Lippen kam, zerriss ein weiterer Schrei die Stille und machte mir bewusst, was ich hier gerade tun wollte.

»Nein! Ich mache keine Deals mit Feen!« Ich schüttelte den Kopf und verdrängte den Wunsch, mich zu Nox umzudrehen. Ich wollte nicht sehen, wie wenig Zeit ihm noch blieb.

»Wenn du mich befreist, kann ich uns retten. Sonst sind wir dem Tod geweiht, Mensch.«

Der flehende Klang ließ mich zögern. Vielleicht konnte die Fee uns wirklich retten. Aber dann erinnerte ich mich an Nox' Warnung. *Glaub keinem Versprechen, egal wie verlockend es klingen mag.*

Aber wenn ich es nicht riskiere, sind wir gleich tot! Oder Schlimmeres! Bei dem Gedanken, wie dieses »Oder Schlimmeres« aussehen könnte, durchfuhr mich ein unangenehmer Schauder und verstärkte die Gänsehaut, die meinen Körper großflächig überzog.

Was soll ich nur tun?!

»Rette mich, Mensch! Schnell! Uns läuft die Zeit davon!«

Wie explodierende Feuerwerkskörper schossen die Worte feuerrot in meinen Kopf und ich musste meine Handballen gegen die geschlossenen Augen pressen, um die Intensität zu verarbeiten. Als der Druck in meinem Inneren nachließ, öffnete ich die Augen und fokussierte die Fee mit deutlichem Argwohn im Blick. »Ich traue euch Lichtem Volk nicht!« Auch wenn ich selbstsicher und entschieden klingen wollte, schwang eine Spur Unsicherheit mit. Es widerstrebte mir, ein Lebewesen, das meine Hilfe benötigte, im Stich zu lassen. Dennoch konnte ich Nox' dringenden Hinweis zu Beginn unserer Reise nicht einfach ignorieren.

»Ein gerettetes Leben ist die größte Schuld, die unseresgleichen eingehen kann. Niemand würde es jemals wagen, diese Dankbarkeit mit einem Trick oder einer List unehrenhaft zu verraten.« Zart wie eine Feder strichen die Worte der Fee um meinen Verstand.

Ungewollt huschte mein Blick zu dem Seil, das sie umschlang. Es war ungefähr so dick wie mein Handgelenk und aus der Nähe erkannte ich, dass es keine Fasern waren, aus denen es geknüpft war, sondern kleine Metallketten.

»Wie soll ich dich überhaupt befreien?« Kein Messer dieser Welt konnte dieses Material zerschneiden. Und selbst wenn es eins gab, war ich nicht in der glücklichen Lage, es zu besitzen.

Ich stutzte über meine Gedanken. *Ziehe ich etwa ernsthaft in Erwägung, einen weiteren Deal mit einer Fee einzugehen? Bin ich lebensmüde? Reicht mir nicht das Chaos mit Alyssa?*

Leider hatte ich keine Wahl.

»In einer der Taschen befindet sich mein Kurzschwert. Es besitzt besondere Eigenschaften. Der Winterprinz hat es mir abgenommen, nachdem er mich gefangen nahm. Damit wirst du die Ketten sprengen können. Aber beeil dich, Mensch. Es eilt!«

Der eindringliche Ton der Fee verdrängte meine Überlegungen. Wenn ich nichts tat, waren wir so gut wie tot. Denn selbst wenn Nox sich irgendwie befreien konnte, hatte der Prinz deutlich gezeigt, dass er auch ohne Waffe unbesiegbar war. Seine »Ich verwandle alles und jeden in Frostie den Schneemann«-Show war ziemlich beeindruckend gewesen.

Vielleicht kann uns die Fee wirklich helfen.

So verrückt dieser Gedanke auch sein mochte, es war zumindest einen Versuch wert.

O Gott! Nox wird mich umbringen!

Ich schluckte hart, atmete tief durch und trat mit vorsichtigen Schritten auf das scheuende Tier zu. Dieses musste mein Vorhaben erkannt haben, denn es wurde noch wilder und trat kräftig nach hinten aus. Ich schaffte es gerade noch, mich mit einem knappen Sprung zur Seite in Sicherheit zu bringen. Dabei stolperte ich über etwas, das auf dem Boden lag, und stürzte.

Der Aufprall trieb mir die Luft aus den Lungen und ich schloss reflexhaft die Augen. Bunte Lichter explodierten vor meinen geschlossenen Lidern und ich schmeckte Blut. Auch die vielen scharfkantigen Blätter, die in meine Handflächen und in mein Gesicht schnitten, nahm ich wahr, doch all der Schmerz verblasste im Vergleich zu dem atemraubenden Blitz, der wie eine Handgranate in meiner Taille explodierte.

Während sich mein Aufschrei unter die anderen Geräusche mischte, schoss meine Hand an meine Seite, doch ich spürte nur das weiche Leder von Nox' Jacke. Dennoch wusste ich, dass die Wunde, die er so akribisch gepflegt hatte, wieder aufgerissen war und großzügig warmes, frisches Blut hervorquollen ließ, ehe es auf meiner kalten Haut ein Kribbeln verursachte, um dort zu verkrusten.

»Mensch! Beeil dich! Du hast nur noch wenige Sekunden, ehe das Herz des Dämons erfriert!«

Immer noch auf der Seite liegend und die Augen fest zusammengepresst wollte ich der Fee den Mittelfinger zeigen. Sie sollte sich mal ernsthaft Gedanken über ihre Motivationsrede machen! Nicht jeder konnte unter Druck arbeiten.

Ich biss die Zähne fest zusammen und versuchte mich aufzurappeln, doch jede Bewegung fühlte sich an, als würde mir jemand ein glühendes Eisen in die Seite rammen und damit genüsslich in meinen Innereien rühren.

Blinzelnd öffnete ich die Augen und bemerkte, dass meine Sicht unscharf war. Wieder spürte ich ein Kribbeln in meinen Finger- und Zehenspitzen. Der Blutverlust begann sich bemerkbar zu machen.

Ich schaffe es nicht! Ich habe keine Kraft mehr!

Die letzten Reserven, die mir zuvor das Adrenalin in meinem Körper verschafft hatte, waren aufgebraucht. Ich war endgültig am Ende und es war mir noch nicht einmal möglich, mich aufrecht hinzusetzen, geschweige denn aufzustehen. Wie sollte ich da das Gepäck, das sich auf dem Rücken eines wilden Tieres befand, durchsuchen und anschließend mit einem Schwert eine Fee befreien?

Es tut mir leid, Nox. Es tut mir leid, Adam und Mom. Ich habe alles gegeben, aber es war nicht genug. Ich habe euch enttäuscht.

Tränen stiegen mir in die Augen und flossen ungehindert über mein Gesicht. Ich war zu erschöpft, um sie wegzuwischen.

So sah also mein Ende aus? Auch wenn ich mir niemals Gedanken über meinen Tod gemacht hatte, wollte ich dennoch stets zwei Dinge vermeiden: Wenn ich jemals sterben sollte, dann nicht allein und schon gar nicht weinend.

Doch genau das würde nun geschehen.

SECHS

»Mensch!«

Wie ein Blitz fuhr das Wort in einem leuchtenden Zornrot beleidigend durch meinen Kopf, doch auch das ließ mich nicht aufsehen. Ganz sicher würde ich mir nicht von einem wildfremden Feenwesen ein schlechtes Gewissen einreden oder die letzten Augenblicke meines Lebens kaputt machen lassen. Stattdessen versuchte ich wieder meinen Arm zu heben. Die Fee sollte endlich verstehen, dass es vorbei war. Und dafür gab es nur ein Zeichen.

Erbärmlich langsam kroch mein freier Arm über den laubbedeckten Boden, als meine Finger gegen etwas Hartes, Kaltes und Glattes stießen. Ohne dass ich eine bewusste Entscheidung getroffen hatte, schlossen sich meine Finger um den Gegenstand.

Auf einmal stand die Zeit still. Alle Geräusche waren verstummt und ich nahm nichts anderes wahr als meinen schnellen, kräftigen und unbeugsamen Herzschlag. Als hätte man mir Kaffee oder literweise Energydrinks intravenös verabreicht, hatte ich mit einem Mal das Gefühl, Bäume ausreißen zu können.

Wie von selbst hob sich mein Arm und ich öffnete die feuchten Augen. In meiner Hand hielt ich einen langen, dünnen Gegenstand, der aus milchigem Glas zu bestehen schien und ein pulsierendes Licht von sich gab.

»Das Schwert des Winterprinzen.«

Ehrfurchtsvoll klangen die Worte durch meinen Kopf und ich wusste nicht, ob es meine eigenen Gedanken waren oder ob sie wieder von der Fee kamen.

Dann geschahen mehrere Dinge gleichzeitig.

Das Erste, was ich bemerkte, war, dass ich aufrecht stand, ohne dass ich mich bewegt hatte. Ich hatte nur daran gedacht, dass ich aufstehen *wollte*, und schon war es passiert. Als Nächstes spürte ich, dass das Taubheitsgefühl aus meinen Gliedmaßen gewichen war, ebenso wie der Schmerz aus meiner Taille. Und ich hatte wieder volle Kontrolle über jeden einzelnen Muskel.

Was hat das zu bedeuten?

Ich wagte es kaum, dem hoffnungsvollen Gefühl nachzugehen, das mich durchströmte. Aber ich fühlte mich auf einmal mächtig und kraftvoll. Regelrecht unbesiegbar.

»Wie kann das sein? Du bist ein Mensch! Du solltest keine Feenmagie anwenden können!«, hörte ich die Fee sagen. Bewunderung und gleichzeitig Furcht erklangen in ihrer Stimme, die in bunten Farben durch meinen Kopf schrillte. Ich nahm an, die Farben mussten etwas mit den Empfindungen der Fee zu tun haben.

»Ich weiß es nicht«, gab ich ehrlich verwirrt zu. Ich hatte gar nicht vorgehabt, das Schwert anzufassen, geschweige denn die Magie darin zu nutzen. Dennoch fühlte es sich richtig, ja geradezu berauschend gut an.

Für einen Moment starrte ich einfach nur das kühle weiße Licht an, das dennoch erstaunlich warm war. Zumindest wärmte es meine Finger und die Handfläche und langsam auch meinen gesamten Arm.

»Los! Zerschlag die Fesseln, solange du es kannst! Der Prinz wird gleich merken, dass etwas nicht stimmt. Er hat eine seelische Verbindung zu seiner Waffe und ...«

»Was ist da los?!« Wie ein Donnergrollen ertönte der Ruf des Winterprinzen und ließ die Bäume und Sträucher erzittern. Sogar der Boden bebte ein wenig und brachte mich ins Wanken.

»Beeil dich, Mensch!« Immer drängender und greller wurden die Worte in meinem Kopf und raubten mir die Orientierung.

Hektisch sah ich mich um. Ich wusste, dass ich handeln musste. Dass ich zu Nox laufen und ihn retten musste. Aber wie? Ich konnte unmöglich gegen den Prinzen antreten. Auch wenn ich mich gerade mutig, stark und unbesiegbar fühlte, war ich nicht dumm genug, um auf diesen Schein reinzufallen.

Mein Blick fiel auf die Fee, die sehr ernst wirkte. Offenbar hatte sie verstanden, dass ihre Einmischung in meinem Kopf die Sache nur verzögerte, und bemühte sich nun um Schweigen.

Wenn ich jetzt meine Zeit darauf verwendete, dieses Wesen zu retten, würde ich vielleicht zu spät kommen, um auch Nox zu retten. Wenn ich jedoch die Fee nicht rettete, wusste ich nicht, wie es weitergehen sollte.

Widerwillig machte ich zwei Schritte auf die Fee zu, die mich jetzt aus tiefblauen Augen hoffnungsvoll ansah. Offenbar hatte sie nicht gedacht, dass ich ihren Befehlen folgen würde.

Ja, ich frage mich auch, was ich gerade tue.

Das tat ich wirklich. Denn ich hatte keine Ahnung, wie man ein Schwert benutzte. Und besonders eins, das magische Kräfte besaß, die ich gar nicht in der Lage sein sollte, anzapfen zu können. Wie sollte es mir überhaupt gelingen, diese metallischen Ketten zu sprengen?

Da mir die Zeit davonlief und ich vermutlich sowieso keine Antworten finden würde, handelte ich rein instinktiv. Mit einem tiefen Atemzug hob ich die Waffe über den Kopf und schwang sie wie eine Axt auf den Teil der Ketten, der auf dem Boden lag. Die Klinge glitt durch das Metall, als wäre es Nähgarn. Doch als die Spitze den Waldboden berührte, ertönte ein schrilles Klingeln und meine Arme vibrierten von dem Aufprall. Die Erde bebte, als wäre ein Asteroid eingeschlagen, und die Wucht ließ mich abermals taumeln.

Mit der einen Hand hielt ich das Schwert umklammert, mit der anderen stützte ich mich an einem Baumstamm ab, während ich mit großen Augen verfolgte, wie ein schmaler Riss im Erdboden entstand, der sich wenig später mit hoher Geschwindigkeit über den Boden schlängelte, bis ich seine Spitze nicht mehr sehen konnte. Dafür bemerkte ich mit wachsendem Unbehagen, wie der zunächst schmale Riss immer breiter wurde, bis problemlos eine erwachsene Person darin hätte verschwinden können.

Die Fee schaffte es gerade noch rechtzeitig, ihren gefesselten Körper zur Seite zu wälzen, ehe sie als erstes Opfer meine Gedanken bestätigt hätte.

»Wie hast du das gemacht, Mensch?« Große blaue Augen starrten mich voller Furcht an und auch die Farbe der Empfindung strahlte Angst aus.

»Ich ...« ... *habe keine Ahnung*, wollte ich sagen, doch ein weiterer qualvoller und unmenschlicher Schrei ließ mich verstummen.

Nox!

In all dem Wahnsinn hatte ich den Höllendiener vergessen. Mein Kopf ruckte zur Seite und mit einem Mal konnte ich zwischen den Bäumen den Winterprinzen und meinen Weggefährten erkennen, der inzwischen nicht mehr aufrecht stand, sondern auf dem Boden lag und sich vor Schmerzen krümmte.

In diesem Augenblick schaltete ich in den Autopilotmodus. Ohne nachzudenken oder die immer noch furchtsam dreinblickende Fee auf der anderen Seite der nun knapp zwei Meter breiten Schlucht zu beachten, lief ich los. Mein Kopf war erstaunlich leer und mein Handeln kannte nur ein Ziel: Nox retten. In einer rasanten Geschwindigkeit brachte ich die Distanz zum Winterprinzen und zu Nox hinter mich. Obwohl ich mit jedem Schritt immer mehr Frost auf dem Boden und an den Bäumen wahrnahm, spürte ich keinen Temperaturunterschied. Wahrscheinlich hätte ich mich auch in der Arktis bewegen können, ohne zu frieren.

»Du warst das? Ein Mensch hat sich meiner Magie bedient?« Verblüffung, Zorn und Abscheu strahlten wie frostige Eiszapfen von dem Winterprinzen ab, nachdem ich in sein Blickfeld getreten war. Er strahlte pure Aggressivität aus und ich war mir sicher, dass er mich jeden Augenblick angreifen würde. Doch irgendetwas schien ihn davon abzuhalten. »Das kann nicht sein! Das ist unmöglich!«

Es behagte mir nicht, die Fee aus den Augen zu lassen, aber ich konnte nicht anders. Mein Blick wurde jetzt magisch von Nox angezogen, dessen Körper wie leblos vor den Füßen des Prinzen lag. Zuerst sah es so aus, als schliefe er, aber als ich genauer hinsah, bemerkte ich, wie ungesund blass seine Haut war. Seine Augen waren geschlossen und auf seinen dunklen Wimpern thronten kleine Eiskristalle. Sein gesamter Körper war von einer dünnen Eisschicht überzogen und seine Lippen waren so tiefblau

63

wie die Augen der Fee, die ich eben gerettet und damit Nox' Ende besiegelt hatte.

»Nein!« Keuchend schlug ich mir die Hand vor den Mund. »Nein! Bitte nicht!«

Ohne nachzudenken, ließ ich das Schwert fallen und lief die wenigen Schritte zu Nox, um mich neben seinem Körper auf den harten und kalten Boden zu knien. Jetzt, da ich keinen Kontakt mehr zu dem Schwert hatte, spürte ich, wie erschöpft ich war. Der Schmerz in meiner Taille war wieder spürbar, das unangenehme Kribbeln in meinen Beinen und Armen, als wären die Muskeln eingeschlafen, kehrte zurück und auch das Kälteempfinden war auf einmal wieder da. Das alles nahm ich jedoch nur am Rande wahr.

Ich starrte auf Nox' nackte, bewegungslose Brust. Kein Heben. Kein Senken. Kein Atmen. Wie in Trance hob ich meine zitternde Hand und legte sie ihm auf die Wange. Obwohl meine Fingerspitzen völlig durchgefroren waren, hatte ich das Gefühl, einen Eiswürfel zu berühren.

»Nein! Nox! Es tut mir leid!« Ungewollt schossen mir Tränen in die Augen und rannen in brennenden Spuren über meine Wangen, ehe sie abkühlten und auf meiner Haut zu kleinen Eiskristallen gefroren. »Es tut mir so leid. Alles!« Immer wieder streichelte ich über seine harte, glatte Haut. »Es tut mir so leid.«

Wie ein Mantra wiederholte ich unentwegt die Worte, auch wenn ich tief in meinem Inneren wusste, dass sie nichts änderten.

Der Höllendiener war tot.

Ohne meinen Blick von Nox' erstarrtem Gesicht zu wenden, wartete ich auf meinen eigenen Tod. Ich wusste, er würde jeden Augenblick eintreten. So waren die Regeln. Starb einer von uns dreien, würden wir alle in der Hölle landen. Dass ich immer noch hier saß, atmete und meinen Verlust betrauern konnte, lag sicherlich an der langsamer verstreichenden Zeit. Anders konnte ich es mir nicht erklären.

Den irrsinnigen Gedanken, dass Nox doch nicht tot war, wollte ich gar nicht erst zulassen. Diese falsche Hoffnung würde mich am Ende nur zerstören. Außerdem waren die Anzeichen eindeutig. Auch wenn Nox ein Dämon war, hatte er wie jedes andere Lebewesen geatmet. Geblutet. Gefühlt.

»Ein Mensch, der einem Dämon nachweint? Ihr seid wahrlich ein zutiefst merkwürdiges und abnormales Volk. Es wird keinen Verlust darstellen, wenn ich dich jetzt töte.«

Die Worte des Winterprinzen rissen mich aus meiner Trauer und ich hob den Kopf. Dicht vor mir stehend sah er mich mit abschätzigem Gesichtsausdruck an. Er hatte sein Schwert aufgehoben und hielt es locker in seiner Hand, als betrachte er mich nicht mehr als Gefahr. Die Mimik des Winterprinzen war ebenso hart und leblos wie die des Höllendieners. Nur war der Prinz nicht tot. *Im Gegensatz zu Nox.*

Meine Gedanken schmerzten. Wie flüssiges Blei füllten sie meinen Brustkorb und erschwerten mir das Atmen. *Nox ist meinetwegen gestorben! Ich habe ihn im Stich gelassen!*

Sosehr mich diese Gewissheit traf, machte sie mich auch wütend. Und im Augenblick brauchte ich ein Ventil, um meinen Zorn herauszulassen.

»Du hast doch keine Ahnung von uns Menschen. Und auch keine von Nox! Ich weiß nicht, warum er in deinen Augen den Tod verdient hat, aber eins kann ich dir sagen: Selbst wenn er ein Dämon war und grausame Dinge getan hat, hat er sich dennoch um mich gekümmert! Er hat mich beschützt und gepflegt! Er hatte ein Herz und Gefühle! Und deswegen war er so viel menschlicher, als du es jemals sein wirst! Jetzt verstehe ich auch, weshalb Alyssa sich lieber in der Menschenwelt versteckt, als hierher zurückzukehren und dich zu heiraten!«

Eine minimale Regung huschte über das Gesicht des Prinzen. Er verstärkte den Griff um sein Schwert und hob es an, jeden Moment bereit, es gegen mich zu richten. Aber ich reagierte nicht auf seine Bewegung. Ob die Klinge des Winterprinzen oder die Bedingungen des Vertrages mein Ende bedeuten sollten, war mir egal.

Der Prinz öffnete seine Lippen, um etwas zu sagen, doch anstatt seiner samtweichen und schmeichelnden Stimme erschallte in unserer unmittelbaren Nähe eine ohrenbetäubende Explosion. Ich sah ein helles Aufblitzen, das die tiefste Dunkelheit erhellte und mich für einen Moment blind werden ließ. Gleichzeitig ertönten Schreie, Rufe und ein Lärm, den ich nicht erklären konnte. Die Besucher eines prall gefüllten Footballstadions hätten nicht lauter sein können.

Ich warf mich schützend über Nox' Leichnam, doch die hastige Bewegung gab mir den Rest. Ein quälender Schmerz strahlte aus meiner Taille bis in die entfernteste Faser meines Körpers und raubte mir die Sinne. Ich spürte, wie tiefste Dunkelheit mit gierigen Fingern nach mir griff und mich mit sich in den Tod zog.

Diesmal wehrte ich mich nicht. Ich folgte dem Ruf in dem Wissen, in der ewigen Verdammnis Adam und Nox wiederzubegegnen.

Es tut mir leid.

SIEBEN

»Ave? Bist du wach?« Jemand rüttelte sanft an meiner Schulter und wisperte meinen Namen. »Avery? Los! Mach die Augen auf! Ich weiß, dass du nicht mehr schläfst.«

Ich stöhnte und rollte mich auf die Seite, während ich an dem Versuch scheiterte, mir die Decke über den Kopf zu ziehen. »Mooaaarrrr! Was willst du, Mony? Es ist viel zu früh!«

Das glockenhelle Lachen meiner Freundin ertönte und es war mit den ersten Sonnenstrahlen an einem Frühlingsmorgen zu vergleichen, nachdem man einen langen und harten Winter hinter sich hatte. »Los, steh auf! Es ist schon spät! Die anderen sitzen bereits im Wagen und warten. Los! Jetzt komm endlich!« Obwohl sie flüsterte, klang ihre Stimme unerbittlich und sie zog immer wieder an meiner Decke, um ihren Befehl zu unterstreichen. »Du kannst doch nicht deinen eigenen Geburtstag verschlafen! Man wird schließlich nicht jedes Jahr achtzehn!«

Ihre Worte ließen mich innehalten.

Sie hatte recht.

Heute war mein Geburtstag.

Mein achtzehnter Geburtstag.

Der Gedanke zauberte mir ein Lächeln ins Gesicht und ich gab den Kampf um meine Decke auf.

Ich bin endlich achtzehn!

Volljährig!

Kaum hatte ich den dicken, weichen Stoff losgelassen, nutzte Harmony die Gelegenheit und zog ihn von meinem Körper. Ich spürte, wie die weichen Laken über meine nackte Haut strichen.

»Avery Marie Harper!« Harmony lachte entsetzt auf und ließ den Stoff gleich wieder los. »Seit wann schläfst du nackt?«

Ich hörte, wie sich ihre leisen Schritte vom Bett entfernten. Kurz darauf ertönte das metallische Ratschen meiner Jalousie und trotz meiner geschlossenen Lider blendete mich ungemütliches Licht. Sofort hob ich schützend meinen Arm über die Augen und protestierte lauthals, anstatt auf ihre intime Frage einzugehen. »Mensch, Mony! Warum machst du das? Kannst du mich nicht schlafen lassen?«

»Nein, kann ich nicht! Und sei froh, dass ich gekommen bin, um dich zu wecken. Wenn dein Vater oder Adam dich so gesehen hätte ...« Harmony beendete ihren Satz mit einem erheiterten Lachen, das mich aufstöhnen ließ. Die Vorstellung war nicht so amüsant, wie meine Freundin vermutlich annahm.

Ehe ich Gelegenheit hatte zu reagieren, stand Harmony wieder an meinem Bett und griff nach meiner Hand, um mich in eine aufrechte Position zu ziehen. »Und jetzt beeil dich endlich! Wenn wir noch länger warten, kommen die anderen auch noch hoch, um nach dir zu sehen. Und ich bin mir sicher, dass nicht jeder von ihnen mitbekommen soll, was ich hier gerade sehe.«

Ich ignorierte ihre Worte, ließ die Augen geschlossen und reckte mich ausgiebig. Heute war mein Geburtstag und ich war volljährig! Niemand konnte mir mehr vorschreiben, was ich zu tun oder zu lassen hatte. Aber irgendwie hatte ich mir den Start in mein Erwachsenenleben entspannter vorgestellt. Mein Kopf dröhnte und mein Mund war wie ausgetrocknet. Ich hatte einen schrecklichen Muskelkater, fühlte mich aber gleichzeitig leicht und glücklich. Bei der Erinnerung an den Grund für dieses positive Gefühl musste ich wie ein kleines Kind grinsen.

»Jetzt beeil dich, Avery! Wir müssen zurück sein, ehe deine Eltern aufwachen. Dann müssen wir noch das Chaos beseitigen, das die Party hinterlassen hat.« Harmony griff wieder nach meiner Hand und zog daran, bis ich saß. Trotz ihrer geringen Größe war sie kräftig. »Das nächste Mal muss ich mir einen Türsteher mieten, der nur die fünfzig Leute auf der Gästeliste reinlässt und den Rest wieder wegschickt.« Sie gab ein schnalzendes Geräusch von sich. »Aber das ist wohl das Problem, wenn das beliebteste Mädchen der gesamten Highschool seinen Geburtstag feiert. Jeder will dabei sein.«

Ich rollte mit den Augen und öffnete erst dann blinzelnd meine Lider. Mein erster Gedanke war: *Mist, ist das hell!* Mein zweiter: *Ich trinke nie wieder Alkohol!* Und der dritte: *Harmony wird keine Party mehr für mich organisieren. Überraschung hin oder her!*

Meine Freundin zerrte noch immer an meiner Hand und es gelang mir nur mit Mühe, meinen Körper mit einem Zipfel der Decke zu schützen.

»Schon gut, Mony. Ich bin ja wach und stehe jetzt auf.« Ich gähnte herzhaft und dehnte mit einer rollenden Bewegung meinen steifen Nacken.

»Nur über meine Leiche!«

Eine tiefe und raue Stimme drang an mein Ohr. Warme, muskulöse Arme schlangen sich unter dem Stoff um meinen Bauch. Lange Finger strichen verspielt über meine Seiten, während mich sanfte Lippen mit zärtlichen Liebkosungen zu verwöhnen begannen. Ich schloss genießerisch die Augen und konnte mir ein sinnliches Schnurren nicht verkneifen.

»Mann, Nox! Ich dachte, du schläfst deinen Rausch aus! Außerdem solltest du nicht noch mal nackt ins Bett gehen. Hat dir Ave das nicht gesagt? Wenn Joleen oder James dich so im Bett ihrer Tochter erwischt ...« Harmony klang nicht so streng, wie es ihre Worte vermuten ließen.

Nox hörte nicht auf mit seinen Liebkosungen, als er meiner Freundin antwortete. Dabei strich sein warmer Atem über meine empfindliche Haut und bescherte mir einen wohligen Schauder.

»Natürlich hat sie mir das gesagt. Und als ich gestern ins Bett ging, trug ich auch meine Boxershorts. Aber«, Nox knurrte sinnlich und strich mit seiner Zungenspitze über meinen gedehnten Hals, »unsere Kleine konnte es nicht erwarten, ihr Geschenk auszupacken.« Liebevoll biss er in mein Ohrläppchen und ich stöhnte leise, als ein warmes Prickeln meinen Körper erfüllte.

»Was? Meinst du etwa ... O mein Gott! Ihr habt es getan?« Harmony kreischte und ich öffnete meine Augen einen Spaltbreit. »Das muss ich den anderen erzählen.«

Wie eine Cheerleaderin klatschte sie aufgeregt in die Hände und ich konnte mir ein Lächeln nicht verkneifen. Nur Harmony kam auf die Idee, dass eine solche Nachricht in die Klatschpresse gehörte.

»Was willst du uns erzählen?« Gefolgt von Killian betrat Adam mein Zimmer. Hinter Harmony blieben sie stehen und als ihr Blick auf Nox und mich fiel, verrieten ihre Mienen, wie sehr sie ihr Auftauchen in diesem Zimmer bereuten.

»Wah! Ave! Nox! Muss das sein?! Das ist ja fast so schlimm, wie Mony und David zu erwischen!« Killian schlug sich die Hände vors Gesicht und drehte sich um. »Ich warte unten im Auto.«

Ich kicherte, als Killian flüchtete, und schmiegte mich enger in Nox' Arme, die mich festhielten. Eigentlich sollte ich mich beschämt unter der Decke verstecken und gleichzeitig alle aus meinem Zimmer werfen, aber merkwürdigerweise war es mir völlig egal, dass sie hier waren. Ich war einfach nur glücklich.

Adam stand mit vor der Brust verschränkten Armen da und sah uns mit gerunzelter Stirn an. »Nox! Du hast mir was versprochen! Und du auch, Ave! Wie konntet ihr nur?«

Ich wusste nicht, was Adam meinte, aber ich musste ihm auch gar nicht antworten, Nox übernahm das.

»Mach dir keine Sorgen, Ad. Wir haben Kondome benutzt. So bald machen wir dich nicht zum Onkel.«

Adam entspannte sich sichtlich. »Danke, Bruder. Aber ich sorge mich auch mehr um Joleen und James. Die beiden sind viel zu jung, um Großeltern zu werden.«

Harmony hatte offenbar keine Lust mehr zu warten. Sie ließ meine Hand los und wandte sich zu Adam um. »Komm, Engelchen, lassen wir die beiden allein, damit sie sich anziehen können. Außerdem sollten wir Dave, Ally und Killian nicht so lange allein lassen. Du weißt, sonst beginnen sie womöglich eine Diskussion darüber, welcher Star-Wars-Film der beste war. Und ich habe keine Lust darauf, dass unsere Clique sich wieder tagelang anschweigt.« Mit diesen Worten und wehenden roten Locken schwebte Harmony regelrecht aus meinem Zimmer.

Adam seufzte und nickte. »Sie hat recht. Eine Wiederholung dieses Streits will keiner von uns.« Ehe er ging, warf er Nox und mir noch einen zufriedenen Blick zu. »Ihr habt zehn Minuten, ehe wir deine Eltern hochschicken, Ave.« Augenzwinkernd wandte sich Adam ab und rief laut: »Warte, Fee! Es kann nicht jeder so schnell fliegen wie du.« Lachend schloss er die Tür hinter sich und ließ Nox und mich allein.

Einen Moment herrschte Stille, ehe Nox seine Hände auf meine Schultern legte und diese mit sanften Berührungen zu massieren begann. »Was denkst du, Kleines. Reichen zehn Minuten für einen kleinen Vorgeschmack auf das, was dich heute Abend erwartet?!«

Um seine Worte zu betonen, strich er mit seinen Lippen an der dünnen Haut hinter meinem Ohr entlang und ich schloss seufzend die Augen. *Das fühlt sich sooo gut an.*

Nox, der keine Antwort zu erwarten schien, zog mich sanft zurück in die Kissen. Gleichzeitig veränderte er seine Liegeposition, sodass er meinen Körper mit seinem verdecken konnte. Um mir nicht sein gesamtes Gewicht zuzumuten, stützte er sich mit den Unterarmen ab. Sein Gesicht schwebte knapp über meinem und seine Mimik wirkte ernst, aber ich nahm diese Tatsache kaum wahr. Sein Duft nach verbranntem Holz umnebelte meine Sinne und sein warmer Körper, der sich dicht an meinen schmiegte, raubte mir den Atem.

»Kleines?«

»Hm?« Ich blickte in zwei strahlende Smaragde, die mich ansahen, als würden sie mich zum ersten Mal wirklich sehen. Das Gefühl in meinem Inneren war kaum zu beschreiben und noch unmöglicher auszuhalten. *Wie viel Glück kann ein Mensch verspüren, ehe er durchdreht?*

Mit einer zärtlichen Liebkosung strich Nox mir ein paar Strähnen aus dem Gesicht. »Es gibt da etwas, was ich dir schon vor langer Zeit sagen wollte. Und ich denke, dass nach dieser Nacht der perfekte Zeitpunkt gekommen ist.«

Ich schluckte, konnte meinen Blick jedoch nicht von ihm abwenden. Wir waren seit ein paar Monaten zusammen, aber bisher hatten wir nur selten über Gefühle gesprochen. Das war auch gar nicht nötig, denn wir wussten auch so, was wir dem jeweils anderen bedeuteten.

»Avery, ich ...«

Nox' Worte wurden von einem Schwall Eiswasser unterbrochen, der sich über meine Füße zu ergießen schien, sich dann innerhalb von Sekunden meinen gesamten Körper hochfraß, bis ich vollständig davon umgeben war. Augenblicklich schloss ich Augen und Mund. Stellte das Atmen ein.

Was ist los?

Während sich mein Kopf noch mit dieser Frage beschäftigte, arbeiteten meine Arme und Beine bereits instinktiv. Mit aller Kraft, die ich aufbieten konnte, schlug und trat ich um mich in dem Bestreben, mich aus diesem plötzlichen Gefängnis zu befreien. Aber die Eiseskälte lähmte meine Muskeln und jede Bewegung raubte mir ein wenig mehr von meiner Kraft. Auch meine Lungen, die zwar noch etwas Sauerstoff in sich hatten, forderten bereits Nachschub, aber ich musste ihnen den Wunsch verwehren. Solange ich nicht wusste, was hier los war, konnte ich den Mund nicht öffnen.

Ich riss meine Lider auf und hoffte, etwas zu entdecken, das mir Aufschluss über die plötzliche Wendung der Situation gab. Doch statt in leuchtend grüne Augen und Nox' sanft lächelndes Gesicht zu sehen, blickte ich in ein Meer aus Dunkelheit. Und das im wahrsten Sinne des Wortes. Denn auch wenn ich keinerlei Anhaltspunkte hatte, wo ich mich befand oder wie ich hierhergekommen war, wusste ich, dass ich von Wasser umgeben war.

Panik drohte sich in mir auszubreiten, aber ich kämpfte sie nieder. Da ich bereits seit meinem neunten Lebensjahr surfte, war Wasser wie ein Zuhause für mich. Außerdem konnte ich fast eine Minute lang die Luft anhalten. Mit diesen Gedanken versuchte ich meinen rasenden Puls zu beruhigen, um meine Sauerstoffreserven zu schonen.

Ich muss wissen, wo die Oberfläche ist!

Das war die wichtigste Regel, die man kennen sollte, wenn eine riesige Welle über einen hinwegschlug und einen unter Wasser zwang. Wenn man keinerlei Orientierung hatte, suchte man nach Sonnenstrahlen oder zumindest helleren Stellen im Wasser. Diese waren für gewöhnlich ein sicheres Anzeichen für die rettende Oberfläche.

Wo ist das Licht?

Hektisch ruckte mein Kopf von links nach rechts, hoch und runter, aber um mich herum war nichts als undurchdringliche Finsternis. Falls gerade Nacht war, war ich aufgeschmissen!

Verdammt! Verdammt! Verdammt!

Jetzt gewann meine Angst die Oberhand und meine Bewegungen wurden unkoordinierter. Aus den Augenwinkeln sah ich etwas Helles aufblitzen und als ich meinen Kopf in die Richtung drehte, erkannte ich meine eigene Hand, die sich farblich gespenstisch von ihrer Umgebung abhob.

Erst jetzt bemerkte ich, dass ich in einem hellen Kleid steckte, dessen Stoff sich zwar schwer und griffig anfühlte, sich dennoch den Bewegungen des Wassers folgend um meinen Körper bauschte. Ich wusste nicht, was für ein Fetzen das war und weshalb ich ihn überhaupt trug, aber ich war mir sicher, dass er mein Vorankommen erschweren würde. Das Kleid war viel zu weit und meine Arme verhedderten sich jetzt schon darin.

Da es mir nicht auf Anhieb gelang, mich von dem Stoff zu befreien, und ich nicht mehr lange den Instinkt des Einatmens unterdrücken konnte, versuchte ich meine Konzentration auf das Wesentliche zu lenken.

Ich muss die Oberfläche finden!

Meine brennenden Lungen bekräftigten diesen Gedanken. Der Druck auf meine Brust und meine Ohren verstärkte sich und es war, als würde ich immer weiter in die Tiefe gleiten, anstatt nach oben zu treiben, wie es in einem ruhigen Gewässer üblich war.

Hoffentlich bin ich nicht im Meer! Dann wäre ich machtlos!

Mit einem Mal blitzten weiße Flecken vor meinen Augen auf. Mein erster Gedanke war, dass es eine Reaktion auf den Sauerstoffmangel war, doch die kleinen Lichter explodierten wie mit Glitzer gefüllte Blasen. Ihr Anblick faszinierte mich, sodass ich für einen Augenblick vergaß, in welcher lebensbedrohlichen Lage ich mich befand.

Wie ferngesteuert streckte ich meinen Arm nach einer dieser Lichtkugeln aus, als ein helles, kindliches Kichern in meinem Kopf erklang. Ertappt drehte ich mich um die eigene Achse, konnte jedoch nichts erkennen. Dann ertönte ein zweites Kichern, ebenso hell und kindlich und doch irgendwie anders.

Was ist das?

Immer wieder drehte ich mich, sah in alle Richtungen, konnte jedoch die Quelle nicht ausmachen. Stattdessen bemerkte ich, wie sich die Kugeln vermehrten und dadurch die Dunkelheit erhellten.

»Sie ist so klein.«

»Sie hat Beine.«

»Ja. Zwei Stück.«

»Was macht sie hier?«

»Hat sie sich verlaufen?«

»Vielleicht braucht sie unsere Hilfe.«

»Vielleicht spielt sie mit uns?«

Zahlreiche Stimmen, die ich noch nie zuvor gehört hatte, drangen in meinen Verstand ein. Sie klangen jung, nach Kindern, aber es waren so viele, dass ich sie kaum verstehen konnte.

Das Pochen in meinem Kopf verstärkte sich und ich musste die Augen schließen, um mich von dem mulmigen Gefühl in meinem Magen abzulenken.

Ich muss hier raus! Sonst ertrinke ich!

Ich spürte, wie mir die Zeit davonlief. In wenigen Sekunden würde es vorbei sein.

Panisch riss ich die Augen weit auf, in der Hoffnung, nun endlich die Wasseroberfläche zu entdecken, aber diesmal zogen zwei goldene Augen meine Aufmerksamkeit auf sich. Diese blickten mich aus einem rundlichen, mädchenhaften Gesicht an. Eine süße kleine Stupsnase, schmale Lippen, die zu einem offenen Lächeln verzogen waren, und niedliche Grübchen vervollständigten den ersten Eindruck. Das Mädchen hatte rote Haare, die, den Wellenbewegungen des Wassers folgend, sanft ihr Gesicht umschmeichelten. Ihr kindlicher Körper war zur Hälfte menschlich, doch ihre Hüften und die Beine waren von goldenen Schuppen bedeckt, die in einer langen und wendigen Schwanzflosse endeten.

Eine Meerjungfrau?!

Ich wagte es kaum, meinen Augen zu trauen. Aber was sollte sie sonst sein?

Das Mädchen legte den Kopf schräg und musterte mich interessiert, als nur einen Augenblick danach ein zweites Mädchen erschien, ebenfalls eine Meerjungfrau. Sie hatte lange helle Haare und ihre Schuppen glänzten in einem schillernden Türkis. Die beiden fassten sich an den Händen und ich bemerkte aus den Augenwinkeln, wie ein weiteres Mädchen, dieses Mal mit grünen Haaren und roten Schuppen, an ihrer Seite erschien und sich in die Reihe eingliederte.

Ich drehte meinen Kopf zur anderen Seite und entdeckte auch dort zwei Meerjungfrauenmädchen. Eines mit silbernen Haaren und hellblauen Schuppen, das andere mit blonden Haaren und dunkelgrünen Schuppen. Sie schlossen sich ihren drei Artgenossen an und vollendeten damit den Kreis um mich herum.

Als würden sie einer einstudierten Choreografie folgen, begann alle fünf gleichzeitig zu singen. Die Melodie war sanft, hell und umschmeichelnd. Sie betäubte meine Angst, nahm mir die Panik und verlieh mir ein Gefühl von Glück und Zufriedenheit. Unwillkürlich tauchte Nox' Gesicht wieder vor mir auf. Er lächelte selig, als wäre auch er glücklich.

»Bald sind wir wieder vereint, Kleines.«

Mein Herz schlug schnell und ich spürte ein warmes Kribbeln im Bauch.

Ich bin glücklich!

Dieses Gefühl hielt auch dann noch an, als Nox' Anblick verblasste und ich nur noch die Meerjungfrauenmädchen sah, die sich im Kreis um mich herum bewegten und dabei ihre kleinen Puppenmünder zu einem breiten Lächeln verzogen. Sie grinsten so verzerrt, dass ihnen die Mundwinkel fast bis zu den Augen reichten. Als sie ihre Lippen öffneten, präsentierten sie statt der erwarteten wohlgeformten Zähne zwei Reihen spitzer Nadeln, die so dünn und fein waren, dass sich gleich mehrere Hundert Stück davon in ihren Kiefern befinden mussten.

Ich öffnete den Mund. Vielleicht um zu schreien, vielleicht aber auch, weil mein Körper in diesem Moment dem Sehnen meiner Lungen nach Sauerstoff nicht mehr widerstehen konnte. So oder so strömte nun eiskaltes, bitter schmeckendes Wasser in meinen Mund und suchte sich seinen Weg in mein Inneres.

Ich versuchte zu husten, zu würgen, das Wasser wieder auszuspucken, aber es war unmöglich. Meine Lungen füllten sich unaufhörlich.

Mit schreckgeweiteten Augen griff ich mir an die Kehle, ehe sich meine Lider schlossen und mich die bereits bekannte Dunkelheit in ihre Fänge zog.

ACHT

Wenn man mit Filmen und Serien aufgewachsen war, die von Hollywood inszeniert waren, wusste man, wie der Hase läuft. Man verliebte sich in den gut aussehenden und reichen Prinz Charming, zog mit ihm in sein Schloss, heiratete und wurde zur Prinzessin. Man trug den ganzen Tag schöne Kleider und konnte lachen, tanzen und glücklich sein. Das Leben wäre perfekt. Und irgendwann, wenn man alt war und auch die Urururenkelkinder schon Nachwuchs hatten, schlief man zusammen mit seinem Traummann Händchen haltend im Ehebett ein und wachte im Himmel wieder auf.

Leider sah die Realität anders aus.

Zumindest in meinem Fall.

Denn ich kam gar nicht erst in den Genuss, Prinz Charming kennenzulernen. Mich hatte gleich die böse Hexe mit ihrem vergifteten Apfel erwischt. Und da es in dieser Geschichte keinen Helden gab, der mich hätte retten können, blieb mir das berühmte *Und sie lebten glücklich bis ans Ende ihrer Tage* verwehrt. Dabei konnte ich froh sein, dass ich überhaupt so lange überlebt hatte. Immerhin balancierte ich bereits seit einiger Zeit an der Schwelle des Todes und streckte Luzifer neckisch den Mittelfinger entgegen. Es war klar, dass das nicht lange gut gehen würde.

Daher akzeptierte ich auch die Strafe, die mich in diesem Augenblick ereilte. Ich nahm jeden qualvollen Stoß schweigend entgegen und gab keinen Laut von mir.

Ich habe es verdient.

Dennoch hätte ich mir gewünscht, dass es in der Hölle etwas wärmer gewesen wäre. Nach dem Eisbad, das mein Leben beendet hatte, hatte ich mich fast ein wenig auf die lodernden Flammen der Hölle gefreut. Leider gehörte es wohl zu meiner Strafe, dass mir diese Wärme verwehrt blieb und ich stattdessen kalten Wind erdulden musste, der wie Peitschenhiebe über meinen Körper fuhr mit der Absicht, mir die Haut von den Muskeln zu trennen. Gleichzeitig hatte ich Besuch von einem ausgewachsenen indischen Elefanten, der über meinen Brustkorb spazierte und mir voller Genuss und einem breiten Grinsen unter dem Rüssel jede einzelne Rippe brach. Und als wäre das nicht genug der Schmerzen, bohrten sich die winzigen und überaus scharfen Spitzen eines Fakirbetts in die Rückseite meines Körpers und verwandelten ihn in ein Nadelkissen. Ich würde nie wieder behaupten, dass Grausamkeit ihre Grenzen hatte.

Nach dreizehn Stößen ließ der Elefant von mir ab und gab die Aufgabe meiner Folter an jemand anderen weiter. Dieser mir unbekannte Jemand ließ keinen Moment verstreichen, ehe er meinen Kopf schmerzhaft in den Nacken riss und meine Luftzufuhr unterbrach, indem er meine Nasenflügel zudrückte und gleichzeitig meinen Mund bedeckte. Das animierte meine Lungen dazu, lauthals und brennend aufzuschreien. Dabei verstand ich gar nicht, weshalb sie sich so wehrten. Ich war tot! Wozu brauchte ich noch Sauerstoff? Aber vermutlich gehörte das ebenfalls zu meiner Bestrafung. Dieses ständige Gefühl zu ersticken.

Nett!

Während meine Lungen nach einem erlösenden Atemzug bettelten, wechselte mein Folterknecht erneut und der Elefant kam zurück. Als hätte er zugenommen, erschienen mir seine Schritte schwerer, härter und schmerzhafter als beim ersten Mal. In mir keimte der Gedanke auf, dass meine inneren Organe nicht mehr lange durchhalten würden.

In dieser Runde ließ sich der Elefant mehr Zeit. Erst nach dreißig qualvollen Tritten erlöste er mich und übergab mich wieder an seinen Komplizen. Doch diesmal quälte dieser mich nicht. Stattdessen legte sich etwas Warmes, Weiches und verboten gut Duftendes auf meine Lippen. Vor meinem geistigen Auge erschien eine Erinnerung, die ebenso unecht wie wunderschön war.

Nox' lächelndes Gesicht schwebte über mir und seine Lippen strichen zärtlich über meine. Sein Blick war voller Liebe und Zuneigung, während er mich neckte und auf die süßeste Art folterte, die ich mir vorstellen konnte.

»Du hast mich gerettet, Kleines.«

Sein Atem strich sanft über meine kribbelnden Lippen, die sich nichts sehnlicher wünschten, als dass er sie mit seinen bedeckte. Ich erwiderte sein Lächeln voller Hingabe. In diesem Moment dachte ich an nichts. Ich genoss einfach nur Nox' Nähe und war glücklich.

Nach einem weiteren Augenblick hielten wir die Spannung nicht mehr aus und gaben uns dem Kuss hin, den wir beide so viel dringender brauchten als die Luft zum Atmen.

Genau so fühlte sich dieser Moment an.

Ich hatte zwar keine Ahnung, welche Art von Leid mich nach meinem Ableben erwarten würde, dennoch war ich überrascht, wie einfallsreich Dämonen waren. Anstatt mir einfach nur körperliche Schmerzen zuzufügen, bis ich den Verstand verlor, ließen sie auch noch Momente des reinen Glücks einfließen, um die anschließende Qual zu vergrößern.

Beeindruckend!

Und auch wenn ich ihren Plan durchschaut hatte, konnte ich mich nicht gegen den Impuls wehren, diesen Moment in vollen Zügen auszukosten. Dabei verstand ich nicht einmal, wann mein Herz beschlossen hatte, beim Anblick des Höllendieners aus Zuneigung und nicht mehr aus Wut seinen Rhythmus zu wechseln.

Aber das alles war mir in diesem Augenblick egal. Ich mochte nicht denken, analysieren oder alles infrage stellen. Ich wollte nichts, als dem trügerischen Schein nachzugehen und zu *fühlen*.

Ohne nachzudenken, öffnete ich meine Lippen und schloss sie zärtlich um das, was in meiner Fantasie Nox' Unterlippe war. Der Kuss schmeckte süß, warm und entfachte in mir ein Feuerwerk an Emotionen. Diese verstärkten sich, als ich das Gefühl hatte, mein Gegenüber würde den Kuss erwidern.

Dieser wundervolle Moment dauerte jedoch nur wenige Sekunden, ehe meine Folterknechte beschlossen, dass es Zeit war für die nächste Runde. Anstatt des warmen Kribbelns in meinem Inneren, das der Kuss in mir ausgelöst hatte, spürte ich bittere Galle, die sich aus meinem Magen in den Rachen hochkämpfte. Mein Körper richtete sich auf und drehte sich gleichzeitig zur Seite, um das ekelhafte Zeug hinauszubefördern.

Immer wieder würgte, hustete und spuckte ich, die Augen fest zusammengepresst und meine Hände um meinen Hals geschlungen. Mein Körper stand in Flammen, er brannte, ohne zu verbrennen. Mein Magen verwandelte sich in einen Feuerball. Tränen, so heiß wie Lava, flossen aus meinen Augenwinkeln und eine Tausende von Bomben explodierten in meinem Kopf.

Dennoch konnte ich nicht aufhören.

Immerzu kämpfte ich dagegen an, bettelte stumm nach einer Pause. Doch meine Lungen fachten das innerliche Feuer mit gierigen Zügen nach Sauerstoff weiter an und ich hustete und würgte erneut.

Ein Teufelskreis.

Nach elendig langen Stunden – vielleicht sogar Tagen oder Wochen – beruhigte ich mich und ließ mich kraftlos und erschöpft auf den Rücken fallen. Mein Herz wummerte, als würde es jeden Moment wie ein Düsenjet abheben und gleichzeitig knapp vor einem Kurzschluss stehen. Mein Rachen brannte, aber ich konnte meine Lungen nicht davon abhalten, immer wieder neuen Sauerstoff durch meine geöffneten Lippen zu saugen.

Mit geschlossenen Lidern versuchte ich mich an einer Bestandsaufnahme der Körperteile, die ich noch spüren konnte, scheiterte jedoch kläglich daran.

»Würdest du jetzt endlich damit aufhören, dich ständig umbringen zu wollen, Kleines? Unentwegt dein Leben retten zu müssen wird langsam anstrengend.« Nox' Stimme zitterte ein wenig, klang kurzatmig und schlecht gelaunt – und dennoch hörbar erleichtert. »Auch wenn ich deine Art, dich anschließend dafür zu bedanken, sehr zu schätzen weiß.«

Ungewollt zuckten meine Mundwinkel. Offenbar befand ich mich jetzt wieder in der »Zuckerbrot«-Phase, ehe die nächste Runde »Peitsche« begann. Aber ich wollte mich nicht beschweren. Wenn mir schon eine kleine Pause vergönnt war, war ich ziemlich froh, dass mir eine weitere Traumsequenz mit Nox vorgespielt wurde.

»Sorry. Ich hätte auch lieber da weitergemacht, wo wir unterbrochen wurden. Mit dir im Bett zu liegen und zu knutschen war definitiv angenehmer, als hier zu erfrieren.«

Ich hob meine Hand und fuhr mir mit bebenden und vor Kälte tauben Fingern über das Gesicht. Ich verstand nicht, weshalb ich nicht an meinen letzten Traum anknüpfen konnte. Dieser hier war nicht so erholsam, wie er vielleicht hätte sein sollen. Immer noch spürte ich den eisigen Wind, wie er über meinen Körper fuhr und mir eine schmerzhafte Gänsehaut verursachte. Auch die spitzen Enden des Fakirbetts hatten nicht aufgehört, meine Rückseite zu quälen. Dabei waren meine Gliedmaßen bereits so durchgefroren und taub, dass ich sie eigentlich gar nicht hätte spüren dürfen.

Zögerlich öffnete ich meine Lider und meine Augen begannen zu tränen. Erst nach mehrmaligem Blinzeln schärfte sich mein Blick und ich sah einen dunklen Nachthimmel, der von Abermillionen kleiner leuchtender Punkte verziert war, die mich an die Glitzerkugeln im Wasser erinnerten. Jetzt war es eindeutig: Ich lag definitiv nicht mehr in meinem Zimmer.

»Was haben wir gemacht?«

Wie aus dem Nichts erschien Nox' Gesicht in meinem Blickfeld. Er sah überrascht, dabei aber breit grinsend auf mich herunter und ich schluckte verlegen. Offenbar wusste der Nox aus diesem Traum nicht, was wir in dem anderen Traum getan hatten. Und merkwürdigerweise war es mir unangenehm, ihn darüber aufzuklären. Es fühlte sich so an, als hätte ich den einen mit dem anderen betrogen. *Verrückt!*

»Ähm, na ja, also ...« Ich biss mir auf die Unterlippe. Augenblicklich meldete sich das verräterische Kribbeln zurück, als ich an die intimen Momente dachte, die wir gemeinsam erlebt hatten. Besonders der Kuss gerade eben hatte sich so echt angefühlt, dass ich die Berührung noch immer zu spüren glaubte.

»Ja?« Nox' Gesicht kam näher und sein Atem strich sanft über meine Haut. Sein Grinsen wurde noch breiter. »Was haben wir getan, bevor ich dich aus dem Wasser gerettet habe?«

Sein Blick intensivierte sich und alles, woran ich gerade noch gedacht hatte, verblasste augenblicklich. Ich nahm nichts anderes mehr wahr als das

Kribbeln in meinen Lippen und diese strahlend grünen Augen, die mich mit jeder Sekunde mehr und mehr in ihren Bann zogen.

Mehr! Ich will mehr!

Hatte sich mein Körper eben noch nach einer Pause gesehnt, kreisten all meine Synapsen jetzt allein um den Wunsch einer Wiederholung dieses Herzrasen verursachenden Kusses.

»Wir lagen in meinem Bett in meinem Zimmer und haben uns geküsst.« Die Worte purzelten mir aus dem Mund und mein Blick huschte wie magisch angezogen zu diesen Lippen, die unaufhörlich näher kamen, meine jedoch nicht erreichten. Mein Puls galoppierte wie eine Horde Wildpferde und ich wusste nicht, was ich tun sollte. Je intensiver ich in diesem Traum aufging, desto schmerzhafter würde das anschließende Erwachen werden. Inklusive dazugehöriger Qualen. *Aber es fühlte sich so gut an! Nur noch ein letztes Mal!*

»Wir haben uns geküsst?« Nox' Worte waren kaum mehr als ein sinnliches Raunen und sie entlockten meinem Körper ein Beben.

Vor knisternder Anspannung war ich unfähig, auch nur ein weiteres Wort hervorzubringen, und bestätigte mit einem schwachen, willenlosen Nicken.

»Hat es dir gefallen?« Jedes Wort fühlte sich an wie eine Berührung, ein Versprechen auf Glück und Leid zugleich. Noch nie hatte ich mich derart auf einen Moment gefreut und mich gleichzeitig davor gefürchtet. »Willst du es wieder tun?«

Abermals deutete mein Kopf ein Nicken an. Gleichzeitig schossen mir Tränen in die Augen, rannen aus meinen Augenwinkeln und flossen, ehe ich es verhindern konnte, über meine Schläfen. »Ja, aber ich habe Angst.«

Nox' Mimik zeugte von Überraschung, als er sich erhob und mich aus seinen glänzenden Augen ansah. »Hey, Kleines. Du brauchst keine Angst zu haben. Alles wird gut.« Mit einer zärtlichen Geste strich er mir ein paar Strähnen aus der Stirn, während seine eigene irritiert gekräuselt war.

Ich schüttelte den Kopf und weinte noch mehr Tränen. »Nein! Gar nichts wird gut! Gleich wache ich auf und dann ist alles wieder vorbei. Denn das Ganze hier ist nicht echt! Es wird auch nie echt sein, weil wir beide längst tot sind. Und obwohl ich das weiß, kann ich mich nicht gegen meine Gefühle wehren. Das wiederum nutzen andere aus, um mich weiter zu quälen.« Ich hatte keine Kraft mehr, stark zu sein. Keine Kraft mehr, meinen Schutzpanzer aufrechtzuerhalten. Auch nicht vor mir selbst.

Nox' Irritation verstärkte sich. Seine Augenbrauen waren so eng zusammengezogen, dass sie beinahe wie eine einzelne Linie aussahen. »Was meinst du damit? Hey, Kleines, beruhige dich! Ich weiß, in letzter Zeit sind ziemlich viele Dinge passiert, und ich muss zugeben, für einen Menschen schlägst du dich überraschend gut. Aber offenbar verstehst du hier gerade etwas grundlegend falsch.« Er strich mir sanft über die Wangen. »Das hier ist kein Traum, Kleines. Du bist bereits wach. Vielleicht ein wenig verwirrt, aber eindeutig wach. Alles, was in diesem Augenblick geschieht, ist die Realität. Ich meine das ernst. Wir sind nicht tot. Noch nicht zumindest.«

Nun war ich es, die überrascht dreinblickte. Nicht weil ich Nox glaubte – das war schließlich unmöglich –, dennoch konnte ich den sich mir schmerzhaft aufdrängenden Unterschied zwischen diesen beiden Traumsequenzen nicht länger ignorieren.

Mit dem Nox aus meinem Bett-Traum war alles irgendwie *einfacher*. Was auch immer dort geschehen war, hatte sich so weich und warm angefühlt und sich perfekt ineinandergefügt. Es schien auch genau richtig zu sein. Doch dieses Mal spürte ich nicht nur Zuneigung, Lust und Sehnsucht, sondern auch Unsicherheit, Irritation und Verlegenheit. Außerdem sagte dieser Nox hier Dinge, die mich verwirrten.

Was hat das zu bedeuten?

Je länger ich in diese grünen Augen sah, desto schwerer fiel es mir, mich zu konzentrieren. Das schelmische Funkeln, das mir inzwischen so vertraut war, brachte meinen Herzschlag aus dem Rhythmus und zog mich immer mehr in seinen Bann. Und doch hatte dieser Blick etwas aufregend Fremdes und Unbekanntes an sich. Etwas, das ich unbedingt ergründen wollte.

Im Moment hätte ich nichts lieber getan, als mich für immer in diesem grünen Meer zu verlieren. Mich von diesen Lippen küssen zu lassen, bis ich keine Luft mehr bekam. Seine Finger überall auf meinem Körper zu spüren, bis ich nie wieder etwas anderes fühlen konnte.

Geh nicht! Verlass mich nicht!

Wieder vernahm ich diese Worte, die mich wie ein Lasso umschlangen und an mein Gegenüber banden. Dabei war mir ihre eigentliche Bedeutung noch immer unbekannt. Aber war das im Augenblick wichtig? In diesem Moment wurde mir bewusst, dass dieses Gefühl, dieses Kribbeln in meinem Inneren, das meinen Verstand vernebelte und mir die peinlichsten Geständnisse entlockte, diese blöde und nervige Anziehung war, die ich jedes Mal spürte, wenn ich Nox, dem echten und lebendigen, in die Augen sah.

So wie in diesem Moment.

NEUN

»O mein Gott!« Ich schlug mir keuchend die Hände vor den Mund. Die Tränen, die jetzt flossen, weinte ich vor Erleichterung und Unglauben. »Es ist wahr! Du lebst wirklich! Das hier ist tatsächlich echt?!« Ein Cocktail aus Freude, Überraschung, Fassungslosigkeit und Glück toste durch meinen Körper und verdrängte all meine Gedanken, Sorgen und negativen Gefühle. Es gab nichts auf der Welt, das diese Anziehung vortäuschen konnte.

Gedankenlos schlang ich meine Arme um Nox' Mitte und drückte mich fest an ihn. Mein Gesicht schmiegte sich an seine kalte, nackte Brust und ich lauschte seinem starken und rhythmischen Herzschlag.

Nox erwiderte meine Umarmung nur zögerlich. Auf mich wirkte er unbeholfen. Vermutlich verwirrten ihn meine sprunghaften Emotionen. Ich konnte es ihm nicht verdenken, mich selbst irritierte es ja ebenfalls. Aber in diesem Moment war mir das egal, denn ich konnte und wollte meine Freude und mein Glück nicht zügeln.

Als Nox mit seinen Fingern über meinen Rücken fuhr, wurde mir erst bewusst, wie durchgefroren und taub mein Körper war. Das half meinen Gedanken, wieder in Schwung zu kommen, und so löste ich mich, wenn auch widerwillig, aus dieser liebevollen und geborgenen Umarmung, bis ich Nox ins Gesicht blicken konnte.

»Aber wie kann das sein? Ich meine, ich habe deine Lei... deinen leblosen Körper gesehen. Du hast nicht mehr geatmet! Du hattest keinen Puls!«

Wie ein Hagelschauer prasselten Bilder auf mich ein. Nox' starrer, erkalteter Körper auf dem Boden, die Frostschicht, die seine Haut überzogen hatte. Der Winterprinz, der selbstgefällig auf mich herabgeblickt hatte, und dann die Explosion und die Schreie. Selbst jetzt durchfuhr mich bei der

Erinnerung daran ein Beben, das meinen vor Kälte tauben Körper erschütterte.

Nox erwiderte meinen Blick ernst und nachdenklich. Unter seinen nassen Strähnen sah ich die gerunzelte Stirn. »Zum einen bedarf es ein wenig mehr, um unsereins zu vernichten, Kleines. Was auch immer der Winterprinz mit mir gemacht hat, es hat nicht gereicht, um mich zu töten. Dafür hätte er mir den Kopf abschlagen, mir das Herz mit seinem Schwert durchstoßen oder mich verbrennen müssen. Aber das alles weiß Xan. Daher denke ich, dass er mich nicht töten wollte. Er hatte anderes vor, aber irgendetwas muss ihn daran gehindert haben. Und da meine letzte Erinnerung darin besteht, dass ich gegen den Prinzen kämpfe, kann ich dir nicht sagen, was passiert ist. Deshalb ist alles, was ich dir jetzt berichte, aus zweiter Hand und ich weiß selbst nicht einmal, was ich davon glauben soll.« Nox atmete tief durch, ehe er weitersprach. »Als ich zu Bewusstsein kam, befand ich mich in einer kleinen Hütte. Sie war nur zwei Zimmer groß und ihre Einrichtung bestand hauptsächlich aus dem Bett, in dem ich lag. Ich fand dich neben mir. Du hattest dich im Schlaf zu einer Kugel zusammengerollt und sahst so fertig aus, dass ich dich nicht wecken wollte. Stattdessen stand ich auf und sah mich um. In der Hütte war niemand außer uns, deswegen ging ich nach draußen. Unmittelbar vor der Tür entdeckte ich eine Art Platz, der von fünf oder sechs anderen Hütten umgeben war. Es dauerte nicht lange, bis ich die erste Fee entdeckte, die offenbar in dieser kleinen Siedlung lebte. Ich wollte sie ansprechen, aber sobald sie mich sah, lief sie davon.«

Nox' Mundwinkel zuckten und auch ich musste schmunzeln. Offenbar wirkte sein Charme nicht bei allen Frauen. Als er fortfuhr, wurde Nox jedoch wieder ernst.

»Als ich mich weiter umsehen wollte, tauchten drei Feen auf, die gerade auf dem Weg zu uns waren. Sie erkundigten sich nach unserem Befinden. Als ich eine Gegenfrage stellte, erklärten sie mir, dass sie nicht mit mir allein reden wollten. Du solltest dabei sein. Ich jedoch weigerte mich, sie zu dir zu lassen. Daraufhin erklärte mir eine der drei Feen, dass du ihr das Leben gerettet hast.« Nox' Stirnrunzeln verstärkte sich. »Und genau diesen Punkt nehme ich ihr nicht ab. Wie solltest du in der Lage gewesen sein, eine Fee aus den Fängen des Winterprinzen zu befreien?«

Mit Augen so groß wie Untertassen und einem vor Unglauben geöffneten Mund sah ich Nox an. Gleichzeitig löste ich meine Arme und rutschte ein Stück von ihm weg, um mich aufrecht hinzusetzen. Ich musste mich konzentrieren und das fiel mir schwer, wenn ich ihm körperlich so nah war.

»Es stimmt!« Ich keuchte und wusste nicht, was ich zur Erläuterung sagen sollte. Ich hatte die Fee mit den intensiven blauen Augen längst vergessen. Nachdem ich ihre Ketten gesprengt hatte, war ich sofort zu Nox gelaufen, ohne auch nur einen Gedanken daran zu verschwenden, ob sie sich hatte befreien können.

Die Fee hat ihr Versprechen gehalten! Sie hat uns vor dem Winterprinzen gerettet!

»Was stimmt?« Nox verengte seine Augen und sah mich argwöhnisch an. »Was hast du getan, während ich mit Xan beschäftigt war, Kleines?«

Ich schluckte und senkte den Blick. Auch wenn die Sache vorerst gut ausgegangen war, fiel es mir schwer zuzugeben, dass ich gegen Nox' Willen gehandelt und mit einer Fee einen Deal geschlossen hatte. Dabei war das gar nicht mein Ziel gewesen. Ich hatte rein instinktiv und aus dem Bauch heraus gehandelt. Kein Lebewesen, ob menschlich, tierisch oder übersinnlich, hatte es verdient, in Ketten über den Boden geschleift zu werden, als sei es nicht mehr wert als ein Sack Bohnen.

»Während du gegen den Prinzen gekämpft hast, sah ich mich nach einer Waffe um. Ich wollte dir helfen, wusste aber nicht wie. Dann entdeckte ich dieses hässliche Pferd, das dem Prinzen gehörte, und wollte bei ihm nachsehen. Da ...«

»Das ist ein Paryi.« Nox unterbrach mich mit ernster Stimme und ich sah auf. Sein Einwurf hatte mich aus dem Konzept gebracht und ich hatte keine Ahnung, wovon er sprach.

»Was?«

»Das hässliche Pferd, von dem du sprichst. Das ist ein Paryi. Es sind Feengeschöpfe, die am Winterhof unter Mabs Herrschaft leben. Die Wintergarde reitet auf ihnen. Und anscheinend auch die Prinzen.«

Ich nickte schwach, wusste jedoch nichts darauf zu erwidern. Als Nox ebenfalls verstummte und mich mit strengem Blick musterte, nahm ich den Faden wieder auf.

»Na ja, als ich mich dem Tier näherte, entdeckte ich einen Mann auf dem Boden. Zuerst dachte ich, er sei tot, aber dann hörte ich seine Stimme in meinem Kopf. Diese sagte, er würde uns zur Flucht verhelfen, wenn ich ihn rette.«

Nox' Blick wurde härter und er presste seine Lippen fest zusammen. Ich sah ihm die Mühe an, die es ihn kostete, mich nicht anzuschreien. »Schön, und was ist dann passiert? Wie hast du Jeenih befreit?«

Ich stutzte bei dem Namen, nahm jedoch an, dass die Fee so genannt wurde. »Ich habe das Schwert des Prinzen im Laub gefunden und damit die Ketten durchtrennt.« Meine Stimme wurde immer leiser. Ich traute mich kaum Nox anzusehen, geschweige denn ihm zu berichten, was anschließend passiert war. Wie denn auch, wenn ich es selbst nicht wusste.

Nox nickte knapp. »Genau das hat Jeenih auch erzählt. Aber genau darin liegt das Problem.« Er verlagerte sein Gewicht und vergrößerte dadurch den Abstand zwischen sich und mir. Ob es eine bewusste Geste war, wusste ich nicht, aber nun war ich der Kälte schutzlos ausgeliefert. »Du hättest das Schwert nicht einmal berühren dürfen. Es hätte dich auf der Stelle töten sollen. Das Winterschwert ist eine sehr mächtige magische Waffe. Und wenn die Fee die Wahrheit über ihre Befreiung erzählt hat, stimmt es wohl auch, dass du mit der Wintermagie den halben Finsterwald auf den Kopf gestellt hast, oder?«

Unter Nox' strengem Blick senkte ich den Kopf und nickte schwach. Abstreiten war sinnlos. Der Höllendiener wusste offenbar mehr von den Geschehnissen, als ich gedacht hatte.

Nox fluchte verhalten. »Das ist nicht gut, Kleines. Absolut nicht gut. Es gab zu viele Zeugen, die dich dabei gesehen haben. Und falls das Lichte Volk zuvor noch dachte, du seist nur ein harmloser Mensch, der sich nach Galoai verirrt hat, werden sie spätestens jetzt in dir eine ernsthafte Gefahr sehen und dich zu jagen beginnen. Dabei bist du nicht bedrohlicher als ein altersschwacher, blinder Dackel im Rollstuhl!« Nox ignorierte meinen empörten Blick und atmete tief durch. Er wirkte unschlüssig, hatte aber bereits in der nächsten Sekunde eine Entscheidung getroffen. »Okay, hör zu, Kleines. Was ich dir jetzt sage, ist verdammt wichtig, also solltest du mir zur Abwechslung mal zuhören, einverstanden?« Er wartete keine Reaktion ab und sprach weiter. »Der einzige Grund, weshalb du das Feenschwert und die in ihm wohnende Magie nutzen konntest, liegt darin, dass ich etwas getan habe, was dir offenbar für eine gewisse Zeit einen Teil meiner Fähigkeiten verliehen hat.«

Fassungslos sah ich Nox an. Ich wagte kaum zu fragen, was er damit meinte, aber das war auch nicht notwendig, denn er sprach bereits weiter.

»Jetzt sieh mich nicht so an. Durch deine Aktion im Wald hast du alle übernatürlichen Partikel aus deinem Körper verbannt und bist wieder ein ganz normaler Mensch. Deswegen solltest du auch unter keinen Umständen auf die idiotische Idee kommen und diesen Schwachsinn wiederholen, verstanden?!«

Nox intensivierte seinen Blick, aber ich registrierte es nur am Rande. In meinem Kopf hatte sich eine Frage gebildet, deren Antwort ich unbedingt erfahren musste, auch wenn ich mich davor fürchtete.

»Was hast du getan, Nox?« Die Silben kamen abgehackt und zitternd über meine tauben Lippen. Gern hätte ich vorgeschlagen, dieses Gespräch an einem Ort zu führen, an dem es wärmer war, aber ich hatte keine Ahnung, wo das sein sollte. *Gibt es überhaupt einen Ort, zu dem wir jetzt gehen können?*

Der Höllendiener seufzte und rieb sich mit Daumen und Zeigefinger über die Stirn. Meine Frage schien ihm Kopfschmerzen zu bereiten. »Wenn ich es dir erzähle, darfst du nicht wieder so ausflippen wie beim letzten Mal!«

Da ich ihm kein Versprechen geben wollte, das ich womöglich nicht halten konnte, konzentrierte ich mich auf eine ausdruckslose Miene.

Erneut drang ein Seufzen über Nox' Lippen. »Als wir in der Höhle waren, sah alles danach aus, dass du das Gift der Feuersträucher nicht überleben würdest. Dein Blut war verunreinigt und du standest auf der Schwelle zwischen Leben und Tod. Meine einzige Hoffnung bestand darin, dein Blut mit meinem zu mischen.«

»Was?« Voller Unglauben entfloh das Wort meinen Lippen, während ich Nox mit großen Augen ansah. Ich wusste nicht, ob ich lachen oder entsetzt sein sollte. Seine Aussage hätte als Running Gag durchgehen können. *Hey, hör mal, Ave, da du schon Adams Blut in dir trägst, dachte ich, es wäre ganz witzig, wenn du auch etwas von meinem abbekommst.* Aber weder lachte Nox noch befanden wir uns in einer Situation, in der ein solcher Witz angebracht gewesen wäre.

Er meint das ernst!

Nur langsam wurde mir bewusst, was Nox eben gesagt hatte und was es bedeutete. Zwar hatte er endlich zugegeben, wie er mir das Leben gerettet hatte, und gleichzeitig eine Erklärung geliefert, weshalb ich das Schwert des Prinzen hatte benutzen können, jedoch war der Gedanke an seine Tat verstörend.

Mechanisch, als würde sich mein Mundwerk selbstständig machen, entflohen mir irgendwelche Worte. »Du hast unser Blut gemischt?« Zumindest schaffte ich es, die Frage nach dem Wie für mich zu behalten. Ich war mir sicher, dass ich das lieber nicht wissen wollte.

Nox nickte schlicht, wandte jedoch seinen Blick nicht von mir ab. »Es war nur ein Versuch, aber meine einzige Chance, dich zu retten. Mein Blut hat gewisse Kräfte, nur wusste ich nicht, ob ich diese bei einem Menschen erfolgreich einsetzen konnte oder ob es dich auf der Stelle töten würde. Da du aber sowieso mehr tot als lebendig warst, hatte ich nichts zu verlieren.«

Ich habe Dämonenblut in mir. Deswegen konnte ich zaubern.

Selbst als ich in Gedanken die Worte wiederholte, kamen sie mir falsch vor, auch wenn mich die Absicht, die sich hinter seiner Tat verbarg, zutiefst rührte.

Er hat es getan, um mir das Leben zu retten!

Unwissend, was ich tat, hob ich meine Hand und legte sie an Nox' Wange. Trotz meiner von der Kälte tauben Finger spürte ich die kratzigen Härchen, die seine untere Gesichtshälfte bedeckten. »Danke, Nox. Danke, dass du mir das Leben gerettet hast. Zum zweiten Mal!« Ich zwang mich zu einem Lächeln, auch wenn meine schmerzenden Gesichtszüge protestierten.

Nox' Augen weiteten sich vor Überraschung. Offenbar hatte er mit etwas anderem als Dankbarkeit gerechnet und ich konnte ihm seine Vorsicht nicht verübeln. Meine Reaktion auf die mit Engelsblut versetzten Kekse war ziemlich heftig gewesen. Doch seit dem Moment war so viel passiert, dass sich meine Einstellung zu einigen Dingen drastisch verändert hatte.

Einen Moment lang sahen wir uns schweigend an und mir wurde bewusst, dass ich immer noch Nox' Gesicht berührte. Mit einem verlegenen Räuspern ließ ich die Hand sinken und versuchte wieder zum Kern des Gesprächs zurückzufinden.

»Ähm, na ja, also, wie geht es denn jetzt weiter? Ich meine, wir können ja schlecht hierbleiben.« Gedankenlos rieb ich meine Hände aneinander. Es war mehr eine symbolische Geste, um meine Worte zu unterstreichen, als um mich wirklich zu wärmen. Ich war mir nämlich nicht sicher, ob ich meine Gliedmaßen jemals wieder spüren würde.

Nox zuckte mit den Schultern. »Wir gehen jetzt zurück zu dieser Siedlung und lassen uns die ganze Geschichte erzählen. Denn die konnte ich nicht in Erfahrung bringen, weil du ja unbedingt dabei sein solltest. Als ich übrigens zur Hütte zurückkehrte, um dich zu holen, warst du bereits verschwunden. Zum Glück ...« Nox' Mundwinkel zuckten verräterisch, ehe er weitersprach. »Zum Glück gibt es kaum Menschen in Galoai, weshalb es ein Leichtes war, dich zu finden.«

Nun grinste er selbstzufrieden und ich fragte mich, warum es für ihn so leicht gewesen war, mich aufzuspüren, behielt die Frage jedoch für mich. Im Augenblick gab es so viele Dinge, die mich beschäftigten, dass dieses kleine Detail im Sumpf der Nebensächlichkeit versank.

»Ich entdeckte dich genau in dem Moment, als du dem Irrlicht ins Wasser gefolgt bist. Ich bin dir sofort hinterhergesprungen, aber bevor ich dich rausholen konnte, musste ich mich um die Nixen kümmern, die dich fressen wollten.«

Auch wenn ich mir sicher war, dass es anatomisch unmöglich war, weiteten sich meine Augen noch mehr, als mir erst jetzt die vielen Kratzer und einige blutige Wunden an Nox' blassem Körper auffielen.

»Diese Meerjungfrauen wollten mich fressen?« Falls ich zuvor gedacht hatte, dass bereits ein Ende als Wasserleiche sehr unschön war, wurde mir jetzt klar, dass es wesentlich schlimmere Todesarten gab. *Meerjungfrauen als Abendessen zu dienen zum Beispiel.*

Nox lachte leise. »Ja, aber keine Angst, du hättest davon nichts mitbekommen. Vorher betäuben sie ihre Beute mit ihrem Gesang. Das funktioniert ähnlich wie bei einer medizinischen Narkose. Du schläfst friedlich ein und träumst von Dingen, die dir viel bedeuten oder dir ein Gefühl von Frieden und Sicherheit bescheren.« Nox erhob sich von dem kalten Boden und reichte mir die Hand, um mir aufzuhelfen. »Du stirbst also mit einer Extraportion Glücksgefühlen.«

Meine Gedanken kreisten um seine Erklärung, während ich nach der mir dargebotenen Hand griff und mich auf die Beine ziehen ließ.

Etwas, das mir viel bedeutet und mir ein Gefühl von Frieden und Sicherheit beschert? Aber ich habe Nox gesehen?! Sein Lächeln, seine Augen?!

Urplötzlich, als wäre ich vor eine Wand gerannt, keuchte ich auf und blickte den Höllendiener fassungslos an. In all der Freude, dass wir noch lebten, und dem Austausch unserer Geschichten hatte ich ein Detail verdrängt. *Ich habe Nox geküsst! Den echten, realen Nox! Und ich wollte es! Es fühlte sich so richtig an!*

»Alles klar, Kleines?« Nox sah mich mit gerunzelter Stirn an. »Wenn dir schlecht oder schwindelig ist, musst du mir das sagen. Sollte dich doch eine der Nixen erwischt haben, muss ich das wissen!«

Während er meine Hand in seiner hielt, glitt sein Blick suchend über meinen Körper. Aber das war mir im Moment egal. Ich hatte ganz andere, dringendere Probleme.

»Nein, nein, ich denke nicht, dass mich etwas erwischt hat.« Sicher war ich mir jedoch nicht, denn ich hatte noch immer kein Gefühl in meinen Gliedmaßen. Es war ein Wunder, dass ich überhaupt aufrecht stehen blieb und nicht wie eine leblose Puppe einfach umfiel. Dafür funktionierten meine Gedanken umso besser und kreisten wie ein Orkan durch meinen Verstand. »Ich habe mich gerade nur gefragt, was ich mir unter diesen Irrlichtern vorstellen kann, die du vorhin erwähnt hast.« Mit äußerster Kraftanstrengung schaffte ich es, meinen Blick von Nox zu lösen und ihm meine Hand zu entziehen.

»Du kennst keine Irrlichter?« Der Höllendiener lachte. »Das sind kleine, miese Biester. Sie locken Wesen in die Seen und Sümpfe der Nixen. Dabei gaukeln sie den Opfern vor, diese würden schlafen und dabei einen besonders schönen und intensiven Traum erleben. Deswegen ...« Nox legte seinen Zeigefinger unter mein Kinn und hob meinen Kopf an, bis ich ihm ins Gesicht sah. Seine Augen strahlten, sein Lächeln war warm und einladend, seine Stimme hingegen tief und sinnlich. »... würde es mich sehr interessieren, was du so geträumt hast, Kleines. Gerüchten zufolge offenbaren Irrlichter einem die sehnlichsten und tiefsten Wünsche.« Zärtlich strich er mit seinem Daumen über meine Wange und hinterließ dabei eine brennende Spur, die mir einen Schauder durch den Körper jagte.

Auf einmal sah ich Bilder von Nox in meinem Zimmer – in meinem Bett! –, die Bettdecke um seine Hüften gewickelt, während sein nackter Körper sich über meinen beugte und seine Lippen meinen Hals, mein Ohr, meinen Mund erkundeten.

»Ich kann mich nicht mehr erinnern. Tut mir leid.«

Mit einem verkrampften Lächeln riss ich meinen Kopf zur Seite und wandte mich von ihm ab. Erst als ich die Augen fest zusammenpresste, um meine Gedanken zu sortieren, gelang es mir, die Bilder zu verdrängen und mir klarzumachen, was hier gerade geschah. *Bin ich etwa im Begriff, Gefühle für Nox zu entwickeln? Ehrliche, tiefe Gefühle?*

Als würde mein Körper diesen Gedanken bestätigen wollen, spürte ich wieder dieses Kribbeln in meinen Lippen. Der Kuss eben hatte sich unglaublich schön und sanft angefühlt, war gleichzeitig aber auch prickelnd und aufregend gewesen.

»Für ihn ist das nur ein Spiel, Ave. Er wird dir das Herz brechen. Wenn du dich in Nox verliebst, wirst du daran buchstäblich zugrunde gehen.«

Unweigerlich kam mir Adams Warnung in den Sinn und es raubte mir den Atem. Von Beginn an hatte er mich vor Nox gewarnt. *Er wusste, dass es dazu kommen würde. Deswegen hat er mir das Versprechen abgenommen!*

Auf einmal war mir schwindelig und mein Kopf drehte sich.

Und nicht nur Adam hat mich vor Nox gewarnt. Auch Harmony!

Ich stöhnte innerlich.

Was habe ich nur getan?

»Hey, Kleines. Ist wirklich alles okay? Du wirkst ...« Nox legte mir eine Hand auf die Schulter. Als ich spürte, wie ich bei der Berührung zusammenzuckte, drehte ich mich zu ihm herum und wand mich aus seinem Griff.

»Nein, nein, wirklich, alles bestens.« Ich zwang mich zu einem Lächeln, auch wenn es mir unsagbar viel Kraft abverlangte. Aber ich konnte Nox nicht in die Augen sehen und heftete deshalb meinen Blick auf seine Brust.

Wie konnte es nur dazu kommen?

Dabei war mir das Wie im Grunde klar. Wenn ich es von der rationalen Seite betrachtete, war es kein Wunder, dass ich Gefühle für Nox entwickelt hatte. Gezwungenermaßen verbrachten wir viel Zeit miteinander, hatten gemeinsam Gefahren durchgestanden und Probleme gemeistert, einander sogar das Leben gerettet.

So etwas verbindet!

Aber das war nicht richtig! *Oder?* Adam und Harmony, Personen, die Nox und diese ganze übernatürliche Welt viel besser kannten als ich, hatten mich nicht grundlos vor ihm gewarnt.

Aber kennen sie überhaupt diese Seite an Nox, die immer mal wieder aufblitzt, wenn er denkt, es bekommt niemand mit? Haben sie in seinen Augen auch dieses Reine und Warme erblickt, das sich für einen kurzen Moment zeigt, ehe Nox es wieder unter einer Schicht aus Arroganz und Selbstliebe versteckt?

Ich hatte keine Antwort auf diese Frage. Ebenso wenig wie auf meine nächste.

Aber ist das überhaupt echt? Oder ist das nur Show, damit ich mich in ihn verliebe, so wie Ad und Mony es vorausgesagt haben? Ist es wirklich nur ein Spiel für ihn?

Leise stöhnend schloss ich die Augen. Wie sollte ich es jemals ganz sicher wissen?

Erneut spürte ich eine warme Berührung an der Schulter und öffnete unvermittelt die Augen. Nox sah mich immer noch irritiert an, seine strahlenden grünen Augen nachdenklich verengt und die Stirn gerunzelt. Konnte man eine solche Empfindung, eine so warmherzige Sorge tatsächlich vortäuschen?

Verdammt, ich weiß es nicht!

Doch egal, wie die Antworten auf diese Fragen auch aussehen mochten, jetzt war nicht der richtige Moment, um sich darüber Gedanken zu machen.

Um Nox' prüfendem Blick zu entgehen und gleichzeitig dieser vermaledeiten Kälte zu entfliehen, lenkte ich das Gespräch wieder auf unser Hauptproblem. Um das andere Thema würde ich mich irgendwann kümmern müssen, wenn ich nicht gerade dem Tod von der Klinge gesprungen war.

»Wo sollen wir jetzt hin? Ich meine, wer sind eigentlich diese Feen, die mit uns reden wollen? Und seit wann traust du dem Lichten Volk? Ich dachte immer, bei diesen linkischen Wesen ist Vorsicht geboten.« Zickiger als beabsichtigt kamen die Worte aus meinem Mund. Aber ich war so verwirrt, erschöpft und durchgefroren, dass es mir unmöglich erschien, so zu tun, als wäre alles wie immer.

Die Irritation in Nox' Mimik verstärkte sich, doch er hatte sich schnell wieder unter Kontrolle. Abgeklärt schob er die Hände in seine Hosentaschen und betrachtete mich mit zuckenden Mundwinkeln. »Ich traue ihnen nicht, Kleines. Aber ich bin neugierig, was sie uns zu erzählen haben. Außerdem können wir uns dort noch etwas ausruhen, bevor wir unsere Reise fortsetzen.«

»Und wo soll dieses ›dort‹ sein?« Je länger wir hier in der Eiseskälte standen und uns unterhielten, desto mehr sank meine Laune, bis sie gemeinsam mit der Außentemperatur den Gefrierpunkt unterschritt.

Der Höllendiener schien auf die Schärfe in meinen Worten nicht reagieren zu wollen. Stattdessen präsentierte er ein schlichtes Lächeln, das keinerlei Wärme beinhaltete, sondern an einen Haifisch erinnerte. »Bei Marron und ihrer Rebellentruppe.«

ZEHN

Das Lager der Rebellengruppe befand sich nicht weit von dem See, aus dem Nox mich gerettet hatte. Dennoch brauchten wir ungewöhnlich lange für den Weg. Vielleicht kam es mir aber auch nur so vor, da der peitschende Wind meine tauben und steif gefrorenen Gliedmaßen unentwegt quälte. Dabei hatte der Höllendiener mir zwei Mal seine Lederjacke angeboten, die er auf unserem Rückweg vom Boden aufgesammelt hatte. Zu gern hätte ich sein Angebot angenommen, aber ich traute mir selbst nicht, da ich nicht wusste, wie meine Hormone diese Geste auffassen würden. Und ehe ich Gelegenheit hatte, mir über das emotionale Chaos in meinem Inneren Gedanken zu machen, musste ich aufpassen, wie ich mich Nox gegenüber verhielt. Er sollte nicht denken, dass ich ihm, wie alle anderen Frauen es tun würden, schmachtend die Füße küsste, nur weil er mir das Leben gerettet hatte.

Leider verstärkte ich mit meiner Ablehnung die frostige Stimmung, die seit unserem Aufbruch zwischen uns herrschte. Keiner von uns beiden sagte ein Wort, auch wenn ich mir sicher war, dass Nox etwas auf der Zunge lag. Zumindest würde das seinen prüfenden Blick erklären, den er mir immer wieder von der Seite zuwarf.

Um nicht einen bissigen und unpassenden Kommentar von mir zu geben, fokussierte ich mich auf den dunklen und unebenen Pfad vor uns, den ich trotz der Taubheit in meinen Füßen deutlich spürte. Ich hatte keine Ahnung, wo sich meine Kleidung und die Schuhe befanden, die ich getragen hatte, aber ich traute mich auch nicht nachzufragen.

Wieso musste mir das passieren? Wieso muss ich ausgerechnet bei Nox Herzklopfen bekommen?

Es war schlimm genug, dass er ein Dämon war. Zudem wusste ich nicht einmal, was mich an Nox reizte. Im Grunde war er gar nicht mein Typ. Von seinem tollen Aussehen, seinen beeindruckenden Muskeln, den faszinierenden Augen und gelegentlich witzigen Sprüchen abgesehen, war er arrogant, selbstverliebt und ein Macho. Er hatte bereits wer weiß wie viele Frauen im Bett gehabt und für ihn wäre ich nur eine weitere Nummer in seiner ewig langen Liste. *Da ist Liebeskummer doch vorprogrammiert!*

Leider sah mein Herz das anders und verkrampfte sich jedes Mal schmerzhaft, sobald sich unerlaubt Bilder und falsche Erinnerungen an die Szenen aus meinem Zimmer in meinem Kopf festsetzten. Daher war ich erleichtert, als ich in der Ferne helle Punkte entdeckte, die sich von der Dunkelheit abhoben und sich mit jedem Schritt, den wir uns ihnen näherten, als die Lichter einer Siedlung entpuppten. Dennoch war ich nervös und angespannt. Schließlich wussten wir nichts von dieser Marron und ihrer Rebellentruppe. Harmony hatte zwar mit ihnen in Kontakt gestanden, aber für uns waren sie Fremde. Und dazu auch noch Feen. Eine Gattung von übernatürlichen Wesen, mit denen ich bisher nicht die besten Erfahrungen gemacht hatte.

»Überlass mir gleich das Reden, Kleines. Zwar haben Marron und ihre Leute bisher einen friedlichen Eindruck gemacht, aber ich traue ihnen nicht. Was auch immer ihre Gründe für unseren Aufenthalt dort sind, es kann nichts Uneigennütziges sein. Und genau deshalb sollten wir wachsam bleiben.« Nox klang sachlich, als er nach dem langen Schweigen die Stille durchbrach. Dennoch spürte ich seinen bohrenden Blick.

»Hast du nicht gesagt, dass sie uns geholfen haben, weil ich diesem Jeenih das Leben gerettet habe?« Ich unterdrückte den Reflex, Nox anzusehen. Solange ich meinen Blick nach vorn richtete, fiel es mir leichter, meine Emotionen unter Kontrolle zu halten.

»Genau. Ich sagte, sie haben uns vor Xan gerettet. Aber damit war die Lebensschuld beglichen und eigentlich hätten sie uns anschließend im Finsterwald aussetzen müssen. Dann wären wir uns selbst überlassen gewesen.«

Nox' abgeklärte und kaltherzige Aussage ärgerte mich und ich reagierte aus einem kindischen Impuls heraus. »Tja, vielleicht sind nicht alle Feen derart bösartige Monster wie Alyssa und dieser Prinz. Immerhin hast du dich auch in Harmony getäuscht.«

Wider besseres Wissen riskierte ich nun doch einen kurzen Blick in Nox' Richtung und bereute es augenblicklich. Überraschung und Erheiterung spiegelten sich in seiner Mimik. Offenbar amüsierte ihn meine schlechte Laune.

»Wenn ich einer deiner menschlichen Freunde wäre, würde ich dir vielleicht zustimmen, nur um dir ein gutes Gefühl zu bescheren und dich in dem Glauben zu wiegen, dass die übernatürliche Welt nicht so gefährlich und heimtückisch ist, wie sie scheint. Aber genau so ist sie und diese Naivität, die du regelmäßig an den Tag legst, könnte dich irgendwann den Kopf kosten. Deswegen sage ich dir jetzt etwas, Kleines: Du bist ein Mensch und lebst noch keine zwei Jahrzehnte lang. Dein Horizont ist nicht nur beschränkt, sondern mikroskopisch im Vergleich zu dem, was ich in den letzten zwei Jahrtausenden erlebt habe. Und deshalb solltest du mir glauben, wenn ich dir sage, dass keine Fee aus reiner Freundlichkeit handelt. Auch nicht deine Freundin. Und ganz besonders nicht Marron und ihre Truppe. Sie erhoffen sich etwas. Und solange wir nicht wissen, was das ist, hältst du besser die Klappe, ehe du deine Krallen gegen jemanden richtest, der nicht so großzügig darüber hinwegsieht wie ich. Insbesondere was deine vermeintlichen Zauberkräfte angeht.«

Für einen kurzen Moment erwiderte ich Nox' herausforderndes Grinsen mit einem eisigen Blick, doch dann besann ich mich und sparte mir meine letzten Energiereserven auf. Betont gleichgültig wandte ich mich wieder nach vorn und erblickte drei Gestalten, die wie aus dem Nichts vor uns auftauchten. Wie eine Front standen sie nebeneinander und blickten uns abschätzig und wenig einladend an. Dennoch hatte ich das Gefühl, dass sie auf uns gewartet hatten.

Dank der Lichter, die vom Lager herüberschienen, war es mir möglich, das Trio eingehend zu mustern. Die weibliche Fee in der Mitte wurde von zwei männlichen ihrer Art begleitet und ich sah auf den ersten Blick, dass sie die Anführerin dieser Gruppe war. Sie strahlte eine kalte und unbeugsame Autorität aus, die mir eine Gänsehaut bereitete und in mir den Wunsch weckte, mehr als die drei Schritte Abstand, die uns noch trennten, zwischen sie und uns zu bringen.

Marron.

Ihre langen hellbraunen Haare fielen ihr in glatten Strähnen über die Schultern und bewegten sich sacht im Wind. Ihr schmaler Körper war in eine dunkle Hose und in eine dazu passende Weste gehüllt. Beide Kleidungsstücke schienen aus Leder zu sein. Ihre blasse Haut bildete einen starken Kontrast dazu und erweckte den Anschein, als würde sie leuchten. Hinter ihrem Rücken lugte etwas hervor, das ich erst auf den zweiten Blick als Bogen mit dazugehörigem Köcher und Pfeilen erkannte.

Die beiden Männer, die sie begleiteten, sahen sich so ähnlich, dass sie Brüder sein mussten. Beide trugen ein ähnliches Outfit wie Marron und hatten kurze grüne Haare, die ihnen wild vom Kopf abstanden und so kraus waren, dass sie mich an Moos erinnerten. Ihre leuchtend orangefarbenen Augen strahlten unnatürlich und katzenhaft. Ein Eindruck, den ihre dunkle Gesichtsfarbe unterstrich. Um ihre Hüften hingen Schwerter, deren Klingen zwar kürzer und schmaler waren als die des Winterschwertes, die jedoch nicht minder tödlich wirkten.

»Wie ich sehe, hast du sie gefunden, Dämon.« Nach einigen schweigsamen Sekunden ergriff Marron das Wort. Sie hatte ihre Arme locker vor der Brust verschränkt, doch ihre Körperhaltung signalisierte, wie angespannt und bereit sie war, jeden Augenblick anzugreifen, wenn es sein musste. Mit ihren klaren, klugen goldenen Augen betrachtete sie Nox. »Es wäre wünschenswert, dass du sie nicht ein weiteres Mal verlierst.«

Hätte diese Aussage aus einem anderen Mund spottend oder arrogant geklungen, schien Marron sie ehrlich zu meinen. Fast so, als wäre es ihr ein persönliches Ärgernis, wenn ich verschwand.

Nox zuckte nur mit den Schultern, auch wenn ich aus den Augenwinkeln sein Grinsen bemerkte. »Ich kann nichts versprechen, Fee. Die Kleine ist zeitweise anstrengender als Dämonenkrätze. Ihr ständiger Drang, sich umzubringen, raubt mir allmählich den letzten Nerv. Hin und wieder genieße ich eine kleine Pause von ihr.«

Ehe ich Nox einen erbosten Blick zuwerfen konnte, kam mir die männliche Fee rechts von Marron zuvor. »Vielleicht sollten wir dann jemanden als Wache abstellen, der besser für diese Aufgabe geeignet ist.« Auch sie hatte die Arme vor der Brust verschränkt und musterte uns mit frostigem und deutlich abweisendem Blick. »Bereits ihre bloße Anwesenheit birgt ein Risiko, das uns alle das Leben kosten kann. Und das auch ohne ihren Drang, sich stets aufs Neue in Schwierigkeiten zu bringen.«

»Dryan!« Marron donnerte den Namen wie einen Befehl, dennoch blieb ihre Miene ausdruckslos, als sie ihren Kopf minimal zur Seite drehte. »Sie ist ein Gast und keine Gefangene. Weder werden wir sie zu ihrem eigenen noch zu unserem Schutz bewachen lassen. Diese Aufgabe soll der Dämon übernehmen, wenn er der Meinung ist, dass es nötig ist.« Mit unbewegten Gesichtszügen drehte Marron sich wieder in unsere Richtung und sah mich emotionslos an. »Trotzdem hat er recht. Ebenso leicht, wie der Dämon dich finden konnte, wird dies auch jeder Fee in Galoai gelingen.« Sie verengte nachdenklich die Augen. »Die Neuigkeit, dass sich ein Mensch im Feen-reich befindet, der das Schwert des Winterprinzen befehligen kann, spricht sich bereits herum. Daher wird es nicht lange dauern, bis euch die ersten Patrouillen aufspüren. Wir werden zwar versuchen euch zu verstecken, aber unsere magischen Fähigkeiten sind begrenzt und werden für die Abschreckung der Kreaturen hier im Wilden Land benötigt. Nicht für euren Schutz.«

Wieder war ich mir nicht sicher, wie ich Marrons Worte auffassen sollte. Sie klang zwar nicht sonderlich nett, aber auch nicht direkt abweisend. Eher als wollte sie von Anfang an klarstellen, welche Regeln in ihrer Gruppe herrschten und dass wir keinen Sonderstatus erwarten sollten. Genau des-wegen stellte sich mir die Frage, die Nox ebenfalls angesprochen hatte: *Wieso helfen sie uns überhaupt?*

»Keine Angst, wir wollen euch nicht lange zur Last fallen. Sobald die Kleine hier wieder fit ist, machen wir uns auf den Weg.« Nox trat einen Schritt vor und die beiden Männer uns gegenüber taten es ihm gleich. Gleichzeitig leg-ten sie ihre Hände an den Griff ihrer Waffen. Offenbar befürchteten sie, der

Höllendiener wolle ihre Anführerin bedrohen. Marron zuckte nicht einmal mit der Wimper und ich war mir sicher, dass sie sich im Ernstfall bestens selbst verteidigen konnte.

»Über eure Weiterreise sprechen wir, wenn die Zeit gekommen ist, Dämon. Doch weder ist hier der richtige Ort noch jetzt der richtige Moment dafür. Stattdessen solltet ihr zur Hütte zurückgehen und euch ausruhen. Morgen stehen wichtige Besprechungen an, denen ihr beiwohnen werdet. Und achtet darauf, nicht erneut die Grenzen des Lagers zu verlassen. Nachts ist es im Wilden Land gefährlicher als am Tag.«

Ohne unsere Reaktion abzuwarten, kehrte sie uns den Rücken und schritt auf das Lager zu. Marrons Wort war Gesetz und sie duldete keinerlei Widerspruch.

***

Wie Nox gesagt hatte, bestand die Rebellensiedlung aus einem halben Dutzend Hütten, die aus dunklen Holzbohlen gebaut waren. Ihre Wände waren windschief und die Dächer nicht durchgehend gedeckt. Dennoch war ich erleichtert, als Marron und ihre Begleiter uns in Richtung der Hütten führten. Egal wie schlecht ihr Zustand auch war, es würde darin auf jeden Fall wärmer und heimeliger sein als hier draußen auf dem Marktplatz, über den laut pfeifend ein kräftiger Wind strich. Zudem wurde ich das Gefühl nicht los, dass wir beobachtet wurden. Doch so oft ich mich auch möglichst unauffällig umsah, ich konnte nichts und niemanden entdecken.

Drei Schritte vor einer der Hütten blieb Marron stehen und wandte sich uns mit kühlem Blick zu. »Hier könnt ihr schlafen. Und auch wenn ihr meine Gäste seid, solltet ihr zu eurem eigenen Schutz dieses Quartier nicht ohne ausdrücklichen Befehl verlassen. Im Morgengrauen lasse ich euch holen.« Ohne ein weiteres Wort drehte sich die Anführerin der Rebellentruppe um und schritt mit ihren männlichen Begleitern anmutig davon.

Nachdenklich folgte ich den dreien mit meinem Blick. *Ist es wirklich eine gute Idee hierzubleiben?* Bisher hatte ich nicht das Gefühl gehabt, willkommen oder gar in Sicherheit zu sein. Aber mir war kalt und mein Körper sehnte sich nach Ruhe. Welche Absichten die Feen auch verfolgen mochten, sie würden uns schon nicht mitten im Schlaf erstechen.

Hoffentlich.

»Nach dir, Kleines.«

Nox' Worte rissen mich aus meinen Gedanken und ich drehte mich zu ihm herum. Er hatte meine kurze geistige Abwesenheit genutzt und die Hüttentür aufgestoßen, sodass ich einen ersten Blick ins Innere erhaschen konnte. Ein warmes, flackerndes Licht half dabei.

Ungewollt sah ich zu Nox, der mich mit einem nicht zu deutenden Glanz im Blick musterte, und in diesem Moment war ich mir nicht sicher, ob ich wissen wollte, woran er dachte.

Um meine Unsicherheit zu verbergen, wandte ich meinen Blick ab, atmete tief durch und schritt über die Schwelle. Der dahinter liegende Raum war nicht sonderlich groß und besaß kein elektrisches Licht, doch dank der brennenden Holzscheite im Kamin konnte ich die spärliche Inneneinrichtung ausmachen, die aus einem breiten Bett und einem kleinen Holztisch mit zwei Stühlen bestand. In der hinteren Zimmerhälfte entdeckte ich zudem eine dunkle Öffnung, die vermutlich in ein angrenzendes Zimmer führte.

Das Knarzen der Hüttentür ließ mich zusammenfahren. Über meine Schulter blickte ich zu Nox, der gerade den Raum durchquerte, wie selbstverständlich das Bett ansteuerte und auf dem Weg dorthin seine Lederjacke auf den Tisch warf.

Auch wenn er mir den Rücken zudrehte, konnte ich meinen Blick nicht von ihm wenden. Im flackernden Licht des Kaminfeuers zeichneten sich die Wunden bizarr von seiner ungewohnt hellen Haut ab. Dabei wollte ich lieber nicht wissen, welche von meiner Rettung und welche vom Kampf gegen den Winterprinzen herrührten.

»Jedes Mal, wenn du mich so lüstern anstarrst, fühle ich mich schmutzig.« Nox' anzügliche Worte wurden von einem breiten Grinsen begleitet, das er mir präsentierte, als er langsam seinen Kopf in meine Richtung drehte.

Seine Aussage und sein Blick trieben mir das Blut in die Wangen und ich senkte hektisch den Kopf. Gleichzeitig drehte ich mich um hundertachtzig

Grad. Wie von selbst schritt ich steifbeinig und unbeholfen auf den lodernden Kamin zu, als hätte ich nie etwas anderes vorgehabt.

»Ich habe dich nicht lüstern angestarrt. Bilde dir das bloß nicht ein.« Mit ausgestreckten Händen stellte ich mich viel zu nah an die flackernden Flammen und genoss das schmerzhafte Prickeln, das meine Finger und Füße erfasste, als die Kälte wich und wieder Gefühl in meine Nervenenden kam.

Mit einem leisen Seufzen schloss ich die Augen und gab mich ganz der Erinnerung an winterliche Abende hin, die ich gemeinsam mit meiner Mom und Adam zu Hause vor unserem Kamin verbracht hatte. Das Knistern und Knacken der Holzscheite sowie der rauchige Duft, der das Zimmer einhüllte, unterstrichen diese Erinnerung und machten mir das Herz schwer.

Anstatt einer Erwiderung vernahm ich leise Geräusche, die ich nicht einordnen konnte und die mich neugierig die Augen öffnen ließen. Trotzdem ignorierte ich den Wunsch nachzusehen, was Nox da trieb. Unter keinen Umständen wollte ich seinen irrsinnigen Gedanken unterstützen, dass ich meinen Blick nicht von ihm lösen konnte.

»Streitest du deine Gefühle für mich immer noch ab, Kleines?« Leise, sinnlich und viel zu nah erklang die Frage an meinem Ohr. »Selbst nach dem, was vorhin am See geschehen ist?«

Erschrocken drehte ich mich herum und stieß gegen Nox' breite Brust. Hätten seine Hände nicht meine Oberarme gepackt und mich festgehalten, wäre ich vermutlich zurückgetaumelt und im Kamin gelandet.

»Du solltest wirklich besser auf deine Bewegungen achten. Ich werde nicht immer rechtzeitig da sein können, um dich zu retten.« Beim Sprechen sah er mir unentwegt in die Augen, während ein verführerisches Lächeln seine Lippen umspielte. »Und es wäre doch sehr schade, wenn du dich so kurz vor dem Ziel in eine menschliche Fackel verwandeln würdest, nicht wahr?!«

Wie ein sanfter Sommerwind strich sein Atem über meine Lippen, die sich wie vernachlässigte Blütenknospen nach einem harten Winter den ersten wärmenden Sonnenstrahlen entgegenstreckten und sich in der Hoffnung auf eine Liebkosung öffneten. Mein Herz schlug Purzelbäume und die

Schmetterlinge in meinem Magen vollführten eine Party, die dem Karneval in Rio Konkurrenz gemacht hätte.

Nox musste ahnen, was in meinem Inneren los war, denn sein Grinsen wurde noch breiter und der Glanz in seinen Augen intensivierte sich. Seine Hände strichen meinen Oberarm hinauf, bis sie auf meinen Schultern lagen und seine Finger unter die schweren, nassen Träger des mir fremden Kleides glitten. »Du solltest das ausziehen, ehe du ins Bett gehst.« Um seine Worte zu unterstreichen, schob er den Stoff samt meinem BH-Träger langsam, aber unaufhaltsam über meine Haut. »Sonst wird dir nie warm und du wirst ewig weiterzittern.«

Auch wenn ich sah, dass sich seine Lippen bewegten, und meine Ohren seine Stimme vernahmen, begriff ich kein Wort von dem, was er sagte. Es war, als würde er eine fremde Sprache sprechen. *Was hat er gesagt? Worüber reden wir?*

Nox schien zu spüren, dass ich ihm nichts erwidern würde, was ihm ein Lächeln entlockte. »Du willst das hier, oder? Wenn du ehrlich bist, sehnst du dich nach meinen Berührungen.« Er senkte den Kopf, seine Lippen kamen meinen näher. Am liebsten hätte ich mich ihm entgegengestreckt, aber ich hatte keinerlei Kontrolle über meinen Körper. »Sag es, Kleines. Sag, dass du das hier willst. Einmal. Für mich.«

ELF

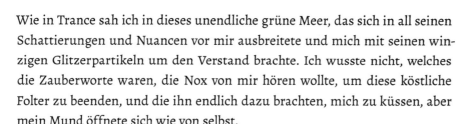

Wie in Trance sah ich in dieses unendliche grüne Meer, das sich in all seinen Schattierungen und Nuancen vor mir ausbreitete und mich mit seinen winzigen Glitzerpartikeln um den Verstand brachte. Ich wusste nicht, welches die Zauberworte waren, die Nox von mir hören wollte, um diese köstliche Folter zu beenden, und die ihn endlich dazu brachten, mich zu küssen, aber mein Mund öffnete sich wie von selbst.

»Wir können hier nicht bleiben. Es gibt nur ein Bett.«

Ich war stolz auf mich, dass ich überhaupt eine Erwiderung zustande brachte, auch wenn ich in diesem Moment keine Ahnung hatte, welcher Sinn hinter meinen Worten steckte. Vielleicht hatte ich soeben ein Weihnachtslied auf Hebräisch aufgesagt?!

Nox' Mundwinkel zuckten und der sanfte Ausdruck in seinem Blick, der voller Versprechungen und Zuneigung war, wich einer liebevollen Erheiterung. »Na und? Dann können wir uns gegenseitig wärmen. Und vielleicht ...« Er hob eine Hand und legte sie an meine Wange. Gleichzeitig fuhr er mit seinem Daumen über meine Unterlippe, was mir einen elektrisierenden Schauder durch den Körper jagte und die feinen Härchen auf meinen Armen und im Nacken aufstellte. »Vielleicht zeigst du mir, wo dein Traum endete, ehe ich dich gerettet habe.«

Nox' Lächeln war so frech und gleichzeitig einladend, dass mein Puls raste, als würde er die Schallmauer durchbrechen wollen.

»*Für ihn ist das nur ein Spiel, Ave!*«

Wieder kamen mir Adams Worte in den Sinn. Wie eine gellende Ohrfeige lichteten sie den Nebel, den Nox' Blick in mir ausgelöst hatte.

Nein!

Ich darf das nicht zulassen!

Nicht jetzt!

Nicht hier!

Nicht so!

Ich senkte den Kopf und heftete meinen Blick auf seine Brust. Das war zwar nicht viel besser, aber es genügte, um meine Gedanken wieder in Schwung zu bringen.

»Du kannst deine Verführungskünste getrost wieder wegstecken, Nox.« Meine Stimme klang nicht so keck und selbstbewusst, wie sie es sollte. »Ich habe dir schon mal gesagt, dass ich mich nicht auf dich einlassen werde.«

Ich hob meinen Kopf, ohne Nox anzusehen, straffte die Schultern und ging an ihm vorbei zum Bett. Am Fußende entdeckte ich einen dunklen Klumpen, der dort zuvor nicht gelegen hatte. Verwundert drehte ich mich zu Nox herum, der unbewegt am Feuer stand und mich mit gerunzelter Stirn und blitzenden Augen ansah. Er trug nicht mehr als enge, knappe schwarze Boxershorts, die seine muskulösen Beine betonte.

»Weißt du was? Du kannst mich mal!« Seine Miene drückte Zorn aus und die Heftigkeit, mit der er mich ansprach, überraschte mich. »Ich existiere seit mehr als zwei Jahrtausenden. In all der Zeit habe ich keine Frau kennengelernt, die so nervig, zickig und anstrengend war wie du! Du versuchst deine Gefühle zu ignorieren? Dann lass mich dir eins verraten, Kleines: Gefühle sind ein Arschloch und sie lassen sich nicht verdrängen. Sie finden immer einen Weg, dich zu treffen, zu verletzen und dann langsam verbluten zu lassen. Aber spiel ruhig weiterhin die Unnahbare und belüg dich selbst. Ich bin gespannt, wie lange du noch durchhältst, ehe der Schmerz dich in den Wahnsinn treibt!«

Wie ein rasender Stier schritt er auf mich zu. Doch anstatt vor mir stehen zu bleiben, trat er ans Bett, fegte mit einer wütenden Handbewegung den schwarzen Klumpen herunter, der seine Hose gewesen sein musste und mit einem klatschenden Geräusch auf dem Boden landete, und ließ sich anschließend auf der Matratze nieder, die unter seinem Gewicht mit einem Knarzen protestierte.

Einen langen Augenblick starrte ich den Höllendiener an. Selbst als er sich unter die einzige Decke legte, seinen Kopf auf eines der Kissen bettete und die Augen schloss, traute ich mich kaum zu glauben, was hier gerade geschah. Seine Worte hatten mich hart getroffen, aber ich verdrängte sie, um mich nicht mit der Wahrheit seiner Aussage auseinandersetzen zu müssen. Stattdessen wechselte ich das Thema.

»Und was soll das hier darstellen? Du hast doch nicht ernsthaft vor, liegen zu bleiben, oder?«

Nox reagierte nicht sofort und ich dachte zuerst, er wäre bereits eingeschlafen, doch dann drehte er sich mit einem trägen Lächeln auf den Rücken. Gleichzeitig verschränkte er die Arme hinter seinem Kopf und öffnete betont lasziv die Lider. »Wonach sieht das denn hier aus, Kleines? Aber lass mich dir als kleinen Tipp eine Rechenaufgabe stellen. In diesem Raum befinden sich zwei Personen – wovon eine verklemmt und prüde ist und sich vor ihren eigenen Gefühlen und Sehnsüchten fürchtet. Im Gegensatz dazu gibt es aber nur ein Bett. Nicht mal eine Couch oder Ähnliches. Wer, denkst du also, wird diese Nacht im Bett und wer auf dem Boden schlafen? Ehe du aus deiner grenzenlosen Naivität heraus antwortest, gebe ich dir noch zwei Hinweise. Erstens: Ich bin nicht dieser verweichlichte Graham Black, dessen Geschichte du inzwischen auswendig können musst, so oft wie du die Bücher mit ihm als Held gelesen hast. Also schlag dir diesen Quatsch gleich aus dem Kopf. Zweitens habe ich dir das Leben gerettet. Zweimal. Also ...« Der Rest seines Satzes blieb unausgesprochen, doch der Kern seiner Aussage war auch so deutlich genug und wurde von einem arroganten, kaltschnäuzigen und überheblichen Grinsen unterstrichen, das mich fassungslos zurückließ. Dabei wusste ich nicht einmal, welcher Teil seiner Worte mich mehr verstört hatte. Dass er wusste, welche Bücher ich las und wer mein Lieblingsprotagonist war, oder welche Eigenschaften er mir zusprach.

»Ich bin weder prüde noch verklemmt. Und ich habe auch keine Angst vor meinen Gefühlen! Da ist nichts, wovor ich Angst haben muss!« Aus reinem Trotz und um Nox zu beweisen, dass er keine Ahnung hatte, wer ich war und was mich ausmachte, umrundete ich das Bett, ohne ihn aus dem Blick zu lassen, und legte mich neben ihn auf die Matratze. Einen Teil der Decke begrub ich unter meinem Körper, aber das war mir egal. Lieber erfror ich heute Nacht, als Nox das Gefühl zu vermitteln, dass ich auf Kuschelkurs war.

Der mangelnde Platz erschwerte jedoch mein Vorhaben. Es gab nur eine Position, die ich einnehmen konnte, ohne aus dem Bett zu fallen und trotzdem etwas Abstand zwischen Nox und mir einzuhalten: seitlich auf die Schulter gedreht, die Beine angewinkelt und die Arme schützend vor der Brust verschränkt, Nox dabei stets im Blick. Natürlich hätte ich ihm auch den Rücken zudrehen können, aber der Gedanke behagte mir noch weniger.

Der Höllendiener drehte sich ebenfalls auf die Seite. Ein Arm lag locker auf seiner Taille, mit dem anderen stützte er seinen Kopf ab und betrachtete mich ungerührt. Dabei gab er sich keine Mühe, sein amüsiertes Grinsen zu verbergen. Sein plötzlicher Stimmungswechsel war nervenaufreibend.

»Du hast recht. Du bist kein bisschen prüde und verklemmt. Deine Haltung schreit geradezu danach, mir zu zeigen, wie locker und entspannt du dich in meiner Nähe fühlst.«

Der in seinen Worten mitschwingenden Ironie konnte ich nichts abgewinnen, aber ich hatte nicht vor, ihn darauf hinzuweisen. Ich würde in dieser Nacht sowieso kein Auge zumachen, daher war es egal, ob ich bequem lag oder nicht.

Ich schwieg eisern und auch Nox hatte offenbar nichts mehr zu sagen. Stattdessen sahen wir uns einfach nur in die Augen und ich registrierte das Spiel der flackernden Flammen in seiner Iris. Die Schatten, die immer wieder über sein Gesicht huschten, verliehen seinem Anblick etwas Gefährliches, dennoch ebbte meine Aufregung mit jeder Sekunde, die wir so dalagen, weiter ab und meine angespannten Muskeln lockerten sich. Die Wärme des Kaminfeuers lullte mich ein und meine Lider wurden schwer. Unter Aufbietung all meiner verbliebenen Kraft riss ich sie auf, um mich gegen den Sog der Müdigkeit zu wehren. Daher war ich mir auch nicht sicher, ob ich das sanfte Lächeln in Nox' Gesicht wirklich gesehen oder es mir nur schlaftrunken eingebildet hatte. Ebenso wie seine Stimme, die hauchzart an mein Ohr drang.

»Wieso sträubst du dich so gegen deine Gefühle? Wir wissen doch beide, dass du diesen Kampf verlieren wirst, Kleines. Dein Schicksal stand in der Sekunde fest, in der du mich das erste Mal gesehen hast.«

Ich öffnete den Mund, um lautstark zu protestieren – weder glaubte ich an Liebe auf den ersten Blick noch an Schicksal, Vorsehung oder Seelenverwandtschaft –, doch anstatt eines Widerspruchs brachte ich nur ein erschöpftes Gähnen zustande. Ich sah mich auch meiner letzten Kraftreserven beraubt und gab den Kampf gegen die Müdigkeit auf. Begleitet von leise gewisperten Worten sank ich in die Stille des Schlafs.

»Du gehörst mir, Kleines. Wann siehst du das endlich ein?«

***

Ein leises und rhythmisches Pochen weckte mich aus meinem traumlosen Schlaf. Ich hatte das Gefühl, tagelang und trotzdem nicht lange genug geschlafen zu haben. Mein Körper schmerzte und ich bereute meinen gestrigen Wunsch, alle Gliedmaßen wieder spüren zu wollen. Im Nachhinein betrachtet hatte dieses Taubheitsgefühl seine Vorteile gehabt.

Ich wollte die Augen öffnen, aber meine Lider waren bleischwer. Auch meine restlichen Muskeln wollten mir nicht gehorchen und verweigerten ihren Dienst, als ich versuchte, mich zu bewegen.

Was ist das für ein Geräusch?

Das schmerzhafte Pochen erklang direkt unterhalb meines Ohres, aber das Gefühl von Dürre in meinem Kopf, als hätte ich ein Mittagsschläfchen in der Sahara gemacht, verbot es mir, mich darauf zu konzentrieren und es zu analysieren.

Ich habe Durst!

Langsam erwachten auch meine anderen Sinne und machten mir bewusst, dass der Gedanke an die Sahara gar nicht so abwegig war. Zumindest würde das erklären, weshalb mir so unerträglich heiß war, meine Zunge an meinem Gaumen pappte und jeder Atemzug sich anfühlte, als läge ich in einer Sauna mit offenem Kaminfeuer.

Kaminfeuer?!

Endlich schalteten meine Gedanken einen Gang höher und einzelne Erinnerungsbrocken tauchten in meinem Verstand auf. Wir befanden uns bei Marron und ihrer Rebellentruppe. Sie hatten uns bei sich aufgenommen, nachdem sie uns vor dem Winterprinzen gerettet hatten. Aber da war noch mehr. Etwas Weiteres, Wichtiges schlummerte verborgen unter einer dicken Schicht des Vergessens und wollte sich mir nicht offenbaren.

Bei dem Versuch, meine Gedanken zu fokussieren, verstärkte sich das Pochen in meinem Kopf und ich stöhnte leise. Gleichzeitig rollte ich mich auf den Rücken, um mir mit den Händen über das Gesicht zu streichen, aber ein zentnerschwerer Felsen lag auf meinem Oberarm und hinderte mich daran.

Zumindest gelang es mir endlich, meine Augen zu öffnen.

Nein!

Nein, nein, nein!

Nein!

Ein Déjà-vu in der Stärke eines Orkans durchfuhr mich und weckte in mir das Bedürfnis, mich so schnell und so weit wie möglich von dem schlafenden Körper wegzubewegen, der wie ein gefallener Riese zum Teil auf mir lag. Leider gewann ich nur wenige Zentimeter Abstand, denn Nox hatte nicht nur meinen Arm unter seinem Körper begraben, sondern auch noch seinen eigenen um meine Hüfte geschlungen. Erst nach und nach wurde mir klar, dass wir in einer innigen Umarmung geschlafen hatten.

»Nox! Wach auf!« Meine Stimme krächzte heiser und meine Kehle schrie schmerzhaft auf. Aber auch ein wiederholtes Räuspern half nicht. »Nox! Los! Wach auf!«

Mit meiner freien Hand schlug ich zuerst gegen seine Schulter und drückte dann seinen massigen Körper von mir weg, um meinen zweiten Arm zu befreien. Genauso gut hätte ich jedoch den Hulk im Armdrücken herausfordern können. Unermüdlich zog ich an meinem tauben Arm, dessen Finger in diesem Moment zu kribbeln begannen.

Ein Grunzlaut ertönte und Nox verlagerte sein Gewicht. Leider in die falsche Richtung, weshalb ich kurz darauf wie seine persönliche Kuscheldecke unter seinen Muskeln begraben war. Ich schaffte es gerade noch, meinen

Kopf zur Seite zu drehen, um wenigstens eine ungehinderte Sauerstoffzufuhr zu gewährleisten.

In Ermangelung besserer Ideen, nötiger Bewegungsfreiheit und ausreichender Atmung stieß ich ohne nachzudenken die Fingernägel meiner freien Hand in Nox' Rücken.

Augenblicklich hob der Höllendiener seinen Kopf. Seine Lider öffneten sich und offenbarten einen glühenden Blick. Wie ein wildes Tier fletschte er die Zähne – oder war es ein Grinsen? In seiner Brust bahnte sich ein Vibrieren an, ehe es sich in einem leisen Knurren entlud.

»Langsam scheinen wir beide uns zu verstehen, Kleines.«

Als er jetzt tatsächlich anzüglich grinste, wurde mir bewusst, was er mit seinen Worten andeutete. Prompt schoss mir das Blut in die Wangen.

»Was? Nein! So war das nicht gemeint!« Ich unterstrich meine Worte mit einem Kopfschütteln. »Ich habe nur versucht dich aufzuwecken, weil du auf mir liegst, mein Arm langsam abstirbt und ich keine Luft mehr bekomme. Da du wie ein Toter geschlafen hast, ist mir nichts Besseres eingefallen.«

Erneut unternahm ich einen Versuch, Nox von mir zu schieben, aber es blieb eine Herkulesaufgabe.

»Wer sagt denn, dass ich geschlafen habe?« Das Grinsen wurde breiter und Nox' Blick intensiver. »Außerdem war nicht ich derjenige, der mitten in der Nacht unter die Decke gekrabbelt kam und sich wärmesuchend an einen fremden Körper geklammert hat.«

Meine Augen weiteten sich vor Entsetzen. Gern hätte ich seine Aussage als haltlose Lüge abgestritten, aber leider konnte ich das nicht. Nicht nach dem, was mir in den Sinn kam, als mein Blick auf seine vollen, weichen Lippen fiel. Schlagartig wurde mir klar, was geschehen war. *Ich habe Nox geküsst! Das war kein Traum! Der Kuss war echt!*

Auch wenn es fast unmöglich war, erhitzte sich mein Körper weiter, als mich glühende Schauder erfassten. Meine Gedanken wirbelten umher, ohne auch nur den Ansatz einer brauchbaren Antwort zu offenbaren. Stattdessen konnte ich nichts anderes tun, als Nox in die Augen zu sehen.

Wir sahen uns noch immer stumm an, als ein lautes Hämmern ertönte und den Moment unterbrach. Ehe einer von uns beiden registrierte, woher das Geräusch gekommen war, flog mit einem lauten Krachen die Tür auf. Erschrocken stieß ich einen Schrei aus und klammerte mich an der Bettdecke fest, während Nox wie von der Tarantel gestochen aufsprang und sich vor mich stellte.

»Bevor ich dich töte, hast du genau drei Sekunden, um zu sagen, wer du bist und was du hier willst. Eins.«

Auch wenn ich nur seine Rückseite sehen konnte, erkannte ich deutlich, wie angespannt seine Muskeln waren. Zudem waren seine zu Fäusten geballten Hände ein deutliches Indiz für seinen Zorn.

»Marron schickt mich. Sie erwartet euch in ihrer Hütte.«

Die fremde Stimme klang überraschend jung, aber nicht ängstlich oder unsicher, was ich ziemlich beeindruckend fand, wenn ich bedachte, welch Furcht einflößenden Eindruck Nox bot.

»Dann sag ihr, wir kommen, wenn wir so weit sind. Und jetzt verschwinde von hier, ehe ich bei drei ankomme.« Nox machte einen Schritt auf sein Gegenüber zu. »Zwei.«

Erst jetzt wagte ich es, meine Position im Bett zu verändern und an Nox vorbeizuspähen. In der geöffneten Tür stand ein Junge von vielleicht fünfzehn oder sechzehn Jahren. Seine dunkelblauen Haare waren kurz und so sah ich deutlich die hellen, spitzen Ohren, die ihn als Fee enttarnten. Ebenso wie Marron und ihre zwei Bodyguards trug der Junge eine Lederhose mit farblich passender Weste. Die Kleidung schien ihm noch zu groß zu sein, denn er versank fast darin.

»Marron hat gesagt, ich soll euch zu ihr führen.« Auf einmal schwang doch eine Spur Unsicherheit in seiner Stimme mit. Der Junge tat mir leid. Sicherlich hatte er sich nicht um den Job geprügelt.

»Ich wiederhole mich nicht, Fee.« Nox trat einen weiteren Schritt auf den Jungen zu und seine Stimme war mehr geknurrt als gesprochen. »Und ich breche niemals meine Versprechen. Daher solltest du dir zweimal überlegen, ob du diese Hütte einfach so stürmst, solange ich mit einer Frau hier drin bin. Es sei denn, du hättest das Bedürfnis, auf der Stelle eines qualvollen Todes zu sterben. Dann wärst du auf dem richtigen Weg.« Mit einem weiteren Schritt näherte sich Nox dem Jungen, dessen Gesichtsausdruck nun deutliche Zweifel erahnen ließ. Dennoch bewegte er sich keinen Millimeter, was mich wirklich beeindruckte.

»Nox! Lass gut sein. Er kann nichts dafür!«

Mit einem vor Zorn lodernden Blick drehte sich der Höllendiener zu mir herum und ich beschloss, mich nicht von ihm einschüchtern zu lassen. Stattdessen beugte ich mich noch ein Stück weiter zur Seite, um die Fee anzusprechen. »Kannst du bitte draußen warten, solange wir uns anziehen? Wir kommen sofort.«

Der Junge wirkte unentschlossen. Vermutlich war er angewiesen worden, uns umgehend mitzunehmen. Doch ihm schien klar zu sein, dass Nox mehr als bereit war, seine Drohung in die Tat umzusetzen, wenn er auf unserem Mitkommen beharrte. Mit deutlichem Missmut im Gesicht nickte er steif, drehte sich auf dem Absatz um und verließ die Hütte. Die Tür schloss sich wie von Geisterhand und ließ ein lautes Knallen ertönen, das mir durch Mark und Bein ging.

»Was sollte das, Kleines?« Innerhalb eines Wimpernschlags war Nox wieder an meiner Seite und baute sich mit vor der Brust verschränkten Armen vor mir auf. Seine angestaute Wut, die er nun nicht mehr gegen die Fee richten konnte, strahlte in feurigen Wellen von ihm ab. »Ich lasse mich von niemandem herumkommandieren. Und schon gar nicht von irgendwelchen Jüngelchen, die kaum zweihundert Jahre alt sind!«

Perplex starrte ich Nox an. *Der Junge ist zweihundert Jahre alt?!*

Ich brauchte einen Moment, ehe ich den Schock verdaut hatte und Nox' Blick selbstbewusst erwidern konnte. Dabei umklammerte ich weiterhin die Decke, als sei sie mein Schutzschild. Was nicht völlig falsch war, wenn mich meine Erinnerungen nicht täuschten. Immerhin trug ich noch immer dieses weiße, nachthemdartige Kleid, das mir irgendjemand angezogen haben musste, während ich bewusstlos gewesen war. Aber dieses Thema verdrängte ich nach bester Manier. Um mein Seelenheil zu schützen, wollte ich lieber nicht wissen, wer sich um diese Aufgabe gekümmert hatte.

»Du hast selbst gesagt, dass du dir anhören willst, was Marron zu sagen hat. Und gleich am ersten Tag jemanden aus ihrer Truppe zu bedrohen ist sicherlich nicht der beste Einstieg in ein solches Gespräch. Außerdem«, ich presste meine Lippen fest zusammen und schluckte meinen Unmut herunter, »bist du nicht mit *einer Frau* hier drinnen.« Seine Worte und die dahinter verborgene Bedeutung waren mir nicht entgangen.

Nox' Miene entspannte sich schlagartig und wieder erschien dieses anzügliche Grinsen auf seinen Lippen. »Ach nein? Das ist ja merkwürdig. Denn als ich dich gestern aus dem Wasser zog, hatte es den Anschein, dass du eine Frau bist. Und ich bin mir sicher, dass du, als du mich geküsst hast, ebenfalls eine Frau warst. Und schließlich heute Nacht, als du deinen Körper gegen meinen gepresst hast, als würdest du gar nicht nah genug an mich herankommen können, fühltest du dich ebenfalls wie eine Frau an. Du *hörtest* dich sehr weiblich an.«

Mit jedem seiner Worte wurde sein Grinsen breiter, mein Puls beschleunigte sich und mein Gesicht glühte, als hätte ich ein Bad in Säure genommen.

»Du ...« Mein Körper zitterte vor Scham, die sich mit Wut und Abscheu mischte. Ich wollte nicht glauben, was Nox da sagte, aber mir war bewusst, dass er nicht lügen konnte. Doch das war nicht der Grund für meinen Ekel. So hochgradig peinlich die Situation auch war, ich ertrug Nox' selbstgefälliges Grinsen nicht länger. Die Freude, die ihm mein Leid bescherte, war zu viel für mich.

Nox sah mich herausfordernd an und mir fielen einige Dinge ein, die ich ihm gern an den Kopf geworfen hätte. Doch hätte ihn nichts davon so schmerzhaft getroffen, wie seine Bemerkungen mich immer wieder verletzten.

In diesem Augenblick wurde mir klar, dass Nox gewonnen hatte. Er hatte es geschafft, dass ich Gefühle für ihn entwickelte, die er nach Herzenslust manipulieren und gegen mich verwenden konnte. Was er auch tun würde.

»Ich hasse dich, Nox. Aufrichtig und aus vollem Herzen. Du machst dem Begriff ›Dämon‹ alle Ehre.«

So selbstbewusst ich konnte, drehte ich mich zur anderen Bettseite herum und glitt heraus, die ganze Zeit darauf bedacht, Nox den Rücken zu kehren. Er sollte nicht meine tränenfeuchten Augen sehen und erkennen, dass er sein Ziel erreicht hatte. Es war schlimm genug, dass ich mich nicht gegen meine Gefühle wehren konnte, aber dass er sich dermaßen daran ergötzte und mir regelrecht unter die Nase rieb, dass das Ganze für ihn nur ein Spiel war, empfand ich als beschämend, verletzend und erniedrigend.

Als ich stand, blickte ich an meinem Körper herunter. Wie ich bereits vermutet hatte, trug ich nichts als das verknitterte und nach Seewasser stinkende Leinenkleid von gestern. Meine dunkle Unterwäsche schimmerte hindurch und bei dem Gedanken, welchen Anblick ich Nox geboten haben musste, nachdem er mich aus dem Wasser gefischt hatte, sammelten sich weitere Tränen in meinen Augen. Ehe ich sie wegblinzeln konnte, rannen sie mir aus den Augenwinkeln. Dennoch unterdrückte ich den Wunsch, sie wegzuwischen. Die Geste war zu verräterisch. Ebenso wie das aufkommende Schluchzen in meiner Kehle.

Um mich abzulenken, sah ich mich in dem vom Feuer beschienenen Zimmer um. Vielleicht hatte ich Glück und würde irgendwo meine eigenen Sachen wiederfinden. Auch wenn die Fetzen kaum mehr als Putzlappen durchgingen, bildete ich mir ein, dass sie mir ein Gefühl von Sicherheit bescheren würden. Außerdem konnte und wollte ich unter keinen Umständen in diesem Outfit vor die Tür gehen.

»Auf dem Tisch liegen ein paar Klamotten, die du anziehen kannst. Wenn sie dir nicht passen, beschwer dich bei jemand anderem.«

Mit einer Stimme, so kalt und distanziert, wie ich sie noch nie zuvor bei Nox gehört hatte, öffnete er die Hüttentür, wie ich an dem knarzenden Geräusch und dem hereinfallenden Lichtschein erkannte. Doch ehe ich Gelegenheit hatte, seine Worte zu verdauen, verschwand das Licht, das Knarzen ertönte erneut und mit einem lauten Knall fiel die Tür ins Schloss.

Reflexartig sah ich mich um.

Ich war allein.

Nox war gegangen.

ZWÖLF

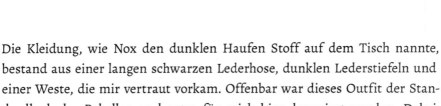

Die Kleidung, wie Nox den dunklen Haufen Stoff auf dem Tisch nannte, bestand aus einer langen schwarzen Lederhose, dunklen Lederstiefeln und einer Weste, die mir vertraut vorkam. Offenbar war dieses Outfit der Standardlook der Rebellen und extra für mich hier deponiert worden. Dabei klammerte ich mich an den Gedanken, dass die Sachen bereits gestern hier gelegen hatten und ich sie wegen der schlechten Lichtverhältnisse und meiner Müdigkeit übersehen hatte.

Mit mechanischen Bewegungen tauschte ich das Kleid gegen die Kampfmontur. Die Sachen waren zwar etwas eng und betonten meiner Meinung nach die falschen Körperstellen, aber der Stoff war blickdicht, robust und würde mich zumindest teilweise vor Gefahren schützen.

Dennoch konnte ich mir ein Seufzen nicht verkneifen, als ich an mir herabblickte, nachdem ich die untersten drei Knöpfe an der Weste geschlossen hatte. Ohne einen Spiegel konnte ich nur Teile meines neuen Ichs erkennen, doch das reichte bereits aus, um mir zu wünschen, mich wieder ins Bett legen zu können und nie wieder aufstehen zu müssen.

Ich bin weder Xena die Kriegerprinzessin noch eine Feenrebellenanführerin! Gibt es hier keine Kleidung für normale Leute?

Unweigerlich fiel mein Blick auf den hellen Haufen Stoff zu meinen Füßen und ich seufzte erneut. Okay, vielleicht war dieses Outfit doch nicht so übel. Denn die Alternative war ... Ach, wem machte ich etwas vor? Es gab keine Alternative!

Während ich zur Hüttentür ging, scheiterte ich an dem Versuch, wenigstens einen weiteren Knopf im Brustbereich zu schließen. Der Ausschnitt der Weste war zwar nicht sonderlich tief, aber der Stoff so eng, dass er meine

Brüste zusammenpresste, als würde ich eine Korsage tragen. Widerstrebend gab ich den Kampf gegen das unflexible Material auf und atmete tief durch, während ich mir mit den Fingern durchs Haar fuhr. Ich wollte lieber gar nicht wissen, welchen chaotischen Eindruck meine blonden Strähnen machten.

Ich öffnete die Holztür und blinzelte in das helle Morgenlicht. Unmittelbar vor der Tür entdeckte ich den Jungen, der noch vor wenigen Minuten die Hütte gestürmt hatte. Seine Miene wirkte verkniffen, aber er sah lebendig und unverletzt aus, was in Anbetracht seiner vorherigen Tat an ein Wunder grenzte. Direkt hinter ihm entdeckte ich den Platz, der mir gestern Nacht leer und unbewohnt erschienen war. Dieser war jetzt von emsig umherlaufenden oder mit irgendwelchen Arbeiten beschäftigten Feen gefüllt. Auf den ersten Blick erkannte ich, wer in dieser Gruppe welche Aufgabe hatte. Die Männer trugen alle die mir bereits bekannte Ledermontur, während die Frauen in diesen weißen Kleidern steckten. *Rollenklischees par excellence.*

Ehe ich mir Gedanken machen konnte, was der Umstand, dass man mir ungefragt dieses Männer-Outfit zur Verfügung gestellt hatte, über mich aussagte, ertönte die Stimme des Jungen vor mir. »Los! Marron wartet bereits.« Stumm marschierte er los.

Perplex sah ich ihm hinterher. Dafür, dass das Lichte Volk unsterblich war und sie demnach unendlich viel Zeit hatten, verhielten sich die Feenwesen sehr hektisch und angespannt.

Suchend sah ich mich nach Nox um. Auch wenn ich ihn für seine Arroganz und seine verletzenden Worte verabscheute, war er dennoch die einzige Person hier, der ich einigermaßen vertrauen konnte. Immerhin hatte er mir bereits zweimal das Leben gerettet und wir waren ein Team.

Ich musste nicht lange suchen, bis ich ihn fand. In seiner eigenen Kleidung stand er vor einer der Hütten, die Arme lässig vor der Brust verschränkt, und unterhielt sich mit einer Fee mit langen kupferroten Locken. Ihr weißes Kleid betonte ihre helle Haut und ließ sie regelrecht strahlen. Und auch wenn ich ihr Gesicht nur im Profil sah, war es eindeutig, dass sie wunderschön war.

Nox hob gerade die Hand und strich der Frau mit einer sanften Geste über die Haare, was ihr ein helles, melodisches Kichern entlockte und gleichzeitig mir einen eifersüchtigen Stich versetzte.

Als hätte Nox meinen Blick gespürt, hielt er in der Bewegung inne und drehte langsam seinen Kopf in meine Richtung. Sein Lächeln erstarrte, wich jedoch nicht. Dann wandte er sich wieder der Fee zu, beugte sich vor und sagte etwas zu ihr, was ich nicht verstand, sie jedoch wieder zum Kichern brachte. Sie bestätigte mit einem wilden Nicken, stellte sich auf die Zehenspitzen und hauchte ihm einen Kuss auf die Lippen, ehe sie davontänzelte. Nox sah ihr kurz nach, bevor er sich ebenfalls auf den Weg machte. Doch statt zu mir zu kommen, wie ich irrwitzigerweise angenommen hatte, folgte der Höllendiener dem Jungen, den ich bereits vergessen hatte, und sah sich nicht mehr nach mir um.

Sprachlos blickte ich ihm hinterher und ärgerte mich über mich selbst. Ich verstand einfach nicht, wie ich Gefühle für Nox zulassen konnte. Die Momente, in denen er nicht der arrogante und eingebildete Kotzbrocken war, waren so kurz und so selten, dass sie im Vergleich zu seinem sonstigen Auftreten kaum ins Gewicht fielen. Dennoch stand ich hier und versuchte das beklemmende Gefühl in meiner Brust zu verdrängen, das Nox' kleiner Flirt und sein abweisendes Verhalten mir gegenüber in mir auslösten.

Danke, Ad und Mony, für eure Warnungen. Leider ist es dafür zu spät.

***

Marrons Hütte stand ein Stück außerhalb der Siedlung und war ungefähr doppelt so groß wie die anderen Bauten. Sie bestand aus drei Zimmern, wie ich mit einem ersten schnellen Blick feststellte, als ich gemeinsam mit Nox und unserem stillen und unentwegt erbost dreinblickenden Wegführer eintrat. Das Hauptzimmer war mit einem großen runden Tisch ausgestattet, an dem bereits acht Feen saßen und sich angeregt unterhielten. Sie verstummten, sobald sie uns bemerkten, und musterten uns argwöhnisch.

»Ihr seid spät.« Marron, die mit Blick zur Tür zwischen zwei Männern saß, gab sich keine Mühe, ihren Unmut zu verbergen. »Setzt euch und hört zu. Es gibt wichtige Dinge zu bereden.«

Meine Konzentration war auf eins der kleinen und verdreckten Fenster gerichtet, durch das ich den angrenzenden Wald sah, den wir durchquert hatten, um hierherzugelangen. Leider waren auch rund um diesen Platz die Bäume so hoch, dass sie kaum Sonnenlicht durchließen und die arktische Atmosphäre im Hütteninneren unterstrichen.

Nox, von dem ich gedacht hatte, dass er den Rüffel niemals kommentarlos hinnehmen würde, folgte mit unbewegter Miene und kühler Gelassenheit Marrons Befehl. Als wäre er hier zu Hause, zog er betont geräuschvoll einen der beiden noch freien, nebeneinanderstehenden und mit Leder bezogenen Stühle hervor und ließ sich darauf nieder. Er lümmelte sich auf das Polster, seine Arme vor der Brust verschränkt, ein Bein über das Knie des anderen Beines gelegt, und blickte desinteressiert in die Runde.

Marron richtete ihre Aufmerksamkeit auf mich. Ehe sie sich dazu hinreißen konnte, mich ein zweites Mal aufzufordern, folgte ich Nox' Beispiel und setzte mich auf den letzten freien Platz. Leider fiel es mir nicht so leicht, Gleichgültigkeit vorzutäuschen. Mit offener Neugier musterte ich die Anwesenden. Marron war die einzige weibliche Fee in der Runde. Auch sie trug die Kleidung der Männer, die die Härte in ihren Gesichtszügen betonte. Dazu besaß sie als Einzige an beiden Handgelenken breite lederne Armmanschetten. Ihre hellbraunen Haare hatte sie zu einem Zopf gebunden, der ihr über die Schulter fiel. Links neben ihr saß ein Mann mit kurzen schwarzen Haaren. Sein Gesicht war kantig und seine dunklen Augen musterten mich intensiv. Er war von breiter Statur und mir fielen seine muskulösen Arme auf.

Die Fee zu Marrons rechter Seite erkannte ich sofort. Ihre strahlenden blauen Augen würde ich nie wieder vergessen.

Jeenih!

Ich erwiderte seinen Blick und betrachtete gleichzeitig sein Gesicht. Es war nicht mehr aufgedunsen und blutig, dennoch war deutlich zu sehen, dass er vor Kurzem Teil einer heftigen Auseinandersetzung gewesen sein musste.

Jeenih nickte mit schräg gelegtem Kopf, was ich als höfliche Begrüßung registrierte. Ehe ich die Geste erwidern oder die restlichen Männer in der

Runde genauer betrachten konnte, übernahm die Anführerin der Rebellentruppe das Wort und lenkte meine Aufmerksamkeit wieder auf sich.

»Da ihr nun endlich den Weg hierher gefunden habt«, sie warf einen finsteren Blick auf einen Punkt, der hinter unserem Rücken lag und vermutlich dem Jungen galt, der uns verspätet hergebracht hatte, ehe sie sich wieder Nox und mir widmete, »wird es Zeit zu klären, was ihr hier in Galoai zu suchen habt.« Ihre goldenen Augen glitten von mir zu Nox und wieder zurück.

»Wir wissen beide, dass du die Antwort auf diese Frage längst kennst, Marron.« Nox unterstrich seine vor Hochmut strotzenden Worte mit einem feinen Lächeln. »Wenn das nicht der Fall wäre, hättest du uns entweder im Finsterwald zurückgelassen oder uns längst umgebracht. Aber niemals hättest du zwei Wildfremde in deiner sehr gut geschützten Siedlung aufgenommen.« Nox verlagerte sein Gewicht, indem er seinen Oberkörper nach vorn lehnte. Dabei verschränkte er die Finger beider Hände ineinander und stützte seine Unterarme an der Tischkante ab. »Deswegen sollte die erste Frage, die wir hier klären, anders lauten: Warum hast du uns aufgenommen? Was erhoffst du dir von unserer Anwesenheit? Wie du weißt, haben wir die Mischlingsfee verloren, und wir wissen nichts über ihren Aufenthaltsort.«

Marrons Mundwinkel zuckten so minimal, dass ich nicht sagen konnte, ob sie ein Lächeln oder ein Zähnefletschen zurückhielt. Gleichzeitig intensivierte sie ihren Blick, als sie Nox ins Visier nahm.

»Du bist in Galoai sehr bekannt, Dämon. Die Geschichten, die sich um dich ranken, sind uns fast so vertraut, wie die Königshöfe alt sind. Besonders deine Liebelei mit Prinzessin Chandara vom Winterhof wird immer wieder gern erzählt. Aber das alles ändert nichts an der Tatsache, dass wir euch vor dem Winterprinzen retten mussten. Daher solltest du auf deine Zunge achten, ehe ich sie dir abschneide.«

Ein feines, herausforderndes Lächeln erschien auf Marrons Lippen, das Nox amüsiert erwiderte. Ich sah seiner Mimik an, dass er bereits eine Antwort parat hatte, doch ehe sich ihm die Gelegenheit bot, sie vorzutragen, erhob Marron sich von ihrem Stuhl und nickte knapp. Auf diesen stummen

Befehl hin ertönte ein leises Knarzen und ein frischer Windhauch wehte ins Zimmer. Marron hob ihre rechte Hand und führte zwei Finger an ihre Lippen. Ein lauter Pfiff schrillte durch den Raum und ließ mich erschrocken zusammenfahren. Kurz darauf ertönte ein Krächzen, das von Flügelschlägen begleitet wurde.

Ich drehte meinen Kopf genau in der Sekunde herum, als etwas Großes, Rotes an meinem Kopf vorbeiflog und mein Gesicht streifte. Es war nur eine winzige Berührung, dennoch fühlte sich meine Wange an, als hätte ich mich verbrannt. Sofort legte ich meine kühlen Fingerspitzen an die Stelle, konnte jedoch nichts außer ebenmäßiger Haut spüren.

Ein weiteres Krächzen erklang und ich sah auf. Marron stand noch immer an derselben Stelle, doch nun hockte auf ihrem ausgestreckten Arm ein Vogel, der mich auf den ersten Blick an einen Steinadler erinnerte. Sein Gefieder war leuchtend rot und verdunkelte sich nur an den Spitzen zu einem satten Bordeauxton. Seine Brust strahlte in einem leuchtenden Gelb und seine glänzenden schwarzen Augen huschten neugierig umher. Sein Schnabel hatte die Farbe von dunklem Mahagoni und seine Krallen, die sich in Marrons Armmanschette gruben, sahen mindestens genauso tödlich aus wie das Winterschwert.

»Das ist Arrow. Mein Farir.« Marron sprach mit einer Liebe und Wärme in der Stimme, die ich ihr gar nicht zugetraut hätte. Dabei strich sie zärtlich über das Federkleid des Tiers. »Er hat euch beobachtet, als ihr durch den Finsterwald gestreift seid, nachdem Liliana verschwunden war.«

Ich war so von der intimen Szene fasziniert, dass ich nicht sofort registrierte, dass Marron ihren Blick wieder in unsere Richtung wandte. Noch nie hatte ich ein solches Tier gesehen. Es strahlte Anmut, Eleganz und Leidenschaft aus. Dennoch war ich mir sicher, dass es jederzeit zum tödlichen Angriff übergehen konnte.

»Liliana?« Meine Stimme klang heiser und ich musste mich räuspern.

»Das ist Harmonys echter Name. Den anderen bekam sie von ihren menschlichen Eltern.« Nox antwortete auf meine Frage, ohne mich anzusehen. Er hatte seinen Blick auf Marron und den Farir gerichtet. Doch auch ohne in sein Gesicht sehen zu können, war es mir möglich, seine Stimmung einzuschätzen.

»Arrow hat Liliana auf seinem Spähflug gesehen. Zu der Zeit lag sie allein und verlassen im Finsterwald.« Als würde der Farir Marrons Worte bekräftigen wollen, krächzte er erneut und der Klang verursachte mir eine Gänsehaut. »Er kennt Liliana und weiß, dass ich seit Langem mit ihr im Gespräch stehe. Wir haben versucht, sie zurück ins Feenreich zu holen, sind aber bisher gescheitert. Als er sie nun dort liegen sah, dem Verschwinden näher als dem Leben, kam er sofort zu mir geflogen und berichtete mir davon. Ich schickte umgehend eine Truppe los, um sie zu holen, doch als diese eintraf, war Liliana verschwunden.«

Marrons Worte fühlten sich an, als würde ein Blizzard durch mein Inneres tosen. Ich wusste genau, in welchem schrecklichen Zustand Harmony – oder besser gesagt Liliana – gewesen war, als wir sie ins Feenreich gebracht hatten, und ich erinnerte mich noch an das Gefühl von Hilflosigkeit und Schmerz, als wir zu dem Punkt zurückgekommen waren und sie dort nicht mehr vorgefunden hatten.

»Arrow begab sich auf die Suche nach ihr und wurde an der Grenze des Finsterwaldes fündig.«

Marrons angespannte Stimme ließ nichts Gutes verheißen, dennoch musste ich nachhaken. »Was grenzt an den Finsterwald an?«

Die Anführerin der Rebellentruppe verengte die Augen und ihr Blick wurde härter. Auch ihre Kiefermuskeln spannten sich an. »Das solltest du mit deinen eigenen Augen sehen.«

Ehe ich fragen konnte, was sie damit meinte, erschien wie aus dem Nichts ein Bild in meinem Kopf, das ich zunächst nur unscharf erkennen konnte. Immer wieder schimmerte die Realität hindurch, als wären bei einem Foto zwei Bilder übereinandergelegt worden. Das Chaos verursachte mir Kopfschmerzen und ich schloss die Augen. Jetzt blieb nur ein Bild, doch ich wünschte, ich hätte es nicht sehen müssen.

DREIZEHN

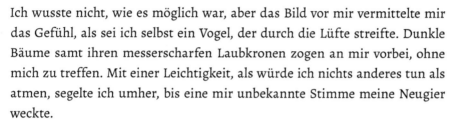

Ich wusste nicht, wie es möglich war, aber das Bild vor mir vermittelte mir das Gefühl, als sei ich selbst ein Vogel, der durch die Lüfte streifte. Dunkle Bäume samt ihren messerscharfen Laubkronen zogen an mir vorbei, ohne mich zu treffen. Mit einer Leichtigkeit, als würde ich nichts anderes tun als atmen, segelte ich umher, bis eine mir unbekannte Stimme meine Neugier weckte.

»... umbringen sollen. Königin Mab wird nicht erfreut sein, sie zu sehen.«

Ich konnte nicht erkennen, wer gerade sprach, doch die Stimme klang jung und erinnerte mich ein wenig an die Fee, die heute Morgen in unsere Hütte geplatzt war. Dennoch kniff ich die Augen fester zusammen, als könnte ich so besser sehen.

Eine zweite, tiefere Stimme antwortete: »Natürlich wird sie nicht erfreut sein, dieses Balg zu sehen. Aber das liegt daran, dass die Fee längst hätte tot sein müssen!«

Eine dritte, weichere Stimme mischte sich ein. »Kyran hat recht. Wenn unsere Königin erfährt, dass diese Mischgeburt lebt, sich in Galoai aufhält und wir sie umgebracht haben, anstatt sie zum Winterhof zu bringen, sind es unsere Köpfe, die rollen werden.«

Meine Perspektive veränderte sich, als ich im Flug tiefer sank. Ich glitt zwischen Laubblättern und Ästen hindurch, ohne dass sie mich trafen. Dabei kam ich dem Waldboden immer näher, bis ich drei Pferde und ihre dazugehörigen Reiter entdeckte. Die Tiere schimmerten tiefschwarz und besaßen weder Mähne noch Schweif. An ihren Seiten befanden sich ledrige Flügel, die von den Oberschenkeln der Reiter eng an den Körper der Tiere gedrückt wurden, als sollten diese am Fliegen gehindert werden.

Das sind Paryis! Pferde des Winterhofs!

Ich fokussierte meine Gedanken auf die Reiter. Leider sah ich nur ihre Rückseiten, die in dunkle, sich sacht bewegende Umhänge gehüllt waren. Alle drei Feen hatten lange, geflochtene Zöpfe, die bei den beiden äußeren wasserstoffblond und bei der mittleren goldblond schimmerten.

»Es behagt mir dennoch nicht, dieses Weib zum Hof zu bringen. Wer weiß, mit welchen Tricks sie so lange in der Menschenwelt überleben konnte. Ganz zu schweigen davon, wie sie es zurück nach Galoai geschafft hat!«

Ich konnte nicht erkennen, welcher der drei Winterritter gesprochen hatte, aber der mittlere antwortete und drehte sich dabei erst nach rechts und anschließend nach links.

»Dragon, kannst du Frykail erklären, warum wir dieses Mischwesen zu Hofe bringen, anstatt es zu töten? Sein Kleingeist will das Offensichtliche anscheinend nicht verstehen.«

Dragon, die Fee ganz links, lachte, was seine Schultern zum Beben brachte. »Ich kann es versuchen, aber ich denke nicht, dass es ihm helfen wird, Kyran. Sieh ihn dir an. Der Kleine macht sich gleich in die Hosen.«

Der mittlere Reiter, Kyran, brummte etwas Unverständliches und Frykail, die Fee ganz rechts, drehte sich empört zu seinen beiden Kollegen herum.

»Das ist nicht wahr, Dragon. Aber wenn du kein Problem damit hast, dann darfst du die Mischgeburt gern den restlichen Weg zu dir nehmen.«

Ohne erkennbaren Grund beschleunigte auf einmal das Paryi in der Mitte, trabte ein Stück voraus und stellte sich den beiden Artgenossen in den Weg. Als alle zum Stehen gekommen waren, konnte ich Kyrans Gesicht erkennen. Er hatte ebenso wie der Prinz eine ebenmäßige, helle Haut und feine Gesichtszüge. Die Iris seiner Augen schimmerte so hell, dass sie fast mit dem sie umgebenden Weiß verschmolz. Seine hohen Wangenknochen und die schmalen Lippen verliehen ihm etwas Unechtes.

»Wenn dein Vater nicht der Anführer der Garde wäre, würde ich dich auf der Stelle töten, Frykail.« Zorn stand Kyran ins Gesicht geschrieben und ich konnte nicht erkennen, woher seine plötzliche Wut kam.

»Beruhige dich, Kyran.« Dragon wandte sich zur Seite und sah zu Frykail, der mit geweiteten Augen zu Kyran blickte. »Ich nehme die Frau, wenn es dir dann besser geht. Gib sie mir.« Dragon ließ die Zügel seines Paryis los und streckte seine Arme in Frykails Richtung aus.

Kyran schnaubte verächtlich und rollte mit den Augen. »Du verhätschelst ihn, Dragon. Wie soll er jemals ein richtiger Winterritter werden, wenn du all seine Aufgaben übernimmst? Er muss lernen, dass man als Teil der Wintergarde mehr zu tun hat, als Wache zu schieben und sich mit Zofen zu vergnügen.«

Dragon ließ seine Arme sinken und wandte sich wieder Kyran zu. »Er ist mein Bruder, Kyr. Und er hat seinen Eid erst vor wenigen Monden geleistet. Hab Nachsicht. Ich erinnere mich noch sehr gut an deine erste Zeit unter meiner Obhut.« Dragon, anscheinend der älteste und reifste der drei Ritter, schwang sein Bein über das Pferd und stieg ab. Mit zwei Schritten stand er bei seinem Bruder, dessen Körper nun deutlich zitterte. »Gib sie mir, Frykail.«

Der Angesprochene sah mit großen blassgrünen Augen auf seinen Bruder hinunter. »Du wirst Vater hiervon nichts erzählen, oder?« Angst schwang in jedem seiner Worte mit und weckte unweigerlich mein Mitleid. Ihm war deutlich anzusehen, wie sehr ihn die Situation mitnahm.

Dragon schüttelte den Kopf. »Nein, Frykail. Vater wird hiervon nichts erfahren.« Um sich zu vergewissern, sah er zu Kyran. »Verstanden, Kyr?«

Der Ritter mit den goldenen Haaren verengte die Augen und seine dünnen Lippen verzogen sich zu einem bösartigen Lächeln, als er sich Frykail zuwandte und ihn ansah, als wäre dieser eine hilflose, verletzte Babyrobbe.

»Das kommt darauf an, welche Gunst mir dafür gewährt wird.«

Innerhalb eines Wimpernschlags war Dragon bei Kyran. Ich konnte sein Gesicht nicht erkennen, aber Kyrans Mimik nach zu urteilen musste Dragon ziemlich Furcht einflößend aussehen. Das würde auch zu seiner Stimme passen, die so eisig klang, dass ich befürchtete, die Bäume und Sträucher um ihn herum würden schlagartig gefrieren.

Mit einer Hand an seinem Schwert antwortete Dragon. »Ich lasse dich am Leben, Kyran. Reicht dir das?«

Kyrans Lächeln verblasste schlagartig und seine Haut wurde noch heller und blasser. Dabei wunderte ich mich nur einen winzigen Augenblick, weshalb ich all diese Feinheiten überhaupt wahrnahm, wenn ich mich doch fast dreißig Meter über dem Boden befand. Auch den Umstand, dass es offensichtlich doch so etwas wie familiären Zusammenhalt unter Feen gab, nahm ich nur oberflächlich zur Kenntnis.

Ohne eine Antwort abzuwarten, wandte sich Dragon von Kyran ab und ging zu seinem Paryi. Stumm griff er nach etwas, das sich vor seinem Bruder darauf befand, und hob es auf seine Arme.

Trotz der guten Sicht und der vielen Hinweise, die mir so offenkundig vorgetragen worden waren, glaubte ich nicht, was ich da sah.

Harmony.

Bewusstlos, mit geschlossenen Augen, leblosen Gliedmaßen und leicht geöffneten Lippen lag sie in Dragons Armen. Auf mich wirkte sie wie eine Stoffpuppe. Trotzdem keimte Hoffnung in mir auf. Denn auch wenn sie immer noch blass war, eine Schwarz-Weiß-Kopie ihres früheren Selbst, sah ich dennoch deutlich, dass das Schwinden aufgehört hatte und sich ihre schwammigen Konturen bereits wieder festigten.

Sie hat überlebt! Sie hat es geschafft!

Meine Freude währte jedoch nicht lange. Bereits in der nächsten Sekunde traf mich die Wahrheit wie ein Boxhieb.

Sie lebt, aber sie wurde vom Winterhof gefunden.

Mit meiner Freundin auf den Armen wandte Dragon sich seinem eigenen Paryi zu und warf sie wie einen Sack Reis auf den Rücken des Tieres. Anschließend stieg er wieder in den Sattel. »Jetzt reite los, Kyran. Wir haben genug Zeit verloren. Vater fragt sich sicherlich schon, wo wir bleiben.«

Ohne auf eine Reaktion zu warten, stieß Dragon einen lauten Pfiff aus und hieb seinem Paryi die Fersen in die Seite. Das pferdeähnliche Tier schoss regelrecht davon und verschwand kurz danach aus meinem Sichtfeld.

Einen Moment blieben die beiden anderen Ritter noch stehen. Dann tauschten sie einen stummen Blick, ehe auch Kyran seinem Paryi die Sporen gab und Dragon folgte. Frykail brauchte eine Sekunde länger, bis er den anderen nachsetzte.

Das Bild vor meinen Augen verblasste, bis nichts außer Schwärze übrig blieb.

***

Ich schloss die Lider und konzentrierte mich auf meine Atmung und den viel zu schnellen Herzschlag.

Harmony lebt! Sie hat es geschafft!

Dieses Wissen bereitete mir Freude, zugleich aber auch Sorge.

Sie lebt und wurde gefangen genommen! Meinetwegen!

Es wäre ein Leichtes gewesen, die Schuld für Harmonys Entführung auf Nox abzuwälzen, aber das wäre nicht nur unfair, sondern auch verlogen und falsch. Schließlich war ich der Grund, dass er in den Tunnel zurückgekommen war und Harmony deswegen allein gelassen hatte.

Doch eigentlich war es egal, wen die Schuld traf. So war es nun mal und jetzt lag es an uns, das Beste aus der Situation zu machen. Solange Harmony am Leben war, hatten wir noch eine Chance, sie zu retten.

Ich öffnete die Augen wieder und richtete meinen Blick auf Marron, die immer noch mit zärtlichen Bewegungen über das Gefieder ihres Farirs strich.

»Wir müssen Har... Liliana retten!« Meine Hände ballten sich zu Fäusten und wie ein Elektrischer Schlag durchfuhr mich unbändiger Tatendrang.

Marron nickte, ohne den Farir aus den Augen zu lassen. »Aus diesem Grund seid ihr hier.« Mit einer langsamen Bewegung drehte sie ihren Kopf in unsere Richtung. Ihr Blick war eiskalt und gleichzeitig loderte er leidenschaftlich.

Als sie ihren Arm sinken ließ, krächzte Arrow laut auf, schlug zunächst protestierend mit den Flügeln und flog schließlich auf die Rückenlehne von Marrons Stuhl, wo er mit glänzenden schwarzen Augen das weitere Geschehen beobachtete, als würde er jedes Wort verstehen.

Marron beugte ihren Oberkörper über den Tisch und legte, um sich abzustützen, ihre Handflächen auf die hölzerne Tischplatte. »Mit deinen Fähigkeiten, Wintermagie zu nutzen – auch wenn ich immer noch nicht verstehe, weshalb dir das als Mensch überhaupt gelingt –, werden wir Liliana befreien können.«

Nox lachte trocken und voller Sarkasmus. »Deswegen sind wir hier? Weil du mit unserer Hilfe den Winterhof angreifen willst?« Die Abschätzigkeit in seiner Stimme traf mich. »Sorry, aber das kannst du gleich wieder vergessen. Wir können von Glück reden, wenn die Mischlingsfee getötet wurde, ehe sie verraten konnte, weshalb sie wieder in Galoai war und wer sie hierhergebracht hat.«

Ich konnte nicht anders, als meinen Kopf ruckartig zu Nox zu drehen, der mich jedoch keines Blickes würdigte. Er war ganz auf die Anführerin der Rebellentruppe fokussiert.

»Du irrst dich, Dämon.« Marrons Stimme war noch kälter und Furcht einflößender als ihr Blick. »Wir haben einen Spion am Winterhof. Er berichtete mir erst vor zwei Tagen, dass Liliana lebt. Sie wurde gefoltert und ins Verlies gesperrt, aber Königin Mab ist es noch nicht gelungen, ihren Willen zu brechen.« Ein Hauch Stolz schwang in dem Gesagten mit. »Demnach ist noch nichts verloren. Aber wenn dir ihr Leben und das Schicksal von Galoai so wenig bedeuten, wie es den Anschein hat, darfst du jederzeit gehen. Du bist ein freier Gast. Wir werden auch mit der alleinigen Hilfe des Menschenmädchens erfolgreich sein.«

Zögerlich wandte ich mich Marron zu. Ich wusste genau, auf welche Hilfe sie anspielte, hatte aber keine Ahnung, was ich darauf erwidern sollte. Für sie war ich so was wie eine Wunderwaffe.

Mein Mund öffnete sich selbstständig. Ich musste Marron aufklären, bevor es zu spät war. Doch ehe ich auch nur einen Ton hervorbringen konnte, wurde ich von Nox unterbrochen.

»Okay, gehen wir davon aus, dein Spion sagt die Wahrheit – was ich jedoch für ausgemachten Schwachsinn halte. Was ist dein Plan? Ein Überraschungsangriff auf den Winterhof? Mit einem Menschenmädchen an der Spitze deiner Armee?« Nox lachte trocken. »Dann kannst du dich auch gleich gefesselt und mit einer Schleife um den Hals vor Mabs Füße werfen. Denn genau dort wirst du landen, wenn du überstürzt handelst.«

Der Höllendiener lehnte sich auf seinem Stuhl zurück und verschränkte die Arme vor der Brust. Ich kannte diese Pose. Er wollte Coolness und Desinteresse beweisen, aber ich sah an seinen zuckenden Kiefermuskeln, dass er nicht so entspannt war, wie er tat. Stattdessen dachte er angestrengt nach.

»Die Kleine ist bereits zweimal beinahe gestorben. Das Gift der Feuersträucher ist immer noch nicht völlig aus ihrem Körper verschwunden. Sie hat Fieber, Wahnvorstellungen und wäre gestern fast ertrunken und von Nixen gefressen worden. Auch wenn sie das Schwert des Winterprinzen benutzt hat, bleibt sie dennoch ein Mensch und damit ebenso verwundbar und schwach wie ein neugeborenes Paryi.«

Ich bedachte Nox mit einem säuerlichen Blick. Obwohl er mich mit seinen Worten vermutlich in Schutz nehmen wollte, konnte ich es nicht leiden, wenn er mich als schwach betitelte. Der einzige Grund, weshalb ich ihn nicht sofort anfuhr, bestand darin, dass er mit all seinen Aussagen stets das Ziel verfolgte zu überleben. Zwar wusste ich nicht, warum er Marron die Wahrheit über meine vermeintlichen Zauberkräfte verheimlichte, aber in diesem Punkt musste ich ihm vertrauen, so schwer es mir im Augenblick auch fiel.

Marron erwiderte Nox' Blick standhaft, selbst wenn ihr anzusehen war, wie viel Mühe es sie kostete, ruhig zu bleiben. Sicherlich war sie es nicht gewohnt, dass jemand auf diese Art mit ihr sprach.

»Wir haben keine Zeit, weiter auf ihre Genesung zu warten, Dämon. Nachdem wir euch vor Prinz Xantasan gerettet haben, vergingen bereits sechs Tage, ehe ihr überhaupt erwacht seid. Und nur weil Königin Mab Liliana bisher nicht hingerichtet hat, bedeutet das nicht, dass sie in Sicherheit ist.«

»Tja, dann haben wir jetzt wohl ein Problem. Denn ich riskiere nicht mein Leben in einem Himmelfahrtskommando, nur weil du keine Geduld kennst. Und da mein Leben mit dem des Mädchens verknüpft ist, steht es unter meinem persönlichen Schutz.«

Die Stille, die seinen Worten folgte, war so drückend, dass ich kaum zu atmen wagte. Auch die anderen Anwesenden wirkten unentschlossen. Keiner von ihnen schien zu wissen, wie man auf diese Pattsituation reagieren sollte.

Nach einem langen Moment des Anstarrens, in dem man sich gegenseitig einen qualvollen Tod an den Hals wünschte, brach Marron das Schweigen. »Wir warten. Zumindest so lange, bis wir etwas Neues von Liliana hören. Sollte sich jedoch auch nur die geringste Gefährdung ihres Lebens andeuten, greifen wir an. Mit euch oder ohne euch.« Ihre unterschwellige Botschaft war deutlich zu vernehmen. »Und jetzt geht!«

Mit einer geschmeidigen Bewegung setzte sich die Anführerin der Rebellentruppe wieder auf ihren Stuhl, ohne uns aus den Augen zu lassen.

Unschlüssig sah ich zu Nox, der noch immer Marron fixierte. Seine Mimik zeigte deutlich, wie wenig ihm der Abschluss des Gesprächs gefiel, doch er hielt den Mund und erhob sich von seinem Platz. Einen weiteren Moment stierte er Marron voller Argwohn an, um sich schließlich stumm von ihr abzuwenden und die Hütte zu verlassen.

Perplex sah ich ihm nach. Entweder war es ihm egal, ob ich ihm folgte, oder er ging davon aus, dass ich auf keine andere Idee kommen würde, als ihm nachzulaufen. So oder so, ich würde mir sein Verhalten nicht länger gefallen lassen. Er hatte keinen Grund, wütend auf mich zu sein.

Ohne auch nur eine der anwesenden Feen zu beachten, schob ich meinen Stuhl geräuschvoll über den Boden und erhob mich möglichst selbstbewusst. Auch wenn Nox über mich gesprochen hatte, als wäre ich gar nicht anwesend, sollte niemand denken, dass der Höllendiener mein Manager war.

Die Tür der Hütte stand offen und ich sah, wie Nox sich schnellen Schrittes entfernte.

Nicht so eilig, Dämon!

Mit einer gehörigen Portion Wut im Bauch ballte ich meine Hände zu Fäusten und setzte dem Höllendiener nach. Die wachsamen Blicke der Feen, die rechts und links neben dem Ausgang postiert waren, ignorierte ich geflissentlich.

»Nox!« Nachdem die Tür hinter mir zugefallen war, rief ich, so laut ich konnte, und meine Stimme verlor sich zwischen den hohen Bäumen des uns umgebenden Waldes. »Nox, bleib stehen!«

Doch er reagierte nicht.

Ich lief los. Meine strumpflosen Füße rutschten in den Stiefeln, die mir zur Verfügung gestellt worden waren, hin und her und erschwerten das Vorankommen. Aber ich gab nicht auf. So einfach würde ich den Höllendiener nicht davonkommen lassen.

»Verdammt, bleib stehen, Nox!«

Wie um mich zu ärgern, ignorierte er mich weiter, er schien sogar seine Schritte zu beschleunigen.

Vor Überraschung geriet ich kurz aus dem Rhythmus, fing mich jedoch schnell wieder und legte ebenfalls einen Zahn zu. Meine Taille begann schmerzhaft zu pochen, als hätte ich Seitenstiche, aber die Wunde war verheilt, sodass ich jetzt rannte und Nox ein- und sogar überholen konnte. Schnaufend und beide Hände in die Seite gepresst stellte ich mich vor ihm auf und sah ihn funkelnd an, während er abschätzig auf mich herabblickte.

»Was ist?« Nox knurrte seine Frage und es klang genervt.

»Was ist?!« Ich musste mich verhört haben. »Sag mal, bist du durchgedreht? Erst behauptest du, dass ich unter deinem persönlichen Schutz stehe, und dann, nur wenige Minuten später, lässt du mich einfach mit einer Horde Feen zurück?«

Meine hastig herausgepressten Worte verschlimmerten das Pochen in meiner Taille und ich japste nach Luft. Meine Lungen brannten, Schweiß rann mir über die Schläfen und meine Handflächen klammerten sich kaltfeucht in das harte Leder meiner Weste, das unangenehm an meiner Haut scheuerte.

»Außerdem wäre es reizend, wenn du mich in deinen Masterplan einweihen würdest.«

Nox verengte minimal die Augen. Die Regung war kaum wahrzunehmen, versetzte mir dennoch einen Stich. »Welchen meiner vielen Masterpläne meinst du?«

»Den, in dem du mir erklärst, wie man aus einem Kaugummi und einer Büroklammer eine Bombe baut.« Ich rollte mit den Augen und verschränkte meine Arme vor der Brust. Mein Herz hämmerte, sodass ich Angst hatte, es würde gleich aus meinem Körper herausspringen.

131

Nox musterte mich mit ausdrucksloser Miene. Entweder kannte er Mac-Gyver nicht oder sein Sinn für Sarkasmus lag noch in unserer Hütte und schlief seinen Rausch aus.

Während ich seinen Blick erwiderte, beruhigte sich mein Puls allmählich und auch meine Atmung stabilisierte sich wieder. Dennoch war Wut das dominierende Gefühl in meinem Inneren.

»Wieso hast du Marron und die anderen in dem Glauben gelassen, dass ich magische Fähigkeiten besitze?«

In Nox' Augen blitzte etwas auf, das ich nicht deuten konnte. Doch ehe ich die Chance hatte, es genauer zu betrachten, war es wieder verschwunden und der Höllendiener zuckte lässig mit den Schultern. »Wieso sollte ich ihnen die Wahrheit sagen? Immerhin ist dieser Glaube der einzige Grund, weshalb wir noch leben.« Mein fragender Gesichtsausdruck animierte Nox zu einer Erklärung. »Solange Marron denkt, dass du Feenmagie anwenden kannst, will sie etwas von dir. Sollte sie jedoch erfahren, dass das nur ein einmaliger Zustand war, der sich niemals wiederholen wird, bist du für sie nutzlos. Eine Schwachstelle. Ballast, der beseitigt werden muss.«

Jedes seiner Worte war wie eine schallende Ohrfeige, auch wenn ein Teil von mir wusste, dass er recht hatte. Dennoch wollte ich das nicht einfach so stehen lassen.

»Ach, und wenn sie irgendwann auf die Idee kommt, eine Kostprobe meiner Superkräfte sehen zu wollen, und dann die Wahrheit erfährt, lässt sie mich am Leben?« Verächtlich spie ich ihm meine Worte entgegen und konnte gerade noch die aufsteigenden Tränen zurückhalten.

Ich hatte alles so satt!

Nox.

Die fortwährende lebensbedrohliche Lage, in der wir uns befanden.

Die unentwegte Müdigkeit, Erschöpfung, Kraft- und Hoffnungslosigkeit.

Mit jedem weiteren Tag, an dem sich die Situation weiter verschlimmerte, schwand auch mein Glaube an ein gutes Ende. Innerlich hatte ich mich bereits damit abgefunden, weder Adam noch meine Mom jemals lebend wiederzusehen.

Nox zog seine Augenbrauen zusammen und über seinem Nasenrücken bildete sich eine Falte. »Natürlich nicht. Nein, sie wird dich sogar auf eine grausame und qualvolle Art töten. Aber wenn du mir wenigstens einen Funken Vertrauen entgegenbringen würdest, wäre dir klar, dass ich es niemals dazu kommen lassen werde.«

Seine Worte rührten etwas in mir, aber ich war viel zu aufgebracht, um auf diesen winzigen Funken *irgendwas* zu achten. Stattdessen konzentrierte ich mich weiter auf meine Wut, die mir neue Energie schenkte. Nach all den verwirrenden und vermeintlich romantischen Situationen zwischen uns kam mir dieser Streit sehr gelegen. Dies war ein Terrain, auf dem ich mich behaupten konnte.

»Ach ja, ich habe vergessen, dass ich unter deinem persönlichen Schutz stehe.« Ich verstärkte den Griff um meine Rippenbögen. Es war ein verzweifelter Versuch, meine Wut zu kanalisieren, anstatt sie an Nox' Gesicht auszulassen. »Was habe ich doch für ein Glück, dass wir aneinander gebunden sind.« Ich wechselte fließend von Sarkasmus in Zorn. »Wenn das nicht der Fall wäre, hättest du mich doch schon längst eigenhändig umgebracht, nur um mich loszuwerden!«

Nox fletschte die Zähne und sein Gesicht war verzerrt. Ein unmenschliches Knurren drang über seine Lippen und eine Ader an seinem Hals trat so deutlich hervor, dass ich mich sorgte, sie könnte jeden Augenblick platzen.

»Ja, das hätte ich vermutlich. Aber du machst es einem auch verflucht leicht, sich deinen Tod zu wünschen.«

Von seiner heftigen Reaktion überrascht trat ich einen Schritt zurück, doch Nox folgte mir und verringerte die Distanz, die ich soeben zu schaffen versucht hatte.

Ich konnte nicht anders, als den Höllendiener mit geweiteten Augen anzustarren. Noch nie hatte ich ihn dermaßen wütend erlebt. Und in diesem Moment war ich mir nicht sicher, ob es ihm gelang, sich zu beherrschen, oder ob er mich auf der Stelle umbringen würde.

Mord aus Leidenschaft.

Seine nächsten Worte, die nur gedämpft zwischen seinen zusammengebissenen Zähnen hervordrangen, bestätigten diesen Gedanken.

»Und jetzt solltest du mich in Ruhe lassen, ehe ich etwas tue, was ich hinterher bereue. Denn gerade reizt du mich mehr, als gesund für dich ist,
Mensch.«

Wie ein Boxhieb traf mich das letzte Wort und raubte mir den Atem. Voller
Abscheu hatte er es über seine Lippen gebracht und dabei das Gesicht verzogen, als müsste er sich übergeben.

Einen langen Moment sahen wir einander stumm an. Die Atmosphäre
zwischen uns war nicht nur mit den Händen zu greifen, sie war regelrecht zu
sehen und zu schmecken. Als hätte ich an einer Batterie geleckt, bildete sich
ein saurer Geschmack auf meiner Zunge und ich konnte beinahe die knisternden Funken sehen, die wie bei einer Hochspannungsleitung von einem
Ende zum nächsten sprangen.

In diesem Augenblick wollte ich nichts lieber als Nox anschreien, ihn schlagen und gleichzeitig meinen Hasstränen freien Lauf lassen. Aber ich tat
nichts davon. Stattdessen biss ich die Zähne fest zusammen und hielt seinem
sengenden Blick stand. Er hatte mich schon viel zu oft weinen sehen. Und
was das Ganze noch viel schlimmer machte: Er war fast immer der Grund
dafür gewesen.

Wie lange wir auf diese Art mitten im Wald standen, umringt von hohen
Bäumen, während um uns herum das Schreien und Krächzen verschiedener
Vogelarten zu hören war, wusste ich nicht, aber irgendwann entspannten
sich Nox' Gesichtszüge sichtlich. Der blanke Hass in seinen Augen klang ab
und seine Lippen formten sich sogar wieder zu diesem schiefen Grinsen, das
vor Arroganz und Überheblichkeit nicht zu überbieten war und mich vom
ersten Moment an nie losgelassen hatte.

»Du solltest zur Hütte zurückgehen, dich ins Bett legen und schlafen. Ich
meinte es ernst, dass du immer noch nicht gesund bist. Das Gift in deinem
Blut hindert deine Wunde daran, endgültig zu verheilen. Und wenn du nicht
aufpasst, war meine ganze Arbeit umsonst und du stirbst doch noch.«

Ohne mir die Chance zu lassen, auf seine Worte zu reagieren, wandte Nox sich von mir ab und schlenderte überraschend gut gelaunt mit seinen Händen in den Hosentaschen davon.

Was? Ich war zwar seine Stimmungswechsel gewohnt, aber das übertraf doch alles bisher Gekannte.

»Und was machst du währenddessen?« Eigentlich wollte ich es gar nicht wissen. Solange er mich in Ruhe ließ, sollte ich froh sein. Dennoch war mir die Frage entflohen, ehe ich es hatte verhindern können.

Ohne sich umzudrehen, antwortete Nox und die Worte drangen an mein Ohr, als hätte er sie mir zugeflüstert.

»Ich suche mir jetzt jemanden, mit dem ich Dinge anstellen kann, die weit außerhalb deiner Vorstellungskraft liegen.«

VIERZEHN

Hätte ich zu diesem Zeitpunkt bereits gewusst, dass ich Nox die nächsten Tage nicht mehr zu Gesicht bekommen würde, hätte ich ihn nicht so einfach gehen lassen. Da ich aber keinerlei hellseherischen Fähigkeiten besaß, musste ich auf schmerzhafte Art erfahren, wie sich seine Abwesenheit anfühlte.

In den ersten Stunden nach unserem Streit genoss ich jedoch noch das Gefühl des Alleinseins. Nox' Worte echoten in meinem Kopf und stachelten unentwegt meine Wut an. Ich war sauer auf den Höllendiener, keine Frage, aber noch viel mehr war ich es auf mich selbst. Und auch wenn ich wusste, dass mein Verhalten nicht reif und erwachsen war, konnte ich es in der aktuellen Situation nicht ändern. Bei dem Thema »Männer und Gefühle« fiel es mir einfach schwer, wie eine Achtzehnjährige zu handeln. Dank meines Erzeugers war ich in diesem Bereich von Natur aus vorsichtig und zurückhaltend. War es daher nicht eine vor Sarkasmus strotzende Wendung des Schicksals, dass ich ausgerechnet in Gegenwart eines verdammten Dämons Schmetterlinge im Bauch verspürte? Gab es überhaupt eine Spezies auf dieser Welt, der man noch weniger trauen sollte als einem männlichen Höllendiener?

Ad und Mony haben recht. Ich darf mich auf keinen Fall auf Nox einlassen. Heute hat er sein wahres Gesicht gezeigt.

Diese Gedanken beschäftigten mich, während ich zum Rebellenlager zurückging. Dabei war das Finden des Weges nicht das eigentliche Problem. Viel schwieriger war es, den Pfad unversehrt hinter mich zu bringen. Möglichst weiträumig umrundete ich Sträucher, Äste und Wildblumen, die mir im Weg standen, scheuchte dabei aber immer wieder Tiere auf, die in mir entweder einen Feind oder ihre nächste Mahlzeit sahen. Das pechschwarze

Eichhörnchen mit seinen glühend roten Augen, das mich wütend anfauchte und seine scharfen Krallen nach mir ausfuhr, und die drei neugierigen fuchsähnlichen Tiere, deren Fell in verschiedenen Blautönen schimmerte und die einen Kadaver hinter sich herzogen, der beinahe doppelt so groß war wie sie selbst, waren dabei noch die harmlosesten Begegnungen.

Deshalb war ich unendlich froh, als ich das Lager entdeckte und mich schnellstmöglich dorthin retten konnte. Leider waren die Bewohner nicht so erfreut, mich zu sehen. Ihre feindseligen Blicke, das offensichtliche Tuscheln und das laute Kichern, als ich an einer Gruppe Frauen vorbeikam, reichten aus, um in mir den Wunsch zu entfachen, mich in die Hütte zu retten und im Bett zu verkriechen. Vielleicht hatte Nox recht und ich brauchte nichts weiter als Schlaf.

Leider war auch das Einschlafen nicht so leicht, wie ich es mir erhofft hatte. Abgesehen von meinem knurrenden Magen hielten mich meine Gedanken wach. Auch die fortwährenden Geräusche draußen auf dem Platz, die ich nicht ausblenden konnte, ließen mich nicht an einen erholsamen Schlaf denken. Ich vernahm Gelächter, Musik und Kampfgeräusche, die von Angriffsrufen und dem Klirren sich kreuzender Schwerter begleitet wurden.

Irgendwann musste mich die körperliche Erschöpfung übermannt haben, denn ein lautes Pochen an der Tür ließ mich erschrocken aufwachen. Aufrecht im Bett sitzend und mit schreckgeweiteten Augen blickte ich mich in dem leeren und nur vom Kaminfeuer beschienenen Zimmer um. Die tanzenden Flammen verliehen dem Raum eine gespenstische Atmosphäre und ich fragte mich, warum sie nicht erloschen, wenn niemand Holzscheite nachlegte. Doch offenbar handelte es sich um kein gewöhnliches Feuer.

Im nächsten Moment wurde mit einem unangenehmen Knarren die Tür aufgerissen und ein Mann füllte den gesamten Rahmen mit seiner breiten Statur aus. Die mir unbekannte männliche Fee musste den Kopf neigen, um das Zimmer zu betreten. Ohne meine Aufforderung wohlgemerkt.

Der Hüne war ungefähr zwei Meter groß und hatte kurzes schwarzes Haar. Als sich unsere Blicke trafen, präsentierte er einen Gesichtsausdruck, als würde man ihn zwingen, in Gülle zu baden.

Als mein Blick zu einem der kleinen Fenster glitt, musste ich feststellen, dass es draußen stockdunkel war. *Es ist mitten in der Nacht!*

Mit schweren und polternden Schritten näherte sich der Mann dem kleinen Tisch und stellte eine Schale mit roten Beeren darauf ab. Seine Bewegungen waren so grob, dass einige der kleinen runden Früchte aus der Schale fielen und über die Tischplatte rollten. Mit einem letzten vor Abscheu triefenden Blick kehrte er mir den Rücken zu und verließ die Hütte ebenso schweigsam, wie er erschienen war.

Ich starrte auf die Tür, die in diesem Moment zufiel. Hätte mich nicht das dadurch verursachte Knallgeräusch aufgerüttelt, wäre ich mir nicht sicher gewesen, ob ich tatsächlich Besuch gehabt hatte.

Als die letzten Reste des Nebels aus meinem Verstand verschwunden waren, rieb ich mir den Kopf, in dem es dumpf pochte, und sah mich aufmerksam in der Hütte um. Ich konnte nicht einmal genau sagen, wonach ich suchte, und doch hatte ich das Gefühl, dass etwas Wichtiges fehlte.

Nox!

Ich keuchte und schlug mir eine Hand vor den Mund. Ich hatte den Höllendiener vergessen.

Wo ist er?

Nichts in der Hütte verriet mir seine Anwesenheit, während ich von draußen wieder Schreie, Anfeuerungsrufe, Musik und Gelächter vernahm, die an ausschweifende Partys in Gladiatorenfilmen erinnerten.

Mit schweren und steifen Armen schlug ich die Bettdecke zurück, die ich im Schlaf über meinen vollständig bekleideten Körper gezogen haben musste, und schwang die Beine aus dem Bett. Meine Stiefel gaben einen dumpfen Laut von sich, als sie den Boden berührten. Ich ließ meinem Kreislauf eine Sekunde Zeit, um in Schwung zu kommen, ehe ich aufstand und auf eines der Fenster zutaumelte. Durch das dreckige Glas konnte ich nur verschwommene Schemen erkennen, aber es hatte den Anschein, als wären immer noch alle Feen des Lagers auf dem Platz versammelt. Offenbar brauchte das Lichte Volk ebenso wie Engel und Dämonen keinen Schlaf.

Beneidenswert.

Ich verengte meine Augen in dem Versuch, deutlicher sehen zu können, scheiterte jedoch kläglich. Es war unmöglich zu sagen, ob Nox sich unter die feiernde Meute gemischt hatte oder ob er sich anderweitig vergnügte.

Der Gedanke versetzte mir einen Stich, was mich ärgerte. Weder war Nox mir irgendeine Rechenschaft schuldig noch *wollte* ich, dass er mir etwas schuldig war. Besonders nach unserem letzten Zusammentreffen, das mir wieder einmal bewiesen hatte, wie grausam er sein konnte.

Es ist egal, ob er eine gute Seite hat! Seine Bösartigkeit überwiegt alles!

Mit einem schmerzhaften Brennen in der Brust konzentrierte ich mich wieder auf das aktuellste Problem.

Sein Verschwinden.

Für einen kurzen Augenblick überlegte ich, rauszugehen und nach ihm zu suchen. Aber ebenso schnell, wie der Gedanke gekommen war, verwarf ich ihn auch wieder. In Gegenwart der anderen Feen hatte ich mich bereits bei Tageslicht nicht sonderlich wohl und willkommen gefühlt. Warum sollte das in der Nacht anders sein?! Außerdem konnte sich der Höllendiener sehr gut selbst verteidigen.

Ich wollte mich gerade wieder ins Bett begeben, als ich einen fruchtigen Duft wahrnahm. Er erinnerte mich an Erdbeeren und Mango und ließ meinen Magen hungrig aufknurren. Unwillkürlich sah ich zu der Schale mit den roten Beeren, die neben einem ordentlich gefalteten weißen Stück Stoff stand, das sich nach einem kurzen Check als das Kleid entpuppte, das ich nie wieder anziehen wollte. Ich warf das frisch gewaschene Kleidungsstück achtlos auf eine Stuhllehne und widmete mich wieder den Früchten, die im Feuerschein verführerisch glänzten. Ihre Farbe wirkte so intensiv und lockend, dass mir das Wasser im Mund zusammenlief.

Mir kamen Nox' warnende Worte in den Sinn und ließen mich innehalten. Wenigstens in diesem Punkt sollte ich auf ihn hören, damit ich nicht in unnötige Schwierigkeiten geriet. Auch wenn er nicht explizit gesagt hatte, welche Konsequenzen es haben würde, wenn ich etwas aß, das nicht er mir gab, war ich auch nicht sonderlich scharf darauf, es herauszufinden.

Mit einem Stöhnen und immer lauter knurrendem Magen kehrte ich dem

Tisch den Rücken zu und stiefelte zurück zum Bett, wo ich mich auf die knisternde Matratze setzte. Ich versuchte meine Beine in einen Schneidersitz zu ziehen, aber die Ledermontur war so eng und knapp, dass es mir unmöglich war.

Sehnsüchtig sah ich hinüber zu dem weißen Leinenstoff. Ich war versucht mich umzuziehen, verwarf diesen Gedanken jedoch schnell wieder. Auf keinen Fall wollte ich in einem fast durchsichtigen Kleidchen herumrennen, wenn hier jeder Kerl rein- und rausspazierte, wie es ihm beliebte. Außerdem wollte ich vorbereitet sein, wenn Nox zurückkam.

Und er wird wiederkommen.

Bald!

Das weiß ich genau!

Wie falsch ich mit diesen Gedanken lag, sollte mir erst am nächsten Tag klar werden.

***

Ich hatte die ganze restliche Nacht nicht geschlafen, sondern nur auf die dunkle Tür gestarrt und versucht, via Gedankenkraft Nox hierherzuzaubern. Aber genauso gut hätte ich versuchen können Godzilla mit einem Harry-Potter-Zauberstab in einen Hamster zu verwandeln.

Erst als am nächsten Morgen schwache Sonnenstrahlen durch die Fenster fielen und meine Lider langsam schwer wurden, nahm ich an, dass Nox nicht auftauchen würde. Dieser Gedanke bereitete mir ernsthafte Sorgen. Ich konnte mir nicht vorstellen, dass er derart wütend auf mich war, dass er mich hier zurückließ.

Oder?

Nein! Ich musste mich auf seinen »Beschützerinstinkt« verlassen, auch wenn dieser allein darauf beruhte, dass mit meinem Leben auch seins in Gefahr geriet.

Aber wo blieb er?

War ihm womöglich etwas passiert?!

Er musste ja nicht gleich tot im Finsterwald liegen, aber wenn man ihn wie

Harmony gefangen genommen und zu Königin Mab gebracht hatte oder zu König Oberon an den Sommerhof?!

Mit jedem Bild, das mir meine Fantasie in allen kranken Details in den Kopf projizierte – Nox, ausgepeitscht und blutend in einem dunklen Verlies liegend, war dabei noch die harmloseste Variante –, beschleunigte sich auch mein Puls. Adrenalin hatte meine Sinne bis aufs Äußerste geschärft und ich begann nervös auf meiner Lippe zu kauen, während ich gleichzeitig an meiner Nagelhaut knibbelte.

Wie aufs Stichwort hämmerte es genau in dieser Sekunde viel zu laut gegen die Tür und ich schrie erschrocken auf. Ob die Fee, die mir in der Nacht die Früchte gebracht hatte, diesen Ruf als Einladung verstanden hatte und deswegen reinkam oder ob sie es auch so getan hätte, war mir in diesem Moment egal. Ich konnte den Hünen mit seinem grimmigen Gesichtsausdruck nur mit geweiteten Augen und bebendem Körper anstarren.

»Marron verlangt nach dir.« Brummig, tief und vor Abweisung triefend bellte mir der Typ seine Worte zu und machte gleich darauf Anstalten zu gehen. Es war deutlich, dass er keine Widerworte meinerseits akzeptieren würde.

Einen Augenblick überlegte ich dennoch, ob ich mich weigern sollte mitzugehen. Ich wollte hier sein, wenn Nox zurückkam. Aber wenn er nicht auftauchte, hatte ich viel zu viel Zeit, mir Sorgen zu machen. Außerdem hoffte ein Teil von mir darauf, dass Marron etwas über Nox' Aufenthaltsort wusste. Aber das würde ich nur in Erfahrung bringen, wenn ich sie fragte.

Mit einem tiefen Atemzug beruhigte ich meine zitternden Glieder und folgte der Fee durch die immer noch offen stehende Tür hinaus in den frühen Morgen.

***

In der Sekunde, als Marron mich anblaffte, wo Nox war und weshalb er nicht mitgekommen war, sah ich meine Hoffnung zerstört. Als Antwort brachte ich nicht mehr als ein steifes Schulterzucken zustande, während ich mich zögerlich auf den Platz setzte, der für den restlichen Tag mein Gefängnis sein würde.

Marron und ihr Kriegsrat, wie ich insgeheim die Feen nannte, die sich um sie scharten wie Schafe, zeigten einen unermüdlichen Ehrgeiz, jede mögliche und unmögliche Variante durchzusprechen, wie wir Harmony retten konnten. Leider nahm ich mit meinen vermeintlichen Fähigkeiten in jedem dieser Pläne eine tragende und überaus wichtige Rolle ein.

Einer der beiden Krieger, die Marron bei unserem ersten Aufeinandertreffen begleitet hatten, forderte eine Zurschaustellung meiner Kräfte, doch ich konnte glaubhaft versichern, dass ich diese während der letzten Nutzung überstrapaziert hatte und davon noch nicht wieder genesen war. Das war der Fee zwar egal, aber Marron hatte das letzte Wort und sie war so klug, ihre angebliche Geheimwaffe nicht in Gefahr zu bringen. Also gewährte sie mir ein paar Tage Schonfrist. Anschließend lenkte sie das Thema wieder auf die strategische Planung eines Angriffs auf den Winterpalast.

Die Stunden krochen dahin und jede Stunde lief noch zäher als die vorherige. Dabei fiel es mir immer schwerer, den Mund zu halten und gleichzeitig meine Lüge nicht auffliegen zu lassen. Aber Nox hatte recht gehabt. Diese Unwahrheit hielt mich am Leben. Und solange er verschwunden blieb, musste ich meine Rolle spielen. Egal, wie schwer es mir fiel.

Während die Feen wie eine Horde Seeräuber einander gegenseitig ins Wort fielen und mit Begriffen und Namen um sich warfen, die ich weder kannte noch wiederholen konnte, konzentrierte ich mich darauf, den Mund zu halten und interessiert zu wirken. Dabei betrachtete mich eine der Feen sehr intensiv. Jeenih!

Um mich von seinem Blick abzulenken, nickte ich immer dann in die Runde, wenn ich das Gefühl hatte, dass von mir eine Antwort erwartet wurde. Dabei hatte ich keine Ahnung, ob ich damit eine Zustimmung zu dem nächsten Feenwelt-Krieg erteilte oder ob ich nur zugab, dass das Ganze hier eine riesengroße Show war und ich gar keine magischen Kräfte besaß. Wie auch immer, die Feen schienen mit meiner Reaktion zufrieden zu sein, denn sie stürzten sich jedes Mal in eine weitere wilde Diskussion, während meine Gedanken immer wieder zu Nox und unserem Streit drifteten. Mit einem stummen Gebet bat ich um ein letztes Wiedersehen.

Bitte lass nicht zu, dass meine grausamen Worte die letzten waren, die Nox von mir gehört hat!

***

»Morgen werden wir die letzten Einzelheiten besprechen. Wenn der Dämon bis dahin nicht zurück ist, gehe ich davon aus, dass er dich für genesen und kampfbereit hält. Sonst hätte er dich sicherlich nicht allein gelassen.«

Marron sagte das mit einer schlichten Direktheit, die mir einen schmerzhaften Stich versetzte.

Heute war der vierte Tag, an dem Nox verschwunden blieb. Inzwischen versuchte ich gar nicht mehr meine Sorge um den Höllendiener zu verbergen. Immer wieder versicherte ich Marron, dass ich ohne ihn nicht in den Kampf ziehen würde. Doch dann wurde ich auf rüde Art darauf hingewiesen, dass der Dämon nicht benötigt wurde, um Liliana zu retten. Schließlich gab es mich und meine Superkräfte. Daraufhin war ich jedes Mal versucht, Marron und ihrer Rebellentruppe die Wahrheit zu sagen, konnte mich jedoch zurückhalten.

Nox wollte nicht, dass sie die Wahrheit wissen! Und es wäre echt blöd, wenn ich getötet werde und er gerade auf dem Weg hierher ist!

Außerdem hatte ich mir für die kommende Nacht einen Plan ausgedacht. Wenn die Sonne untergegangen war, wollte ich mich rausschleichen und mich auf die Suche nach dem Höllendiener machen. Dabei nahm ich in Kauf, dass ich vermutlich keine Stunde überleben würde. Immerhin würde ich handeln und nicht einfach nur rumsitzen und warten. Zudem würde ich keine weitere Nacht durchhalten, in der ständigen Hoffnung, dass eins der zahlreichen Geräusche draußen vor meiner Hütte Nox' Rückkehr ankündigte.

Marron entließ mich mit einer kurzen Handbewegung aus einer weiteren schier endlosen und niemals enden wollenden Strategiebesprechung, in der mir weder Nahrung noch Wasser gereicht wurde. Ich hatte nur die Beeren in meiner Hütte, die ich jedoch bisher nicht angerührt hatte, und einen Krug mit frischem Wasser, von dem ich notgedrungen probiert hatte, um erleichtert festzustellen, dass es sich dabei tatsächlich um reines Quellwasser handelte.

Zu erschöpft, um mich über Marrons kalte und abweisende Art zu ärgern, verließ ich mit ermattetem Körper und schmerzendem Kopf die Hütte. Ich hatte keine Ahnung, was alles besprochen worden war und an welchem Punkt wir morgen weitermachen würden. Aber das war mir im Augenblick egal. Auch wenn ich Harmony unbedingt retten wollte, galt meine Sorge im Moment einzig und allein Nox.

Mit hängenden Schultern und wirbelnden Gedanken folgte ich dem inzwischen bekannten Pfad durch die Dunkelheit, als ich eine vertraute Stimme vernahm. »Warte, Mensch. Ich begleite dich zum Lager.«

Überrascht drehte ich mich herum und sah mit wehenden, offenen Haaren und einem leichten Lächeln im Gesicht Jeenih auf mich zukommen. Es war das erste Mal, dass er mich direkt ansprach.

»Ähm. Danke?!« Ich wusste nicht, was ich auf seine überraschenden Worte erwidern sollte. Weder hatte er gefragt, ob ich etwas dagegen hätte noch ob es überhaupt nötig sei. Er hatte es einfach beschlossen.

Jeenih nickte knapp, als er neben mir stand, seine mitternachtsblauen Augen auf mich gerichtet. Als ich keine Anstalten machte weiterzugehen, wies er mit einer einladenden Handbewegung auf den Wald vor uns. »Bitte sehr.«

Nun war ich es, die knapp nickte, den Blick senkte und den Weg fortsetzte, die Fee dicht neben mir. Marron hatte Jeenih als ihren ältesten und engsten Berater betitelt. Und ich fand, das passte zu ihm. Er strahlte mehr Weisheit und Reife aus als jede andere Fee des Kriegsrats. Während sich in einer der Versammlungen alle anderen lauthals und gestenreich stritten, saß Jeenih nur da und hörte zu. Anschließend ließ er einen kurzen, gediegenen Kommentar verlauten, der die übrigen Anwesenden für einige Sekunden mundtot machte und Marron ein ernstes und zugleich stolzes Nicken entlockte.

Wir gingen eine Weile schweigend nebeneinanderher und ich fragte mich, ob ich etwas sagen sollte. Erwartete Jeenih von mir, dass ich den Gesprächsfaden aus der Besprechung wieder aufnahm?

»Ich hatte bisher keine Möglichkeit, dir für meine Rettung zu danken, Mensch.« Jeenihs Stimme klang laut gesprochen genauso weich und samtig wie damals in meinem Kopf.

Sein Gesprächseinstieg überraschte mich und ich sah perplex auf, während er entspannt nach vorn blickte und ich sein Gesicht nur aus dem Profil betrachten konnte. Seine Hände waren hinter seinem Rücken gefaltet, was mich an einen altertümlichen Gelehrten erinnerte.

»Schon gut. Ich meine, immerhin hast du dafür gesorgt, dass wir lebend aus der Sache rausgekommen sind.«

»Das stimmt so nicht ganz. Ich habe für dein Überleben gesorgt. Eine Lebensschuld gegen eine andere. Marron hat entschieden, dass der Dämon eine Rettung wert ist. Deinetwegen.« Nun wandte Jeenih seinen Kopf in meine Richtung und seine stechenden blauen Augen fokussierten mich. »Als meine Schwestern und Brüder hereilten, um mich zu retten, sah Marron, wie du dich schützend über den Körper des Dämons geworfen hattest. Und das selbst dann noch, als du glaubtest, er sei tot.«

Abermals irritierten mich seine Worte. Ich konnte mich zwar nicht in allen Details erinnern, war mir aber sicher, dass niemand außer dem Winterprinzen, Nox und mir auf der Lichtung gewesen war. Jeenih hatte viel zu weit weg gelegen, um uns gesehen oder gehört zu haben.

»Das stimmt auch. Ich habe euch nicht gesehen. Aber wie dir vielleicht aufgefallen ist, beherrsche ich die Kunst der Gedanken. Ich kann sie sowohl lesen als auch darüber kommunizieren.« Jeenih lächelte nun etwas breiter und ich sah Stolz in seinem Blick. »Daher ist mir auch bewusst, dass der Dämon das Lager, und somit auch dich, verlassen hat. Aus freien Stücken. Dennoch machst du dir Sorgen um ihn. Erlaubst du mir die Frage, weshalb dem so ist?«

Was? Ich sah ihn sprachlos an. Dabei wunderte ich mich nicht über das, was er über seine Fähigkeiten gesagt hatte, sondern darüber, was ich gerade über Nox erfuhr. *Er ist wirklich abgehauen? Einfach so? Ohne mich?*

Mit jedem neuen Gedanken wurden meine Schritte langsamer und meine Atmung geriet mehr und mehr ins Stocken.

Nein!

Das ist nicht wahr!

Nox würde mich niemals einfach zurücklassen!

Jeenih war ebenfalls stehen geblieben und sah mich mit gerunzelter Stirn an. Ich hatte nicht daran gedacht, dass er wahrnehmen konnte, was in meinem Kopf los war.

»Wahrlich eine interessante Situation, in der du dich befindest, Mensch. Und auch wenn es mir in keiner Weise zusteht, dir Ratschläge zu erteilen, möchte ich dich dennoch aus Dankbarkeit an meiner viele Tausend Jahre gesammelten Lebenserfahrung teilhaben lassen.« Jeenih richtete seinen Blick wieder auf die undurchdringliche Finsternis vor uns. »Wir Feen bestehen zu gleichen Teilen aus himmlischem wie auch aus dämonischem Blut. Und trotz des Umstandes, dass wir nicht lügen können, werden wir in der magischen Welt stets als linkisch und falsch betitelt. Dies haben wir allein der einen Hälfte unseres Ursprungs zu verdanken.« Bedächtig wandte er sich wieder mir zu. »Jetzt frage dich, Mensch, wie vertrauenswürdig und glaubhaft wir wohl wären, wenn reines Dämonenblut durch unsere Adern zirkulieren würde.«

Obwohl Jeenih es nicht explizit aussprach, schwang deutlich der Nachsatz »so wie bei Nox« in seinen Worten mit und bescherte meinem Magen einen brennenden Ball aus unterschiedlichsten Emotionen. Auch wenn ich die Fee nicht kannte, waren ihre Worte das letzte Salzkorn auf der Waage meiner Zweifel. Wie lange sollte ich dem winzigen Teil in meinem Inneren noch erlauben, Nox in Schutz zu nehmen? Wie lange wollte ich noch zulassen, dass der Höllendiener allein aufgrund ein paar netter Worte, eines liebevollen Lächelns oder einer zärtlichen Geste all seine schlimmen Taten und verletzenden Worte wieder wettmachte? Wann würde ich endlich das Hirngespinst aufgeben, dass Nox' vermeintlich gute Seite echt und aufrichtig war?

Wortlos wandte ich meinen Blick vom Gesicht der Fee ab und blickte in die Dunkelheit vor mir, die sich wie schwarzer Teer über die Bäume und Sträucher ergoss und eine düstere und unheilvolle Atmosphäre erschuf. Im selben

Augenblick entdeckte ich einen hellen Punkt, der sich mehr als deutlich von der Umgebung abhob.

Nox?!

TEIL 2

FÜNFZEHN

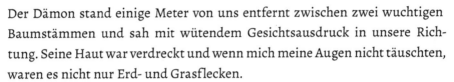

Der Dämon stand einige Meter von uns entfernt zwischen zwei wuchtigen Baumstämmen und sah mit wütendem Gesichtsausdruck in unsere Richtung. Seine Haut war verdreckt und wenn mich meine Augen nicht täuschten, waren es nicht nur Erd- und Grasflecken.

Ist das Blut? Ist er verletzt?

Mit einem Mal vergaß ich all die Wut, die sich während unseres Streits aufgebaut hatte, seitdem wie ein Geschwür gewachsen war und sich langsam, aber unaufhaltsam durch meinen Körper und meinen Verstand gefressen hatte. Selbst Jeenihs Worte verblassten bei Nox' demoliertem Anblick schlagartig. In diesem Moment empfand ich nichts als Erleichterung darüber, dass der Höllendiener noch lebte und zurückgekehrt war. Egal aus welchen Gründen.

Ohne nachzudenken, lief ich los. Ich musste mich davon überzeugen, dass er echt und unversehrt war. Doch kaum machte ich die ersten Schritte auf Nox zu, trat dieser ein paar Schritte zurück. Dabei fokussierte mich sein Blick mit der gleichen Härte und Kälte wie bei unserem letzten Zusammentreffen im Wald.

Unvermittelt bremste ich ab und sah ihn mit wild pochendem Herzen an. Verwirrung wurde von Angst und Kränkung abgelöst. Warum wich er mir aus? War er immer noch wütend? Aber weshalb war er dann zurückgekehrt?

Voller Zweifel suchte ich in seiner Mimik nach Antworten auf meine Fragen, doch Nox senkte den Blick. Zumindest erkannte ich aus dieser Perspektive, dass sein Gesicht nicht nur von frischem Blut befleckt war, sondern dass es auch aus einer offenen Wunde über seiner linken Braue floss. Zudem war das Auge leicht geschwollen und von einem dunklen Schatten umgeben. Seine Lippe war ebenfalls dick und aufgeplatzt.

»Du bist verletzt!« Es war unnötig, das Offensichtliche laut auszusprechen, aber im Moment war ich zu keinem anderen Gedanken fähig. »Was ist passiert?«

Ohne auf meine Worte zu antworten oder sonst irgendwie zu reagieren, richtete Nox seine Aufmerksamkeit auf einen Punkt hinter meinem Rücken. Dabei konnte es sich nur um Jeenih handeln, mit dem Nox offenbar eine Konversation vorzog.

»Ihr müsst sofort alle Feen im Lager warnen! Xantasan und die gesamte Wintergarde sind hierher unterwegs. Ich weiß nicht, wie sie uns gefunden haben, aber wir sollten auf der Stelle abhauen!«

»Das ist unmöglich!«

Eine entsetzte, wütende und ungläubige, aber eindeutig weibliche Stimme antwortete anstatt der weichen, männlichen, die ich erwartet hatte. Ruckartig drehte ich mich zu Marron herum, die mit ihrem gesamten Kriegsrat in einem Halbkreis um Jeenih stand, der mit gerunzelter Stirn in meine Richtung blickte.

»O doch, Marron, es ist möglich. Man hat uns verraten.« Jeenih blickte von mir zu Nox und die Furchen auf seiner Stirn vertieften sich. »Es kann schließlich kein Zufall sein, dass der Dämon das Lager verlässt, nur um mit Prinz Xantasan und seiner Garde im Rücken zurückzukehren.«

Entsetzt über die Richtung, die dieses Gespräch nahm, wandte ich mich Nox zu, dessen wütende Miene zu einer Maske aus blankem Hass geworden war. Seine Gesichtsfarbe verdunkelte sich, bis seine Augen wie glühende Edelsteine hervorstachen.

»Du beschuldigst mich des Verrats?« Tief, rau und unmenschlich ertönte seine Stimme und hallte wie von Lautsprechern verstärkt von allen Seiten wider. »Ich bin zurückgekommen, um euch zu warnen! Eure jämmerlichen und nutzlosen Leben zu retten!« Sein Körper bebte und seine zu Fäusten geballten Hände waren derart angespannt, dass die Sehnen deutlich unter der Haut hervortraten.

Nox' Anblick bescherte mir eine solche Furcht, dass ich mich zu den Feen umwandte.

Jennih schwieg nachdenklich, dafür wurden andere Stimmen hinter ihm laut.

»Wir wussten, dass man einem Dämon nicht trauen darf!«

»Der Mensch ist schuld! Seine Fährte hat die Garde hierhergeführt!«

»Sie arbeiten für Königin Mab!«

»Einmal Verräter, immer Verräter!«

»Wir müssen sie töten!«

Mit vor Schreck geweiteten Augen starrte ich von einem Krieger zum nächsten, entdeckte jedoch in ihren Gesichtern nichts als blanken Hass und Aggressivität.

Sie geben uns die Schuld an dem Angriff, obwohl sie mich noch vor weniger als einer Stunde als ihre Wunderwaffe gehandelt haben?! Ich konnte es kaum fassen. Dennoch war es im Grunde nur eine Bestätigung für das, was mir über das Lichte Volk zu Ohren gekommen war. Mein einziger Hoffnungsfunke bestand in Marron und Jeenih, die jedoch beide schwiegen, auch wenn sie nicht minder wütend und feindselig dreinblickten.

Ich konzentrierte mich ganz auf die Anführerin der Rebellentruppe. Wenn ich sie überzeugen konnte, würden die anderen schon nachgeben.

»Wir haben euch nicht verraten, Marron! Das würden wir nie tun, das schwöre ich! Harm... Liliana ist meine Freundin und wir wollen sie ebenso retten wie ihr!« Meine Stimme war kaum mehr als ein Flüstern, auch wenn ich die Worte am liebsten lauthals hinausgebrüllt hätte. Doch die Wand aus Hass und Feindseligkeit raubte mir den Atem.

Marron reagierte nicht auf meine Beteuerungen. Ihr Gesicht war das reinste Pokerface und gab keine Emotion preis.

In meiner Verzweiflung wandte ich mich an Marrons Berater. »Jeenih!« Ich flehte die Fee an, die mir gerade eben noch dafür gedankt hatte, dass ich ihr Leben gerettet hatte. »Du kannst meine Gedanken lesen. Vermutlich hast du es die ganze Zeit getan. Habe ich euch verraten? Würde ich so etwas tun?«

Jeenih erwiderte meinen Blick und seine Gesichtszüge wurden eine Spur weicher. Doch es war nicht genug, um die Eisschicht zu schmelzen, die mein Innerstes überzog und mir die Luft zum Atmen nahm.

»Nein, *du* hast wahrlich nicht von diesem Angriff gewusst.« Mit der Betonung auf dem zweiten Wort glitt sein Blick über meine Schulter in Richtung Nox. Auch wenn er nicht weitersprach, war eindeutig, was er meinte.

Mechanisch, als würde jemand meinen Körper fernsteuern, drehte ich mich zu Nox herum, der immer noch bewegungslos an derselben Stelle stand und sich offenbar nicht entscheiden konnte, ob er lachen, schreien oder Jeenih auf der Stelle umbringen sollte. Zumindest nahm ich das bei seiner ständig wechselnden Mimik und dem lodernden Hass in seinen Augen an.

Nein! Das wollte ich damit doch gar nicht andeuten!

Ich war im Begriff, meine unbedachten Worte zu korrigieren, als Nox sich mir zuwandte. Seine Augen glühten und versengten mich mit ihrer Intensität. »Ich habe nichts damit zu tun, Kleines.« Langsam, als müsste er sich auf die Geste konzentrieren, öffnete er die rechte Faust und hob seinen Arm. Er streckte mir seine Hand entgegen. »Komm, wir müssen hier weg, ehe es zu spät ist. Wir werden deine Freundin auch allein retten. Ich verspreche es dir.«

Ich blickte von Nox' Gesicht zu seiner Hand und wieder zurück. Was sollte ich tun? Jeenihs Worte hatten einen winzigen Funken Zweifel gesät. *Hat Nox uns wirklich verraten? Aber wieso sollte er das tun?* Ich hatte keine Antwort auf diese Fragen, doch eines wusste ich genau: *Er ist einfach abgehauen und hat mich allein zurückgelassen!*

Dieser Fakt war nicht abzustreiten.

Augenblicklich meldete sich eine leise Stimme in meinem Kopf, die sich gespenstisch nach meiner Mom anhörte und die in mir aufkeimende Wut erstickte. *Aber er ist zurückgekommen! Er will dich beschützen!*

Als wüsste Nox von meinem inneren Zwiespalt, wurde seine Mimik weicher und sein Blick flehend. »Bitte, Kleines. Du musst mir vertrauen!«

Geh nicht! Verlass mich nicht!

Ich wusste, meine jetzige Entscheidung würde alles ändern. Hier ging es nicht nur um die Flucht vor dem Winterprinzen und einem wütenden Feenmob.

Nox' Bitte ging tiefer.

Sie bedeutete mehr.

Sie bedeutete alles.

Konnte ich mein Leben in die Hände eines Dämons legen? Mich gegen meine Freunde und meinen Verstand stellen? Sollte ich zum ersten Mal in meinem Leben einzig und allein auf mein Herz hören?

Kann ich Nox vertrauen?

Die Zeit schien stillzustehen.

Alle Geräusche um mich herum waren schlagartig verstummt und ich nahm nur meinen viel zu schnellen Herzschlag wahr.

Bu-Bumm!

Bu-Bumm!

Bu-Bumm!

Das Adrenalin schärfte meine Sinne aufs Äußerste und ich spürte jeden einzelnen Schweißtropfen, der über meine erhitzte und empfindliche Haut rann.

An meinen Schläfen entlang.

Über meinen Nacken.

Meinen Rücken herunter.

Die Feinheit dieser Empfindung verursachte mir eine Gänsehaut. Doch ich konnte auf nichts anderes achten als auf Nox' verzweifelten Blick.

Er hatte Angst.

Machte sich Sorgen.

Er wusste nicht, was ich antworten würde.

Ich wusste es selbst nicht.

Kann ich Nox vertrauen?

Ich verengte die Augen und fokussierte den Höllendiener. Wie in einem Film lief vor meinem geistigen Auge all das gemeinsam Erlebte ab. Dieser Moment, seit wir uns das erste Mal auf dem Schulparkplatz getroffen hatten, schien eine Ewigkeit her zu sein.

So viel war geschehen.

So viel passiert.

Meine Lippen begannen zu kribbeln, als ich an den Kuss dachte.

Vielleicht mochte ich den Höllendiener nicht.

Vielleicht mochte ich ihn aber auch zu sehr.

Vielleicht hasste Nox mich.

Vielleicht wollte er mich sogar manchmal am liebsten umbringen.

Aber er hatte auf mich aufgepasst.

Hatte mein Leben gerettet.

Mich beschützt.

Ja, ich kann ihm vertrauen.

Und ich tue es auch!

Die Unumstößlichkeit dieses Gedankens traf mich hart. Aber es war die Wahrheit. Egal, wie ich meine Gefühle einschätzen sollte, es würde nichts daran ändern, dass ich Nox vertraute. Ihm mein Leben anvertraute.

Dann lief ich los.

Ich dachte nicht darüber nach, welche Konsequenzen meine Entscheidung mit sich brachte. Ich hörte nur auf mein Herz.

Als Nox bewusst wurde, dass ich mich für ihn entschieden hatte, weiteten sich seine Augen vor Überraschung. Der Anblick hatte etwas Surreales und brachte mich zum Schmunzeln. Leider hatte ich keine Zeit, seinen Gesichtsausdruck zu genießen. Bereits nach wenigen Schritten war ich bei ihm und warf mich ihm in die Arme. Der Aufprall, als ich gegen seine Brust stieß, raubte mir den Atem, aber das war es mir wert. In diesem Augenblick fühlte ich mich so lebendig und sicher wie zu keinem anderen Zeitpunkt, seit wir durch das Tor ins Feenreich getreten waren.

Nox schloss seine Arme um mich und drückte meinen Körper fest an seinen. Ich bekam keine Luft mehr und befürchtete, dass gleich ein paar Rippen brechen würden, hielt jedoch den Mund und beschwerte mich nicht. Stattdessen genoss ich diesen einmaligen Moment. *Ich weiß, ich habe mich richtig entschieden!*

Das Ganze konnte nur Sekunden gedauert haben, aber es fühlte sich wie eine Ewigkeit an. Trotzdem war es nicht genug und mein Herz verspürte einen Stich, als Nox seinen Griff lockerte und sein Gewicht verlagerte. Unsere Blicke trafen sich. Das Grün seiner Augen strahlte, wie es noch nie zuvor gestrahlt hatte, und wurde von einem liebevollen Lächeln begleitet.

»Wir müssen verschwinden, Kleines. Sofort.«

Ich nickte, auch wenn ich am liebsten protestiert hätte. Leider hatte Nox recht. Jetzt war nicht nur der Winterprinz unser Problem, sondern auch Marron und ihr Kriegsrat, deren Blicke ich im Rücken spürte.

Automatisch drehte ich meinen Kopf zur Seite und blickte über meine Schulter. Die Feen standen zwar noch immer an Ort und Stelle, aber ihr Groll schwappte in heftigen Wellen zu uns heran. Uns blieben nur noch Sekundenbruchteile, ehe sie uns angreifen würden. Das wusste ich.

Schnell wandte ich mich Nox zu, der seinen Blick auf die Feen gerichtet hatte. Seine Kiefermuskeln zuckten und er hatte seine Lippen fest zusammengepresst. Ich spürte seinen beschleunigten Herzschlag, was meinen eigenen überraschenderweise beruhigte und mich zum Lächeln brachte.

Als hätte Nox meinen Blick gespürt, sah er zu mir. Sofort zuckten seine Mundwinkel. »Du siehst mich wieder so lüstern an, Kleines. Leider ist jetzt der falsche Moment für unanständige Gedanken.« Mit einem frechen Zwinkern entschärfte er seinen Kommentar und ich verdrehte lächelnd die Augen.

»Arsch! Überleg dir lieber, was wir jetzt tun sollen!« Widerstrebend löste ich mich aus seinen Armen. Für den Augenblick hatten wir genug gekuschelt.

Nox ließ die Arme sinken und richtete seinen Fokus wieder auf die andere Seite der Lichtung. »Jetzt gibt es nur noch eine Sache, die wir tun können.«

Ehe ich verstand, was er damit meinte, schlang er seine Arme erneut um mich und warf mich über seine Schulter. Ich schrie, presste meine Augen zusammen und klammerte mich Halt suchend an alles, was meine Hände finden konnten.

Ich spürte Nox' Muskeln unter meinem Körper. Kalter Wind peitschte über uns hinweg und stach wie ein Meer aus Nadeln in meine Haut. Aber es machte mir nichts aus. Ich wusste, ich war in Sicherheit. *Mit ihm wird mir nichts passieren!*

Zögerlich wagte ich es, die Augen zu öffnen. Nur einen Spalt, doch es reichte, um die Lage zu sondieren. Ich befand mich wie ein Rucksack auf Nox' Rücken. Meine Beine hatten sich um seine Taille geschlungen, während meine Arme seinen Hals in einem Würgegriff umklammerten. In einem irrsinnigen Tempo pflügten wir durch den Wald und ich sah nur verschwommene Schwärze, die an uns vorbeizog. Laute, wütende Schreie mischten sich unter das Pfeifen des Windes.

Trotzdem lächelte ich zaghaft.

Mich durchfuhr ein Gefühl, das fremd und anders war, aber gleichzeitig war es berauschend und ich begann es ehrlich zu genießen.

Mein Lächeln wurde zu einem breiten Grinsen.

Doch das erstarrte auf der Stelle, als ich ein lautes, Furcht einflößendes und noch nie zuvor gehörtes Jaulen vernahm, das von wildem Hufgetrappel und Jagdrufen begleitet wurde.

Der Prinz und seine Garde!

SECHZEHN

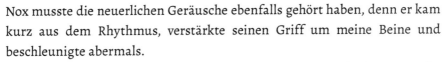

Nox musste die neuerlichen Geräusche ebenfalls gehört haben, denn er kam kurz aus dem Rhythmus, verstärkte seinen Griff um meine Beine und beschleunigte abermals.

Das erhöhte Tempo war zu viel für meinen Magen und ich musste die Augen schließen. Um möglichst wenig Luftwiderstand zu leisten, presste ich mich noch enger an Nox und verbarg mein Gesicht an seinem Hals. Meine nackten Arme schmerzten von der peitschenden Kälte und auch meine Beinmuskeln begannen zu protestieren. Krampfhaft hielt ich mich fest und verbot mir, meinem Schmerz nachzugeben. Auf keinen Fall durften wir jetzt stehen bleiben!

Vermutlich war es derselbe Gedanke, der Nox durchhalten ließ. Er legte sogar noch einen Zahn zu. Ich spürte seinen hämmernden Puls und seinen schweren Atem, der über meine erkaltete Haut strich und ein warmes Prickeln erzeugte, ehe es von dem eisigen Wind fortgetrieben wurde.

Nach einigen Sekunden wurde der Höllendiener auf einmal langsamer, verfiel bald daraufhin ein leichtes Joggen und blieb schließlich stehen. Irritiert hob ich den Kopf und öffnete die Augen, um den Grund für unseren Stopp zu erfahren.

Ich keuchte entsetzt auf und lockerte automatisch meinen Griff um Nox' Hals. Auch meine Beine gaben ihren Klammergriff auf und ich rutschte von seinem Rücken, bis meine Füße den Boden berührten. Trotzdem rührte ich mich nicht vom Fleck und blieb dicht hinter Nox stehen, während ich über seine Schulter sah. Langsam und ruhig traten drei Gestalten auf uns zu. Ihre dunkle Kleidung machte es fast unmöglich, sie zu erkennen, aber mit jedem Schritt, den sie näher kamen, fiel es mir leichter, Details auszumachen.

Es waren drei Feen. Sie saßen auf denselben pferdeähnlichen schwarzen Geschöpfen, die ich als Paryi kannte. Ihre ebenso schwarzen Mäntel verschmolzen übergangslos mit der Umgebung und erweckten den Eindruck, als würden ihre hellen Gesichter körperlos durch die Nacht schweben.

Ehe ich den beängstigenden Anblick verdauen konnte, ertönte hinter meinem Rücken ein lautes Schnauben und ich drehte mich ruckartig herum. Auch auf dieser Seite kamen drei Reiter mit ihren Tieren auf uns zu. Und aus den Augenwinkeln erkannte ich links und rechts je drei weitere Feen, die sich uns näherten.

Mit wild pochendem Herzen trat ich einen Schritt zurück und stieß gegen Nox' Rücken.

Ich schluckte hart.

In meinen Ohren rauschte es.

Meine Knie zitterten und mein Magen rebellierte. Und obwohl ich nicht selbst gerannt war, pochte mein Herz viel zu hastig in meiner Brust und Adrenalin brachte meine Haut zum Kribbeln.

Immer wieder sah ich von einer Seite zur anderen, in der verzweifelten Hoffnung, eine Lücke zu entdecken, durch die wir flüchten konnten. Aber es war zwecklos. Königin Mabs Wintergarde hatte uns umzingelt.

»Dachtest du wirklich, du entkommst mir ein drittes Mal, Dämon?«

Woher kenne ich die Stimme?

Ich blieb Schutz suchend hinter Nox stehen und reckte nur meinen Kopf zur Seite, bis ich mit eigenen Augen sah, was mein Verstand bereits wusste.

Auf einem besonders großen und wild aussehenden Paryi schritt Prinz Xantasan zwischen zwei Rittern auf uns zu. Er hatte sich seit unserer letzten Begegnung nicht verändert. Seine silbrig schimmernden Strähnen wogten sacht im Wind und hoben sich deutlich von seinem schwarzen Mantel ab, der auf Schlüsselbeinhöhe mit einer silbernen Schnalle geschlossen war. Die Kleidung, die unter dem Mantel hervorlugte, war ebenfalls schwarz, schimmerte jedoch so glänzend wie das Fell seines Reittiers. Seine feinen Gesichtszüge, die hohen Wangenknochen und die dünnen Lippen zeugten von Erheiterung und Freude, doch seine hellblauen Augen strahlten eine Eiseskälte aus, die mich von innen heraus gefrieren ließ, obwohl der Prinz nicht mich, sondern Nox ansah.

Der Höllendiener streckte seine Arme nach hinten aus und tastete mit seinen Händen über meinen Körper, bis sie auf meiner Taille liegen blieben. Er zog mich noch enger an seinen Rücken, als würde er mich vor den Blicken des Prinzen schützen wollen. Doch das war unmöglich. Die Fee saß so hoch zu Ross, dass sie mich ohne Schwierigkeiten über Nox' Schulter hinweg sehen konnte. Einem Impuls folgend legte ich meine Hände auf seine, verschränkte meine Finger mit seinen und drückte sie sanft. *Alles okay. Mir geht's gut.*

Nox atmete tief durch, als hätte ihn meine nonverbale Beteuerung beruhigt. Als er dem Prinzen antwortete, war seine Stimme voller Verachtung, Arroganz und Kälte. »Na ja, wenn du mich so fragst, Xani-Tani, ja, genau das dachte ich. Bisher ist es dir ja auch nicht gelungen, mich zu töten. Offenbar haben dir deine Brüder nur beigebracht, wie lange man seine Haare bürsten muss, bis sie seidig glänzen, aber nicht, wie man mit dem Schwert umgeht.«

Auch wenn es in dieser Situation unangebracht war, auf diese Weise zu kontern, und ich Nox für seine große Klappe rügen wollte, konnte ich mir ein Grinsen nicht verkneifen. Schnell verbarg ich meine zuckenden Mundwinkel, ehe sie jemand bemerkte.

Der Prinz beachtete mich nicht. Seine vor Hass glühenden Augen waren auf Nox gerichtet. Seine Gesichtszüge wurden härter, sein Lächeln verkniffener, doch er bemühte sich weiterhin um eine gelassene Miene.

»Es ist fast eine Schande, dass ich dich nicht auf der Stelle töten darf. Aber auf diese Art habe ich mehr Zeit und Möglichkeiten, um meine Rache in vollen Zügen auszukosten.« Nun wurde das Lächeln des Prinzen aufrichtiger, jedoch nicht herzlicher oder weniger beängstigend. »So wie ich dich einschätze, wirst du dich sicherlich gegen die Befragung meiner Mutter wehren. Und genau das hoffe ich, Dämon. Denn es wird mir eine Freude sein, deinen Willen zu brechen, um dich anschließend zu meinem neuen Lieblingsspielzeug zu machen. Und ich lasse dieses Menschenmädchen dabei zusehen. Schon jetzt freue ich mich auf den Klang eurer Schreie.«

Begleitet von dem bösartig klingenden Lachen seiner Ritter hob der Prinz die Hände. Seine feinen, langen Finger leuchteten in der Dunkelheit und mir wurde erst auf den zweiten Blick klar, dass sie tatsächlich kaltweiß strahlten, als wären sie eine industriell hergestellte Lampe.

Im nächsten Augenblick trat ein weißes, nebliges Licht aus Xantasans Fingerspitzen, das langsam, aber unaufhörlich auf uns zukam.

Auch wenn mir bewusst war, dass Nox diesen glänzenden und schimmernden Nebel ebenfalls sah, konnte ich meinen Mund nicht davon abhalten, einen Schrei auszustoßen. »Nox! Vorsicht!«

Die letzte Silbe meines Ausrufs drang über meine Lippen und ich presste die Augen zusammen. Instinktiv wollte ich mich zu Boden fallen lassen und Nox mitziehen, doch unter meinen Händen befand sich nichts mehr, an dem ich ziehen konnte.

Augenblicklich öffnete ich meine Lider und erstarrte.

Anstatt einer schwarzen Lederjacke, die sich noch vor einer Hundertstelsekunde vor mir befunden hatte, sah ich eine Fee, die dem Wort »wunderschön« eine völlig neue Bedeutung gab. Ihr gesamter Anblick war so atemberaubend, dass mein Verstand nur nach und nach all die bezaubernden Details auf- und wahrnehmen konnte.

Als Erstes konzentrierte ich mich auf ihr Gesicht. Wie bei allen Feen war ihre Haut makellos, ebenmäßig und rein. Und doch konnte keine der Feen, die ich zuvor gesehen hatte, dieser das Wasser reichen. Ihre Gesichtszüge waren so fein, als wären sie von einem Künstler gemeißelt worden. Hohe Wangenknochen verliehen ihr etwas Anmutiges, die vollen Lippen etwas Sinnliches. Um ihren schlanken Hals lag eine feingliedrige Kette aus Edelsteinen, die in unterschiedlichen Blautönen funkelten. Ihr langes, seidiges Haar fiel ihr offen und glatt über die Schultern und glänzte in einem strahlenden Weiß, das beinahe einen bläulichen Schimmer annahm. Ihre Feenohren ragten zwischen den Strähnen hervor und hielten einen silbernen, schmalen Reif, der in V-Form über ihrer faltenfreien Stirn verlief, bis die Spitze, die einen dunkelblauen Edelstein fasste, zwischen ihren perfekten hellen Augenbrauen endete.

Ich konnte ihre Größe nicht schätzen, da sie auf einer Art Thron saß, aber es war mehr als eindeutig, dass sie einen schlanken und grazilen Körper besaß. Der Stoff ihres Kleides war von einem so dunklen Blau, dass er beinahe schwarz wirkte. Dabei glänzte er, als wäre er von Tausenden und Abertausenden kleiner Glitzersteine besetzt. Der Anblick weckte in mir die Assoziation eines sternenübersäten Nachthimmels.

Die Fee schlug ihr rechtes Bein über das linke und der Stoff floss regelrecht über ihre Haut. Ein langer Schlitz entblößte ein perfektes Bein und der dazugehörige Fuß steckte in einem gläsernen High Heel.

Der Thron, auf dem die Frau saß, stand auf einer Anhöhe, die nur über fünf Stufen erreicht werden konnte. Aber auch ohne diese Erhöhung war der Herrschersitz nicht zu übersehen. Er war größer und imposanter als alles, was ich bisher in diese Richtung jemals gesehen hatte. Der Thron bestand aus Eis, war jedoch nicht kristallen und durchsichtig, sondern milchig-weiß. Seine abgerundete Rückenlehne war ein ganzes Stück breiter als die Fee und mit zahlreichen Eiszapfen bestückt, sodass sie den Eindruck einer Krone erweckte. Wenn ich bis zu diesem Moment noch Zweifel gehegt hatte, wäre mir spätestens jetzt klar gewesen, dass mir Königin Mab gegenübersaß.

»Sei gegrüßt, Mensch. Ich freue mich, dich endlich kennenzulernen.« Die Fee stützte ihren Kopf auf die Fingerknöchel ihrer rechten Hand und den Ellbogen auf das obere Knie. Ihre Fingernägel waren passend zu ihrem Kleid dunkelblau lackiert und ihre Augen, die so hell schillerten, als wären sie aus flüssigem Silber, betrachteten mich interessiert, während ihre zartrosa Lippen freundlich lächelten. »Ich entschuldige mich für das grobe und unangebrachte Verhalten meines jüngsten Sohnes. Er erhielt den Auftrag, eine rebellische Gruppierung zu zerschlagen, und nicht, einen unschuldigen Menschen gefangen zu nehmen.« Mab erhob sich in einer Bewegung, die an Anmut und Grazie nicht zu überbieten war, und schritt die Stufen vor ihrem Thron herab. Ihre Schuhe gaben dabei leise klackernde Geräusche von sich. »Es muss sich um ein schreckliches Missverständnis handeln. Xantasan dachte nämlich, du würdest eine Bedrohung für uns darstellen.«

Mit einem hellen Lachen auf den Lippen kam die Königin auf mich zu. Es war so wohlklingend, dass ich mir auf der Stelle die Trommelfelle zerstechen wollte, nur damit dieses Lachen das Letzte war, was ich jemals gehört hatte.

»Er ist der Meinung, dass du die Wintermagie seines Schwertes benutzt hast, um eine gefangene Fee, deinen dämonischen Begleiter und dich selbst zu befreien. Dabei bist du doch nur ein einfacher, harmloser Mensch.« Die Königin stand nun eine halbe Armlänge entfernt vor mir und fokussierte mich mit ihrem Blick, der jetzt ernst und nicht mehr neugierig war. »Oder, *Avery?*« Der Klang ihrer Stimme, als sie meinen Namen aussprach, verursachte mir eine Gänsehaut. »Du bist doch ein Mensch, nicht wahr?« Ihre Augen verengten sich minimal, als sich ihr Blick intensivierte. »Zumindest spricht alles dafür. Du siehst menschlich aus. Du riechst wie ein Mensch.«

Mab hob eine Hand und ehe ich verstand, was sie vorhatte, strich sie mir mit ihrem Fingernagel über den Oberarm, was mir einen überraschten Schrei entlockte. Der Schnitt war nicht tief, brannte jedoch höllisch und ich spürte, wie warmes, frisches Blut aus der Wunde hervorquoll und über meine eiskalte Haut floss.

»Und du bist genauso verletzlich wie ein Mensch.«

Als die Königin zufrieden meinen Arm betrachtete, richtete auch ich meinen Blick darauf. Der Blutstropfen war nur wenige Millimeter geflossen, ehe er gefroren und zu einem winzigen tiefroten Edelstein geworden war, der sich glänzend von meiner hellen Haut abhob.

»Eure Majestät! Ich schwöre ...« Eine tiefe, männliche Stimme ertönte und unterbrach die Stille, die zuvor geherrscht, die ich aber kaum wahrgenommen hatte. Erst jetzt wurde mir bewusst, dass ich dermaßen auf Königin Mab fixiert gewesen war, dass ich alles um mich herum ausgeblendet hatte.

»Schweig, Xantasan!« Wie ein Donnergrollen dröhnte Mabs Stimme durch die Luft und wurde von den aus undurchsichtigem, milchigem Eis bestehenden Wänden zurückgeworfen, was den Eindruck erweckte, ihr Ausruf würde aus allen Richtungen erklingen. Mab drehte ihren Kopf eine Spur nach rechts und die Eiseskälte ihrer nächsten Worte ließ sogar die Lufttemperatur um einige Grad abkühlen. »Ich habe dir bereits gesagt, dass du im Unrecht bist. Zwinge mich nicht, dich vor den Augen deiner Verlobten und deiner

Untertanen für deine Respektlosigkeit zu bestrafen.« Ohne eine Reaktion abzuwarten, wandte Mab sich wieder mir zu und lächelte entschuldigend. »Verzeih die Unterbrechung, Avery. Nun reden wir aber wieder über dich. Du bist den Aufenthalt am Winterhof sicherlich nicht gewohnt und musst schrecklich frieren. Zudem siehst du erschöpft und hungrig aus. Es wäre mir eine Freude, wenn du meine Einladung annehmen und dich hier etwas erholen würdest. Anschließend haben wir beide genügend Zeit, einander besser kennenzulernen.« Mabs Lächeln wurde breiter, doch der intensive musternde Ausdruck in ihren Augen blieb und zeigte deutlich, was sie mit ihren Worten tatsächlich meinte.

Mit aller Kraft, die ich aufbieten konnte, riss ich meinen Blick von der Königin los. Ihre unbeschreibliche Schönheit vernebelte meine Sinne und erschwerte mir das Denken. Jetzt war es jedoch wichtiger denn je, einen klaren Verstand zu behalten, auch wenn die immer stärker werdende Kälte es mir fast unmöglich machte, etwas anderes als das Zittern und Beben meiner tauben Gliedmaßen zu registrieren.

Ich muss mich konzentrieren.

Mein Blick glitt nach rechts, wo ich eben die Stimme des Winterprinzen gehört hatte. Wie vermutet stand er in unmittelbarer Nähe von Mabs Thron. Seine Mimik war verkniffen und sein Blick voller Hass auf uns gerichtet. Zu seiner Linken standen zwei männliche Feen, die etwas größer waren, ihm und Mab aber so ähnlich sahen, dass es sich dabei nur um seine Brüder handeln konnte. Zudem trugen die beiden ebenso wie Xantasan dunkle Umhänge, die wie seiner mit einer silbrigen Brosche zusammengehalten wurden.

Zu Xans rechter Seite entdeckte ich eine weibliche Fee, deren Anblick meinen Herzschlag kurz aus dem Takt brachte, ehe es dreimal so schnell zu schlagen begann. Die Fee trug ein bodenlanges hellblaues Kleid, das sich perfekt um ihre beneidenswerte Silhouette schmiegte. Ihre aquamarinblauen Locken fielen ihr in seidigen Strähnen über die Schulter und sie sah gleichgültig in meine Richtung. Hätte ich es nicht besser gewusst, hätte man meinen können, das Spektakel hier würde sie gar nicht interessieren.

Wieso ist Alyssa in Galoai? Und, wenn sie hier ist, wo ist Adam?

Die neue Situation trieb peitschendes Adrenalin durch meine Adern und wärmte mich von innen heraus. Schlagartig war alles vergessen, woran ich eben noch gedacht hatte. Jetzt war nur noch mein bester Freund wichtig, den ich womöglich endlich wiedersehen würde.

Mit kribbeliger Vorfreude und geschärftem Blick überflog ich alle anwesenden Feen zu beiden Seiten des Throns, konnte Adam jedoch nirgends entdecken. Dafür sah ich einige der Ritter, die mir von dem Angriff aus dem Wald bekannt waren. Auch Dragon und Kyran, die Feen, die Harmony gefunden und entführt hatten, standen in unmittelbarer Nähe zu Mabs Thron.

Meine Gedanken überschlugen sich. Ich wusste nicht, ob Adams Abwesenheit in diesem Fall ein gutes oder ein schlechtes Zeichen war. Natürlich hätte ich mich gern selbst davon überzeugt, dass es ihm gut ging, aber ich beruhigte mich mit dem Gedanken, dass er zumindest augenscheinlich nicht in unmittelbarer Gefahr schwebte. Und da ich noch am Leben war, musste es Adam ebenfalls gut gehen. Genauso wie ...

Nox!

Ich keuchte, bestürzt über meine eigene Dummheit. Offenbar waren meine Gehirnzellen schockgefrostet, denn ich hatte den Höllendiener vergessen. Sofort lenkte ich meine Aufmerksamkeit von der Wintergarde, die wie ein Wall aus Abneigung, Argwohn und Feindseligkeit vor mir aufragte, in alle anderen Richtungen. Dabei entdeckte ich viele weitere Feen, die in Grüppchen zusammenstanden und mich betrachteten, als wäre ich ein Tier im Zoo. Manche von ihnen zeigten sogar auf mich und sagten etwas, was ich jedoch nicht verstand.

Aber ich beachtete keine von ihnen näher. Meine gesamte Aufmerksamkeit richtete sich auf die Suche nach Nox.

Doch ich fand ihn nicht.

Dafür gewann ich einen sehr guten Eindruck von Mabs Winterreich, das – so musste ich neidlos anerkennen – das schönste Schloss war, das ich jemals gesehen hatte, alle Disneyfilm-Schlösser inbegriffen. Ich konnte zwar nur drei der vier Wände erkennen und deshalb unmöglich einschätzen, wie groß der Palast war, doch die an der etwa zehn Meter hohen Decke hängenden Kronleuchter waren ein wahres Highlight. Und auch wenn ich aufgrund der Höhe keine Details erkennen konnte, entging mir nicht ihr Funkeln und Glänzen.

Auch die Kristall-Ornamente, die sich wie ein Geäst aus Eisblumen über die Wände zogen und nur von gelegentlichen runden Öffnungen unterbrochen wurden, die sich als glaslose Fenster entpuppten, zogen meinen Blick immer wieder magisch an. Ebenso wie die Eisskulpturen, von denen sich je eine unter einem der Fenster befand und entweder wundersame und noch nie zuvor gesehene Tierarten oder beängstigend echt aussehende Menschen in komplizierten und halsbrecherischen Tanzposen darstellte.

Der Boden, auf dem ich aufrecht stand, meine Arme an meinem Körper herabbaumelnd, glänzte wie ein überdimensionaler Spiegel und als ich hinabblickte, erhaschte ich zum ersten Mal seit einer gefühlten Ewigkeit einen Blick auf mein Äußeres. Wie nicht anders zu erwarten war, sah ich grauenvoll aus. Meine Haut war blass, dreckig und von Wunden und Schrammen überzogen. Ich hatte tiefe Augenringe und meine kurzen blonden Haare standen in alle Richtungen ab. Die Lederkleidung, die ich in Marrons Lager erhalten hatte, ließ meine Haut noch blasser erscheinen und verlieh mir das Aussehen einer Kriegerin.

Ich seufzte innerlich und verdrängte den kurzen Anflug von Eitelkeit. Mein Aussehen und die Frage, ob ich jemals wieder eine heiße Dusche zu spüren bekommen würde, standen auf meiner aktuellen Prioritätenliste irgendwo zwischen *Ich habe letzte Woche vergessen, meine Sportsachen aus dem Spind zu holen* und *Killian hat immer noch meine Lieblings-CD ausgeliehen*.

Ich muss Nox finden!

Das stand auf eben genannter Liste ganz oben. Sobald ich den Höllendiener gefunden und ihn vermutlich aus einer grauenvollen Lage gerettet hatte, würden wir schon einen Weg finden, wie weiter vorzugehen war.

»Dir gefällt, was du siehst.«

Mabs Stimme riss mich aus meinen Überlegungen und ich blickte abrupt wieder in ihre Richtung. Die Eiskönigin hatte sich keinen Zentimeter bewegt.

Das Lächeln auf ihren Lippen zeugte von Stolz und ihre Augen glänzten erfreut, als wäre mein Staunen ein ehrliches Kompliment.

»Das freut mich sehr. Dann wird dir sicherlich auch das Gästezimmer gefallen, das ich für dich habe herrichten lassen. Du nimmst meine Einladung doch an, kleine Avery?!«

SIEBZEHN

Mein Herz raste. Adrenalin pumpte durch meine Adern und schärfte meine Sinne, bis mir von den vielen Eindrücken fast schlecht wurde. Die Königin war so schön, dass es wehtat, sie anzusehen, dennoch behielt ich sie im Blick. Ich traute ihr nicht. Nicht eine Sekunde lang. Aber ich war auch nicht so dumm, sie zu unterschätzen. Sowohl Alyssa als auch Prinz Xantasan hatten bereits bewiesen, wozu eine Sidhe in der Lage war. Und ich hatte den leisen Verdacht, dass die beiden nicht einmal annähernd an die Fähigkeiten der Königin heranreichten.

Was sollte ich jetzt tun? Ich konnte ihre Einladung unmöglich annehmen. Entweder würden mich die Feen bei Hofe bei der erstbesten Gelegenheit umbringen oder die Kälte würde mich in ein Eis am Stiel verwandeln. Außerdem musste ich Nox finden.

Aber konnte ich der Königin einfach so absagen?

Vermutlich nicht.

Nachdenklich biss ich mir auf die Unterlippe, spürte den Druck jedoch kaum, so taub war mein Gesicht bereits.

Ich brauche Zeit zum Nachdenken!

Um nicht wie eine Idiotin stumm dazustehen und Königin Mab das Gefühl von Respektlosigkeit zu vermitteln, sagte ich das Erste, was mir in diesem Moment richtig erschien. »Wo ist Nox?«

Die Königin sah mich verdutzt an. Offenbar hatte sie nicht mit einer Gegenfrage gerechnet. Im Nachhinein betrachtet war ich mir auch nicht sicher, ob das wirklich klug gewesen war, aber die frostige Luft schien nicht nur meine Lungen mit einer Eisschicht zu überziehen.

Mab zog ihre Augenbrauen zusammen und ich registrierte verwundert, dass selbst diese Geste keine einzige Falte auf ihrem Gesicht verursachte. »Du möchtest wissen, wo sich der Dämon befindet?« Ihre Irritation wich einer ekelerregenden Genugtuung. »Er ist im Verlies, wo er auf seine Hinrichtung wartet.«

Die Worte trafen mich wie ein Faustschlag in die Magengrube und raubten mir den Atem. Ich hatte zwar bereits befürchtet, dass Nox nicht einfach nur irgendwo rumsaß und sich flirtend die Zeit mit einer Winterfee vertrieb, aber an ein Verlies hatte ich naiverweise nicht gedacht. Bilder von Nox in einer möbellosen, feuchten und zugigen Steinkammer bildeten sich vor meinem inneren Auge. In meiner Fantasie waren seine Arme und Beine mit Metallketten in alle vier Himmelsrichtungen von seinem Körper gezerrt, sodass er wie ein X in der Luft hing, während man ihn auspeitschte und ihm anschließend das Blut mit Salzwasser vom Körper spülte.

Diese Nachricht setzte mir derart zu, dass ich alle Vorsicht vergaß und ungefiltert das sagte, was mir durch den Kopf spukte. »Hinrichtung? Wieso Hinrichtung? Er hat überhaupt nichts getan! Ihr seid doch hier die bösartigen Monster, die ...«

»Ach nein?« Mab zog eine ihrer perfekt geformten Augenbrauen in die Höhe und unterbrach mich mit einem belustigten Lächeln. »Und wie kommst du zu dieser Annahme, *Mensch*? Ich wage zu behaupten, dass du nicht alle Geheimnisse des Dämons kennst.« Ohne auf meine unterdrückte Wut einzugehen, hob die Königin ihre rechte Hand und strich mit ihren Fingerknöcheln sanft über meine Wange. Es fühlte sich an, als würde mich ein Eiswürfel streicheln. »Du bist so jung und unerfahren. Ich mache dir keinen Vorwurf, dass du dein dummes und naives Herz an ein übernatürliches Wesen vergeben hast. Du bist nicht die Erste, der das widerfahren ist. Und du wirst auch nicht die Letzte sein. Doch ich rate dir«, sie senkte ihre Hand und ihr zuvor amüsierter Blick wurde schlagartig ernst und eiskalt, »dich nicht in Angelegenheiten einzumischen, die außerhalb deines Wissens liegen. Einen weiteren unbedachten Ausbruch werde ich nicht tolerieren.«

Meine Wange brannte, als hätte sie mich geschlagen. Ich spürte das heiße

Prickeln und ebenso den dicken Kloß in meinem Hals, der sich vor Scham und Wut bildete. Ich konnte es nicht ausstehen, wenn man mich wie ein kleines Kind behandelte. Todbringende Eisfeenkönigin hin oder her.

»Ich will ihn sehen! Bringt mich zu ihm!« Ich ballte meine Hände zu Fäusten und presste sie dicht an meinen Körper. Es war eine unsinnige Geste und vermutlich verschlimmerte ich damit nur meine bereits heikle Lage, aber ich ertrug diese Show nicht länger. Jedem der hier Anwesenden war klar, dass Königin Mab mich früher oder später umbringen würde. Die Frage war nur wann. Dass ich noch am Leben war, konnte nur bedeuten, dass sich die Königin etwas von mir erhoffte oder versprach. Sie wollte etwas von mir. Blieb die Frage, was dieses Etwas sein sollte.

Vom Kopf bis zu den Füßen musterte Mab mich mit einem abschätzigen Blick. Als sie den Faden wieder aufnahm, verschränkte sie ihre Arme in einer galanten Bewegung vor der Brust und sah mir in die Augen. »Es tut mir leid, aber ich kann deiner Bitte nicht stattgeben, Avery. Der Dämon hat eine Tat begangen, die mit dem Tod bestraft wird. Sein Schicksal ist besiegelt. Und es verstößt gegen das Gesetz in Galoai, einem Verbrecher Besuch zu gewähren.«

Auch wenn Königin Mabs Stimme fest und autoritär klang, spiegelte sich kindliche Freude in ihrem Blick. Sie ergötzte sich an der Situation und meine Abneigung gegen alle Feen verstärkte sich in einem Maße, dass ich es kaum in Worte fassen konnte.

Ich presste die Lippen fest zusammen, während ich über meine Möglichkeiten nachdachte. Gegen die Königin hatte ich keine Chance. Weder in einem Kampf noch mit irgendwelchen Tricks. Ich war mir sicher, dass sie jeden meiner Versuche, sie reinzulegen, sofort wittern würde. Außerdem konnte ich mich gerade kaum konzentrieren. Der Schlafmangel der letzten Tage, der ständige Hunger, die Kälte und unentwegte Bedrohung meines Lebens hatten mich an meine Grenzen gebracht und in diesem Augenblick wollte ich nur noch eins: Nox sehen. Und dafür würde ich alles tun. Auch mein Versprechen gegenüber dem Höllendiener brechen und einen weiteren Deal mit einer Fee eingehen.

Ich schloss die Augen und atmete tief durch. Meine nächsten Worte würden unser Schicksal besiegeln, dessen war ich mir bewusst. Dennoch blieb mir nichts anderes übrig, wenn ich meinem egoistischen Wunsch, Nox ein letztes Mal zu sehen, Ausdruck verleihen wollte. »Was verlangt Ihr dafür, dass Ihr mich zu dem Dämon lasst, Eure Majestät?«

Die Zeit schien eingefroren zu sein. Nichts und niemand bewegte sich, kein Laut war zu hören. Nicht einmal mein Herzschlag. Aber vielleicht lag das auch nur an dem Umstand, dass dieser ewig erscheinende Moment gerade mal eine Sekunde dauerte.

Wie im Zeitlupentempo formte sich ein feines, berechnendes Lächeln auf den Lippen der Königin. Es zeigte keinerlei Wärme oder auch nur Freude. Viel eher erinnerte es mich an Cruella de Vil aus dem Film »101 Dalmatiner«. Dennoch zuckte ich nicht mit der Wimper, als sie sich dicht vor mich stellte und ihr Gesicht so tief herunterbeugte, bis ihr Atem beim Sprechen über meine Haut strich.

»Wenn es dir wirklich so viel bedeutet, kleine Avery, werde ich mich nicht zwischen zwei *Liebende* stellen.« Ihre Worte waren nur gewispert, dennoch nahm ich deutlich die Erheiterung und die Schadenfreude in ihrer Stimme wahr. »Im Gegenzug darfst du mir als Zeichen deiner Dankbarkeit ein paar kleine, harmlose Fragen beantworten.« Mab richtete sich auf und ihre hell schimmernden Augen fokussierten mich, wie eine Schlange ihre Beute ins Visier nahm. »Was sagst du dazu, kleine Avery? Ist mein Angebot nicht überaus großzügig?«

So leise die Worte auch ausgesprochen sein mochten, dröhnten sie dennoch schallend in meinem Kopf. Vielleicht mochte ihr Angebot auf den ersten Blick tatsächlich großzügig klingen, doch genau das machte mich so argwöhnisch. Nie im Leben würde die Feenkönigin etwas aus reiner Herzensgüte tun. Die Sache musste einen Haken haben.

»Ihr bietet mir also im Gegenzug für meine Antworten auf Eure Fragen an, den Dämon Nox wiederzusehen?« Nachdenklich zog ich meine Augenbrauen zusammen. Entweder erkannte die Königin nicht, welches Schlupfloch sie mir mit dieser Wortwahl ermöglichte, oder sie wählte ihre Worte absichtlich so, um mich aufs sprichwörtliche Glatteis zu führen und von etwas viel

Bedeutsamerem abzulenken. Leider wollte mir nicht in den Sinn kommen, was das sein mochte.

Als hätte Mab meine Gedanken erraten, wurde ihr Lächeln breiter und ein helles Lachen perlte über ihre Lippen, während ihr eisiger Blick mich weiterhin fokussierte. »Wenn du meine Fragen ehrlich und aufrichtig beantwortest, verspreche ich dir, dass du und der Dämon, den du Nox nennst, wieder vereint werdet. Das ist mein Angebot, kleine Avery. Willigst du ein?«

Mein Stirnrunzeln verstärkte sich und ich konnte gerade noch ein Stöhnen unterdrücken. Natürlich hatte Mab verstanden, worauf ich mit meiner schwammigen Formulierung aus war. Hätte sie den Deal nicht konkretisiert, hätte ich sie mit irgendwelchen zusammenhanglosen und themenfremden Antworten abspeisen können. Aber jetzt waren mir die Hände gebunden und ich musste ihr die Antworten geben, die sie hören wollte.

Zähneknirschend willigte ich mit einem Nicken ein. Die Ungewissheit, welche Fragen die Königin an mich haben könnte, machte mich nervös. Ich vermochte mir einfach nicht vorzustellen, dass ich Antworten für sie hatte, die neu für sie wären.

Die Mimik der Königin erhellte sich umgehend und zum ersten Mal meinte ich ehrliche Freude in ihren Augen aufblitzen zu sehen. Wie ein kleines Kind klatschte sie aufgeregt in die Hände, während sie gleichzeitig einen Schritt von mir weg machte. »Wunderbar, wunderbar. Es sind auch nur drei kleine, harmlose Fragen, meine Liebe.«

Mab kehrte mir den Rücken und schritt anmutig zurück zu ihrem Thron. In der plötzlichen Stille waren das Klackern ihrer High Heels und das sanfte Rauschen ihres Kleides die einzigen Geräusche, die zu hören waren. Als sie die oberste Stufe erreicht hatte, drehte sie sich um, ließ sich galant auf ihren eisigen Thron sinken, schlug ein Bein über das andere und betrachtete mich, als würde sie mich zum ersten Mal wirklich wahrnehmen. »Also, *Mensch*. Warum habt du und dein dämonischer Begleiter die eximilierte Fee Liliana zurück ins Feenreich gebracht?«

Ich atmete tief durch. Diese Frage war keine Überraschung. Dennoch fokussierte ich meinen Blick auf die eisigen Stufen unter Mabs Füßen. Wenn ich die Eiskönigin nicht ansah, fiel es mir leichter nachzudenken. Ich musste eine Antwort finden, die ehrlich und aufrichtig war und dennoch nicht den wahren Grund für unseren Aufenthalt hier verriet.

Meine Gedanken überschlugen sich und drohten in einem heillosen Durcheinander zu enden. Meine Mom sagte oft, dass ich zu viel nachdachte, alles immer bis ins kleinste Detail analysierte und dadurch die jeweilige Situation nur schlimmer machte. Manchmal waren die offensichtlichsten Lösungen die einfachsten.

Mit einem tiefen Atemzug sah ich auf und erwiderte den vor Kälte und Arroganz strotzenden Blick der Eiskönigin. »Weil Harmony meine Freundin ist. Sie wäre gestorben, wenn sie länger in der Menschenwelt geblieben wäre. Ich wollte sie retten.«

Dass meine Antwort nicht den Inhalt enthielt, den die Königin sich erhofft hatte, sah ich auf den ersten Blick. Mab verengte die Augen und wenn sie die Fähigkeit besessen hätte, mich allein mit einem Wimpernschlag tot umfallen zu lassen, hätte sie es sicherlich getan. Doch so stand ich noch immer aufrecht vor ihr und unterdrückte ein diebisches Grinsen.

Die erste Hürde ist geschafft. Bleiben nur noch zwei. Aber ich muss wachsam bleiben. Einen zweiten Glückstreffer lässt die Königin sicherlich nicht so einfach zu.

Als würde die Feenkönigin meine Gedanken bestätigen wollen, lächelte sie auf eine Art, der jegliche Wärme fehlte. Auch ihre Augen zeugten von dem Zorn, den sie zu überspielen versuchte.

»Für einen Menschen bist du wahrlich nicht dumm. Ich habe dich wohl unterschätzt. Doch sei's drum. Erzähl mir lieber, weshalb eine Gruppierung verstoßener Feen dich und den Dämon aus der Gefangenschaft meines Sohnes gerettet hat. Was habt ihr mit der Verräterin, deren Name Marron lautet, zu tun?«

Mit jedem Wort der Königin beschleunigte sich mein Puls. Das war es? Waren das ihre letzten beiden Fragen? Mehr wollte die Königin nicht wissen? Wusste sie tatsächlich nicht, dass wir wegen des Jahreszeitenzepters hier waren? Hatte Harmony etwa den Mund gehalten?

Vor prickelnder Aufregung zuckten meine Mundwinkel und ich konnte ein breites Grinsen nicht zurückhalten. Wenn ich es jetzt schaffte, eine plausible Antwort hervorzubringen, ohne das Zepter zu erwähnen, wäre die Königin dazu verpflichtet, ihren Teil der Abmachung einzuhalten und mich zu Nox zu lassen. Dann bestände doch noch der Hauch einer Chance auf Erfolg.

Auch wenn die immer stärker werdende Euphorie mir eine kühle und distanzierte Miene verwehrte, zwang ich mich dennoch zu einer wohldurchdachten Antwort. Auf den letzten Metern durfte ich mir keinen Fehler erlauben.

»Man hat uns befreit, weil ich zuvor das Leben einer ihrer Leute gerettet hatte. Man schuldete uns ein Leben.«

Für einen langen Moment herrschte Schweigen. Mab musterte mich mit einem Lächeln auf den Lippen, das mir das Blut gefrieren ließ. Es war unmöglich einzuschätzen, ob sie sich über meine erneute nichtssagende und dennoch ehrliche Antwort ärgerte oder ob sie bereits darüber nachdachte, wie sie mir das heimzahlen konnte.

Dann lachte die Königin glockenhell auf. Das Geräusch war so laut und der Ton so hoch, dass die Kronleuchter unter der Decke zu zittern begannen.

»Du kleines, dummes Menschlein. Denkst du wirklich, das wäre der Grund gewesen?« Mab schüttelte amüsiert den Kopf und ihre Worte fühlten sich wie eine brennende Ohrfeige auf frostgeküsster Haut an. »Offenbar bist du doch nicht so klug, wie ich angenommen habe. Daher erlaube mir, dich aufzuklären. Eine Fee begleicht zwar ihre Schuld, würde jedoch niemals mehr als das zahlen. Und da du nur *ein* Leben befreit hast, wurdest im Gegenzug auch nur *du* aus der Gefangenschaft meines Sohnes gerettet. Dein dämonischer Begleiter jedoch hätte für Marron ohne jegliches Interesse sein sollen.« Eine kurze Pause entstand und Mab gab sich keine Mühe, ihr falsches Lächeln aufrechtzuerhalten. »Nun gut. Zumindest habe ich jetzt einen Einblick in deine Gedankengänge erhalten. Das erleichtert mir das Formulieren meiner letzten Frage.«

»Was?« Entsetzt unterbrach mein Ausruf die Königin, die bereits den Mund geöffnet hatte, um weiterzusprechen. Doch das war mir egal. Die Fee handelte gegen unsere Abmachung. Und das war laut meinen bisherigen

Informationen nicht möglich. Auch wenn das Lichte Volk verschlagen und link war, war es dennoch an Abreden und Versprechen gebunden. Ohne Ausnahmen. »Ihr habt bereits drei Fragen gestellt, Königin! Die Abmachung besagt, dass ...«

»Schweig!« Wie eine Detonation schlug der Befehl in meinen Kopf ein und hinterließ nichts als Leere, Schmerz und Chaos. Weiße Lichtpunkte tanzten vor meinen Augen und ich presste unweigerlich die Lider zusammen, um den Schmerz erträglich zu halten. Erfolglos. Als Mab weitersprach, klang sie wieder leiser und ruhiger, jedoch kein bisschen freundlicher. »Wenn du schon versuchst, mit einer Sidhe zu verhandeln, solltest du auch ganz genau aufpassen, *Mensch*. Denn die Abmachung besagt, dass du auf meine Fragen antwortest und anschließend den Dämon wiedersehen wirst. Die Anzahl meiner Fragen wurde erst *nach* deiner Zustimmung festgelegt. Daher könnte ich dich nach Lust und Laune die nächsten Jahrhunderte mit Fragen quälen, ohne dass ich Langeweile verspüren würde.«

Eine kleine Pause entstand und ich konnte mir nur allzu bildhaft vorstellen, wie sie erneut dieses vor Arroganz strotzende Lächeln auf ihren Lippen präsentierte, das mich einerseits vor Wut kochen und gleichzeitig vor Furcht erstarren lassen würde, wenn ich es jetzt sehen müsste.

»Und selbst wenn es anders wäre, habe ich erst meine zweite Frage gestellt.« Ihre Stimme wurde mit jedem Wort leiser und gleichzeitig kälter, sodass ich das Gefühl hatte, eine dünne Frostschicht würde über meine nackten Arme kriechen. »Wenn du also nicht auf der Stelle in eine Eisskulptur verwandelt werden willst, die für alle Ewigkeiten in meinem Trophäensaal stehen wird, sollte deine nächste Antwort meinen immer stärker werdenden Groll gegen dich dämpfen.«

Erst jetzt begannen die hellen Lichtpunkte vor meinem geistigen Auge zu verblassen und ich wagte es, meine Lider zu öffnen. Meine Augäpfel brannten und heilsame Tränen linderten mein Leid. Leider konnte ich dadurch mein Gegenüber nur noch verschwommen wahrnehmen. Dennoch erwiderte ich Mabs Blick unumwunden.

»Da ich nun deine volle Aufmerksam habe, will ich von dir wissen, wo sich das Jahreszeitenzepter befindet. Ich weiß sehr wohl, dass ihr deswegen hier seid. Und dass ihr der Meinung seid, die Mischlingsfee würde euch zu ihm führen können.«

Auch wenn ich die Feenkönigin nur unscharf erkennen konnte, hörte ich ihr deutlich an, wie ernst sie ihre Worte meinte. Sie würde keine Sekunde lang zögern, mich auf der Stelle zu töten. Wenn ich ihr nicht die Antwort gab, die sie hören wollte, wäre mein Leben in wenigen Sekunden beendet.

Auch wenn sich alles in mir dagegen sträubte, jemandem derart in den Rücken zu fallen, musste ich jetzt egoistisch denken und handeln. Zudem hielt sich mein schlechtes Gewissen in Grenzen. Immerhin hatte uns die Anführerin der Rebellentruppe bereits als Verräter abgestempelt und unseren Tod in Auftrag gegeben. Unser Glück, dass wir vor dessen Ausführung in Xantasans Fänge geraten waren. *Ob Marron selbst wohl rechtzeitig fliehen konnte?*

Mit geradem Rücken, gestrafften Schultern und erhobenem Kopf nahm ich eine entschlossene Haltung an. Ich wusste nicht, ob Mab ihr Wort halten und mich zu Nox lassen oder ob sie mich, sobald sie ihre Antwort erhalten hatte, töten würde, aber ich wollte ihr nicht den Eindruck vermitteln, dass ich Angst vor ihr hatte, auch wenn das definitiv der Fall war.

»Ich selbst weiß nicht, wo sich das Zepter befindet, aber Marron, die Anführerin der Rebellentruppe, weiß es angeblich. Zumindest wurde mir das so vorgetragen. Ob es jedoch der Wahrheit entspricht, kann ich nicht sagen.«

Mab musterte mich lange, ohne auch nur mit der Wimper zu zucken. Erneut erweckte die Stille und Reglosigkeit aller anwesenden Feen den Eindruck, als wäre die Zeit stehen geblieben. Nur mein immer noch viel zu schnell schlagendes Herz verriet, dass sich die Welt weiterdrehte.

»Schafft sie zum Dämon und sperrt beide in eine Zelle. Achtet darauf, dass keiner von ihnen vorzeitig verhungert oder erfriert. Vergesst nicht, ihre Leben sind aneinander geknüpft. Mit dem Ende des Menschen stirbt auch der Dämon. Und mit *ihm* bin ich noch nicht fertig.«

Mit vor Schreck geweiteten Augen sah ich die Königin sprachlos an. Instinktiv hatte ich gewusst, dass mein Widersehen mit Nox nicht in einem Rosengarten bei Tee und Törtchen stattfinden würde, dennoch hatte meine

Naivität den Gedanken verdrängt, dass man mich ebenfalls ins Verlies werfen würde. Das würde unser weiteres Vorgehen erheblich erschweren. Trotzdem konnte ich das aufgeregte Flattern nicht leugnen, das sich in meinem Bauch bemerkbar machte, als mir klar wurde, dass ich Nox wiedersehen würde. Tja, wie hieß es so schön? Kurz vor dem Tod wurden einem die wahren Prioritäten des Lebens bewusst?

Unter den wachsamen Augen der Königin traten zwei Feenritter an mich heran und packten grob meine Oberarme. Der Schmerz stellte sich augenblicklich ein, aber ich biss die Zähne zusammen und unterdrückte einen Aufschrei. Ich würde die Feenkönigin nicht auch noch mit einem Laut der Qual erfreuen.

Als ich schmerzhaft herumgerissen wurde, verlor ich den Kontakt zum Boden. Wie ein Kleinkind wurde ich von den Rittern hochgehoben und davongetragen. Doch anstatt mich zu wehren, konzentrierte ich mich auf die große Doppelflügeltür, die, wie alles in diesem Palast, aus Eis bestand. Zumindest würde ich so die Feen ignorieren können, die, wie es den Anschein hatte, Spalier standen und voller Schadenfreude und mit hämischen Blicken meinen Abgang verfolgten. Dabei gaben sie sich keine Mühe, ihre beleidigenden Kommentare und spottenden Grimassen zu verbergen.

Meine Wangen glühten und meine Augen brannten. Scham und Wut peitschten sich gegenseitig auf ein bisher ungekanntes Niveau und ich konnte die aufsteigenden Tränen nicht mehr unterdrücken.

Das war auch der Grund, weshalb ich einen Moment zu spät bemerkte, dass sich die Tür zum Thronsaal wie von Geisterhand öffnete und jemand anderes hereingebracht wurde, während man mich hinausbeförderte. Dabei wurde die Person ebenso wie ich von zwei hünenhaften Feenrittern eskortiert.

Auch wenn meine Augen noch nicht sahen, um wen es sich handelte, konnten meine Ohren die bekannte Stimme, die laut schrie, fluchte und immer wieder Verwünschungen ausspie, nicht verleugnen.

»Ich werde euch nichts verraten! Tötet mich, wenn ihr wollt, aber ich werde der Hexe nicht erzählen, wo sich das Zepter befindet!«

Mit jedem Schritt, den Marron und ich uns einander ungewollt näherten, wechselten meine Emotionen und das zuvor verdrängte schlechte Gewissen, die Fee verraten zu haben, kehrte mit voller Wucht zurück und raubte mir den Atem.

Marrons Arme waren auf ihrem Rücken gefesselt und ihre Beine, die von einer dicken Eisschicht zusammengehalten wurden, schlurften geräuschvoll über den Boden. Doch die Fee machte dieses Handicap mit ihrem Oberkörper wett, indem sie sich verbissen zu befreien versuchte. Erfolglos.

Ich rang mit mir, während ich meinen Blick nicht von ihr lösen konnte. Auch wenn sie Nox und mich für Verräter hielt, verstand ich ihre Reaktion. Sie wollte nur ihre Gruppe schützen und in ihren Augen waren wir die Fremden gewesen. Zudem hatte Nox tatsächlich ein höchst ungünstiges Timing bewiesen.

Auf einmal war es mir unglaublich wichtig, dass dieses fremde Wesen, diese fremde Person, die fremde Frau, die Wahrheit über uns erfuhr. Ich wollte, dass Marron mir glaubte und in uns nicht die Verräter sah, für die sie uns hielt.

»Marron! Es tut mir leid. Ehrlich! Aber du musst mir glauben! Wir haben euch nicht verraten! Weder Nox noch ich! Ich schwöre es!«

Auch wenn uns noch einige Schritte trennten, sah ich deutlich den Hass in ihren goldenen Augen. Er loderte so vernichtend, dass ein Schauder durch meinen Körper fuhr, obwohl Marron mich nicht direkt ansah.

Die Anführerin der Rebellentruppe erwiderte nichts auf meine Worte, hielt jedoch für einen Moment in ihrer Raserei inne und wandte sich von mir ab. Dennoch meinte ich so etwas wie Schmerz und Leid in ihrer Mimik zucken gesehen zu haben. Mir wurde das Herz schwer und die unangebrachte Freude, die sich bei dem Gedanken an Nox in mir ausgebreitet hatte, erlosch.

Marron schwieg weiterhin beharrlich, selbst als wir auf einer Höhe waren. Enttäuscht sackte ich in mich zusammen.

»Ich weiß.«

Die Worte waren so leise, dass ich mir nicht sicher war, sie wirklich gehört zu haben. Und da Marron und ich bereits aneinander vorbeigeführt worden waren, musste ich meinen Kopf schmerzhaft über meine Schulter drehen, um ihr nachzublicken. Aber die Fee schaute stur geradeaus. Selbst ihre unnützen Befreiungsversuche hatte sie eingestellt.

Ich sah ihr nach, so lange mein Nacken es zuließ. Doch auch ich musste mich irgendwann wieder nach vorn drehen.

Entsetzt keuchte ich auf. Ich glaubte nicht, was ich da sah.

In einer unbeschreiblichen Seelenruhe, die Hände auf dem Rücken gefaltet und ein weises Lächeln auf den Lippen, schritt Jeenih durch die eisige Doppeltür. Im Gegensatz zu Marron mied er meinen Blick nicht. Er suchte ihn regelrecht.

»Ich habe dich gewarnt, einem übernatürlichen Wesen zu vertrauen.«

ACHTZEHN

Während man mich durch eine Vielzahl von Fluren trug, die alle irgendwie identisch aussahen und meinen Orientierungssinn außer Kraft setzten, konnte ich an nichts anderes denken als an die gerade erlebte Begegnung.

Jeenih hat uns verraten?! Er hat dem Winterprinzen gesagt, wo wir zu finden sind? Aber wieso?

Und genau dieses Wieso quälte mich unentwegt. Mir wollte sich einfach keine Erklärung aufzeigen. Dabei wusste ich genau, es musste etwas mit dem Zepter zu tun haben. Aber was? Warum hatte Jeenih mit seinem Verrat gewartet, bis Nox und ich ins Lager kamen? Um uns die Schuld zu geben? Das ergab keinen Sinn, wenn er jetzt so offensichtlich mit seiner neuen Rolle hausieren ging. Außerdem waren Nox und ich für die Zepter-Sache doch unbedeutend. Nur Marron kannte den genauen Aufenthaltsort.

Schlagartig kam mir ein Gedanke und ich keuchte entsetzt auf. Das Geräusch ging zwischen den lauten Schritten der Winterritter unter und man schenkte mir keine Beachtung.

Marron hat Jeenih nicht verraten, wo sich das Zepter befindet! Sonst hätte er es längst Mab erzählt! Marron hat ihm nicht hundertprozentig vertraut, obwohl er ihr ältester und engster Berater war!

Der Gedanke verstörte mich. Man sollte doch meinen, dass Jeenih in seiner Position bei Marron in solche Dinge eingeweiht wurde. Aber offenbar trauten Feen überhaupt niemandem außer sich selbst. Was ich inzwischen leider mehr als gut nachvollziehen konnte. Dennoch machte mir der Gedanke, keiner anderen Person mehr trauen zu können, das Herz schwer. In einer solchen Welt würde ich nicht leben wollen! *Ich habe Familie und Freunde, denen ich etwas bedeute und die mich nie verraten würden!* Meine Mom, Adam, Harmony, Killian. Und auch Nox zählte ich irrwitzigerweise dazu.

Von meinen Überlegungen abgelenkt hatte ich nicht mitbekommen, dass wir eine lange steinerne Treppe erreicht hatten, die wir nun hinabstiegen. Oder besser gesagt, die Feen stiegen sie hinab. Ich konnte gerade noch mit den Fußspitzen die Kanten ertasten, ehe ich auch schon wieder weitergezogen wurde.

Da ich angenommen hatte, in diesem Schloss würde alles aus Eis bestehen, war ich ziemlich überrascht, die im Kreis angeordneten Stufen zu erblicken. Und noch perplexer war ich, als mit jedem Schritt, den wir tiefer hinabstiegen, eine Geräuschkulisse anschwoll, die mich an wilde, panische Tierschreie erinnerte. In jedem Ton vernahm ich Angst, was meinen Puls dazu veranlasste, seine Schlagfrequenz zu verdoppeln.

Immer lauter schrillten die Geräusche an mein Ohr und ich hätte zu gern meine Hände gehoben, um die Lautstärke etwas zu dämpfen, aber natürlich war das unmöglich und hätte die Ritter sicherlich nur auf die Idee gebracht, dass ich einen Fluchtversuch starten wollte. Dabei war eine Flucht das Letzte, wonach mir der Sinn stand. Immerhin hatte ich alles dafür getan, um zu Nox zu gelangen. Trotzdem wollte ich kein Risiko eingehen und verhielt mich auch weiterhin kooperativ. Entsprechend froh war ich, als die Schreie wieder abebbten. Wir schienen uns von ihnen zu entfernen. Noch immer ging es die Treppe hinunter, als befänden wir uns in einem riesigen kreisrunden Turm. Mehrmals sah ich mich um, entdeckte jedoch weder eine Tür noch einen Durchgang, die zu der Quelle der Geräusche geführt hätten.

Ich wusste nicht, wie viel Zeit wir bereits auf der Treppe verbracht und wie viele Etagen wir hinter uns gelassen hatten. Befand sich der Thronsaal so weit über dem Erdboden oder stiegen wir so tief ins Innere der Erde hinab? Beides waren keine besonders angenehmen Vorstellungen.

Irgendwann, als hätten wir eine unsichtbare Grenze überschritten, spürte ich deutlich, wie mit jeder Stufe, die wir hinabstiegen, auch die Lufttemperatur sank. Mein Atem war bereits durch kleine weiße Wölkchen sichtbar und die feuchte, drückende Kälte legte sich auf jeden freien Zentimeter meiner nackten Haut und kroch mir bis zu den Knochen. Zudem hatte es den Anschein, als würde auch das Licht hier unten dunkler werden.

Meine Zähne begannen zu klappern, meine Haut zog sich schmerzhaft zusammen und ich verlor allmählich das Gefühl in meinen Fingerspitzen. Der Gestank von Schimmel verstärkte sich und ich hegte den Verdacht, dass es nicht lange dauern würde, bis ich mich in einen Eisklotz verwandelte. *Und hier unten ist Nox?* Adam hatte zwar erwähnt, dass er und der Höllendiener eine andere Temperaturwahrnehmung hatten, aber ich konnte mir nicht vorstellen, dass irgendein Wesen diese Minusgrade lange überleben konnte.

Wir erreichten die letzte Stufe und waren nur noch von einem dämmrigen Zwielicht umgeben, das ein paar Schritte weiter in einem pechschwarzen Gang erlosch. Egal, wie sehr ich mich auch konzentrierte und die Augen zusammenkniff, die Versuche, wenigstens Schemen zu erkennen, blieben erfolglos. Wie ein großes schwarzes Loch ragte der Gang vor uns auf. Und die beiden Feenritter hatten offenbar vor, genau diesen Weg einzuschlagen.

Ich schluckte hart und spannte unbewusst all meine Muskeln an, als wir in die undurchdringliche Schwärze eintauchten. Ich erwartete, dass sich die Finsternis wie ein kaltfeuchtes Tuch über uns legen würde, aber dieses Gefühl blieb aus. Dafür schloss ich probeweise die Augen und öffnete sie kurz darauf wieder, nur um festzustellen, dass absolut kein Unterschied bestand. Ich hoffte sehr, dass die Ritter besser sehen konnten, sonst würde mein Gesicht irgendwann Bekanntschaft mit einem Hindernis machen.

Neben dem Blutrauschen in meinen Ohren und meinem hämmernden Puls hörte ich nur die laut hallenden Schritte der Ritter, als ihre Stiefel auf dem anscheinend kahlen Steinboden auftrafen. Aus diesem Grund hätte ich beinahe das metallisch kratzende Geräusch überhört, das seinen Ursprung ein Stück vor uns hatte.

»Was? Nein! Was hat sie hier zu suchen? Bringt sie sofort wieder hoch! Sie hat hier nichts verloren!«

Nox' aufgebrachte Stimme ertönte derart lautstark und überraschend, dass ich ungewollt zusammenzuckte. Ich hatte nicht damit gerechnet, unser Ziel bereits erreicht zu haben. Und woher wusste Nox von meiner Anwesenheit? Trotz seiner Worte war ich unbeschreiblich froh, seine Stimme zu hören.

»Nox? Nox, wo bist du?« Ich hob die Arme und tastete suchend durch die Luft. Am liebsten hätte ich mich aus den Griffen der Ritter befreit und mich in Nox' Arme geworfen. Aber natürlich besaß ich weder die Kraft dazu noch würde ich den Höllendiener in dieser Finsternis finden.

»Kleines! Was machst du hier, zum Teufel?! Hat Mab dich hierhergeschickt? Dieses ...«

Ehe sich ihm die Gelegenheit bot, die Königin zu beleidigen, und er sich damit vermutlich noch mehr Ärger einhandelte, endete meine Reise. Die Feenritter waren stehen geblieben und ich hörte ein lautes Rascheln, das mich an einen Schlüsselbund erinnerte.

»Geh zurück an die hintere Wand, Dämon, oder der Mensch wird bestraft.« Die fremde, kalte Stimme kam von rechts.

»Ich schwöre dir, Rukan, irgendwann komme ich hier raus und dann ...« Nox' lautes, bedrohliches Knurren wurde von schweren Schritten begleitet, die sich von uns entfernten. Ich war erstaunt, dass ich seine Schritte so genau ausmachen konnte.

»Wenn du hier rauskommst, dann nur zu deiner Hinrichtung. Und dann werde ich in der ersten Reihe sitzen und applaudieren.« Diesmal kamen die Worte von links. Auch diese Stimme klang tief und abweisend, gleichzeitig rau und von Schmerz und Hass begleitet.

»Moran, ich wusste doch, dass ich deinen Gestank wiedererkannt habe.« Erneut ließ Nox ein einschüchterndes Knurren erklingen.

Ehe mein Verstand verarbeiten konnte, was hier geschah, lenkte mich ein schrilles Quietschen ab. Kurz darauf löste sich der eiserne Griff von meinen Armen, meine Füße setzten auf dem Boden auf und jemand stieß mich hart in den Rücken, sodass ich nach vorn stolperte. Instinktiv streckte ich meine Arme aus, um den unvermeidbaren Aufprall abzufangen, ich wurde aber, bevor das geschehen konnte, von fremden Händen gepackt. Als ich weiches Leder an meiner Wange fühlte, schlangen sich meine Arme wie von selbst um den Körper vor mir. *Nox! Endlich!* Der Höllendiener erwiderte meine Umarmung grob und schmerzhaft.

»Hier!« Etwas Weiches schlug gegen meinen Rücken und glitt zu Boden. Kurz darauf erklang erneut das laute Quietschen, das, so vermutete ich, von der sich schließenden Zellentür verursacht wurde. Das darauffolgende metallische Klicken bestätigte meine Annahme.

Mit angehaltenem Atem und wild pochendem Herzen lauschte ich auf die sich entfernenden Schritte der Ritter. Erst als ich nichts mehr hörte, wagte ich es, meinen angehaltenen Atem geräuschvoll auszustoßen und mich fester an Nox zu schmiegen.

Leider gönnte mir der Höllendiener nur wenige Sekunden der Wiedersehensfreude. Er löste seine Arme von meinem Rücken und packte meine Schultern. Dabei drückte er mich von sich weg. Ich schaffte es gerade noch, meine Fingernägel in das Leder seiner Jacke zu graben, um nicht den Kontakt zu ihm zu verlieren. Ohne Nox als Orientierungshilfe wäre ich aufgeschmissen. Ich musste mich auch so schon krampfhaft darauf konzentrieren, nicht an die Ratten, Insekten und die anderen Kriechtiere zu denken, die vermutlich hier unten hausten.

»Was machst du hier, Kleines? Weshalb hat man dich hierhergebracht? Du solltest nicht hier unten sein!« Seine tiefe, raue Stimme unterbrach meine Gedanken und ein zarter Windhauch streifte meine Wange.

»Ich musste zu dir!« Ich war selbst überrascht, wie verzweifelt meine Worte klangen. Um zu verbergen, *wie* dringend ich den Höllendiener tatsächlich hatte sehen wollen, fügte ich betont sachlich hinzu: »Ich meine, ich wollte dich unbedingt finden, damit wir uns einen Schlachtplan zurechtlegen können. Wir müssen hier raus und nach Harmony suchen. Und nach Marron. Und ...« Die Ereignisse, die sich oben im Thronsaal abgespielt hatten, prasselten wie ein Hagelschauer auf mich ein. Ich musste Nox schnellstmöglich über alles Geschehene ins Bild setzen. »Jeenih! Er war es! Er hat uns verraten!« Wie eine Maschinengewehrsalve schossen die Worte aus meinem Mund. »Er hat dem Wi...«

Nox drückte seine Hand auf meine Lippen und dämpfte meinen Ausbruch.

Überrascht von seiner Geste und der irritierenden Zärtlichkeit dieser Berührung verstummte ich schlagartig. Dafür übernahm er das Gespräch.

»Ich weiß es, Kleines. Ich habe mit eigenen Augen gesehen, wie die Ratte bei Mab stand, während Marron und ich *befragt* wurden.« So wie Nox seine Aussage betonte, wollte ich lieber nicht deren wahre Bedeutung erfahren. »Und ich weiß auch, dass die Sommerhofprinzessin wieder aufgetaucht ist. Wenn ich es richtig mitbekommen habe, wurde sie von Xan aufgespürt, nachdem wir ihm entkommen waren. Keine Ahnung, wie er von ihrem Aufenthaltsort wissen konnte.«

»O nein!« Ich keuchte entsetzt. »Nox! Ich war es!« Auch wenn ich den Höllendiener nicht sehen konnte, hob ich den Kopf. »Ich habe Xan verraten, wo sich Alyssa aufhält.«

Das schlechte Gewissen machte mich ganz schwindelig. Jetzt hatte ich zwei Feen verraten, obwohl ich mich eben noch darüber beschwert hatte, wie traurig es war, dass sie niemandem vertrauten.

Nox lachte leise und ich verstand nicht, was er an der Situation lustig fand. »Du hast die Prinzessin verpfiffen? Wow, Kleines, du musst wirklich Todessehnsucht haben. Aber zumindest erklärt das, warum alle da oben so schlechte Laune haben.«

»Das ist nicht witzig, Nox! Was passiert mit Adam, wenn Alyssa hier ist?« Unter das schlechte Gewissen mischte sich Sorge um meinen besten Freund. Auch wenn ich froh war, dass er sich nicht in Mabs Fängen befand, gab es dennoch einen kleinen egoistischen Teil in mir, der sich gewünscht hatte, Adam wiederzusehen.

»Keine Ahnung, was mit Goldlöckchen ist. Vermutlich steht er noch immer unter dem Feenbann. Aber mach dir keine Sorgen. Die Prinzessin wird nicht so dämlich gewesen sein, ihre Liebelei mit dem Engelsjungen zu verraten. Sie weiß, dass sie damit ihr eigenes Todesurteil unterschrieben hätte. Ich tippe eher darauf, dass der Harfenquäler irgendwo in der Menschenwelt sitzt und wie ein braver Schoßhund auf die Rückkehr seines Frauchens wartet.«

Sprachlos starrte ich in die Finsternis. Ich war erst wenige Minuten bei Nox und schon bereute ich es, hergekommen zu sein.

»Wie kannst du nur so *kaltherzig* sein? Adam ist mein bester Freund! Und ...«

Erneut presste Nox seine Hand auf meinen Mund und erstickte meine Worte. Diesmal war seine Geste alles andere als zärtlich und das genervte Seufzen war nicht zu überhören. »Schon gut! Es tut mir leid, okay?! Adam geht es gut. Glaub mir. Um ihn müssen wir uns im Moment am wenigsten Sorgen machen.«

Nox' Entschuldigung – die allererste, seit ich ihn kannte, wenn ich mich nicht täuschte – dämpfte meine aufkommende Wut schlagartig. Da ich nicht antworten konnte, nickte ich knapp als Zeichen, dass ich mich beruhigt hatte.

Der Höllendiener wartete einen winzigen Moment, dann ließ er seine Hand wieder sinken und atmete hörbar durch. »Gut. Und jetzt erzähl mir lieber, was du angestellt hast, dass du hier unten gelandet bist. Vielleicht finde ich dann auch eine Erklärung, weshalb man dich in dieselbe Zelle gesteckt hat wie mich. Ich hätte der Eiskönigin zugetraut, dass sie uns absichtlich trennt. Aber das hier ...« Er strich mit einem Finger über meine Wange und hinterließ damit eine brennende Spur auf meiner Haut. Gleichzeitig jagte ein wohliger Schauder durch meinen Körper. »... grenzt an grobe Fahrlässigkeit. Was wiederum bedeutet, dass es einen grausamen Haken geben muss.«

Mir war der unterschwellige Ton in seiner Stimme nicht entgangen. Ein Teil von mir wäre auch allzu gern darauf eingegangen, um für einen kurzen Moment zu vergessen, in welch katastrophaler Lage wir uns befanden, doch ich mahnte mich zur Konzentration und berichtete Nox stattdessen in knappen, aber klaren Sätzen, was im Thronsaal geschehen war. Ebenso erzählte ich ihm von Mabs Befehl, uns am Leben zu halten, weil sie noch etwas mit Nox vorhatte.

»Du hast einen verdammten Deal mit der Königin geschlossen? Bist du wahnsinnig geworden, Kleines?« Nox fluchte ungeniert und machte damit der Hölle alle Ehre. In diesem Augenblick war ich froh, seine Mimik nicht sehen zu können. Die Wut in seiner Stimme reichte mir als Hinweis, wie fuchsteufelswild er war.

»Ich hatte keine Wahl, okay?! Wie sollte ich sonst hierherkommen?« Wie ein bockiges Kind verschränkte ich die Arme vor der Brust. Ich wusste nicht, welche Reaktion ich erwartet hatte, aber irgendwie hatte ich gehofft, Nox würde meine Tat mehr zu schätzen wissen. *Ich dachte, er wäre froh, mich zu sehen.*

Nox seufzte und ließ mich ebenfalls los. Auch wenn ich wusste, dass er immer noch direkt vor mir stand, fühlte ich mich auf einmal verloren und einsam.

»Schon gut.« Ein Seufzen drang über seine Lippen und eine kurze Gesprächspause entstand. Als Nox weitersprach, klang er deutlich ruhiger. Auch seinen anzüglichen Charme hatte er wiederentdeckt. »Du wolltest mich wirklich dringend wiedersehen, nicht wahr, Kleines?!«

Ich wusste selbst nicht wieso, aber diesmal provozierten mich seine Worte nicht, sondern entlockten mir ein amüsiertes Lächeln. »Du bist echt unmöglich!«

Ich spürte, wie sich Nox' große, schwere Hände sanft auf meine Schultern legten. Die Geste beruhigte mich.

»Ich weiß, aber das ist es doch, worauf ihr Frauen so steht.« Ein heiteres Lachen begleitete seine Worte und berührte mich tief in meinem Inneren. Die Erleichterung darüber, dass zwischen uns alles beim Alten und doch irgendwie anders, fremd und neu war, machte mich ganz schwindelig.

Vielleicht können wir wirklich Freunde werden.

Anstatt auf Nox' frivole Andeutung einzugehen, lenkte ich das Gespräch zurück auf wichtigere Dinge. »Hör auf mit dem Quatsch und überleg dir lieber, wie wir hier rauskommen sollen. Offenbar kannst du in dieser Tinte sehen, im Gegensatz zu mir.«

Da Nox' Hände immer noch auf meinen Schultern lagen, erlaubte ich mir, ebenfalls wieder nach ihm zu greifen. Halt suchend vergrub ich meine Finger in dem weichen Leder seiner Jacke. Ich erinnerte mich noch genau, wie sich der Stoff auf meiner Haut angefühlt und sein Duft in meiner Nase gekitzelt hatte.

»Rauskommen?« Nox lachte. Tief und sarkastisch. »Hier kommen wir nicht mehr raus, Kleines. Wir haben verloren.«

Ohne Nox ins Gesicht sehen zu können, war es schwer, seine Worte richtig einzuschätzen. Er hatte schon oft etwas in diese Richtung gesagt und dabei immer gegrinst, was für mich das Zeichen gewesen war, dass es noch einen Ausweg gab. Dieser war selten leicht und ungefährlich gewesen, aber es hatte ihn gegeben.

Ich öffnete den Mund, um zu protestieren, doch Nox schnitt mir das Wort ab, ehe die erste Silbe über meine Lippen kam.

»Nein, Kleines, spar dir die Mühe. Diesmal meine ich es wirklich ernst. Ich kenne Mab. Und ich kenne die Macht des Winterhofs. Alles in diesem Schloss ist durch Wintermagie gesichert. Besonders die Verliese. Und ganz besonders dieses hier. Es hat einen Grund, weshalb es sich so tief unter der Erde befindet. Das ist Mabs kranke Art von Humor. Die Wesen, die hier eingesperrt werden, kommen nicht mehr lebend raus. Dieses Verlies soll den Todgeweihten einen Eindruck davon vermitteln, wie sich die Ewigkeit in der Hölle anfühlt.«

Ich starrte Nox an, obwohl ich ihn nicht sah. Er konnte seine Worte unmöglich ernst meinen.

»Was? Nein! Es muss einen Ausweg geben. Wir können ...« Meine Gedanken überschlugen sich auf der Suche nach einer Lösung. »Wir können doch die Wintermagie nutzen und uns befreien! Ich meine, mit dem Schwert des Prinzen hat es auch geklappt. Wir müssen dazu nur ...«

Nox unterbrach mich erneut, indem er seine Finger auf meinen Mund legte. Langsam begann mich diese Geste zu nerven.

»Vergiss das gleich wieder, Kleines. Ich werde dir nicht noch einmal mein Blut verabreichen.«

»Und wieso nicht?« Meine Stimme drang nur gedämpft zwischen Nox' Fingern hindurch. Ich war auch nicht unbedingt scharf darauf, erneut Dämonenblut in meinen Adern zu wissen, aber ich würde es in Kauf nehmen, wenn sich dadurch eine Chance ergab, uns zu retten.

»Weil das viel zu riskant wäre. Ich sagte doch bereits, dass du schon das erste Mal nicht hättest überleben dürfen. Die Menge übernatürlichen Blutes, die ich dir zugefügt habe, hätte dich töten oder zumindest wahnsinnig werden lassen müssen. Wir hatten einfach Glück. Vermutlich war es eine günstige Kombination, die dir das Leben gerettet hat. Menschliches Blut, Gift der Feuersträucher und der Saft von Winterbeeren, die ich zum Kühlen als Paste angemischt habe.« Nox atmete tief durch und seine Stimme klang deutlich ruhiger und leiser, als er weitersprach. »Verlang nicht von mir, dein Leben noch einmal aufs Spiel zu setzen und diesen Versuch zu wiederholen.«

Mit seinen Fingerknöcheln strich er mir über die Wange. Mein Körper reagierte mit einer Gänsehaut und mir wäre beinahe entgangen, dass Nox dieses Mal nur von *meinem* und nicht von *unserem* Leben gesprochen hatte, das er damit riskierte.

»Es tut mir leid, Kleines. Wirklich. Aber es ist vorbei.«

NEUNZEHN

Die Endgültigkeit in seiner Stimme traf mich wie ein Faustschlag und riss mir den Boden unter den Füßen weg.
Er meint es wirklich ernst.
Entsetzt starrte ich in die Finsternis, ehe mein Verstand in der Lage war, eine Antwort zu produzieren.
»Nein! Das akzeptiere ich nicht!« Als wäre ich von etwas besessen, schwang ich meinen Kopf hin und her. Von links nach rechts und zurück. Immer wieder. »Es muss einen Ausweg geben! Vielleicht kann man …« Abrupt ließ ich meine Arme sinken und kehrte Nox den Rücken. Dabei gelang es mir, mich seinem Griff zu entwinden. Auch wenn ich dadurch die Orientierung verlor, wusste ich, dass sich jetzt irgendwo vor mir die Zellentür befand. Ich musste sie nur finden.
Mit ausgestreckten Armen machte ich einen Schritt nach vorn. Nur weil einer meiner Sinne beeinträchtigt war, bedeutete das nicht, dass ich tatenlos zusehen würde, wie der Tod unweigerlich auf uns zuraste. Solange ich atmete, würde ich kämpfen!
Ich schaffte einen zweiten Schritt, ehe Nox meinen Oberarm packte. Sein Griff war fest, aber nicht grob, seine Hand warm, und es verursachte ein kribbelndes Gefühl auf meiner gefrorenen Haut.
»Lass es, Kleines. Du solltest hier nichts anfassen. Die Zellengitter sind mit Magie geschützt. Denkst du wirklich, ich hätte es nicht längst selbst versucht? Sogar mir fügt die kleinste Berührung Schmerzen zu. Dich würde es auf der Stelle umbringen.«
Nox' ruhige und sanfte Stimme provozierte mich. Ich verstand nicht, wie er unser Schicksal so einfach hinnehmen konnte. Hatte er keinerlei Selbstwertgefühl? Wollte er nicht versuchen sich zu befreien?

In einer ruckartigen Bewegung drehte ich mich zu ihm herum. Meine immer noch angehobenen Arme streiften seine Brust, was in mir einen irrwitzigen Drang erweckte, dem ich gedankenlos nachkam.

Mit geballten Fäusten schlug ich zu.

Einmal.

Zweimal.

Dreimal.

Immer wieder drosch ich auf Nox' Brust ein, während die kochende Wut Kälte und Taubheit aus meinem Körper verdrängte.

»Es darf nicht vorbei sein! Hörst du?! Wir haben es schon so weit geschafft! Wir haben so viel erreicht!« Ungewollte, verhasste Tränen stiegen mir in die Augen, aber ich war viel zu aufgebracht, um sie wegzuwischen. Sollten sie doch fließen. »Es darf jetzt nicht einfach vorbei sein!«

Nox ertrug meine Schläge stumm. Er versuchte gar nicht erst, mich davon abzuhalten. Als wüsste er, dass ich diesen Ausbruch brauchte.

Sein Verständnis – *sein Mitleid* – machte mich noch wütender. Jeder Schlag war härter als der vorige, auch wenn meine Finger bereits schmerzten. Ich kompensierte sein Schweigen mit eigenen Geräuschen und ignorierte das schrille Klingeln in meinen Ohren, als meine Stimme von den leeren Wänden zurückgeworfen wurde. Ich schrie, bis meine Kehle schmerzte. Und schrie weiter.

Ich benahm mich wie eine Verrückte.

Aber es war mir egal.

Ich war wie in einem Rausch.

Gleichzeitig genoss ich das Gefühl unbändiger Freiheit. Viel zu lange hatte ich den Frust, meine Ängste und Sorgen für mich behalten. Jetzt gab es kein Halten mehr.

Als meine Kraft wich, kippte die Situation. Das Adrenalin verschwand aus meinem Körper und hinterließ Kälte und Hoffnungslosigkeit. Meine Schläge waren als solche kaum noch zu werten, dafür zitterten meine Arme und Beine zu sehr. Mit einem letzten Schluchzen landeten meine Fäuste auf Nox' Brust, ehe meine Knie nachgaben.

In der gleichen Sekunde schlang der Höllendiener seine Arme um meinen Körper und fing mich auf. Behutsam zog er mich zu sich heran. Er schwieg, während er mich festhielt und mir sanft über das Haar strich, als würde er ein wildes Tier beruhigen wollen.

Überraschenderweise schämte ich mich nicht für meinen Zusammenbruch. Auch wenn ich niemals gewollt hätte, dass mich jemand in einer derartigen Verfassung erlebte, war ich dennoch froh, dass Nox bei mir war. Und das nicht nur, weil ich sonst allein gewesen wäre.

Ich schmiegte mein tränennasses Gesicht an seine Schulter und schluchzte ungeniert. Jetzt, als mein Verstand langsam wieder zu arbeiten begann, musste ich mir eingestehen, dass Nox recht hatte. Ich war mir sicher, dass er nicht einfach aufgegeben hatte. Wenn es auch nur die geringste Chance gab, hier rauszukommen, hätte er alles dafür getan. Aber er hatte sein – *unser* – Ende akzeptiert.

Es ist vorbei. Wir haben verloren.

Die Wahrheit anzunehmen, egal wie grausam und schrecklich sie auch sein mochte, half mir mich zu beruhigen.

Nach einiger Zeit verlagerte Nox sein Gewicht. Ich wusste nicht, was er vorhatte, aber nur einen kurzen Moment später saß ich auf seinem Schoß. Meine Schulter lehnte an seiner Brust, meine Beine waren ausgestreckt. Ich spürte seinen Arm an meinem unteren Rücken und seinen anderen, als er damit an seiner Jacke hantierte.

Irritiert lehnte ich meinen Oberkörper zur anderen Seite und schaffte Abstand zwischen uns. Für einen Augenblick vergaß ich meine Trauer und die Hoffnungslosigkeit der Situation. »Was machst du da, Nox?« Meine Stimme klang belegt und dünn.

Anstatt einer Antwort erklang ein leises Sirren. Ehe ich meine Frage wiederholen konnte, wanderte Nox' Arm von meinem Rücken hinauf zu meiner Schulter und drückte mich sanft, aber bestimmt zurück an seine nun nackte Brust.

Er hat die Jacke geöffnet, damit ich mich an ihm wärmen kann.

Die Geste verwunderte und irritierte mich zugleich. *Was soll ich davon hal-*

ten? Doch mein Körper wusste genau, was zu tun war. Wie ein Junkie, der den nächsten Schuss herbeisehnte, begaben sich meine Hände auf die Suche nach Wärme, die mein nackter Oberarm bereits spüren durfte. Meine Wange schmiegte sich an Nox' Hals und meine kalten und zitternden Finger tasteten sich über seinen Bauch hin zu seinen Rippen.

Nox zuckte kurz zusammen, als die Eisklötze, die ich »Hände« nannte, sich weiter hinauf bewegten. Doch als ich sie zurückziehen wollte, wisperte er mir ins Ohr: »Nein. Bleib. Es ist okay.« Um seine Worte zu bekräftigen, legte er den zweiten Arm ebenfalls um mich und hielt mich in einer festen Umarmung gefangen.

Anfangs fiel es mir schwer, mich zu entspannen. Trotz der Wärme, die Nox ausstrahlte, fror ich und das Zittern in meinem Körper wollte nicht aufhören. Meine Zähne klapperten, egal, wie fest ich sie zusammenbiss. Doch irgendwann ebbte die Kälte langsam ab. Auf einmal war ich schrecklich müde und meine Lider wurden schwer.

»Hey, Kleines! Jetzt ist nicht der richtige Moment für ein Nickerchen.« Nox strich mit seinen warmen Lippen über meine Schläfe. Wäre mein Körper nicht bereits von einer Gänsehaut überzogen, hätte diese Berührung mir eine verursacht.

Erneut verlagerte Nox sein Gewicht.

Erneut wusste ich nicht, was er vorhatte.

Erst als sich kurz darauf etwas Schweres um meinen Rücken und über meine Beine legte, ich den kratzigen Stoff an meinen Armen spürte und einen bestialischen Gestank registrierte, der mir meine Schleimhäute verätzte, wurde mir bewusst, dass Nox die Decke, mit der die beiden Ritter uns beworfen hatten, zu uns herangezogen hatte. Trotz der Unannehmlichkeiten beschwerte ich mich nicht. Die Decke wärmte und als Nox sie so drapierte, dass sie uns beide wie ein Baldachin überzog und uns eine eigene kleine Welt zauberte, konnte ich mir ein schwaches Lächeln nicht verkneifen.

»Besser?«

Ich spürte sein Wispern direkt an meinem Ohr und nickte mit geschlossenen Augen, meine Wange wieder an seinen Hals gekuschelt. Auch wenn ich es nicht für möglich gehalten hätte, ging es mir tatsächlich besser.

Lange Zeit saßen wir einfach nur stumm beisammen. Es war verrückt, aber je länger ich darüber nachdachte, desto leichter fiel es mir, unser Scheitern zu akzeptieren. Wie die ominöse Stimme in meinem Kopf nach meiner Einwilligung zu den Prüfungen gesagt hatte: Es war ein Spiel gewesen. Wir hatten alles gegeben und doch verloren.

Es ist vorbei.

Jedes Mal, wenn mir diese drei Worte in den Sinn kamen, verspürte ich ein Gefühl von Leichtigkeit, das sich verstärkte, bis es zu einem aufgeregten Kribbeln wurde.

Es ist vorbei und wir haben verloren. Aber wieso sollen wir auf unseren Tod warten? Wieso beenden wir das Spiel nicht zu unseren eigenen Bedingungen?

Kaum war mir der Gedanke gekommen, hätte ich mich am liebsten selbst geohrfeigt. Wie kam ich auf diese dämliche und wahnwitzige Idee? Selbstmord? Wie sollte ich das anstellen? Nox hatte erwähnt, dass ich nur die Zellengitter berühren musste und schon würde ich tot umfallen. Aber was, wenn er sich irrte? Wer wusste schon, in welchem Zustand ich mich anschließend befinden würde. Nein, das war keine Option. Ebenso wenig, wie ich Nox darum bitten wollte, mich umzubringen. Dafür war dieser Moment, den wir beide gerade miteinander hatten, viel zu behaglich. Zudem genoss ich das Prickeln in meinen Gliedmaßen, als allmählich das Gefühl zurückkehrte.

Leise seufzend fuhr ich erneut mit meinen Händen über seinen nackten Oberkörper. Ich wechselte die Position fast minütlich, immer auf der Suche nach einer neuen Wärmequelle, sobald die vorherige ausgekühlt war. Nox zuckte zusammen, gab jedoch keinen Laut von sich. Er ertrug die Qualen tapfer.

»Wieso ist dir eigentlich nicht kalt?«, fragte ich nach einiger Zeit. Es war unfair, dass ich dem Kältetod nur entkam, weil ich mich an ihm wärmen durfte, während er selbst anscheinend keine Probleme damit hatte.

Nox strich mit seinem Finger über meinen nackten Arm. Die Berührung war so zärtlich, dass ich sie zuerst kaum spürte.

»Wer sagt denn, dass mir nicht kalt ist? Immerhin versuche ich gerade einen Eisklumpen an meinem Bauch aufzutauen.« Er hatte seine Lippen dicht an mein Ohr geführt und ich spürte, wie seine Mundwinkel amüsiert zuckten. »Aber keine Angst. Ich bin robust. So schnell bringt mich nichts um.«

Trotz der Ironie, die in seinen Worten mitschwang, musste ich lächeln. »Das beruhigt mich aber sehr.« Meine Kehle schmerzte noch immer von meinem Ausbruch und ich konnte nur leise sprechen. Aber ich ignorierte das Leid und ließ stattdessen meine Hände wieder zu seinen Rippen wandern, wo es besonders warm war. Ich glaubte auch, dass Nox dort kitzelig war.

Der Höllendiener zischte leise, lachte dann aber. »Verdammt, Kleines. Ich hatte mir die Situation, wenn du mich endlich auf diese Art berührst, irgendwie gemütlicher vorgestellt.«

Mir entfloh ein leises, heiseres Lachen. »Du denkst auch wirklich immer nur an Sex, oder? Selbst in einer solchen Situation?« Überraschenderweise amüsierte mich der Gedanke. Etwas, das bei unserem ersten Aufeinandertreffen unmöglich gewesen wäre. »Vermutlich ist das auch der Grund, weshalb du hier im Kerker gelandet bist.«

»Du hast von der Geschichte zwischen Kaleido und mir gehört, hm?« Nox zuckte mit den Schultern. »Aber zu meiner Verteidigung: Damals wusste ich nicht, dass sie zu Xans Harem gehörte. Sie war in der Menschenwelt unterwegs und machte sich an mich ran. Dass sie uns mit diesem Schäferstündchen zum Tode verurteilte, hätte ihr klar sein müssen.«

Ich zuckte ertappt zusammen. Ich hatte meine Worte scherzhaft ausgesprochen und niemals gedacht, damit ins Schwarze zu treffen. »Nein, ich hatte keine Ahnung. Und ehrlich gesagt will ich es gar nicht so genau wissen.« Bei der Vorstellung, dass Nox mit einer anderen Frau zusammen war, zog sich mein Herz schmerzhaft zusammen. Ich hatte immer noch das Bild von dieser rothaarigen Fee vor Augen, mit der er in Marrons Lager geflirtet hatte.

Nox schien mein Unbehagen zu spüren, denn er wechselte die Richtung unseres Gesprächs. »Na ja, es war sowieso nichts Besonderes. Sie hat sich viel zu schnell ablenken lassen. Aber um auf deine erste Frage zu antworten: Wieso sollte ich nicht ständig an Sex denken? Es macht Spaß. Und da du in diesem Punkt nicht mitreden kannst, musst du mir einfach glauben. Oder besser noch: Lass es mich dir beweisen.« Er ließ mir jedoch keine Gelegenheit, auf sein Angebot zu reagieren, und sprach sofort weiter. »Außerdem werden wir bald sterben. Wieso sollte ich meine letzten Stunden nicht mit etwas Schönem verbringen?«

Leise, sinnlich und verführerisch drangen seine Worte an mein Ohr und ließen meine Wangen glühen. Um meine Verlegenheit zu verbergen, antwortete ich möglichst souverän: »Vergiss es, Nox. Ich werde weder hier noch jetzt mit dir schlafen!« Ich wollte meine Arme vor der Brust verschränken, um die Standfestigkeit meiner Aussage zu unterstreichen, aber meine Bewegungsfreiheit war zu sehr eingeschränkt.

»Hmmm.« Nox schnurrte leise. »Wie wäre es dann mit der anderen Zellenseite und in einer halben Stunde?«

»Nox!« Lachend grub ich meine Fingernägel in seine Seiten. »Vergiss es!«

Der Höllendiener knurrte sinnlich. Seine Lippen strichen von meiner Schläfe über meine Wange bis hin zu meinem Mundwinkel. »Bist du dir sicher?«

Sein Angebot war eindeutig.

Ich musste nur zustimmen.

Und ein Teil von mir wollte tatsächlich darauf eingehen, aber ich schaffte es, den Impuls zu verdrängen. Stattdessen sprach ich das aus, was mir auf dem Herzen lag.

»Wegen vorhin ... Es tut mir leid, dass ich so ausgeflippt bin. Ich wollte dich nicht verprügeln.«

Nox hielt kurz in seiner Bewegung inne, ehe seine Lippen die meinen liebkosten. »Du musst dich nicht entschuldigen, Kleines. Ehrlich gesagt hast du länger durchgehalten, als ich erwartet hatte. Außerdem hast du mich nicht verprügelt. Deine Schläge fühlten sich ungefähr so an.«

Zur Demonstration küsste Nox meine Schläfe. Die Berührung war sanft und liebevoll und ich erschauderte. Es war beängstigend, wie intensiv ich auf seine Worte und die Nähe reagierte.

»Trotzdem«, wagte ich einen schwachen Protest und räusperte mich. Mein Kopf war wie leer gefegt und ich wusste nicht, was ich eigentlich sagen wollte. »Es fiel mir nur so schwer zu akzeptieren, dass wir wirklich verloren haben. Ich meine, hier sitzen und auf das Ende warten? Das ist doch grausam!« Leise fügte ich hinzu: »Warum macht es dir so wenig aus?«

Nox seufzte. Offenbar war das eine Frage, die er nicht beantworten wollte. Daher war ich überrascht, dass er es doch tat. »Zum einen habe ich mich bereits vor einiger Zeit mit meinem Tod abgefunden. Um genau zu sein, als du den Prüfungen zugestimmt hast. Seitdem erwarte ich jeden Tag das Ende. Und zum anderen: Ich weiß, dass Mab uns hier unten längst vergessen hat. Für Feen spielt Zeit keine Rolle. Menschliche Jahrzehnte dauern für uns übernatürliche Wesen nicht länger als ein Wimpernschlag. Aber irgendwann wird Mab sich an uns erinnern und uns holen lassen. Doch bis dahin werden wir längst tot sein. Denn die Blume auf deiner Schulter hat nur noch ein Blatt. Ein zweites schwebt bereits im unteren Drittel. Uns bleiben also nur noch ein paar Tage, bis wir in die Hölle kommen. Und wenn ich ehrlich sein soll«, erneut landeten seine Lippen an meiner Schläfe, von wo aus sie zärtlich die Wange entlangfuhren, während er sprach und sein heißer Atem meine Haut liebkoste, »kann ich mir Schlimmeres vorstellen, als meine letzten Tage hier unten mit dir zu verbringen. Allein. An einem Ort, an dem uns niemand hört.«

Seine Worte berührten mich auf eine nie gekannte Art. Auch wenn sie einen eindeutigen Hintergrund hatten, entfachten sie in mir einen ganzen Schwarm betrunkener Schmetterlinge.

»Wieso sagst du das? Wieso tust du das alles?« Meine Stimme war nicht mehr als ein Flüstern. Ich machte mir keine Sorgen, dass Nox mich nicht gehört hatte. Umso ängstlicher sah ich seiner Antwort entgegen.

»Warum sollte ich es nicht sagen, Kleines? Warum sollte ich auf etwas verzichten, wenn mir der Sinn danach steht? Wer sollte mich davon abhalten?«

Ich versteifte mich, biss mir fest auf die Lippen und konnte nicht verhindern, dass meine Fingernägel grob über Nox' Haut fuhren. Seine Worte waren Schmerz und Linderung zugleich. Ein Teil von mir sehnte sich danach, dass er es ernst meinte. Doch ich kannte die Wahrheit. Und sie war schmerzhaft und grausam.

»Du weißt genau, dass ...« Ich verstummte. Ich brachte den Rest des Satzes nicht über die Lippen. Waren die Worte erst einmal ausgesprochen, konnte ich sie nicht mehr zurücknehmen. Nicht mehr abstreiten. Nicht mehr leugnen. Besonders nicht vor mir selbst.

»Was weiß ich genau?« Als leises Raunen drangen die Worte an mein Ohr. Ich schluckte.

Nox spielte ein Spiel, dessen Regeln ich weder kannte noch beherrschte. Trotzdem konnte ich mich dem Sog nicht entziehen und einfach aussteigen. Ich wollte mitspielen. Auch wenn mir bewusst war, dass ich unmöglich gewinnen konnte.

»Du weißt genau, dass ich Gefühle für dich habe, Nox. Ich kann nicht sagen, wann oder wie es passiert ist, aber ich bin dabei, mich in dich zu verlieben.«

Nox antwortete nicht.

Er reagierte überhaupt nicht.

Als hätte ich nichts gesagt, führte er einfach nur unentwegt seine Finger über meinen Arm und seine Lippen über meine Schläfe.

Ich schwieg ebenfalls und konzentrierte mich auf meinen unregelmäßigen Herzschlag.

Erst als ich sicher war, an der drückenden Stille zu ersticken, erlöste Nox mein Leiden.

»War das so schwer, Kleines?« Zu meiner Überraschung klang er weder provozierend noch gemein. Vielmehr hatte ich das Gefühl, als würde er selbst freier atmen können.

Von der Situation überrumpelt antwortete ich gedankenlos und vollkommen ehrlich. »Ja, war es. Ich habe Adam versprochen, dass ich mich nicht in dich verlieben werde. Er hat mich vor dir gewarnt.«

Nox richtete sich auf und spannte seine Muskeln an. Als ich spürte, dass sein Griff fester wurde, rechnete ich jeden Moment mit einem Ausbruch, doch der Höllendiener schwieg und ich traute mich nicht zu fragen, was genau seinen Groll geweckt hatte.

Mit jeder Sekunde, die wir beide schwiegen, wurde die Atmosphäre unangenehmer. Mit meiner Beichte hatte ich die sowieso schon schwierige Situation nur verschlimmert.

Wieso kann ich nicht einfach mal die Klappe halten?

Ich war drauf und dran, die Stille mit weiteren unbedachten Kommentaren zu füllen, als Nox mir zuvorkam.

»Ich habe dich damals nicht nur geheilt, um mich selbst zu retten. Das habe ich nur gesagt, weil ich wütend war. In Wahrheit tat ich es, weil ...« Er atmete tief durch, als müsste er sich für die kommenden Worte wappnen. »Weil ich dich auch irgendwie mag.«

So leise und gepresst, wie ihm die Worte über die Lippen kamen, war ich mir nicht sicher, sie wirklich gehört zu haben. Verblüfft richtete ich mich auf und suchte seinen Blick, der mir verwehrt blieb.

»Du magst mich?« Auch als ich die Worte wiederholte, konnte ich ihren Kern nicht begreifen. Nach all den Geschehnissen, blöden Witzen, anzüglichen Kommentaren und wortreichen Beleidigungen, die wir uns gegenseitig an den Kopf geworfen hatten, hätte ich niemals gedacht, diese Worte jemals aus seinem Mund zu hören.

Nox murmelte etwas, das wie »Hätte ich doch lieber die Klappe gehalten« klang. Doch sein anschließendes Räuspern lenkte mich ab. »Ja, ich habe mich irgendwie an dich gewöhnt. Aber bilde dir nicht zu viel darauf ein. Ich mag auch Katzenbabys. Wobei, vermutlich ist das sogar der Grund, weshalb ich dich leiden kann. Irgendwie erinnerst du mich an die kleinen Fellbälle.«

»Du magst Katzenbabys?« Ungläubig schrillte meine Stimme eine Oktave höher. Ich hatte nie darüber nachgedacht, ob es etwas gab, was Nox mochte. Oder ob er Hobbys hatte. Ob er gern Filme sah oder lieber Bücher las. Welche Musikrichtung er favorisierte. Im Grunde wusste ich nichts über ihn, wie mir jetzt schmerzhaft bewusst wurde.

»Natürlich. Jeder mag Katzenbabys. Sie sind niedlich, halten sich für wilde Raubtiere, können dabei aber kaum geradeaus gehen.« Nox verstummte und seine Brust bebte, als würde er ein Lachen unterdrücken. »Je länger ich darüber nachdenke, desto größer erscheint mir die Ähnlichkeit zwischen dir und den Tieren.«

»Ich ...« Ich wusste nicht, ob ich lachen oder wütend sein sollte. Sein Kompliment erschien mir ziemlich fragwürdig. Dennoch konnte ich nicht leugnen, dass es mein Herz erwärmte und die betrunkenen Schmetterlinge Samba tanzen ließ. *Er findet mich niedlich?*

Nox gab mir keine Gelegenheit, meinen Satz zu beenden. »Du hältst jetzt die Klappe und kommst zurück, damit ich dich weiter aufwärmen kann. Weißt du etwa nicht, wie schnell Katzenbabys erfrieren?«

Ohne meine Antwort abzuwarten, zog er mich wieder an seine Brust und ich wehrte mich nicht dagegen. Auch wenn mir inzwischen nicht mehr kalt war, kuschelte ich mich dennoch brav an seinen Körper.

In dieser Position und mit den wieder aufgenommenen Streicheleinheiten ließ ich meinen Gedanken freien Lauf.

Nox mag mich? Deshalb hat er mich gerettet? Wollte er deswegen, dass ich zu meinen Gefühlen stehe? Weil er ...

Mein Puls beschleunigte sich, als mir die vielen kleinen Details in den Sinn kamen, die im Licht seiner Beichte so anders wirkten. Er war zwar noch immer ein Macho und zeitweise ziemlich arrogant, aber er war nicht das kaltherzige Monster, für das ich ihn immer gehalten hatte.

Wir schwiegen, während Nox' zärtliche Berührungen mich derart entspannten, dass sich die Müdigkeit wie eine weitere Decke um mich legte. Da es sowieso kein Unterschied war, ob ich die Augen offen hielt oder nicht, gab ich der Schwerkraft nach und schloss meine Lider.

»Hat Adam dir auch einen Grund genannt, weshalb du dich auf keinen Fall in mich verlieben darfst?« Nox klang überraschenderweise nicht wütend, sondern verletzt.

Seine Frage traf mich unvorbereitet. Ich hatte nicht gedacht, dass er dieses Thema erneut aufgreifen würde, und wusste nicht, was ich antworten sollte. Wenn ich Nox erzählte, was Adam mir gesagt hatte, würde ich meinen besten Freund verraten. Aber war es überhaupt ein Geheimnis? Die Auswirkungen von unerwiderter Liebe zu einem übernatürlichen Wesen mussten Nox selbst bewusst sein. Trotzdem sorgte ich mich darum, dass ich mit der Wahrheit die Beziehung zwischen den beiden für immer zerstörte.

Welche Beziehung? Die beiden werden sich erst in der Hölle wiedersehen. Und dort haben sie sicherlich andere Probleme als ihre schwierige Vergangenheit.

Ich schluckte den Kloß in meinem Hals hinunter. »Ja, hat er.« Mein Puls beschleunigte sich weiter, als mir klar wurde, dass ich seine Frage tatsächlich beantworten würde. »Adam sagte, dass du nur mit mir spielst. Dass ich nichts als eine Herausforderung für dich bin und du meine Gefühle niemals erwidern wirst.« Ich stockte. Die nächsten Worte auszusprechen fiel mir besonders schwer. Aber sie waren auch die gravierendsten. »Und dass ich an dem Liebeskummer zugrunde gehen werde.«

Nox antwortete nicht und sein Schweigen war schlimmer als jeder Ausbruch, den ich zuvor von ihm erlebt hatte.

Ich wagte kaum zu atmen aus Angst, seine Erwiderung zu verpassen. Am liebsten hätte ich sogar meinen Herzschlag zum Stillstand gebracht, nur um sämtliche unerwünschten Geräusche zu ersticken.

»Mehr nicht?« Nox' polternde Stimme kam so überraschend, dass ich zusammenzuckte. »Er hat dir nichts von Emilia erzählt?«

Emilia? Meine Gehirnzellen machten Überstunden bei dem Versuch, meine Erinnerungen an diesen Namen zu durchforsten. Aber da war nichts. Ich hatte ihn noch nie zuvor gehört.

Ich antwortete mit einem Kopfschütteln, fügte jedoch ein heiseres, tonloses »Nein« hinzu, weil ich mir nicht sicher war, ob Nox meine nonverbale Reaktion mitbekommen hatte.

Er gab einen Grunzlaut von sich. »Wundert mich eigentlich nicht. Wahrscheinlich hat er ihren Namen aus seinem Gedächtnis gestrichen. Ebenso wie meinen.« Verbitterung und Schmerz schwangen in jeder gesprochenen Silbe mit.

Ich wollte etwas Tröstendes sagen, hatte aber keine Ahnung, was. Ich wusste nicht, wer diese Emilia war und was zwischen den dreien geschehen war, doch es musste etwas Schlimmes gewesen sein, wenn bereits ihr Name einen solchen Kummer bei den beiden Männern auslöste.

Gebannt wartete ich auf eine Erklärung, irgendeinen Hinweis, aber Nox hatte nicht vor weiterzureden. Wie eine zu Stein erstarrte Statue blieb er reglos und stumm. Nur sein ruhiger Atem und das kräftige Pochen seines Herzschlags verrieten, dass er überhaupt noch am Leben war.

Ich nahm all meinen Mut zusammen. Ich musste wissen, wer diese Frau war. Offenbar hatte sie etwas mit dem Versprechen zu tun, das ich Adam hatte geben müssen und das ich schließlich doch gebrochen hatte. Sie musste der Schlüssel zu dem großen Fragezeichen sein, das sich um Adams und Nox' Vergangenheit drehte.

In dem Wissen, damit ein weiteres Versprechen Adam gegenüber zu brechen, fragte ich: »Nox? Wer ist Emilia?«

ZWANZIG

Der Höllendiener versteifte sich erneut. Er hatte seine Liebkosungen eingestellt, nahm seine Hand jedoch nicht von meinem Arm.

Ich wartete auf eine Antwort, aber Nox blieb stumm.

»Nox!« Ich richtete mich auf. »Wer ist Emilia?« Diesmal kam meine Frage fordernder. Der Höllendiener konnte nicht ernsthaft von mir verlangen, dass ich sein Schweigen so einfach akzeptierte. *Nicht bei diesem Thema.*

Nach einer gefühlten Ewigkeit antwortete er endlich, auch wenn seine Worte mehr ein Knurren als eine wirkliche Aussage waren. »Es wird einen Grund geben, weshalb Goldlöckchen dir nichts von ihr erzählt hat.«

Was? Wollte er mir jetzt wirklich mit der Moralkeule kommen? Ich schüttelte fassungslos den Kopf.

»Natürlich hat es einen Grund. Aber das ist mir egal. Ich habe bereits zwei Versprechen Adam gegenüber gebrochen. Er hat mich wegen Alyssa belogen. Wie du siehst, gelten in unserer Freundschaft andere Regeln. Also?« Abwartend verschränkte ich die Arme vor der Brust und hob zudem eine Augenbraue, um meine Unnachgiebigkeit zu unterstreichen.

Zu meiner Überraschung lachte Nox amüsiert. »Du hast zwei Versprechen gebrochen? Verdammt, Kleines! Wer bist du? Eine von Luzifers Frauen? Nein, halt, warte. Die kenne ich alle.«

Auch wenn mich seine Worte aus dem Konzept brachten, ging ich auf das Ablenkungsmanöver nicht ein. »Haha, witzig. Aber weißt du was? Du musst es mir gar nicht sagen. Wenn ich alle Puzzleteile, die ich Adam entlocken konnte, zusammensetze, kann ich mir denken, welche Rolle sie in eurer Vergangenheit gespielt hat.«

»Ach ja?« Nox klang ehrlich überrascht. »Und welche sollte das deiner Meinung nach sein?«

»Adam hat mir gesagt, dass er dich so hasst, weil du ihn verraten hast. Und *sie* ihn ebenfalls. Nur wusste ich bisher nicht, wer *sie* ist. Vermutlich war Adam in Emilia verliebt. Vielleicht waren die beiden sogar ein Paar. Und du ...« Ich verstummte. Die Worte waren mir unbedacht über die Lippen gekommen, mir wurde aber jetzt erst klar, was ich Nox da unterstellte. *Hat er Adam wirklich die Freundin ausgespannt? Ist er zu so etwas in der Lage?* Noch vor wenigen Tagen hätte ich diese Frage ohne nachzudenken bejaht, aber inzwischen war ich mir dessen nicht mehr sicher.

Obwohl ich nicht weitergesprochen hatte, wusste Nox, was ich hatte sagen wollen. »Du denkst, ich habe Goldlöckchen die Freundin geklaut?« Er verfiel in ein tiefes, herzliches Lachen, das mich einerseits erleichterte, gleichzeitig aber beschämte. »Ich will gar nicht wissen, was du mir noch alles zutraust, Kleines. Aber du hast soeben meinen Verdacht bestätigt. Du stehst wirklich auf die bösen Jungs.«

Sein Nachsatz war nur ein sinnliches Schnurren, was zum wiederholten Male meine Wangen heiß auflodern ließ. Um meine Gedanken wieder auf Kurs zu bringen und meinen beschleunigten Puls zu beruhigen, atmete ich tief durch. Ich würde mich nicht von diesem Thema abbringen lassen.

»Wenn ich so falsch liege, dann klär mich doch auf, Nox.«

»Wieso sollte ich? Du hältst mich ja jetzt schon für den schlimmsten Typen, dem du jemals begegnet bist.«

Ich schnaubte und verdrehte die Augen. »Du bist ein Dämon! Natürlich bist du der schlimmste Typ, dem ich jemals begegnet bin.«

Blitzartig beugte Nox sich vor und packte meine Oberarme. Die Berührung war elektrisierend. »Und was ist, wenn nicht alle Dämonen böse und nicht alle Engel gut sind? Würde das deine kleine, heile Welt verkraften?«

Mit wild pochendem Herzen starrte ich in die Dunkelheit. Dabei wurde ich das Gefühl nicht los, direkt in Nox' Augen zu blicken.

»Ich habe keine Angst vor der Wahrheit.« Das stimmte nur zum Teil, wie meine zitternde Stimme verriet. Mit einem Räuspern fuhr ich fort. »Vielleicht schaffst du es sogar, mich davon zu überzeugen, dass du im Grunde ein handzahmer Dämon bist, den man nur missversteht.« Als mir bewusst wurde, welchen albernen, klischeehaften Spruch ich gerade laut ausgesprochen hatte, entfloh mir ein leises Kichern.

Nox ging nicht auf meine Neckerei ein. »Und was ist, wenn dir die Wahrheit zeigt, dass ich viel grausamer bin, als du bisher vermutet hast, und du dein kleines, leicht zerbrechliches Herz an einen blutrünstigen und kaltherzigen Mörder verschenkt hast?«

Ich schluckte, während eine nie gekannte, unangenehme Gänsehaut meinen Körper überzog. Meine Augen weiteten sich, auch wenn ich in nichts als undurchdringliche Schwärze blickte.

»Ich habe keine Angst.« Das Zittern in meiner Stimme wurde stärker und die Silben kamen nur abgehackt hervor. Dennoch meinte ich meine Worte ehrlich. Ich wusste, Nox wollte mir nur Angst machen. Er war kein Mörder. Niemals!

»Schön. Wie du meinst. Aber sag hinterher nicht, ich hätte dich nicht gewarnt.« Nox atmete tief durch, ehe er meine Arme losließ und sich wieder zurücklehnte. Der Abstand zwischen uns kam mir auf einmal gigantisch vor, auch wenn ich immer noch auf seinem Schoß saß. »Und ich erzähle es dir auch nur, weil wir sowieso bald tot sein werden und dies meine letzte Möglichkeit ist, Adam noch eins reinzuwürgen.« Nox seufzte leise. »Bevor ich dir aber sage, wer Emilia war, muss ich etwas weiter ausholen, damit du das Ganze verstehst.« Erneut hielt er kurz inne, ehe er mit ruhiger Stimme fortfuhr. Dabei entging mir nicht, dass er von Emilia in der Vergangenheitsform sprach. »Es gab eine Zeit, vor einigen Jahrhunderten, da haben Goldlöckchen und ich auf derselben Seite gekämpft.« Mein Unverständnis musste mir ins Gesicht geschrieben stehen, denn Nox lachte leise. »Ja, Kleines, ich war nicht immer ein Kopfgeldjäger aus der Hölle. Ebenso wie Adam wurde ich als Engel erschaffen.«

Mein Herz blieb stehen, mir fehlte die Luft zum Atmen und ich hatte das Gefühl, als würde ich auf der Stelle in Ohnmacht fallen. Wenn ich nicht gewusst hätte, dass es Nox unmöglich war zu lügen, hätte ich ihm kein Wort geglaubt.

»Du bist ein Engel?« Die Worte laut auszusprechen fühlte sich falsch an. *Das kann nicht sein! Das ist unmöglich!*

Erneut lachte Nox. Diesmal leise und verlegen. »Ja. Ich hoffe, du bist jetzt nicht allzu sehr enttäuscht.«

»Aber wie kann das sein?« Mein Kopf war ein Vakuum und kein einziger Gedanke schaffte es, in der Leere zu existieren. »Ich meine, alle nennen dich Dämon! Harmony, Alyssa, der Winterprinz! Das sind Feen! Die können nicht lügen! Oder?!« Meine Stimme wurde jetzt lauter und schriller. Meine Knie begannen zu zittern und ich war froh, dass ich saß. Das Beben breitete sich über meinen gesamten Körper aus und übernahm die Kontrolle. Mein Herzschlag hatte seinen Dienst wieder aufgenommen und das Tempo schlagartig verdreifacht. Schweiß bildete sich in meinem Nacken und rann mir über die Haut. Meine feuchtkalten Handflächen juckten. Ich stand kurz vor einer Panikattacke.

Ist das alles gar nicht wahr? Wurde ich die ganze Zeit nur belogen? Auch von Adam? Mein Magen begann zu rebellieren und ich wollte mich am liebsten übergeben.

»Hey, Kleines! Beruhige dich! Ich erkläre dir alles, aber komm erst mal wieder runter!« Erneut hatte Nox nach meinen Armen gegriffen. Er versuchte mich an seine Brust zu ziehen, aber ich wehrte mich. Seine Nähe war im Augenblick das Letzte, wonach mir der Sinn stand.

»Was hat das zu bedeuten, Nox?« Ich biss die Zähne zusammen. Das Gefühl von Verrat haftete wie eine zweite Haut an mir.

Nox ließ mich nicht los, bemühte sich jedoch um eine rasche Antwort. »Es stimmt. Ich bin ein Dämon. Aber das ist nur ein Jobtitel. Dieser hat jedoch nichts mit meinem Wesen zu tun. Durch meine Adern fließt himmlisches Blut. Wie bei Adam. Was im Übrigen auch der einzige Grund ist, weshalb ich das Risiko eingegangen bin, dich zu heilen. Wäre ich ein *gebürtiger* Dämon, wärst du auf der Stelle gestorben.«

»Aber ...« Ich wusste noch immer nicht, was ich von dieser Offenbarung halten sollte. Das Ganze war so surreal und falsch. Dennoch keimte in der Brachlandschaft meines Verstandes ein Gedanke auf, der mir wichtig erschien, doch Nox' nächste Worte nahmen mir die Konzentration und der Gedanke platzte wie eine Seifenblase, ehe ich ihn richtig wahrgenommen hatte.

»Lass mich ausreden, Kleines. Vielleicht wird es dann leichter für dich, das alles zu verstehen.«

Nox strich mit seinen Daumen beruhigend über meine nackte Haut. Die Geste war liebevoll gemeint, trotzdem zuckte ich zurück. Es war eher ein Reflex als böse Absicht. Meine Schutzmauer, die Nox im Laufe unserer gemeinsamen Reise unbemerkt eingerissen haben musste, war wieder da. Stärker und unbeugsamer denn je.

Der Höllendiener seufzte leise, ließ seine Arme sinken und lehnte sich zurück. Offenbar hatte er eingesehen, dass seine Mühe fehl am Platz war. »Wie gesagt, ich wurde genauso wie Adam als Harfenquäler geboren. Dasselbe gilt für Emilia.«

Ich nickte stumm. Diese Emilia war mir inzwischen egal. Nox' Worte hatten mich dermaßen aus dem Konzept gebracht, dass ich mich gerade auf nichts anderes konzentrieren konnte oder wollte.

Anfangs dachte ich, dass Nox kein Dämon ist. Aber die anderen haben mich verunsichert.

Anscheinend war mein Bauchgefühl doch nicht verkehrt gewesen, auch wenn ich niemals in Erwägung gezogen hätte, dass Nox ein Engel war.

»Du musst wissen, Emilia war etwas Besonderes. Schon immer. Ihr ständiger Optimismus konnte einem zwar gehörig auf den Sack gehen, aber man konnte ihr trotzdem nicht sauer sein. Und sie sah immer das Gute in einer Person. Egal, wie abgrundtief schlecht eine Seele war, sie fand einen Funken Licht und klammerte sich daran fest.«

»Du hast sie geliebt«, unterbrach ich Nox' Erzählung. Dabei formulierte ich es nicht als Frage. So wie er über sie sprach, wie er ihren Namen betonte – wie eine schmerzhafte Liebkosung –, war das mehr als offensichtlich.

»Ja.« Der Schmerz in Nox' Stimme war nicht zu überhören. »Aber nicht auf die Art, die du meinst. Ich liebte sie auf die gleiche Weise, wie du für Adam empfindest. Wie ich früher für ihn empfand. Emilia war wie eine kleine Schwester für mich. Ebenso wie Adam mein Bruder war.«

So albern es auch sein mochte, versetzten mir Nox' Worte einen eifersüchtigen Stich. Bisher hatte ich nie darüber nachgedacht, dass es in Adams Vergangenheit jemanden gegeben hatte, der ihm ebenso viel bedeutete wie er mir. Gleichzeitig erfüllte mich der Gedanke mit Wärme und einer Portion Wehmut. Ich konnte und wollte mir nicht vorstellen, wie man einen solchen Verlust verkraften sollte.

Wenn ich jemals Adam ...

Ich brach den Gedanken ab, ehe er sich zu Ende formen konnte. Meine Brust fühlte sich auch so schon viel zu eng an. Der Kloß in meinem Hals machte es nicht gerade leichter.

»Was ist passiert?« Inzwischen war es keine schiere Neugier mehr, die mich diese Frage stellen ließ. Jetzt wollte ich nur verstehen, was die einstige brüderliche Verbindung der beiden getrennt hatte, wenn es keine verkorkste Dreiecksgeschichte gewesen war.

Als Nox antwortete, klang er ruhig und sachlich, aber ich nahm ihm die Show nicht ab. Ich war mir sicher, dass seine Augen den Schmerz ausdrückten, den er vor mir zu verbergen versuchte.

»Das ist schnell erklärt. Es geschah vor knapp dreihundert Jahren. Damals waren wir alle auf der Erde stationiert, jeder mit einem eigenen Schützling. Meiner lebte in Griechenland, Adams und Emilias hier in den Staaten. Wir waren zwar alle beschäftigt, fanden aber trotzdem immer wieder Zeit, uns zu sehen. Vor allem mit meiner früheren Fähigkeit war das kein Problem. Ich musste nur an einen Ort denken und schon war ich dort.« Wehmut schlich sich in Nox' Stimme. Doch er hatte sich schnell wieder gefangen. »Leider wurde Kostas, mein Schützling, mit der Zeit immer anstrengender und bedurfte meiner ungeteilten Aufmerksamkeit. Es vergingen ungefähr zehn Jahre, schätze ich, bis ich wieder Zeit hatte, meine Freunde zu sehen.« Mein überraschtes Aufkeuchen entlockte Nox ein leises Lachen. »Hey, Kleines, zehn Jahre sind für uns nicht mehr als ein paar Herzschläge. Wenn du über zweitausend Jahre alt bist, verliert die Zeit unweigerlich an Bedeutung.« Der Höllendiener ließ mir einen Moment, das Gesagte zu verdauen, ehe er weitersprach. »Aber in diesem Fall hat die Zeit gereicht, um zum Feind zu werden.

Denn als ich wieder in die Staaten kam, um Adam und Emilia zu besuchen, erfuhr ich, dass sie sich in ihren Schützling verliebt und ...«

»... ihren Status für ihn aufgegeben hatte«, beendete ich Nox' Satz mit brüchiger Stimme. Aus welchem Grund auch immer, war ich mir sicher, dass es so gewesen sein musste.

»Ja«, bestätigte er knapp. »Richard war damals fünfundzwanzig und trieb sich mit zwielichtigen Leuten rum. Emilia wusste, dass man sie abziehen würde, wenn er seiner dunklen Seite nachgab. Und das wollte sie auf jeden Fall verhindern. Ich konfrontierte Adam damit. Er war in ihrer Nähe gewesen und hätte zumindest versuchen müssen, sie davon abzuhalten. Aber er plädierte auf Emilias freien Willen und dass es ihm nicht zustand, sich einzumischen. Dabei wussten wir beide, dass Richard auf dem besten Wege war, einen Freifahrtschein in die Hölle zu lösen.« Auf meinen irritierten Blick hin erklärte Nox, was es damit auf sich hatte. »Richard hatte die Veranlagung seines Vaters geerbt, der ein bekannter Mörder und Vergewaltiger gewesen war.«

Ich schluckte hörbar. Die Geschichte nahm eine ungeahnte Richtung an. Hätte man mich jetzt gefragt, auf wessen Seite ich stand, wäre meine Antwort ausgeblieben. Ich verstand beide Männer und konnte ihre Reaktionen nachvollziehen. Gleichzeitig fragte ich mich, wie ich in Emilias Situation gehandelt hätte. Zwar war ich selbst noch nie richtig verliebt gewesen, aber ich wusste, dass ich alles für Adam tun würde. Sogar meine Unsterblichkeit aufgeben, wenn ich ihn damit retten könnte. Für meinen besten Freund wäre mir kein Opfer zu groß.

Nox nahm den Faden wieder auf. »Leider hatte Emilia mit ihrer Tat genau den gegenteiligen Effekt erreicht. Nachdem sie als Mensch auf die Erde gekommen war und Richard die Wahrheit über ihre Vergangenheit erzählt hatte, flippte er aus. Er war der Meinung, dass sie zuvor etwas Besonderes an sich gehabt hatte, das seine inneren Dämonen in Schach gehalten hatte. Doch nun war sie nur noch eine einfache Frau. In seinen Augen nicht mehr wert als Dreck. Und das ließ er sie jeden Tag spüren.«

»Woher weißt du das alles?« Die Worte waren mir entflohen, ehe ich sie zurückhalten konnte. Aber ich war so in der Geschichte und Nox' Erzählung gefangen, dass ich die Kontrolle über mein Mundwerk verloren hatte.

»Ich sagte ja, dass ich für einen kurzen Besuch in die Staaten gekommen war. Als ich erfuhr, was Emilia getan hatte, und Adam nach unserem Streit nicht mehr mit mir reden wollte, musste ich mir selbst ein Bild machen, was aus meiner kleinen Schwester geworden war. Ich begann also, Emilia und ihren Mann zu beobachten.«

Mein Körper reagierte mit einem unangenehmen Schauder, den ich mit einem stummen Nicken überspielte. »O-o-okay. Und was ist dann passiert?«

Nox knurrte leise. Hass und Wut waren in jedem seiner Worte zu hören. »Richard war ein angesehener Geschäftsmann, deshalb durfte niemand davon erfahren, was sich bei ihm zu Hause ereignete. Er schlug Emilia also nur an Stellen, die sie mit ihren Kleidern verbergen konnte. Er lud ausschließlich *Geschäftspartner* ein, die Stillschweigen darüber bewahrten, dass er den Körper seiner Frau mit ihnen teilte und dafür nicht mehr als eine Flasche billigen Scotch oder Zigarren verlangte. Und wenn doch jemand unangenehme Fragen stellte, erlebte diese Person selten den nächsten Morgen.«

»O mein Gott!« Mein entsetzter Ausruf wurde von den Steinwänden zurückgeworfen und hallte unangenehm in der Stille wider. Heiße, brennende Tränen rannen mir über die Wangen.

»Nein, Kleines, Gott hat das nicht interessiert. Er argumentierte ebenso wie Adam stets mit dem freien Willen.«

Entsetzt schüttelte ich den Kopf. Das durfte nicht wahr sein. Natürlich hatte ich mich als Kind oft gefragt, warum es so viele schreckliche Dinge auf der Welt gab und weshalb Gott nichts dagegen tat, doch mit zunehmendem Alter hatte ich den Glauben an diese Figur verloren – ebenso wie an Santa Claus.

»Als ich bei meinem ehemaligen Boss auf taube Ohren stieß, versuchte ich es erneut bei Adam. Ich wollte ihn an meiner Seite haben, wenn ich Emilia da rausholte. Aber er weigerte sich. Stattdessen hielt er mir vor, dass wir uns nicht einmischen durften. Die Konsequenz wäre ein Rauswurf und ein Leben als Mensch gewesen. Etwas, das Adam niemals gewollt hatte, wie er oft genug betonte.« Nox lachte leise. »Irgendwie ironisch, dass er nun genau dieses Schicksal fristen muss und auch noch selbst daran schuld ist.«

Ich erwiderte nichts auf seine Worte. Nox mochte das vielleicht witzig finden, aber ich wusste, dass Adam dieses Schicksal nur mir zu verdanken hatte.

Als spürte der Höllendiener meine Schuldgefühle, strich er mir sanft über den Arm. Ich hatte nicht mit einer erneuten Berührung gerechnet und zuckte erschrocken zusammen.

»Dich trifft keine Schuld, Kleines. Er hat es sich selbst ausgesucht. Er hätte dir nicht von den Prüfungen erzählen müssen. Schließlich wusste er, was passieren würde, solltest du dich darauf einlassen.«

Anstatt Trost zu spenden, machten mir Nox' Worte bewusst, dass *er* geschwiegen und mir damit die Chance auf ein Weiterleben verwehrt hätte. Trotzdem war ich nicht wütend. *Er hat mir seitdem zweimal das Leben gerettet! Und er hat zugegeben, dass er mich mag.* Dieser Gedanke verursachte mir immer noch ein aufgeregtes Kribbeln in der Magengegend. *Ich habe kein Recht darauf, wütend zu sein, weil ich ihm zu Beginn nichts bedeutet habe.*

Nach einer Weile hörte ich Nox seufzen. »Ich wusste, dass Adam recht hatte. Wenn ich mich einmischte, würde man mich rauswerfen und ich würde meinen Bruder nie wiedersehen. Und da ich Emilia bereits verloren hatte, wollte ich das Risiko nicht eingehen. Widerwillig akzeptierte ich, dass mir die Hände gebunden waren. Als ich nach Griechenland zurückkehrte, um mich um Kostas zu kümmern, war ich mit meinen Gedanken immer wieder bei Emilia. Ich vernachlässigte meinen Job, Kostas geriet auf die schiefe Bahn und ich wurde zurückgerufen.«

Die seinen Worten folgende Pause war so lang, dass ich mir nicht sicher war, ob Nox weitererzählen würde. Doch irgendwann erklang seine Stimme erneut. Leise und voller Schmerz.

»Ich beobachtete Emilia Tag und Nacht. Es war die reinste Qual, aber ich konnte nicht anders. Bei jedem Schlag, den sie einstecken musste, starb ein Stück von mir. Während jeder Vergewaltigung schwor ich auf Rache in dem Wissen, dass es niemals dazu kommen würde. Das Ganze ging über vier Jahre, ehe Emilia endlich einsah, dass Richard sich nicht ändern würde. Er hatte seinen Weg gewählt und seinen Namen auf Luzifers Liste geschrieben. Als Emilia beschloss, den Bastard zu verlassen, war es jedoch zu spät. In der Nacht, in der sie weglief, wurde sie von Richards Freunden gefunden. Sie brachten Emilia zu ihm zurück, doch er wollte sie nicht mehr. Er hatte genug von ihr, sagte er. Sie solle sich dorthin scheren, wo sie hingehöre. Also brachte Richard sie in eine abgelegene Gasse, wo er und seine Kumpels sich ein letztes Mal an ihr vergingen. Anschließend erdrosselte er sie, während ich tatenlos danebenstand und zusehen musste, wie sie ihren letzten Atemzug tat – Adams Warnung ständig in meinem Kopf.« Nox schluckte hörbar. »Richard ließ sie wie weggeworfenen Müll in der Gasse liegen.« Ich spürte regelrecht den Schmerz, der Nox in diesem Moment quälte. »Danach ging er mit seinen Freunden in ein Freudenhaus, um sich ein Alibi zu kaufen.«

Ich legte meine Hand auf seine. Mir fehlten die Worte, um ihn zu trösten, aber er sollte wissen, dass ich für ihn da war. Auch wenn ich vermutlich nicht einmal im Ansatz begreifen konnte, welch tiefe Wunden ihm dieser Anblick beschert hatte.

Als Nox weitersprach, klang seine Stimme fremd. Leblos. »In dieser Nacht habe ich zum ersten Mal gegen eines der Zehn Gebote verstoßen.«

»Du hast ihn umgebracht.«

»Ich wollte ihn langsam und qualvoll erwürgen. Ihm in die Augen sehen, wenn er seinen letzten Atemzug tat, ebenso wie er es mit ihr getan hatte. Als ich ihm jedoch ins Bordell folgte und ihn dort mit dieser rothaarigen Prostituierten sah, die er sich für die ganze Nacht gekauft hatte, knallte mir die letzte Sicherung durch, die mich die ganze Zeit über zurückgehalten hatte. Ich brach ihm das Genick. Ein viel zu schneller und barmherziger Tod für diesen Haufen Dreck. Bis heute habe ich es nicht eine Sekunde lang bereut. Manchmal höre ich noch den Schrei der Nutte, als ich einfach ging und Richards Leiche auf ihr zurückließ wie einen Haufen Müll, der er zu Lebzeiten gewesen war.«

EINUNDZWANZIG

Die Stille, die Nox' letzte Worte hatten entstehen lassen, war so erdrückend, dass ich kaum Luft bekam. In dem Versuch, meine Lungen mit Sauerstoff zu füllen, zog ich die Decke von meinem und damit auch von seinem Kopf. Die kalte Luft kühlte meine glühenden Wangen, reizte aber meine Schleimhäute, als ich gierig einatmete.

Mein Herz wummerte und ich wusste nicht, was ich sagen oder auch nur denken sollte. Ich empfand Mitgefühl, Schmerz, Trauer, Hass und Wut. Alles gleichzeitig. Aber auch Wärme, Stolz und etwas, das sich sehr nach der Art von Liebe anfühlte, die ich für Adam empfand.

Das Gefühlschaos in meinem Inneren ließ meine Tränen fließen und ich versuchte gar nicht erst, die sichtbaren Spuren meiner Emotionen zu verbergen. Das Zittern in meinem Körper und das immer wieder deutlich hörbare Schluchzen hätten mich sowieso verraten.

»Ich wollte es dir nicht erzählen, Kleines.« Nox sprach mit leiser, ruhiger Stimme, während er seine Hand an meine Wange legte und mit dem Daumen zielsicher die Feuchte wegwischte. »Ich wusste, dass du danach Angst vor mir haben würdest. Aber ich schwöre dir, ich würde dir niemals solche Schmerzen zufügen.« Die Worte klangen wie ein Eid. »Und im Gegensatz zu dir halte ich meine Versprechen.«

Falls mich sein neckischer Nachsatz aufmuntern sollte, verfehlte er seine Wirkung. Seine vorherigen Worte forderten meine Aufmerksamkeit.

Ich legte meine Hand auf die von Nox und nahm sie von meinem Gesicht. Nun hielt ich seine beiden Hände in meinen und verschränkte unsere Finger ineinander.

»Ich habe keine Angst vor dir, Nox. Seit Langem nicht mehr. Ich ...« Meine Gedanken fuhren Achterbahn und ich brauchte einen Moment, ehe ich sie in

Worte fassen konnte. »Ich verstehe, warum du es getan hast. Damit will ich nicht sagen, dass ich es gutheiße oder befürworte, aber ich verstehe es. Und in meinen Augen macht dich das nicht zu einem Mörder.«

Als das Wort »Augen« über meine Lippen kam, blitzte etwas in meinem Kopf auf, das sich bereits an die Oberfläche meines Verstandes hatte kämpfen wollen, aber keinen Weg durch das Chaos gefunden hatte.

Geh nicht! Verlass mich nicht!

Schlagartig wurde mir bewusst, was diese Worte und das damit verbundene Gefühl bedeuteten. Es war Nox' göttliche, reine Seele, die durch das Dickicht seiner Arroganz, Kälte und Selbstverliebtheit aufblitzte, wenn er für einen kurzen Momente seine Schutzmauern vergaß und *fühlte*.

Die Erkenntnis traf mich wie ein Schlag und ich keuchte auf. Es war so einleuchtend, dass ich mich schämte, es nicht bereits bemerkt zu haben.

Er ist ein Engel! Egal, was er in der Vergangenheit getan hat. Er hat ein Herz und eine Seele. Er hat geliebt, wurde verletzt und hat Schmerz ertragen.

In dem Moment, als mir all das klar wurde, vergaß auch ich meine Schutzmauern und handelte rein dem Gefühl nach. Ich wusste nicht, was ich vorhatte, aber ich führte eine von Nox' Händen an meine Brust und legte sie an mein Herz. Gleichzeitig verlagerte ich mein Gewicht, sodass meine Beine über seine glitten und ich rittlings auf seinem Schoß saß.

Nox veränderte ebenfalls seine Haltung. Ich hörte, wie Leder über Stein rieb. »Was tust du da, Kleines?« Das raue Flüstern seiner Stimme war so leise, dass ich es kaum wahrnahm.

»Ich weiß es nicht«, gab ich zu. Ich löste meine Hände aus seinen und legte sie auf seinen Bauch. Seine Jacke war noch immer geöffnet und ich spürte seine harten Muskeln, die sich unter der warmen Haut befanden. Mit zitternden Fingern strich ich über das Sixpack bis hinauf zu seiner Brust. Ich spürte das Heben und Senken.

Mit jedem Zentimeter, den ich mich vorarbeitete, beschleunigte sich mein Puls. Meine Fingerspitzen fanden seine Schlüsselbeine, hielten jedoch nicht an. Sie hatten ein Ziel, das ich selbst nicht einmal kannte. In meinem Kopf herrschte eine absolute, in diesem Moment aber willkommene Leere.

»Kleines?!« Sein heiserer Atem kitzelte meine Haut, als meine Hände seine Wangen erreichten und meine Daumen über seine Unterlippe strichen.

Ich bewegte mein Becken und rutschte näher an Nox' Hüften heran. Die Innenseiten meiner Oberschenkel rieben über seine Beine und das Leder meiner Hose glitt widerstandslos über seine Jeans.

»Ja?« Ich beugte meinen Oberkörper nach vorn. Zwar hatte ich eine grobe Richtung, wo sich Nox' Lippen befanden, jedoch wusste ich nicht, ob ich sie blind treffen würde.

»Wieso willst du das?« Unglaube, Zweifel und sogar eine Spur Angst war in seiner Frage zu hören.

»Ich weiß es nicht. Aber es fühlt sich richtig an.«

Das tat es wirklich, auch wenn mein Herz sirrte, als wäre es der Motor eines Düsenjets. Ich wusste, wenn ich jetzt nicht zurückruderte, gäbe es keine Ausreden mehr. Diesen Kuss konnte ich nicht mit einem Beinahetod und Sauerstoffmangel erklären. Mit dieser Entscheidung würde ich mein Herz Nox schenken, ohne zu wissen, was er damit anstellte.

Aber ich hatte keine Angst.

Ich hatte ihm bereits mein Leben anvertraut und er hatte es beschützt. Tief in meinem Inneren wusste ich, dass er mit diesem wertvollen Geschenk ebenso umgehen würde.

Uns trennten nur wenige Zentimeter, das spürte ich. Ich musste mich nur noch ein Stück vorbeugen. Aber würde ich seine Lippen treffen? Die Sorge, dass es mir nicht gelang, lähmte mich. Ich war zwar keine große Romantikerin, aber selbst mir war bewusst, dass dieser Kuss etwas Besonderes war. Er sollte perfekt werden.

»Nox?«

»Ja?« Der Laut klang erstickt, als würde der Höllendiener vor Spannung die Luft anhalten.

»Küss mich!«

Die Sekunden flohen – oder krochen sie? Ich konnte es unmöglich sagen. Mein Atem ging flach und viel zu schnell.

Doch Nox bewegte sich nicht.

Ich spürte seine Regungslosigkeit ebenso wie seinen Atem, der wie meiner raste.

Panik überkam mich.

Hatte er es sich anders überlegt?

Mochte er mich gar nicht auf diese Art?

Hatte ich mir etwas eingebildet, das es gar nicht gab?

Heiße Wellen der Scham strömten durch meinen Körper und brachten mich zum Schwitzen. Meine Handflächen. Meine Schläfen. Mein Nacken. Alles war nass.

Mir wurde schwindelig.

Er will mich nicht.

Die Erkenntnis traf mich wie ein Hammerschlag und erschütterte jeden einzelnen verdammten Schmetterling, der gerade eben noch aufgeregte Loopings gedreht hatte und nun gelähmt zu Boden sank.

Er will mich nicht.

Wie ein Mantra geisterten diese Worte durch meinen Verstand und halfen mir die Starre zu lösen, in der sich mein Körper befand.

Ich wollte meine Hände sinken lassen, doch bei der ersten Zuckung schossen Nox' Hände vor und hielten sie fest.

»Nein. Bleib!« Er knurrte den Befehl und hauchte den totgeglaubten Schmetterlingen neues Leben ein.

»Wieso?« Meine Stimme klang dumpf.

»Weil ich es will! Weil ich dich will!«

Ich schluckte. Seine raue Stimme bescherte mir eine Gänsehaut. »Wieso küsst du mich dann nicht?«

Nox antwortete nicht sofort, aber ich spürte seinen intensiven Blick. »Du hörst mir nicht zu. Ich habe gesagt, ich *will* dich. Richtig. Und wenn ich dich jetzt küsse, weiß ich nicht, ob ich aufhören kann, wenn du mich darum bittest.«

Erneut verlagerte Nox sein Gewicht und ich hörte wieder, wie seine Lederjacke über die Steinwand glitt. Gleichzeitig *spürte* ich, was er mit seinen Worten meinte.

Ich schluckte erneut.

Die Schmetterlinge hatten sich in einen Schwarm Bienen verwandelt und brachten meinen gesamten Körper zum Kribbeln.

Mir war heiß.

Mein Blut kochte.

Ich verglühte regelrecht unter der Spannung.

Dabei wusste ich, es gab nur eine Sache, die mir Linderung verschaffen konnte. Und in diesem Moment war mir egal, welche Konsequenzen das mit sich brachte. Ich wollte nichts als Erlösung von diesem innerlichen Verlangen.

»Ich vertraue dir, Nox.«

Wieder ertönte ein Knurren. Doch dieses Mal hatte ich keine Möglichkeit, mir Gedanken zu machen, was es bedeutete. Als hätte ich die magischen Worte ausgesprochen, beugte Nox sich vor und legte seine Lippen auf meine.

Der Kuss war nicht sanft, weich und zärtlich, wie ich es mir vorgestellt hatte. Er war rau, hart und an der Grenze zum Schmerzhaften. Eine von Nox' Händen lag in meinem Nacken und hielt meinen Kopf fest an seinen gepresst. Die andere spürte ich auf meinem Kreuz. Ich wusste nicht, wie er es geschafft hatte, aber während ich meine Arme wie eine Ertrinkende um seinen Hals geschlungen hatte, hatte er ohne den Kuss zu unterbrechen unsere Position verändert. Mit einem Mal lag ich rücklings auf dem Steinboden, Nox' Körper auf meinem.

Ich zuckte zusammen, als meine nackten Schultern den kalten Stein berührten, aber bereits nach einer Sekunde war das Gefühl vergessen und das Brennen in meinem Inneren hatte erneut von mir Besitz ergriffen.

Meine Hände machten sich selbstständig. Als wüssten sie, was zu tun war, glitten sie von Nox' Nacken über seinen Hals und die Schlüsselbeine bis hin zu seinen Schultern und schoben dabei das schwere Leder seiner Jacke zur Seite, bis sein Oberkörper zur Hälfte frei lag.

Nox knurrte sinnlich und intensivierte den Kuss. Seine Lippen pressten sich fester auf meine und seine Zunge bahnte sich einen Weg in meinen Mund. Rein instinktiv hieß ich sie mit meiner willkommen.

Der Bienenschwarm in meinem Inneren war zu einem Feuerwerk geworden, das in gleißenden Feuerbällen explodierte und jeden Zentimeter meines Körpers entzündete.

Ich stand in Flammen.

Brannte lichterloh.

Bekam keine Luft mehr.

Erstickte.

Und genoss jede Sekunde.

Nox strich mit seinen Lippen über meinen Mundwinkel und meine Wange bis hin zu meinem Hals. Die Frequenz meines Herzschlags befand sich außerhalb sämtlicher messbarer Bereiche, als seine Zungenspitze neckend über meine Haut fuhr. Ich krümmte meinen Rücken, beugte ihm meinen Oberkörper entgegen. Wollte ihm so nah sein, wie es nur ging.

Nox zog seine Hand hinter meinem Rücken hervor und drückte mich mit seiner Brust wieder auf den harten Boden. Unter seinem Gewicht hatte ich keine Chance, mich zu bewegen.

Ich war ihm ausgeliefert.

Der Höllendiener fuhr mit seiner Zunge an meinem Hals entlang, bis sich seine Lippen um mein Ohrläppchen schlossen und er zärtlich zubiss. Mir entfloh ein überraschtes Keuchen, als ein elektrisierender Schauder durch meinen Körper fuhr und irgendwo unterhalb meines Bauches explodierte.

»Das ist alles neu für dich, oder?« Nox raunte seine Worte direkt in mein Ohr und allein seine Stimme raubte mir den Verstand. »Du wurdest noch nie auf diese Art berührt, nicht wahr? Du hast noch nie etwas Derartiges gespürt.«

Ich konnte nicht antworten. Nicht nur, dass mein Verstand leer gefegt war, mein Körper zitterte dermaßen, dass ich kein Wort hervorbringen konnte.

»Aber es gefällt dir. Das höre ich. Ich *spüre* es.« Nox biss in meinen Hals. Er traf genau die richtige Stärke, um mir ein sinnliches Stöhnen zu entlocken. »Es ist unglaublich, wie scharf du mich machst.«

Er legte seine Hände auf meinen Bauch. Ehe ich mich fragen konnte, was er vorhatte, hörte ich ein Reißen. Der Druck der engen Lederweste, die meine Brust eingeschnürt hatte, war verschwunden und ich konnte frei atmen.

Dass die abgerissenen Knöpfe auf dem Boden landeten, nahm ich nicht wahr. Dafür hörte ich, wie Nox seine Jacke auszog und der Stoff dumpf neben meinem Kopf landete. Kurz darauf bedeckte der Höllendiener meinen entblößten Oberkörper mit seinem. Seine Haut glühte und als seine Lippen wieder auf meinen lagen, konnte ich ein weiteres erregtes Stöhnen nicht unterdrücken.

Unser Kuss wurde immer wilder und ich ergab mich dem Rausch, den seine Zunge, seine Lippen, seine Nähe in mir auslösten. Er hatte recht. Noch nie hatte ich etwas Derartiges gespürt. Ich wusste nicht, ob es an der surrealen Situation, dem Wissen um unseren baldigen Tod oder daran lag, dass Nox sich mir geöffnet und die Wahrheit über sich selbst verraten hatte. Aber in diesem Moment wollte ich nicht, dass er aufhörte. Dass *es* aufhörte.

Als hätte der Höllendiener meine Gedanken erraten, vergrub er eine Hand in meinem Haar, während er mit der anderen über meine Taille strich, bis hinauf zu meinen Rippen. Dabei rieb sein Becken gegen meins und das Knurren, das tief aus seinem Inneren kam, unterstrich allzu deutlich, wonach er sich sehnte.

Aber war ich dazu bereit? Ja, ich wollte nicht, dass dieses Gefühl endete. Seine Küsse waren schwindelerregend und ihm so nah zu sein hatte etwas Berauschendes. Aber Sex?

Ich hatte mir nie viele Gedanken um mein erstes Mal gemacht. Weder mit wem es sein würde noch wie und wo. Aber selbst wenn ich es getan hätte, wäre ich niemals auf die Kombination Dä... – *gefallener Engel* –, Verlies im Feenreich und bevorstehender Tod gekommen.

Schlagartig wurde mir klar, was hier passieren würde, wenn ich nicht die Notbremse zog. Und wie falsch es wäre, es allein aus dem Grund zu tun, weil es vermutlich die einzige Gelegenheit dafür war.

»Nox!« Ich sprach in den Kuss hinein, aber der Laut wurde geschluckt. Als ich meine Hände gegen seine Brust legte, um ihn von mir wegzustemmen, nahm der Höllendiener es gar nicht wahr.

»Nox!«, versuchte ich es erneut, aber auch diesmal stieß ich auf taube

Ohren. Stattdessen spürte ich seine Hände am Bund meiner Hose. Ich wusste, er konnte den Stoff mit Leichtigkeit zerreißen, wenn er es wollte. Wenn ihm danach war, konnte er sich nehmen, was er begehrte.

ZWEIUNDZWANZIG

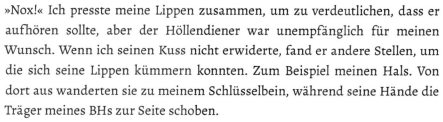

»Nox!« Ich presste meine Lippen zusammen, um zu verdeutlichen, dass er aufhören sollte, aber der Höllendiener war unempfänglich für meinen Wunsch. Wenn ich seinen Kuss nicht erwiderte, fand er andere Stellen, um die sich seine Lippen kümmern konnten. Zum Beispiel meinen Hals. Von dort aus wanderten sie zu meinem Schlüsselbein, während seine Hände die Träger meines BHs zur Seite schoben.

»Wieso soll ich aufhören? Wir wissen beide, dass du es auch willst.« Ruhig, leise, sinnlich sprach er zu mir und sein heißer Atem strich über die Wölbung meiner Brüste. »Dein Körper sehnt sich nach meinen Berührungen.«

»Bitte! Ich will, dass du aufhörst!« Meine Stimme klang dumpf. Ich kämpfte gegen aufsteigende Tränen. Dabei hatte ich keine Angst, dass Nox mir wehtun würde. Ich vertraute ihm wirklich. Aber meine Instinkte sahen das anscheinend anders.

»Du lügst. Du hast nur Angst. Aber das brauchst du nicht. Ich werde ganz vorsichtig sein.«

Auf einmal waren seine Hände an meinen Oberschenkeln und strichen über die Außenseiten. Durch das Leder fühlte sich die Berührung fremd an.

»Nein, Nox. Ich habe keine Angst.« Ich bemühte mich um eine ruhige Stimme. Was auch immer in den Höllendiener gefahren war, er war nicht er selbst. Aber ich wusste, dass er irgendwo unter dieser harten Fassade steckte. *Er hat eine gute Seele!*

Unter Aufbietung all meiner Kraft hob ich meine zitternden Hände und tastete über seinen Körper, bis ich sein Gesicht erreichte. Die Härchen an seinen Wangen kratzten unter meinen Handflächen, als ich seinen Kopf anhob, damit zumindest er mir in die Augen sehen konnte.

»Ich vertraue dir, Nox. Ich weiß, dass du aufhören wirst.«

Der Höllendiener erstarrte in der Bewegung. Seine Hände ruhten auf meinen Beinen, seine Brust hob und senkte sich hektisch, wobei sie sich gegen meine eigene drückte. Sein Atem strich über meine Lippen und verstärkte mein Zittern, das die unbarmherzige Kälte und meine aufkommende Panik verursacht hatten.

Mit einem lauten, wütenden Schrei sprang Nox auf. Die Bewegung geschah so schnell, dass ich sie kaum mitbekam. Erst als das schwere Gewicht auf meinem Körper verschwunden war und beißende Kälte über meine verschwitzte Haut strich, wurde mir bewusst, dass ich allein war. Augenblicklich setzte ich mich auf, zog meine Beine an die Brust und umschlang meine Knie mit den Armen. Das Beben wurde immer schlimmer, aber ich ignorierte es. Ich musste mich auf Nox konzentrieren.

»Nox?« Meine Stimme piepste heiser. Auch wenn ich wusste, dass er nicht weit gekommen sein konnte, fühlte ich mich einsam und verlassen. Ein Gefühl, das sich nach der eben noch lodernden Leidenschaft wie eine Eisdusche anfühlte.

Ein Knurren ertönte. Es kam von rechts und zeugte deutlich von unterdrückter Wut.

Ich verlor den Kampf gegen meine Tränen. Ich wollte es nicht, aber ich konnte es auch nicht verhindern. Bisher hatte ich noch nie mit einem Jungen rumgemacht und wusste daher nicht, wie ich mich jetzt verhalten sollte. Aber seine harsche Reaktion traf mich.

»Es tut mir leid.« Mit zusammengebissenen Zähnen versuchte ich das aufkommende Schluchzen zu unterdrücken. »Ich wollte nicht ...« Stumm legte ich meine Stirn auf die Knie. Ich fühlte mich elend. Nox hatte deutlich gesagt, dass er meinen Körper wollte. Ich konnte ihm keinen Vorwurf machen, dass er vorgehabt hatte, sich zu nehmen, was ich ihm versprochen hatte, und jetzt nach meiner Abfuhr sauer war.

»Nein!« Wie ein Donnerschlag dröhnte das Wort durch die Zelle. »Entschuldige dich nicht!« Schwere Schritte waren zu hören, dann landete Nox' Jacke grob auf meinem Rücken. Das plötzliche Gewicht überraschte mich, aber der bekannte Duft nach Feuer und Rauch beruhigte meine angespannten Nerven. »Entschuldige dich nicht«, wiederholte er und seine Stimme klang jetzt leiser, ruhiger. Er schien ganz in meiner Nähe zu stehen, aber ich wagte es nicht, meinen Arm nach ihm auszustrecken. Ich konnte unmöglich einschätzen, in welcher Stimmung der Höllendiener war.

Die erdrückende Stille wurde immer unerträglicher. Heiße Tränen flossen mir über die Wangen, ohne dass ich genau sagen konnte wieso. Ich war wütend, beschämt und verletzt. Dabei gab ich mir die Schuld an dieser Misere.

»Verdammt!« Der Fluch schallte so laut durch die Finsternis, dass der Boden vibrierte und ich automatisch den Kopf zwischen die Schultern zog. »Jetzt weiß ich, wie sich eine Kastration anfühlt!« Nox kam zu mir. Ich hörte seine schweren Schritte, spürte die Wärme, die seine glühende Haut abstrahlte, als er sich zu mir runterbeugte. Sein Atem strich über mein Gesicht. »Hast du eigentlich eine Ahnung, wie leichtsinnig es war, mir zu vertrauen? Zur Hölle, Kleines! Ich bin ein Dämon, auch wenn ich mal für die Guten gearbeitet habe!« Nox gab einen Zischlaut von sich. »Ich habe Menschen gequält. Sie gefoltert und umgebracht! Ich bin nicht ...«

»Du bist kein Dämon!«, fiel ich ihm ins Wort und hob ruckartig den Kopf. Mir war bewusst, dass seine Wut nicht ausschließlich gegen mich gerichtet war, und das half mir, meine Selbstvorwürfe zu verdrängen und mich auf mein Gegenüber zu konzentrieren. »Was auch immer du in deiner Vergangenheit getan hast, spielt für die Gegenwart keine Rolle.« Vielleicht war es naiv, aber ich bildete mir ein, einen Nox kennengelernt zu haben, den nicht viele kannten. »Du bist vielleicht nicht ausschließlich gut, aber das macht dich nicht gleich böse. Und erst recht nicht zu einem Dämon. Du bist ein verstoßener Engel. Aber auch die haben eine gute Seite.« Ich löste meine Arme von meinen Knien und hob langsam die Hände in die Höhe, bis ich Nox' Gesicht ertastete. »So wie du. Das weiß ich. Ich habe sie gesehen. Sie gespürt. Deswegen vertraue ich dir.«

Seine Kiefermuskeln zuckten unter meinen Fingern. Seine erwärmte Haut verriet, wie aufgebracht er war. »Du hast keine Ahnung, wer ich bin, Kleines. Du kennst mich nicht.«

»Nein, aber ich will dich kennenlernen. Weil ich genau weiß, dass du es wert bist!« Mein zitternder Daumen fuhr über seine Lippen, die sich daraufhin leicht öffneten.

»Du bist lebensmüde! Verrückt! Wahnsinnig!« Nox packte meine Handgelenke, ohne sie von seinem Gesicht zu nehmen. »Du hast keine Ahnung, welche Selbstbeherrschung es mich kostet, dich nicht einfach hier und jetzt zu nehmen!«

Ich schluckte bei seinen harschen Worten. Mir war bewusst, dass er es ernst meinte. Würde er mich zum Sex zwingen wollen, hätte ich keine Chance, mich dagegen zu wehren.

»Aber du hast es nicht getan.« Ich sprach meinen Gedanken laut aus. »Und du tust es auch jetzt nicht. Weil du nicht ...«

Weiter kam ich nicht. Nox hatte sich vorgebeugt und meine Lippen mit seinen besiegelt. Im Vergleich zu der hemmungslosen Knutscherei vorhin war dieser Kuss sanft und zärtlich. Dennoch spürte ich, wie sehnsüchtig und verzweifelt er ihn brauchte. Ohne nachzudenken, schob ich meine Hände in seine Haare und erwiderte den Kuss. Nicht nur Nox brauchte jetzt diese Nähe. Auch ich sehnte mich nach dem Beweis unserer gegenseitigen Zuneigung. Dem Beweis, dass ich recht hatte.

Als mir der Sauerstoff ausging, beendete ich den Kuss, jedoch darauf bedacht, Nox nicht loszulassen. Mit wild pochendem Herzen lehnte ich meine Stirn gegen seine. Ich atmete hörbar zwischen meinen geöffneten Lippen, konnte aber nicht aufhören zu grinsen.

»Ich wusste schon immer, dass das Leben einen kranken Sinn für Humor hat, aber das hier ist wirklich das Letzte.« Mit einer sanften Geste strich er mir über das Haar. Trotz seiner negativen Worte hörte ich das Lächeln in seiner Stimme.

»Was ... Wie meinst du das?« Vielleicht lag es an dem Sauerstoffmangel, aber ich verstand nicht, was Nox damit aussagen wollte. Er konnte unmöglich unseren Kuss gemeint haben. *Oder?!*

Seine Fingerknöchel fuhren sanft über meine Wange. »Ich meine damit, dass es eine perverse Grausamkeit ist, dass ich ausgerechnet dann das Mädchen kennenlerne, in das ich mich vielleicht verlieben könnte, wenn unser beider Tod vor der Tür steht.«

Ich öffnete den Mund, schloss ihn jedoch tonlos wieder. Ich musste mich verhört haben. Nox konnte unmöglich das gesagt haben, was ich eben gehört hatte. *Oder?* Aber warum hatte ich dann das Gefühl, als würde ich fliegen und gleichzeitig ersticken?

Nox' leises, schwerfälliges Lachen unterbrach meine Gedanken, als wüsste er, was in meinem Kopf vor sich ging. »Schon gut, Kleines. Ich habe ›vielleicht‹ gesagt und ›könnte‹. Nicht, dass es so ist. Und wie gesagt, uns bleibt nicht mehr die Zeit, es herauszufinden.« Er hauchte mir einen letzten sanften Kuss auf die Lippen. »Jetzt solltest du aber die Klappe halten. Ich höre zwei Wachen die Treppen runterkommen.«

Ehe ich etwas erwidern konnte, hob Nox mich in einer geschmeidigen Bewegung auf seine Arme, trug mich durch die Zelle und setzte sich auf den Boden. Mich platzierte er auf seinem Schoß. Meine Gedanken überschlugen sich, während ich mich an Nox' Brust kuschelte, seine Jacke als Deckenersatz über mir. Ich wollte nicht, dass irgendwelche Männer sahen, was mit meiner Kleidung geschehen war. Außerdem zitterte ich noch immer vor Kälte und sehnte mich nach einer wärmenden Quelle.

Nox beugte sich zur Seite, griff nach etwas und kurz darauf spürte ich wieder die kratzige Decke über meinem Körper. Wenig später waren nur noch unsere Köpfe unverhüllt.

»Egal was passiert, halt den Mund und bleib bei mir, verstanden?!«

Er raunte seinen Befehl dicht an mein Ohr und ich nickte nur stumm. Nach all dem, was in den letzten Stunden passiert war, würde ich Nox' Anweisungen nie wieder hinterfragen.

Es dauerte nur ein paar Sekunden, bis auch ich schwere, scheppernde Schritte vernahm. Der Duft von frisch gefallenem Schnee stieg mir in die Nase und reizte meinen Geruchssinn.

»Na, ihr habt es euch ja gemütlich gemacht.« Eine unbekannte, vor Hohn triefende Stimme erklang. »Genieß die Zeit mit deinem Spielzeug, Dämon. Lange wirst du es nicht mehr haben.« Die Worte wurden von einem polternden Lachen begleitet, das mir durch Mark und Bein ging und mich zusammenzucken ließ.

Nox verstärkte seine Umarmung, als würde er mir zeigen wollen, dass ich keine Angst zu haben brauchte. Als Antwort schmiegte ich mein Gesicht wieder an seinen Hals und malte mit dem Finger kleine Kreise auf seine Brust. *Wenn du bei mir bist, habe ich keine Angst, Nox.*

Eine zweite, ebenfalls unbekannte Stimme erklang. »Bleib, wo du bist, Dämon. Wenn du dich auch nur einen Zentimeter bewegst, wird das die letzte Mahlzeit sein, die der Mensch bekommt.« Das kühle Desinteresse der zweiten Wache war nicht minder gänsehautverursachend.

Ein Klirren ertönte, danach ein Knacken und schließlich das metallische Quietschen, als sich die Zellentür öffnete.

Nox' Körper spannte sich an. Ich spürte jeden seiner Muskeln. Es war eindeutig, dass er am liebsten aufgesprungen wäre und die beiden Wächter angegriffen hätte. Und wenn ich an den Kampf zwischen ihm und dem Prinzen zurückdachte, war ich mir sicher, dass er ziemlich gute Chancen auf einen Sieg gehabt hätte. Dass er es jedoch gar nicht erst versuchte, bedeutete, dass er etwas wusste, was mir verborgen blieb.

Ein weiteres metallisches Scheppern war zu hören. Es klang, als würde eine Metallschale über den Boden schlittern. Für einen Moment herrschte Stille, dann wurde die Zellentür wieder geschlossen. Schwere Schritte entfernten sich, ebenso wie die bissigen Kommentare und spottenden Bemerkungen der ersten Wache, die sich an unserer Situation ergötzte.

Die Geräusche waren längst verstummt, doch ich blieb weiterhin schweigsam und wagte es kaum zu atmen. Erst als Nox nach einer schieren Ewigkeit tief durchatmete, entspannte auch ich mich. Nun bemerkte ich den süßlichen Duft, der sich in der Zelle ausbreitete. *Das riecht nach frischem Obst!*

Mein Magen machte sich geräuschvoll bemerkbar und wies mich so darauf hin, dass ich ihn sträflich vernachlässigt hatte. Ich ignorierte das Hungergefühl und schmiegte mich stattdessen noch enger an Nox. Trotz des köstlichen Dufts wollte ich lieber nicht wissen, was die Königin mir hatte bringen lassen. Ihre Grausamkeit kannte keine Grenzen, das hatte ich inzwischen begriffen. Vermutlich waren es irgendwelche toten Käfer oder Insekten. *Oder Rattenschwänze.*

»Dein Magen knurrt, Kleines.« Nox wisperte die Worte an mein Ohr und ich spürte seine Lippen, die abermals über meine Schläfe huschten. Der Moment war genauso intim und liebevoll wie der zuvor, ehe wir wie zwei hormongesteuerte Teenager übereinander hergefallen waren.

»Na und? Du knurrst auch ständig.« Seine zärtlichen Berührungen ließen mich erschaudern.

»Und genau wie dein Magen habe ich meine Gründe dafür.«

Ich antwortete nicht und hörte auch nicht auf, mit meinen Fingern über seine Brust zu streichen. Durch den direkten Hautkontakt war mir schnell warm geworden.

»Du solltest etwas essen«, nahm Nox den Faden wieder auf.

»Was?« Jetzt konnte ich mir ein leises Lachen nicht verkneifen. »Warst nicht du derjenige, der mir verboten hat, auch nur irgendwas aus dieser Welt zu essen? Und besonders Dinge, die mir eine Fee gibt?«

Nox zog seine Beine an und meine Sitzfläche war auf einmal sehr viel kleiner und enger. Unweigerlich rutschte ich noch näher an seine Brust.

»Ja, das habe ich gesagt. Und dazu stehe ich auch immer noch. Aber Mab hat dir Winterbeeren bringen lassen. Dieselben Früchte, die ich verwendet habe, um die Kühlpaste herzustellen, die deine Wunden heilen sollte. Und als ich merkte, dass du nicht auf ihren Wirkstoff reagiertest, brachte ich sie dir zum Essen mit. Erinnerst du dich?«

Ich überlegte einen Moment. Meine Erinnerungen an die Zeit in der Höhle waren lückenhaft. Es kam mir vor, als wäre es bereits eine Ewigkeit her. »Du wusstest nicht, ob ich diese Früchte vertrage, als du sie für meine Heilung benutzt hast? Ich war für dich ein Versuchskaninchen?« Jetzt, da ich wusste, dass es gut ausgegangen war, brachte mich diese Information zum Grinsen. »Was wäre denn passiert, wenn du dich getäuscht hättest?«

»Du warst dem Tod so nah, Kleines. Ich hatte nichts zu verlieren. Und selbst wenn du wie eine Fee auf die Beeren reagiert hättest, hätte es deine Lage nicht wesentlich verschlimmert. Das Lichte Volk verzehrt diese Beeren, um sein Bewusstsein zu erweitern. Für sie ist das eine Art Partydroge. Aber wenn ich mich nicht täusche, hast du keine regenbogenfarbigen Paryis gesehen, oder?« Seine restlichen Worte kamen nur noch gedämpft zwischen seinen Lippen hervor, da ebendiese damit beschäftigt waren, meine Schläfe zu liebkosen.

Mit geschlossenen Lidern schüttelte ich schwach den Kopf. »Nein. So was kam in meinen Fieberträumen nicht vor.«

Nox' Brust bebte sanft. Sein Lächeln war deutlich zu spüren. »Was mich zu der Frage veranlasst, was du so geträumt hast. Ich hörte das eine oder andere Mal meinen Namen.« Er raunte seine Worte. »Erzählst du mir davon? Oder besser noch, zeig es mir einfach.«

Seine Worte sandten heiße Wellen durch meinen Körper und tauten die schockgefrosteten Schmetterlinge in meinem Inneren wieder auf. Ich wusste nicht, was ich sagen sollte. Zu gern hätte ich sein Angebot angenommen, aber wir waren unweigerlich an demselben Punkt gelandet, an dem ich uns zuvor unterbrochen hatte. Und dieses Mal war ich mir nicht sicher, ob Nox sich erneut rechtzeitig unter Kontrolle bringen lassen würde.

Als Antwort auf mein Schweigen lachte er. Trotz der ausweglosen Situation, in der wir uns befanden, hatte ich den Höllendiener noch nie so ausgelassen erlebt.

»Schon gut, Kleines. War nur ein Witz. Ich weiß, dass ich nie wieder in den Genuss kommen werde, dich zu küssen. Was wirklich schade ist. Du machst das ziemlich gut.«

Sofort wurde mir noch wärmer. Nie zuvor hatte jemand zu mir gesagt, dass ich gut küssen konnte. Geschweige denn, dass es schade sei, es nicht erneut tun zu dürfen.

Weil mich bisher auch niemand außer Adam geküsst hat!

Bei dem Gedanken an meinen besten Freund wurde mir das Herz schwer. Trotzdem konnte ich nicht leugnen, dass zwischen den Küssen der beiden Männer Welten, wenn nicht sogar ganze Galaxien lagen.

Nox verlagerte sein Gewicht und unterbrach damit meine sinnlosen Überlegungen. Er beugte sich so weit nach vorn, dass ich zwischen seinem Brustkorb und seinen Beinen eingequetscht wurde, ehe er mit seinem ausgestreckten Arm die Obstschale zu uns heranzog und sich wieder nach hinten lehnte. Der süßliche Duft verstärkte sich.

»Na ja, wenn ich wüsste, dass es beim Küssen bleibt, hätte ich nichts dagegen, dass es sich wiederholen würde.«

Wie diese Worte aus meinem Mund gekommen waren, war mir schleierhaft, aber sie waren ausgesprochen und ich konnte sie nicht zurücknehmen.

»Ach ja?«

»Ja, aber da ich weiß, wie schwer es dir fällt, deine Finger bei dir zu lassen, wird daraus wohl nichts.«

Es war erstaunlich, wie leicht es mir fiel, mit Nox zu flirten. Es war wie Atmen und erinnerte mich an den Umgang mit Adam.

Nox und ich hätten wirklich Freunde werden können. Vielleicht sogar mehr.

Die Gewissheit, dass es niemals dazu kommen würde, brachte meinen Magen zum Rebellieren.

Anstatt auf meine Worte einzugehen, hielt Nox mir die Früchte unter die Nase. »Du solltest wirklich was essen, sonst bist du zu sehr geschwächt, um dich gegen mich zu wehren. Und je länger ich auf deine Lippen starre, desto zerbrechlicher wird meine Selbstbeherrschung.«

Seine Brust vibrierte, als er leise knurrte – ein Laut, der mich mehr erregte, als in Anbetracht unserer aktuellen Unterhaltung gesund war.

Um mich von der knisternden Spannung abzulenken, wollte ich nach den Beeren greifen, doch der Griff ging ins Leere.

Nox lachte amüsiert. »Du bist wirklich blind hier unten, nicht wahr?« Ohne auf meinen Knuff in seine Seite zu reagieren, stellte er die Schale auf den Boden und schlang wieder einen Arm um meinen Rücken. »Halt still. Ich füttere dich.«

Ehe ich die Möglichkeit hatte zu protestieren, strich Nox mit einer Frucht über meine Lippen. Sie war hart und kühl, ihr Duft süß und aromatisch. Automatisch öffnete ich meine Lippen. Doch der Höllendiener hatte nicht vor, mir die Beere sofort zu geben. Stattdessen fuhr er immer wieder mit ihr über meine Lippen. Er spielte mit mir und die Spannung, die sich erneut zwischen uns aufbaute, war elektrisierend. Auch wenn es um so etwas Harmloses wie Essen ging, schaffte Nox es, der Situation etwas Verruchtes und Sinnliches zu verleihen.

»Du willst es auch, Kleines, oder? Sag, dass ich nicht der Einzige bin, der Qualen leidet, wenn du mir so nah bist und ich dich nicht auf die Art berühren kann, wie ich es gern tun würde.«

Seine Stimme war nicht lauter als ein Windhauch und mein viel zu schnell schlagendes Herz hätte sie beinahe übertönt.

Ich schüttelte schwach den Kopf. »Nein, Nox. Du bist nicht der Einzige, der leidet. Aber ...«

»Nein. Kein Aber mehr.«

Mit diesen Worten legte er seine Lippen auf meine.

DREIUNDZWANZIG

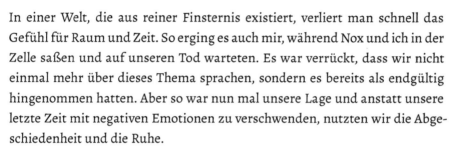

In einer Welt, die aus reiner Finsternis existiert, verliert man schnell das Gefühl für Raum und Zeit. So erging es auch mir, während Nox und ich in der Zelle saßen und auf unseren Tod warteten. Es war verrückt, dass wir nicht einmal mehr über dieses Thema sprachen, sondern es bereits als endgültig hingenommen hatten. Aber so war nun mal unsere Lage und anstatt unsere letzte Zeit mit negativen Emotionen zu verschwenden, nutzten wir die Abgeschiedenheit und die Ruhe.

Neben neckischen Wortgefechten, die wir uns lieferten, verfielen wir immer wieder in leidenschaftliche Knutschorgien, die zu meiner eigenen Überraschung jugendfrei blieben. Das machte sie jedoch nicht minder heiß und atemraubend. In den kurzen Pausen, die wir uns gegenseitig gönnten, um neuen Sauerstoff zu tanken und unsere erhitzten Gemüter zu kühlen, erbarmte Nox sich und fütterte mich mit den köstlichen Beeren. Ich hatte ihren Geschmack zwar anders in Erinnerung, aber die Kreuzung aus Ananas und Apfel mit der Konsistenz von reifen Erdbeeren war so lecker, dass ich mich nicht beschweren wollte.

Nachdem die halbe Portion vertilgt war, konnte ich Nox endlich davon überzeugen, dass auch er etwas essen sollte, und kam dadurch in den Genuss, mich zu revanchieren. Leider waren meine Versuche nicht annähernd so sexy und verführerisch, was uns einen Lachflash bescherte, der wiederum in einer Knutscherei endete.

Doch ich schaffte es auch, ein paar meiner Fragen zu stellen, die sich während unserer Reise angesammelt hatten. Zum Beispiel, wie die Feen, die zwischen der Menschenwelt und Galoai pendelten, zurück ins Feenreich kamen, wenn keine Sidhe da war, die ihnen eins der Tore öffnete. Daraufhin erklärte mir Nox, dass nur Wesen, die nicht zum Lichten Volk gehörten, eine adelige Fee benötigten, die sie hineinließ. Ich staunte, als ich hörte, wie viele von ihnen es in der Menschenwelt gab. Vollwertige Bewohner des Feenreichs hingegen konnten zu jeder Zeit durch jedes Tor spazieren. Normalerweise wurde dabei auch keine solche Show abgezogen, wie Alyssa sie uns präsentiert hatte. Nox war der Meinung, dass uns die Sommerhofprinzessin nur in Erinnerung gerufen hatte, welche Macht sie besaß.

Zudem erzählte mir der Höllendiener auf meine Nachfrage hin, dass die Bäume und Sträucher, die mich fast das Leben gekostet hatten, aus dem Teil des Finsterwaldes stammten, in dem eine der drei Dryaden bei dem Jahrzehnte andauernden Krieg zwischen Sommer- und Winterhof vernichtet worden war. Aufgrund ihrer fehlenden Magie starben die Pflanzen, was sämtliches Holz zu Gesteinsglas, Blätter zu Titan und Früchte und Beeren zu Edelsteinen werden ließ. Aus diesem Grund war Nox auch jedes Mal durch halb Galoai gewandert, wenn wir Feuerholz, Wasser und Nahrung benötigt hatten.

Als mir bewusst wurde, welche Anstrengungen und Mühen der Höllendiener auf sich genommen hatte, bedankte ich mich auf eine Art, die uns beiden gefiel.

Irgendwann mussten wir eingeschlafen sein, denn ich erwachte mit einem steifen Nacken, der an eine nackte, stählerne Brust gedrückt war, während mich starke Arme umschlungen hielten. Ich brauchte einen Moment, ehe mir bewusst wurde, wo wir uns befanden und weshalb ich nichts sehen konnte, obwohl ich die Augen geöffnet hatte.

In dem Versuch, mich aufzusetzen, ohne Nox zu wecken, wollte ich mich aus seiner Umarmung befreien, aber bereits bei der kleinsten Regung verstärkte er seinen Griff, knurrte leise und murmelte etwas wie: »Vergiss es, Kleines. Du bist meine Heizung und bleibst schön hier.« Mit einem schwachen Lächeln ergab ich mich meinem Schicksal und kuschelte mich wieder an seine Seite.

Irgendwann konnte aber auch der Höllendiener nicht mehr in der Position liegen bleiben und erlaubte uns beiden, sich aufzusetzen.

»Hast du gut geschlafen, Kleines?«

Ich hörte ein Gähnen, das von einem Knacken begleitet wurde. Nox dehnte seinen Nacken.

»In Anbetracht der Situation habe ich das wirklich.« Auch ich gähnte und streckte meine steifen Glieder.

»Das freut mich zu hören.« Nox' unanständiges Grinsen war deutlich zu hören. »Du kannst mich jederzeit wieder als Kissen missbrauchen.«

Ich rollte lächelnd mit den Augen und erhob mich, um auch meine eingeschlafenen Beine zu dehnen. Dabei musste ich zuerst nach einer Wand tasten, an der ich mich abstützen konnte. Als meine Finger die unebenmäßigen Steine berührten, zuckte ich mit einem Zischlaut zurück. Ein unangenehmes Kribbeln juckte in meinen Fingerspitzen, als hätte ich eine heiße Herdplatte berührt.

»Verdammt, was machst du da, Kleines? Ich habe dir doch gesagt, du sollst die Wände nicht anfassen! Kann ich dich nicht eine Sekunde aus den Augen lassen?«

Sofort stand Nox an meiner Seite und griff nach meiner Hand. Er hob meine Finger an seine Lippen und hauchte Küsse auf die schmerzenden Kuppen, was mein Leid im selben Augenblick linderte.

»Tut mir leid, ich wusste ja nicht, dass ich gleich Gefrierbrand kriege.« Schmollend zog ich meine Hand zurück und verschränkte die Arme vor der Brust. Es war zum Verrücktwerden. So schön der gestrige Tag gewesen war, so ätzend begann der heutige. Aber vermutlich war es normal, dass irgendwann die Stimmung kippen musste. Diese unendliche Dunkelheit, das Verbot, hier irgendetwas zu berühren, und nicht zu wissen, wann diese Qual endlich ein Ende hatte, führte unweigerlich dazu, dass meine Nerven dünner wurden.

Für einen winzigen Moment drängte sich mir erneut der Gedanke auf, unserem Elend selbst ein Ende zu setzen. Doch ich schob diese Idee gleich wieder beiseite. Nach all dem, was Nox mir gestern erzählt hatte, konnte ich ihn unmöglich bitten mich umzubringen. Und ich wollte ihm nicht erneut den Schmerz zumuten, mit ansehen zu müssen, wie jemand starb, den er mochte. Nein, das war keine Option. Uns blieb nichts anderes übrig, als abzuwarten, bis unsere Zeit ablief.

Als wüsste Nox, was ich gerade dachte, schlang er seine Arme um meine Taille, zog mich wieder an seinen Körper und legte seine Lippen auf meine. Mit dieser simplen Geste zeigte er mir, dass unsere Situation auch eine gute Seite hatte.

***

Nox und ich vertrieben uns die nächsten Stunden auf die gleiche Art wie am Tag zuvor. Dabei erfuhr ich, welche Musik er gern hörte – seit er das erste Mal gemeinsam mit Kurt Cobain eine Party gefeiert hatte, war er ein großer Nirvana-Fan –, welche Filme er gern sah – egal, Hauptsache blutrünstig, aber nicht plump, sondern mit Stil – und was er am liebsten aß – alles, wobei er den Schokoladen-Bananen-Kuchen meiner Mom sehr gelungen fand.

Nox erzählte mir ein paar witzige Anekdoten aus der Zeit, als er für den Himmel gearbeitet hatte, doch sobald das Gespräch auf Adam zusteuerte, brach er ab und ich zwang ihn auch nicht zum Weiterreden. Mir fiel es selbst schwer, an meinen besten Freund zu denken und zu wissen, dass ich ihn erst in der Hölle wiedersehen würde. Ein Ort, den er wegen meines Egoismus kennenlernen musste.

Um das Thema zu wechseln, fragte ich Nox über Emilia aus und stellte überrascht fest, wie bereitwillig er von ihr sprach.

»Sie scheint sehr sympathisch gewesen zu sein.« Ich saß mal wieder auf Nox' Schoß, während mein Kopf an seiner Schulter ruhte und er mir über das Haar strich. Dabei war die Decke so fest um uns geschlungen, dass ich mich kaum bewegen konnte.

»Ja, das war sie. Ihr hättet euch bestimmt gut verstanden.«

Unweigerlich fragte ich mich, was das wohl für eine Situation gewesen wäre. Hätte ich Emilia wirklich mögen können? Auch wenn ich wusste, wie viel sie Adam und Nox bedeutet hatte – oder vermutlich immer noch bedeutete? –, kannte ich keine Antwort auf diese Frage. Deshalb lenkte ich meine Gedanken auf ein anderes Thema, das mich seit gestern beschäftigte.

»Erinnere ich dich oder Adam an Emilia?«

»Wie kommst du darauf?«, fragte er, ohne seine Liebkosungen zu unterbrechen.

»Na ja, ich dachte, wegen damals in der Cafeteria, als du, na ja, als wir uns das erste Mal so nah waren. Da hat Adam Emilia nur angedeutet und du bist ausgeflippt.«

Nox antwortete nicht sofort und ich hatte Angst, mit meiner Frage eine Grenze überschritten zu haben.

»Nein, ihr beiden seid euch kein bisschen ähnlich. Emilia war ein richtiges Mädchen. Sie trug ausschließlich Kleider, ihre langen braunen Haare waren stets zu komplizierten Frisuren geflochten und sie liebte es, im Mittelpunkt aller Aufmerksamkeit zu stehen. Und du ...« Nox lachte leise. »Nein, ihr beiden seid euch kein bisschen ähnlich. Doch genau das mag ich an dir. Abgesehen von deinem Starrsinn wirkst du unkompliziert.« Er hauchte mir einen Kuss auf die Stirn. »Aber der Moment, den du meinst, ist vermutlich wirklich der einzige Punkt, den ihr gemeinsam habt. Wie ich dir bereits sagte, sah Emilia in jedem Dämon etwas Himmlisches.« Mit einem Seufzen beendete Nox seine Streicheleinheiten. »Leider war aber genau das der Punkt, der sie schließlich das Leben gekostet hat.«

In der entstandenen Stille dachte ich an gestern zurück. Jetzt verstand ich, weshalb er so aufgebracht gewesen war, als ich ihm immer wieder beteuert hatte, dass er nicht böse sei. Er hatte angenommen, ich würde denselben Fehler begehen wie Emilia. Aber Nox hatte nichts mit diesem Richard gemeinsam, dessen war ich mir sicher. Und wenn es mir irgendwie möglich war, würde ich es ihm in den letzten Stunden, die uns noch blieben, auch beweisen. Daher bemühte ich mich um eine betont fröhliche Antwort.

»Na ja, ich muss mich schließlich auf das Gute in dir konzentrieren. Sonst hätte ich dir nie verzeihen können, dass du mich bei Marron und ihrer Gruppe zurückgelassen hast.«

»Sei froh, dass ich gegangen bin, Kleines. Du hast mich so sauer gemacht, dass ich dich in dem Moment *wirklich* am liebsten umgebracht hätte. Auch meine Selbstbeherrschung ist begrenzt und du besitzt das einmalige Talent, sie bis an ihre Grenzen zu reizen.« Obwohl Nox nicht richtig wütend klang, war mir klar, wie ernst er seine Worte meinte.

»Hey! Das ist nicht fair! Du bist auch kein Unschuldslamm, Nox. Immerhin hast du mich zuvor provoziert. Zuerst abends in der Hütte, dann am nächsten Morgen mit dieser rothaarigen Fee.«

Der Höllendiener lachte leise und strich mit seinen Lippen über meine. »Ich weiß. Und du bist verdammt sexy, wenn du eifersüchtig bist. Aber Flora war nur ein Mittel zum Zweck. Ich hatte nichts mit ihr, falls dir die Vorstellung Albträume bereitet. Ich wollte dir nur beweisen, dass dich deine verleugneten Gefühle mir gegenüber irgendwann in den Wahnsinn treiben würden. Aber ich muss zugeben, die Leidenschaft, die in deinen Augen aufflackerte, war wirklich scharf.«

Ehe ich auf seine Worte eingehen konnte, erstickte er meine Proteste mit seinen Lippen und ich verlor mich abermals in seinen Zärtlichkeiten.

***

Es dauerte eine Weile, bis ich mich Nox' Sog entziehen konnte. Jedes Mal, wenn ich versuchte, eine weitere Frage zu stellen, drehte er mir die Worte im Mund um und besiegelte ebendiesen wieder mit seinen Lippen, bis ich vergaß, was ich eigentlich hatte fragen wollen. Erst nachdem die Wache mit einer neuen Portion Beeren gekommen war und sich das Prozedere von gestern wiederholt hatte, gelang es mir, Nox eine Frage zu stellen, die mich schon lange beschäftigte.

»Was ist eigentlich passiert, während du weg warst? Ich meine, als du zum Lager zurückkamst, sahst du aus, als hättest du dich geprügelt. Außerdem glaube ich nicht, dass du vier Tage brauchtest, um dich abzureagieren. So wütend konntest du gar nicht gewesen sein.«

Ich schob eine der süßen Beeren in Nox' Mund. Dabei umschlossen seine Lippen meine Finger, was wieder einmal mein Blut zum Kochen und meinen Körper zum Vibrieren brachte.

Als ich meine Hand zurückzog, extra langsam, um den Spieß dieser Spielerei umzudrehen und Nox ein sinnliches Knurren zu entlocken, antwortete er kauend: »Hast du dir etwa Sorgen um mich gemacht?«

Ich verdrehte die Augen, konnte mir jedoch ein schwaches Grinsen nicht verkneifen. Es war irgendwie süß, dass Nox immer wieder eine Bestätigung für meine Gefühle brauchte.

»Ja, habe ich. Ich wollte nämlich nicht, dass mich jemand um den Spaß bringt, dir eigenhändig den Arsch aufzureißen.«

Der Höllendiener lachte. »Wow, ich wusste gar nicht, welches Gewaltpotenzial in dir steckt, Kleines.« Nox aß eine weitere Beere, die ich ihm vors Gesicht hielt, damit er sie sich holen konnte. »Dann sollte ich dir besser deine Frage beantworten, bevor du auf die Idee kommst, deine Krallen auszufahren, nicht wahr?« Ohne meine Antwort abzuwarten, die vermutlich aus einem Boxhieb gegen seinen Solarplexus bestanden hätte, sprach er weiter. »Du hast recht. Ich wollte wirklich nur ein paar Stunden wegbleiben. Aber als ich das Lager und die Schutzzauber verlassen hatte, merkte ich, dass ich beobachtet wurde. Ein Eisgreif, eine dem Farir verwandte Art, zog seine Flugbahnen über mir. Mab benutzt sie als Spione, deswegen versuchte ich, den Vogel abzuwimmeln, um zurück ins Lager zu gelangen. Aber es war unmöglich. Der Vogel war wie eine Klette. Als mich die Kraft verließ, wollte ich mich irgendwo verstecken. Dabei stieß ich auf drei Winterritter. Ich weiß nicht, ob sie zufällig dort waren oder ob Jeenih ihnen den Tipp gegeben hatte, dass ich mich im Wald rumtrieb. Auf jeden Fall schaffte ich es, die Idioten zu schlagen und eines ihrer Paryis zu bändigen. Aber auch damit gelang es mir nicht, den Eisgreif abzuhängen. Und solange ich Mabs Schatten bei mir hatte, konnte ich nicht zu dir zurück. Also ritt ich durch das halbe Feenreich. Dabei wurde ich von einer Gruppe Pukas, zwei Elben und einigen Nymphen angegriffen.«

Ich starrte Nox mit großen Augen an. »Wer oder was hat dich angegriffen?« Mir sagte keine der Bezeichnungen irgendwas und bei der Erinnerung an meine Begegnung mit den Meerjungfrauen war ich mir nicht sicher, ob ich das unbedingt ändern wollte.

»Das ist nicht wichtig, Kleines. Sagen wir einfach, ich wurde aufgehalten. Dabei konnte ich den Eisgreif abhängen. Das dachte ich zumindest zu dem

Zeitpunkt. Aber vermutlich war der Vogel zu Mab zurückgekehrt, um ihr zu berichten, wo ich war. Denn kaum hatte ich den Rückweg zum Lager eingeschlagen, waren mir Xantasan und seine Horde Langhaar-Prinzessinnen auf den Fersen. Ich wechselte den Kurs, um sie vom Weg abzubringen, aber sie folgten mir nicht, sondern steuerten auf das Lager zu. Da war mir klar, dass man uns verraten hatte. Es gelang mir, vor Xan im Lager anzukommen. Ich suchte dich, aber du warst nicht da. Also ging ich zu Marrons Hütte, wo ich dich dann mit der Ratte sah.«

Nox beendete seine Erzählung mit einem wütenden Zischen und ich strich ihm beruhigend über die Brust. Ich verstand seinen Groll, doch es änderte nichts an der Situation.

»Als ich dann hörte, welchen Mist er dir einredete, und du auch noch drauf und dran warst, ihm zu glauben, wäre ich beinahe explodiert.«

»Wie ich sehe, hast du dein Temperament immer noch nicht unter Kontrolle, Dämon. Das freut mich zu sehen. Vielleicht wird es euch helfen zu überleben.«

VIERUNDZWANZIG

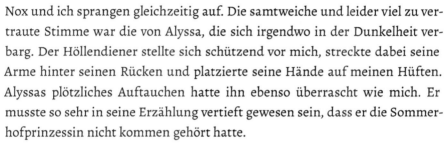

Nox und ich sprangen gleichzeitig auf. Die samtweiche und leider viel zu vertraute Stimme war die von Alyssa, die sich irgendwo in der Dunkelheit verbarg. Der Höllendiener stellte sich schützend vor mich, streckte dabei seine Arme hinter seinen Rücken und platzierte seine Hände auf meinen Hüften. Alyssas plötzliches Auftauchen hatte ihn ebenso überrascht wie mich. Er musste so sehr in seine Erzählung vertieft gewesen sein, dass er die Sommerhofprinzessin nicht kommen gehört hatte.

»Was willst du hier, Prinzessin? Solltest du nicht oben in den Gemächern des Prinzen liegen und sein Bett vorwärmen? Ich habe gehört, die Stimmung im Thronsaal ist ziemlich frostig. Er wird die Liebe und die Nähe seiner zukünftigen Frau zu schätzen wissen.«

Ich biss mir auf die Lippe, um mir ein Grinsen zu verkneifen. Gleichzeitig legte ich meine Hände auf Nox' Rücken, um ihm zu signalisieren, dass er Alyssa nicht reizen sollte. Es bescherte mir kein gutes Gefühl, dass die Sidhe hier war. Doch der Gedanke verlor sich im selben Moment, als ich Nox' nackte Haut unter meinen Fingerspitzen spürte. Seine Rückseite war steinhart und eiskalt. Er hatte darauf bestanden, dass ich seine Jacke anbehalten sollte, während er sich mit der Decke begnügte. Dabei hatte er sich die ganze Zeit gegen die Steinmauer gelehnt und keinen Ton gesagt. *Bestimmt hat er schreckliche Schmerzen!*

Alyssas vor Hochmut triefende Stimme lenkte meine Aufmerksamkeit wieder auf ihre Anwesenheit. »Deine Todessehnsucht muss groß sein, Dämon. Wieso sonst solltest du die einzige Person verspotten, die hier ist, um dich und den Menschen zu befreien? Aber wenn es dein Wunsch ist, dein restliches Leben in diesem Verlies zu fristen, werde ich ihn dir selbstverständlich gewähren. Schließlich bin ich nur wegen Avery hier. Du bedeutest mir nichts.«

Ehe Nox etwas sagen konnte, kam ich ihm zuvor. Seinem vor Wut bebenden Körper nach hätte der Höllendiener sowieso nichts Produktives beigetragen.

»Was willst du, Alyssa? Wieso sagst du, dass du hergekommen bist, um uns zu befreien?« Die Prinzessin konnte nicht ernsthaft von uns verlangen, ihr diesen Quatsch abzukaufen. Sie war ebenso wie die Königin ein listiges Biest, dem ich kein Wort glaubte.

»Weil es die Wahrheit ist, Avery.« Alyssa schnalzte mit der Zunge, als hätte ich eine zutiefst dumme Frage gestellt.

»Und wieso solltest du das tun, Prinzessin? Ich bin mir sicher, dass weder deine Schwiegermutter in spe noch dein Verlobter sich sonderlich über diese Tat freuen würde«, sagte Nox.

Ich grub meine Fingernägel in seine Haut. Wenn er nicht bald den Mund hielt, würde uns seine große Klappe noch den Kopf kosten. Und auch wenn ich Alyssa nicht über den Weg traute, wollte ich zumindest erfahren, weshalb sie *tatsächlich* hier war. Ihre angebliche Rettungsmission war nur ein Vorwand, da war ich mir sicher.

Alyssas Stimme war scharf wie eine Schwertklinge, als sie durch die Finsternis schnitt. »Königin Mab und Prinz Xantasan sind der Grund für mein Handeln, Dämon. Wie ich euch schon in der Menschenwelt erzählte, zwingen meine Eltern mich den Prinzen zu heiraten. Und jetzt, da er meinen Aufenthaltsort ausfindig machte und mich zurück nach Galoai bringen ließ, wurde die Vermählung bereits für den nächsten Dreimond angesetzt.«

Alyssas Erklärungen waren ja schön und gut, doch leider verstand ich kein Wort von dem, was sie uns damit sagen wollte.

»Aber warum bist du hier? Weshalb willst du uns helfen, hier rauszukommen?«

Die Sommerhofprinzessin seufzte genervt. »Du bist wirklich nicht der schlauste Mensch, Avery. Hat dir das schon mal jemand gesagt? Oder liegt es an den Verführungskünsten des Dämons? Haben dich deine jämmerlichen Gefühle für ihn verdummen lassen?« Ohne auf Nox' gefährliches Knurren einzugehen, sprach Alyssa weiter. »Wir haben einen Vertrag geschlossen. Ich habe meinen Teil erfüllt. Die Mischlingsfee hat das Tor nach Galoai passiert. Sie lebt, auch wenn sie sich in keinem guten Zustand befindet. Nun bist du an der Reihe, Avery, deinen Teil einzuhalten. Ich benötige das Zepter, damit die Hochzeit nicht stattfinden wird.«

Langsam dämmerte mir, was die Prinzessin sagen wollte.

»Es tut mir leid, Alyssa, aber der Deal ist geplatzt. Wie du sicherlich mitbekommen hast, wissen wir nicht, wo sich das Zepter befindet. Marron hat es niemandem verraten. Sie ist die Einzige, die dessen Aufenthaltsort kennt.«

Alyssa zischte wütend und der Duft von feuchter Erde und Harz stieg mir in die Nase. »Der Vertrag wird nicht gebrochen, Mensch! Nur seine Erfüllung oder dein Tod enthebt dich der Verpflichtung. So besagt es das Gesetz.«

Die harsche Reaktion der Fee verblüffte mich und ihre Verzweiflung brachte mich auf eine Idee.

»Tja, dann musst du mich wohl umbringen, Prinzessin. Denn in diesem Verlies sind mir die Hände gebunden. Und selbst wenn du uns freilassen würdest, würde Marron eher sterben, als uns zu verraten, wo das Zepter ist. Unsere letzte Begegnung war nicht sonderlich erfreulich. Sie traut niemandem. Außer Harmony.«

Mein Herz wummerte so stark, dass ich mir sicher war, dass es meine Lüge sofort verraten würde. Aber es war unsere einzige Chance. Wenn es mir gelang, Alyssa dazu zu bewegen, dass sie Harmony und Marron befreite, würden wir das Zepter zur Dryade bringen können. *Wir können die Prüfung bestehen! Und dann retten wir Adam!* Auch wenn mir im Augenblick schleierhaft war, wie wir das anstellen sollten.

Eine lange Zeit herrschte Schweigen. Meine Fingerspitzen kribbelten und mein Unbehagen verstärkte sich. Allein mit Nox in der Dunkelheit hatte ich mir einbilden können, dass wir uns an einem weit entfernten Ort befanden, an dem uns niemand finden konnte und die Probleme der Welt uns nicht berührten. Aber Alyssas Anwesenheit hatte mich zurück in die Realität katapultiert und es schien mir unmöglich, in unsere kleine Welt aus Egoismus und Verdrängung zurückzukehren.

Nach einer schieren Ewigkeit beendete Alyssa die Stille. »Du bist ein Spiel mit dem Teufel eingegangen, Avery. Ein Spiel, das du nicht gewinnen kannst. Aber dein Scheitern soll nicht der Grund für meine eigene Hölle werden.« Es entstand eine kleine Pause. »Ich werde dafür sorgen, dass ihr fliehen könnt. Zu mehr bin ich jedoch nicht bereit. Beschafft mir das Zepter innerhalb der nächsten zwei Tage und der Vertrag wird erfüllt. Wenn nicht ...« Ein trockener, heißer Windhauch, als stände ich zu dicht vor einem lodernden Kamin, schlug mir ins Gesicht und ich keuchte überrascht auf. In der überschaubaren Zeit, seit ich mit Nox hier unten eingesperrt war, hatte ich vergessen, wie sich so etwas anfühlte. »... werde ich euch eigenhändig hinrichten lassen.« Die Hitze des Windhauchs wich der mir fast schon vertrauten eisigen Luft. Jetzt kam sie mir noch kälter und beißender vor. »Und solltet ihr dem naiven und dummen Gedanken nachgeben, mich zu hintergehen, vergesst nicht, welches Pfand ich besitze. Zu gern beweise ich euch anhand des Engelsjungen, dass nicht Luzifer eure größte Angst sein sollte.«

Erneut wehte ein Windhauch zu uns herüber, diesmal angenehm warm, den der Duft einer blühenden Sommerwiese begleitete. Ich wusste nicht, ob es Alyssas Absicht war oder nur eine Reaktion auf ihre Gefühlswelt darstellte.

Die Drohung verfehlte ihre Wirkung nicht. Wütend bohrte ich meine Fingernägel in Nox' Rücken.

»Wo ist er, Alyssa? Wo ist Adam? Wie geht es ihm?«

Die Sorge um meinen besten Freund lähmte mich. Zum Selbstschutz hatte ich Adam bestmöglich aus meinen Gedanken verdrängt, doch jetzt musste ich mich der Wahrheit stellen. Wenn er immer noch unter Alyssas Einfluss stand, durften wir keinesfalls einen Fehler machen und sie provozieren. Aufgrund meines ungewollten Verrats und ihrer bevorstehenden Hochzeit stand Alyssa mit dem Rücken zur Wand. In einer scheinbar ausweglosen Situation wie dieser war jede Frau zu grausamen Dingen bereit.

Die Prinzessin antwortete nicht auf meine Fragen, aber vielleicht war das auch besser so. Um mich von meiner Angst um Adam abzulenken, stieß ich weitere Fragen aus.

»Und was ist, wenn wir das Zepter haben? Wir können es nicht anfassen. Wie sollen wir es zu dir bringen?«

Alyssa antwortete immer noch nicht und mein Groll verstärkte sich. Wir brauchten Antworten! Die Feenprinzessin bot uns einen Ausweg, eine zweite Chance, die Prüfung zu bestehen. Ich hatte zwar keine Ahnung, wie wir das anstellen sollten, aber ich würde diese Möglichkeit nicht einfach verstreichen lassen oder aufgrund ungenügender Informationen dumme Fehler provozieren. Mein Kampfgeist war zu neuem Leben erwacht und ich wollte um jeden Preis erfolgreich sein.

Nox seufzte leise. Er ließ seine Schultern hängen, nahm seine Hände von meinem Körper und drehte sich zu mir um. Einen Moment später spürte ich seine Finger wieder auf meiner Haut.

»Sie ist weg, Kleines. Offenbar kann sie sich überall im Feenreich dematerialisieren. Nicht nur am Sommerhof.«

Ein Funke Anerkennung schwang in seiner Stimme mit, den ich jedoch nicht beachtete. Ich brauchte keine weiteren Beweise, dass Alyssa mächtig war und wir sie besser nicht verärgerten.

»Was sollen wir jetzt tun, Nox?« Meine Stimme klang schrill. »Glaubst du ihr? Denkst du wirklich, sie wird uns hier rausholen?«

Meine Gedanken überschlugen sich. Feen konnten nicht lügen und Alyssas Beweggründe, uns zu helfen, waren nachvollziehbar. Dennoch wagte ich es nicht, meiner kribbelnden Hoffnung, die wie eine Armee Ameisen durch meine Adern kroch, nachzugeben. Die Vergangenheit hatte mich gelehrt, keiner Fee zu vertrauen.

Nox senkte den Kopf und lehnte seine Stirn gegen meine. Dabei schlang er die Arme um meine Hüften und zog mich an seine Brust. Sein Duft stieg mir in die Nase und dämpfte meine Aufregung.

»Ich weiß es nicht, Kleines. Indem sie uns freilässt, geht sie ein hohes Risiko ein. Dieser Verrat ist gewichtiger als die alleinige Suche nach dem Zepter. Sie muss wirklich verzweifelt sein. Und genau das macht sie so gefährlich und unberechenbar. Aber ja, ich denke, sie wird uns eine Flucht ermöglichen. Die Frage bleibt nur, was danach geschieht.«

***

Nach Alyssas Verschwinden setzten Nox und ich uns wieder an unseren Stammplatz. Ich versuchte ihn davon zu überzeugen, dass er die Jacke anziehen sollte, damit ich mich wieder an seine Brust schmiegen konnte und uns beiden dadurch warm werden würde, aber Nox wollte nichts davon hören. Er fand die Idee zwar gut, nur hegte er berechtigte Zweifel daran, dass er sich beherrschen könnte, wenn ich mich nur in meinem BH an ihn kuscheln würde. Dafür ließ ich ihm extra viel von der Decke, die er sich zum Schutz vor der Eiswand in den Rücken schieben konnte.

Wir verbrachten die nächste Zeit stumm, während ich mich auf Nox' Schoß zu einer Kugel zusammenrollte und er mir zärtlich über das Haar strich. Keiner von uns beiden verspürte das Bedürfnis, etwas zu sagen oder unsere Knutscherei fortzusetzen. Alyssa hatte sämtliche eingebildete Romantik zerstört und uns mit der Wahrheit in einem eisigen, feuchten und stinkenden Verlies zurückgelassen.

Trotz meiner wild rasenden Gedanken gelang es Nox, mir mit sanften Streicheleinheiten Entspannung zu verschaffen, sodass ich irgendwann in einen leichten Dämmerschlaf glitt, aus dem mich ein lautes Poltern weckte.

»Was war das?« Erschrocken hob ich den Kopf und spürte, dass der Boden bebte.

»Ich weiß es nicht, aber ich tippe darauf, dass es uns eine Fluchtmöglichkeit bietet.«

Ein weiteres Poltern und Beben unterstrich Nox' Theorie.

In einer vorsichtigen Bewegung schob er mich von seinen Beinen, stand auf und zog mich gleichzeitig hoch. Als ich meine Arme um seinen Hals schlang, fanden seine Hände einen Weg unter den Saum der Lederjacke und blieben auf meinen nackten Hüften liegen. Seine eiskalten Finger bereiteten mir eine unangenehme Gänsehaut. Ich hatte recht behalten, auch Nox war nicht ewig gegen diese Kälte gefeit. Umso erleichterter war ich, dass wir vielleicht bald hier rauskamen.

»Hör zu, Kleines.« Nox wurde von lautem Krach und Schreien unterbrochen. Doch er ließ sich nicht beirren. »Was auch immer jetzt passiert, du musst mir etwas versprechen.« Ein ungutes Gefühl machte sich in meinem Magen breit. Wenn er seine Ansprache so begann, verhieß es nichts Gutes. »Wenn ich dir sage, dass du abhauen sollst, dann tust du das, verstanden? Egal, was mit mir ist.«

»Was? Nein, Nox, das kanns...«

»Doch, das kann ich von dir verlangen, und ich tue es auch.« Seine Daumen strichen sanft über meine Haut. Das Gefühl von Geborgenheit, das er mir damit vermittelte, lenkte mich von den ungewohnten Geräuschen ab. »Ich lebe schon lange, Kleines. Ich habe Schlimmes und Grausames gesehen und selbst erlebt. Ich will nicht, dass du auch nur einen Bruchteil davon zu spüren bekommst. Hast du mich verstanden?! Wenn ich dir wirklich etwas bedeute, dann tust du mir diesen Gefallen.«

Der Kloß in meinem Hals schwoll auf die Größe einer Orange an und ich hatte Mühe, meine aufsteigenden Tränen zu unterdrücken. Nox wusste genau, wie er seine Forderung formulieren musste, damit ich sie nicht ausschlagen konnte.

»Ich hasse dich!« Meiner Stimme fehlte es an Kraft, die Worte glaubhaft rauszubringen. »Wieso verlangst du so etwas von mir? Du weißt, dass ich dir dieses Versprechen nicht geben kann.«

»Du musst, Kleines. Sonst werde ich keinen Schritt hier rausmachen und dich ebenfalls nicht gehen lassen. Lieber verbringe ich meine letzten Stunden mit deinem halb nackten Körper so nah an meinem als in der Sorge, dich an den Feind zu verlieren.«

Ein Beben, als wäre eine Bombe neben uns eingeschlagen, brachte mich aus dem Gleichgewicht und unterstrich die Worte des Höllendieners. Zum Glück hielt er mich fest, sodass ich nicht hinfiel.

Ich hob meinen Kopf und suchte seinen Blick. Auch wenn ich ihn nicht sehen konnte, spürte ich ihn zumindest. »Du bist ein notgeiler und sexbesessener Egoist!« Ich konnte mir ein schwaches Lächeln nicht verkneifen.

Er lachte leise. »Danke für das Kompliment, Kleines.« Seine Lippen strichen sanft über meine. »Vielleicht bekomme ich irgendwann die Chance, dir zu beweisen, warum ich in deiner Gegenwart immer so dreckige Fantasien habe.«

Nox erstickte meinen Protest mit einem leidenschaftlichen Kuss, den ich nur zu gern erwiderte, auch wenn ich das Gefühl nicht loswurde, dass es sich dabei um einen Abschiedskuss handelte.

Als ich keine Luft mehr bekam, senkte ich den Kopf und schmiegte meine Wange an seine Brust. »Wenn wir diese Prüfung überleben, Nox, wirst du deine Chance bekommen, das verspreche ich dir.«

Ich wusste selbst nicht, warum ich das gesagt hatte. Vielleicht wollte ich ihm einen Anreiz geben, die Sache lebend zu überstehen. Vielleicht wollte ich auch einfach nur mein Herz sprechen lassen. So oder so, ich war froh, dass die Worte meinen Mund verlassen hatten.

Nox erwiderte nichts, aber ich spürte ein Vibrieren in seiner Brust, als er knurrte. Im nächsten Moment wurde der sinnliche Laut von einem ohrenbetäubenden Knall übertönt, der von einem weiteren Beben begleitet wurde. Der Höllendiner ließ meine Hüften los und griff stattdessen nach meiner Hand. »Halt dich bereit. Ich höre Schritte. Von einer Wachefee.«

Tatsächlich vernahm ich eine laute, aber dünne und hörbar ängstliche Stimme. »Geht von der Zellentür zurück, Dämon. Ich erhielt den Befehl, euch ...«

Ein erneutes Beben erschütterte den Boden und ich geriet ins Wanken. Nox' zweite Hand packte meinen Arm, ehe ich fallen konnte.

»Lass mich raten: Du sollst uns in ein anderes Verlies verlegen, weil die Königin Angst hat, dass diese Etage zusammenbricht.« Die Gleichgültigkeit in Nox' Stimme war beängstigend. Wäre da nicht der schmerzhafte Druck seiner Hände gewesen, hätte ich ihm die Show fast abgekauft.

»Sch-schweig, Dämon, und tritt zurück.«

Trotz des Stotterns und weiterer Detonationen war ich mir sicher, diese Stimme schon mal gehört zu haben. Leider konnte ich sie nicht zuordnen.

Nox lachte erheitert, trat dann aber doch einen Schritt zurück. Ich folgte ihm zögerlich.

»Denkst du wirklich, mich mit diesem Zahnstocher in deiner Hand beeindrucken zu können, Knirps? Was glaubst du, weshalb Mab mich hier eingesperrt hat? Dies ist die sicherste Zelle im gesamten Palast. Und dann schicken sie ausgerechnet einen Jüngling wie dich, um uns zu verlegen?«

»Ich sagte, du sollst schweigen, Dämon! Ich bin ein Ritter der Wintergarde! Ich bin sehr wohl in der Lage, dich und einen Menschen allein zu verlegen.«

Nox verstärkte seinen Griff. »Dann solltest du dich beeilen, Knirps. Wer oder was auch immer den Palast angreift, kommt näher. Und ich bin mir sicher, dass Prinz Xani-Tani nicht sehr erfreut wäre, wenn seine Gefangenen sterben, ohne dass es durch seine Hand geschah.«

Zwischen all den lauten Schreien und dem unentwegten Lärm war das metallische Klirren und Quietschen der sich öffnenden Zellentür kaum zu hören. Auch das entsetzte Keuchen der Fee sowie deren Befehl, dem Winterprinzen mehr Respekt zu zollen, gingen unter. Erst als Nox sich zu mir herunterbeugte und mir einen Kuss auf die Schläfe drückte, wusste ich, dass es losging.

Augen zu und durch, Avery!

FÜNFUNDZWANZIG

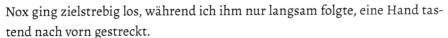

Nox ging zielstrebig los, während ich ihm nur langsam folgte, eine Hand tastend nach vorn gestreckt.

»Fass nichts an, Kleines«, raunte der Höllendiener mir zu und seine Finger griffen nach meinen. Sanft schob er mich vor sich und schlang seine Arme um meine Hüften. Dass er mich anhob, merkte ich erst, als meine Beine bereits in der Luft baumelten. Trotz der Dunkelheit, der lauten Schreie und des nicht enden wollenden Krachs schloss ich lächelnd die Augen. Ich fühlte mich sicher.

Während Nox mich trug, ließ ich die Augen geschlossen. Ich konnte sowieso nichts sehen, aber auf diese Art bildete ich mir ein, dass er und ich uns an einem anderen Ort befanden und seine Umarmung romantischere Gründe hatte.

»Siehst du das Licht da vorn, Kleines?«

Widerwillig öffnete ich die Augen. Nox' Frage hatte mich aus meinen Gedanken gerissen, die sehr viel schöner gewesen waren als die Realität. Dennoch durchfuhr mich ein Schwall Erleichterung, als ich graue Schemen erkannte, die sich von der Schwärze um uns herum abhoben. Mit einem dicken Kloß im Hals nickte ich. Das musste ein Ausgang sein.

»Gut. Vergiss nicht, was du mir versprochen hast.«

Meine Hände lagen auf Nox' Armen und ich krallte meine Fingernägel in seine Haut. Im Grunde hatte ich ihm gar nichts versprochen und ich war auch noch nicht bereit, ihm diesen Gefallen zu tun.

»Bitte.« Das Wort war mir tonlos über die Lippen gekommen.

Nox verstärkte seinen Griff und hauchte mir einen Kuss in den Nacken. »Vertraust du mir?«

Sein Atem ließ mich erschaudern. »Bedingungslos.«

»Dann los!« Nox öffnete seine Arme und ich plumpste regelrecht auf den Boden. Ich war so verdutzt, dass eine Sekunde verging, ehe mein stummer Befehl meine Beine erreichte und sie sich vorwärts bewegten.

Meine Schritte polterten durch den Gang, während ich hinter mir Rufe hörte, die von einem dumpfen Schlag und einem anschließenden Geräusch begleitet wurden, das mich an Metall erinnerte, das über Stein schabte. Trotz meines Versprechens wollte ich mich umdrehen und mich vergewissern, dass es Nox gut ging, aber ein weiteres Beben entriss mir den Boden unter den Füßen und brachte mich aus dem Rhythmus. Ich geriet ins Straucheln, schlug mit der Schulter gegen die Steinwand, prallte von ihr ab und stürzte auf die Knie. Ein unsäglicher Schmerz schoss durch mich hindurch, aber ich rappelte mich auf und lief weiter.

Nox geht es gut! Er schafft das!

Die Wache, die uns geholt hatte, schien ziemlich jung und unerfahren zu sein. *Danke, Alyssa.*

Meine Muskeln brannten und meine Knie schmerzten, aber ich näherte mich tatsächlich einem Türbogen. Diese Gewissheit beflügelte mich und verschaffte mir neue Kraftreserven.

Wie eine Kurzstreckensprinterin holte ich alles aus mir heraus. Ich wusste selbst nicht, warum mir dieser Türbogen wie eine Zielgerade erschien. Ich erinnerte mich noch sehr gut an die vielen Treppenstufen, die zu bewältigen waren, ehe ich überhaupt in den Palast gelangte. Und was auch immer mich dort oben begrüßte, würde mir sicherlich nicht einfach die Tür aufhalten und mir mit einem netten Lächeln einen schönen Tag wünschen. Nein, der schwierigste Teil meiner Flucht lag noch vor mir. Dennoch konnte ich meine Freudentränen nicht zurückhalten, als ich den Türbogen passierte und meinen Fuß auf die erste Stufe stellte.

Schritt für Schritt erklomm ich die Treppe, dem kreischenden Schreien und markerschütternden Krach entgegen. Meine Oberschenkel protestierten, mein Hintern schmerzte, mein Puls raste. Schweiß rann mir über das Gesicht, brannte in meinen Augen, mischte sich mit meinen Tränen. Auch unter der

Jacke spürte ich, wie er über meinen Körper glitt. Aber was mich am glücklichsten machte, war das dämmrige Zwielicht, das mich endlich wieder meine Finger, meine Hände, meine Arme und Beine sehen ließ.

Das Gefühl war berauschend.

Ich zählte dreißig Stufen, ehe ich zusammenbrach.

Meine Knie gaben nach, meine Beine verweigerten ihren Dienst. Mein Herz klopfte nicht, es vibrierte. Ich spürte das Pochen meines Pulses in meinem Kopf, meinem Hals, meinen Schultern. Eigentlich überall in meinem Körper.

Mein Mund war weit aufgerissen, während ich keuchend nach Sauerstoff rang. Die Luft war immer noch ziemlich kalt, aber nicht mehr so eisig wie im Verlies.

Am Ende meiner Kräfte angelangt legte ich mich ausgestreckt auf die Stufen und bettete mein glühendes Gesicht auf die unebenen Steine.

Ich wusste nicht, worauf ich wartete. Vielleicht auf eine Fee, die sich auf der Suche nach einem Fluchtweg hierher verirrte. Vielleicht auf die Wache, die Nox besiegt hatte und jetzt mich suchte. Vielleicht wartete ich auch auf den Tod, der jeden Moment wegen meiner Herzrhythmusstörungen und des Sauerstoffmangels eintreten musste.

Ich lag lange auf der Treppe und lauschte meinem Atem und dem Pochen meines Herzens. Als das Wummern in meinem Kopf schwächer wurde, nahm ich wieder andere Geräusche wahr. Zum Beispiel die angsterfüllten und gequälten Schreie, die so unmenschlich klangen, als würden Tiere gefoltert werden. Darunter mischten sich Rufe, Befehle und immer wieder das Klirren und Sirren von Schwertern, die durch die Luft sausten.

»Nein!«

Dieser Schrei erschien mir viel lauter und näher als alle anderen Geräusche, die ich während meiner Pause wahrgenommen hatte. Ehe ich den Kopf heben und nach der Quelle suchen konnte, wurde ich an der Schulter gepackt und grob herumgerissen. Ich schaffte es gerade noch, mein Kinn an die Brust zu pressen, damit mein Schädel nicht auf den Steinen aufschlug.

Über mir sah ich Nox' Gesicht. Es war schweißnass, blutverschmiert und seine Unterlippe sah aus, als hätte sie Bekanntschaft mit einem Fleischwolf gemacht. Aber seine Augen strahlten in einem Grün, das meine Knie weich werden ließ. Ungewollt schossen mir Tränen in die Augen. Ich lachte, weinte, schluchzte.

Nox schlang seine Arme um meinen Körper und zog mich fest an seine Brust. »Tu das nie wieder, verstanden?! Zur Hölle, du Biest! Ich dachte, du seist tot!« Er verstärkte seinen Griff und ich spürte etwas in meinem Rücken knacken.

Statt ihm zu antworten, erwiderte ich seine Umarmung und presste mich noch fester an ihn. Ich brachte kein Wort heraus, nur ein Wimmern, das von Schmerz, Erleichterung und unsäglicher Freude zeugte.

Nach einer Weile musterte Nox mich prüfend. »Bist du verletzt? Hast du Schmerzen? Hat dich jemand gesehen?«

Ich schüttelte den Kopf, ohne meinen zitternden Körper beruhigen zu können. Besonders als ich wieder in Nox' Gesicht sah, durchfuhr mich eine weitere Welle.

»Warum heulst du dann, Kleines?«

»Weil ich nicht dachte, dass ich jemals wieder in deine wunderschönen Augen sehen kann.« Okay, das *wollte* ich sagen. Aus meinem Mund kam jedoch nur unverständliches Gebrabbel.

»Was?« Nox lachte und das erleichterte Grinsen, bei dem sich seine malträtierte Lippe verzog, goss neues Benzin auf das Feuer meiner Emotionen. »Ich habe kein Wort verstanden, aber ich sehe in deinen Augen, dass du glücklich bist. Stimmt das?«

Ich nickte so heftig, dass mein Nacken knackte.

Nox lachte erneut, löste die Umarmung und erhob sich. Dann zog er mich auf die Beine. »Gut, wir müssen weiter. Ich weiß nicht, was da oben los ist, aber es wäre besser, wenn wir abhauen, solange dort alle abgelenkt sind.«

Nachdem Nox sich vergewissert hatte, dass ich auch ohne seine Hilfe aufrecht stehen blieb, wandte er mir den Rücken zu und ging in die Knie. Als er sich wieder zu mir umdrehte, hielt er schwarzen Stoff und ein Schwert in der Hand.

»Hier, das habe ich der Wache abgenommen. Der Umhang ist mir zu klein, aber dir könnte er passen.«

Ich sah von dem dunkelblauen Stoff zu Nox und wieder zurück. Dann kam mir eine Idee. Sie war verrückt, dumm und würde niemals funktionieren. Aber sie war besser als nichts.

Wortlos öffnete ich den Reißverschluss der Lederjacke, während ich Nox in die Augen sah. In seinem Blick flammten Lust und Begierde auf.

»Verdammt, willst du mich umbringen, Kleines? Wir hatten so viel Zeit für Sex und du kommst ausgerechnet jetzt auf die Idee?« Ehe ich antworten konnte, schossen Nox' eiskalte Hände hervor und legten sich auf meine Taille. Seine Finger strichen ehrfürchtig über meine Haut. »Wie du willst, aber es reicht nur für einen Quickie.«

»Halt die Klappe, du Idiot!« Lachend verdrehte ich die Augen und zog die Jacke aus, um sie Nox zu reichen. »Nimm du sie, ich habe eine Idee.«

»Ach ja?« Der Höllendiener hob eine Augenbraue und seine Skepsis stand ihm deutlich ins Gesicht geschrieben. »Lass mich raten, sie hat nichts mit Sex zu tun.«

Anstatt auf seine Worte einzugehen, schnappte ich mir den Umhang und warf ihn mir über die Schultern. Der Stoff war grob und schwer, wärmte jedoch ebenso wie die Decke im Verlies. Zudem hatte er den Vorteil, dass er bis auf den Boden reichte und eine Kapuze besaß, die ich über meinen Kopf stülpte, ehe ich nach dem Schwert griff, das Nox immer noch festhielt.

»Zieh endlich die Jacke an. Dann läufst du vor mir her. Wir tun einfach so, als wäre ich der Wächter, der dich irgendwo hinbringt. Wenn wir Glück haben, fallen wir so weniger auf.«

Die Skepsis in Nox' Mimik wich. Verblüffung und Anerkennung nahmen ihren Platz ein.

»Ein Rollenspiel, Kleines? Das hätte ich dir gar nicht zugetraut.«

Der Höllendiener zwinkerte mir zu, tat jedoch, was ich ihm gesagt hatte. Anschließend erklommen wir gemeinsam die Treppe.

Je weiter hinauf wir stiegen, desto lauter wurden die Kampfgeräusche. Inzwischen konnten Nox und ich uns nicht mehr verständigen, ohne dass wir hätten schreien müssen. Aber das war nicht der einzige Grund, weshalb wir den Mund hielten und uns schweigsam fortbewegten. Immer wieder liefen uns Wächter, Feenritter und andere Wesen des Lichten Volkes über den Weg, ohne uns zu beachten. Verständlich, schließlich mussten sie entweder um ihr Leben laufen, kämpfen oder den Geschossen ausweichen, die wie aus dem Nichts herabfielen, auf dem Boden aufschlugen und in tausend Teile zersplitterten.

Als wir die Treppe endlich hinter uns gelassen hatten, fanden Nox und ich uns in einem langen, schmalen Gang wieder. Der Boden und die Wände mussten einst aus glattem, milchigem Glas gewesen sein. Jetzt zierten Risse, Löcher und etwas Helles, Pulverartiges – Schnee, den ich anfangs für Staub gehalten hatte – die ehemalige Pracht. Auch die Eisskulpturen, die hier früher gestanden hatten, waren nicht mehr als ein Haufen zertrümmertes Glas.

Nox wandte seinen Blick von links nach rechts und sah sich im Gang um. Ich stand hinter ihm, meinen Arm mit dem Schwert in der Hand erhoben und die Spitze auf seinen Rücken gerichtet. Ich hielt absichtlich ein paar Zentimeter mehr Abstand, als es für unsere Show angemessen wäre, aber ich war vorhin schon einmal auf der Treppe über den Saum des Umhangs gestolpert und hätte Nox beinahe von hinten mit der Schwertklinge aufgespießt. Wir hatten Glück gehabt, dass er sich im selben Augenblick zu mir herumdrehte, um mir etwas zu sagen. So hatte er die Chance gehabt, sich rechtzeitig in Sicherheit zu bringen. Nur seine Jacke hatte einen unansehnlichen Riss abbekommen.

»In welche Richtung müssen wir?« Ich flüsterte meine Frage, obwohl der Gang verlassen vor uns lag.

Nox antwortete nicht. Er hatte ebenfalls keine Ahnung.

Ich sah mich suchend um. Auf den ersten Blick sagte mir mein Bauchgefühl, dass wir uns nach links wenden sollten, weil von rechts der Lärm kam, wo vermutlich der Hauptakt des Überfalls stattfand. *Ist da nicht auch der Thronsaal?* Mein Orientierungssinn war noch nie wirklich gut gewesen, weshalb ich mich auf diese Einschätzung lieber nicht verlassen wollte. Zudem glaubte ich nicht, dass die Angreifer sich selbst in eine Sackgasse manövrieren würden. Sicherlich würden sie einen Fluchtweg in der Nähe bevorzugen. Ebenso wie wir.

Nox musste ähnliche Gedanken haben, denn er wandte sich nach rechts und lief hastig genau auf den Tumult zu, dessen Lautstärke mit jedem Schritt, den wir uns ihm näherten, zunahm. Ich folgte Nox mit gesenktem Kopf, das Schwert, das unglaublich schwer war, halbherzig erhoben. Mit meinen Kräften stieß ich bereits an meine Grenzen.

»Hey! Du! Wohin bringst du den Dämon? Alle Gefangenen sollen ins Verlies im Westflügel!«

Eine polternde Stimme ließ mich ertappt zusammenfahren. Ich hob meinen Kopf und musste das Schwert weiter anheben, da Nox ebenfalls stehen geblieben war und ich ihn nicht verletzen wollte.

»Hey! Ich habe dich was gefragt! Wer bist du? Zieh die Haube ab.«

Eine schwere, grobe Hand packte meine Schulter und wollte mich herumreißen, doch ehe es dazu kam, hatte Nox sich zu mir herumgedreht, mir das Schwert aus der Hand gerissen und mich mit dem freien Arm zur Seite geschubst. Durch die Wucht geriet ich ins Straucheln und stürzte. Die Kapuze rutschte mir vom Kopf und ich sah Nox mit dem Schwert auf einen dunkel gekleideten Ritter zeigen. Dieser hatte lange helle Haare und kam mir bekannt vor.

»Deinen kleinen Bruder habe ich bereits getötet, Dragon. Und wenn du jetzt nicht auf der Stelle verschwindest und uns ziehen lässt, wird dich dasselbe Schicksal ereilen.«

Dragon?

Der Name weckte eine verdrängte Erinnerung. Jetzt wusste ich auch, weshalb mir die Stimme der Wache unten im Verlies so bekannt vorgekommen war. Der Ritter, zu dem diese Stimme gehört hatte, war einer von den dreien gewesen, die Harmony im Wald gefunden und an den Winterhof gebracht hatten. Frykail.

Er ist tot? Nox hat ihn umgebracht?

»Dämon!« Dragon zischte den Namen wie eine Beleidigung und sein Blick huschte für einen winzigen Augenblick in meine Richtung, ehe er Nox wieder ins Visier nahm. »Man hätte euch auf der Stelle töten sollen.« Mit einer blitzschnellen Bewegung zog er sein Schwert aus der Scheide und richtete es auf Nox. »Aber dieses Verfehlen hole ich jetzt nach. Für meinen Bruder.«

Als wäre ein stummer Startbefehl erteilt worden, begannen die beiden Männer zu kämpfen. Ihre Bewegungen waren schnell, grazil und tödlich. Ich scheiterte bei dem Versuch, den Kampf zu verfolgen. Ihre Silhouetten verschwammen immer wieder vor meinen Augen, bis sie nichts mehr als ein wild wirbelnder Farbklecks waren, den der Klang aufeinanderschlagender Schwertklingen begleitete.

Mehrere Sekunden vergingen, ohne dass ich sagen konnte, wer von den beiden dominierte. Wie es schien, waren sie einander ebenbürtig. Es war, als würden sie einer einstudierten Choreografie folgen. Zu gern hätte ich ihnen noch länger zugesehen, doch mit jedem Augenblick wuchs die Gefahr, dass uns weitere Ritter oder die Angreifer selbst entdeckten.

Ich sah mich nach etwas um, das ich nutzen konnte, um Nox zu helfen. Leider entdeckte ich nichts als ein paar Brocken der zerbrochenen Eisskulpturen.

Während mein Blick weiter durch den Gang glitt, musste Nox ebenfalls überlegt haben, dass es nötig war, den Kampf möglichst schnell zu beenden. Auf einmal führte er seine Bewegungen in doppelter Geschwindigkeit aus, als habe er sich anfangs zurückgehalten. *Angeber!*

Wenig später war Dragon entwaffnet und blickte, mit dem Rücken auf dem Boden liegend, voller Hass in Nox' Gesicht.

»Los! Töte mich, Dämon! Ich habe keine Angst vorm Sterben. Es ist eine Ehre, im Kampf gegen solche Bestien wie dich zu fallen.«

Sprachlos starrte ich auf Dragon, der mit gerecktem Kinn und stolzem Blick auf das Schwert sah, dessen Spitze gegen seine Brust drückte.

Mein Herzschlag setzte für einen Moment aus. *Nox hat Frykail umgebracht.* Er würde auch Dragon töten. Ebenso wie damals Richard.

»Nox! Tu es nicht!« Die Worte waren mir unkontrolliert über die Lippen gekommen, aber ich wollte sie nicht zurücknehmen. »Du bist besser als das! Du bist keine Bestie! Kein Mörder!«

Der Höllendiener knurrte wütend, ohne seinen Blick von Dragon zu wenden. Er fletschte die Zähne, seine Nase war gekraust und seine Augen zu Schlitzen verengt. Seine Brust hob und senkte sich hektisch und ich sah deutlich, wie sehr ihn der Kampf angestrengt hatte.

»Er würde nicht eine Sekunde zögern, uns zu töten, Kleines. Wieso soll ich ihn am Leben lassen?«

»Weil du kein Dämon bist! Du bist besser als diese Fee! Und das weißt du. Ebenso wie ich es weiß. Du bist ein Engel. *Mein* Engel!«

Für einen langen Moment schien die Zeit stehen zu bleiben und ich sah, wie Nox mit sich rang. Seine Vergangenheit hatte seine Seele befleckt. Aber er war nicht verloren! Er brauchte nur jemanden, der an ihn glaubte. So wie ich es tat.

Nox knurrte erneut. Er hatte eine Entscheidung getroffen.

»Du kannst von Glück reden, dass mir dieses Mädchen etwas bedeutet!«

Mit einem schweren Tritt traf Nox' Stiefel Dragon in die Taille. Der Ritter keuchte, krümmte sich und drehte sich auf die Seite. Mit einer schnellen Bewegung schnappte der Höllendienser sich sein Schwert, das ein Stück abseits auf dem Gang lag. Dann kam er mit schweren Schritten und einem ernsten Gesichtsausdruck auf mich zu.

»Und du kannst ebenso von Glück reden, dass du mir wichtig bist.« Er nahm beide Waffen in eine Hand und zog mich mit der anderen auf die Beine.

Ich schwankte zunächst, blieb jedoch aufrecht stehen.

Unsere Blicke trafen sich.

»Danke«, hauchte ich.

Statt etwas zu erwidern, zog Nox eine Grimasse. »Jetzt komm, ich weiß, wo wir hinmüssen.«

Ohne auf meinen fragenden Blick einzugehen, reichte er mir eins der Schwerter und griff nach meiner freien Hand. Dann lief er los.

Nox führte mich durch ein kompliziertes Labyrinth aus Fluren und Gängen, die für mich alle gleich aussahen. Ich fragte mich zwar, warum er sich im Winterpalast so gut auskannte, verdrängte meine Neugier jedoch gleich wieder. Ich war mir sicher, dass ich die Antwort darauf bereits kannte und lieber keine Bestätigung meiner Ahnung wollte.

Nach einiger Zeit standen wir vor einer großen Doppeltür, die aus schwarzem Glas bestand und mich an die Bäume im Finsterwald erinnerte. Ehe ich fragen konnte, was sich dahinter verbarg und weshalb Nox uns ausgerechnet hierhergeführt hatte, drückte er die Klinke herunter und stieß die unverschlossene Tür auf.

Der schlauchförmige Raum, der sich vor uns auftat, erinnerte mich an einen Stall. Auf einer Fläche von vielleicht zweihundert Quadratmetern befanden sich zu beiden Seiten Boxen, die aus demselben dunklen Material gefertigt waren wie die Tür. Viele der Boxen waren leer, aber in drei von ihnen ganz in meiner Nähe standen Paryis.

»Was wollen wir hier?«, fragte ich mit heiserer Piepsstimme, als der Höllendiener mich zielstrebig zu einer der Boxen zog.

»Abhauen. Was sonst?«

Ich hatte einen schlimmen Verdacht, was er mit seinen Worten meinte. »Du willst auf einem dieser Dinger reiten?«

Nox warf mir einen kurzen, nicht zu deutenden Blick zu, hielt jedoch den Mund. Erst als wir vor der Tür standen, ließ er meine Hand los und machte sich daran, den Riegel, der die Tür zur Box geschlossen hielt, zu öffnen.

»Wir müssen so schnell wie möglich hier weg, Kleines. Der Palast wird von Trollen angegriffen. Ihr Gestank ist überall. Wir können froh sein, dass wir bisher keinem dieser riesigen, abartigen Viecher begegnet sind.« Nox gelang es mit einem Ächzen, den Riegel zu öffnen und das Tor aufzuschieben. »Glaub mir, das ist eine Begegnung, der selbst ich gern aus dem Weg gehe.«

Ohne auf meinen entgeisterten Gesichtsausdruck einzugehen, packte Nox mein Handgelenk und zog mich in die Box. Das Paryi, das die drei mal drei Meter große Fläche bewohnte, betrachtete uns einen Moment, dann schnaubte es abfällig und begann laut und ausdauernd zu wiehern. Sein Kopf schwang peitschend von links nach rechts, als wollte es signalisieren, uns ebenso wenig auf seinem Rücken haben zu wollen, wie ich scharf darauf war, da rauf zu müssen.

»Gibt es keine andere Möglichkeit, Nox?« Meine Stimme verriet, wie ängstlich ich war. Ich war noch nie ein Pferdenarr gewesen. Und dieses Paryi war noch eine Spur größer und Furcht einflößender als die Tiere, die ich kannte. Selbst Nox wirkte im Vergleich zu diesen Wesen mickrig.

In einer schnellen Bewegung drehte sich der Höllendiener zu mir herum. Er strahlte Unruhe und Nervosität aus, aber seine Miene wurde weicher, als er meine aufrichtige Panik bemerkte. Er seufzte leise und strich mir mit seinen Fingerknöcheln sanft über die Wange. »Ich verspreche, dir wird nichts passieren. Ich halte dich fest, okay?!«

Ich sah ihm direkt in die Augen. Er meinte es ernst. Sowohl dass dieses Tier unsere beste Möglichkeit zur Flucht war, als auch dass er auf mich achten würde.

Ich nickte zögerlich.

Nox lächelte schwach, was mit seiner lädierten Lippe eher gruselig als besänftigend wirkte. Dann fasste er an meine Hüften, wirbelte mich herum, und mit einem Mal saß ich auf dem harten, glänzenden Rücken des Paryis. Ich spürte dessen zuckende Muskeln unter meinen Oberschenkeln. Sein Fell schimmerte seidig und ich musste mich zusammenreißen, nicht ehrfürchtig darüber zu streichen. So ungern ich es auch zugab, aber ich verspürte ein Gefühl von Aufregung und Abenteuerlust.

Nox schwang sich in einer geschmeidigen Bewegung hinter mich. Einen Arm legte er fest um meine Mitte, mit dem anderen griff er an mir vorbei und packte ein schwarzes Seil, das um den Hals des Tieres lag. Es hatte dieselbe Farbe wie das Fell, sodass ich es gar nicht bemerkt hatte.

»Bist du bereit, Kleines?« Nox wisperte mir die Frage leise ins Ohr und sein Atem kitzelte mich.

»Nein«, gab ich mit einem Lachen zu.

»Sehr gut. Ich nämlich auch nicht.«

Er verstärkte seinen Griff, dann stieß er einen gellenden Pfiff aus. Das Paryi bäumte sich auf und schüttelte sich, als würde es uns abwerfen wollen – was ihm auch gelungen wäre, hätte Nox mich nicht in einem eisernen Griff festgehalten.

Ich presste meine Lippen zusammen, um den Schrei, der mir bereits in der Kehle steckte, zu unterdrücken. Als das Paryi mit uns auf seinem Rücken losgaloppierte, schloss ich die Augen.

SECHSUNDZWANZIG

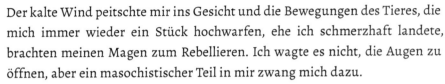

Der kalte Wind peitschte mir ins Gesicht und die Bewegungen des Tieres, die mich immer wieder ein Stück hochwarfen, ehe ich schmerzhaft landete, brachten meinen Magen zum Rebellieren. Ich wagte es nicht, die Augen zu öffnen, aber ein masochistischer Teil in mir zwang mich dazu.

Meine Lider öffneten sich flatternd, ich musste sie jedoch gleich wieder zupressen. Der Wind reizte meine Schleimhäute und trieb mir Tränen in die Augen. Dann startete ich einen zweiten Versuch. Nach mehrmaligem Blinzeln gelang es mir, meine Umgebung zu erkennen. Gleich darauf begann ich aus vollem Hals zu schreien.

In halsbrecherischem Tempo galoppierte das Paryi durch den Gang, der sich zwischen den Boxen befand. Dabei schien es die massive Eiswand, die deutlich vor uns aufragte, gar nicht zu sehen.

Das war's! Jetzt ist es vorbei!

Ich hatte nicht einmal mehr Zeit, das blöde Tier zu verfluchen, das offenbar so hochmütig war, dass es lieber Suizid beging, als uns zur Flucht zu verhelfen. Meine letzte Tat bestand darin, reflexartig meinen Kopf einzuziehen, meine Arme schützend darüber zu halten und mit geschlossenen Augen ein letztes »Ich hab dich lieb« an meine Mom zu schicken.

Nox beugte sich vor und presste seine Brust auf meinen Rücken. Auf diese Art klemmte er mich zwischen sich, seinen Arm, der immer noch um meinen Bauch geschlungen war, und das Paryi.

Instinktiv hielt ich die Luft an und wartete auf den großen Knall.

Die Sekunden verstrichen, doch nichts geschah. Nur die Temperatur war kühler geworden, die Luftfeuchtigkeit gestiegen und der Lärm, die Schreie und Kampfgeräusche hatten sich weiter verstärkt.

»Alles okay?« Nox sprach extra laut an mein Ohr. Er war außer Atem und keuchte deutlich hörbar.

Auch ich atmete geräuschvoll ein und füllte meine eingeklemmten Lungen mit Sauerstoff, bereute diese Idee aber sogleich. Ein Gestank, der an frisch verteilte Gülle im Hochsommer erinnerte, lag in der Luft und reizte meinen Geruchssinn. Mein Magen drehte sich mehrfach um sich selbst und brachte mich zum Würgen. Meine Augen brannten, tränten und die Feuchte gefror auf meinen Wimpern.

Nox presste die Hand, in der er das Seil hielt, gegen meinen Mund. »Versuch so wenig wie möglich durch die Nase zu atmen.«

Ich nickte als Zeichen dafür, dass ich ihn verstanden hatte, was bei dem rauschenden Wind, der in meinen Ohren pfiff, und dem ganzen Lärm um uns herum keine Selbstverständlichkeit war.

Die Last auf meinem Rücken wurde erträglicher. Nox hatte sich aufgesetzt und ich tat es ihm zögerlich gleich. Sein Arm war noch immer wie ein Sicherheitsgurt um meine Mitte geschlungen, aber ich bekam besser Luft und langsam begann ich mich an die Bewegungen des Tieres zu gewöhnen. Ich löste meine Hand, die ich krampfhaft in Nox' Oberschenkel gekrallt hatte, und rieb mir über die vereisten Augen. Zu meiner Verblüffung befanden wir uns nicht mehr im Stall. Wir mussten durch die Wand nach draußen geritten sein.

Vor uns breitete sich ein wahres Schlachtfeld aus. Auf einer weitläufigen, ebenen Fläche, die weiß schimmerte, als wäre sie von frisch gefallenem Schnee bedeckt, lagen unzählige Körper. Die meisten ruhten bewegungslos in einer Lache aus violetter Farbe, die mich trotz der ungewöhnlichen Farbe an Blut erinnerte. Einige wenige Gliedmaßen zuckten noch, die dazugehörigen Leiber gaben Stöhnlaute von sich oder versuchten sich in Sicherheit zu bringen, während immer neue Körper vom Himmel zu fallen schienen.

Ein Feenritter, deutlich an seinem dunklen Umhang zu erkennen, landete direkt vor den Hufen unseres Paryis, das sich abermals aufbäumte. Nur dank Nox' Sicherheitsgriff blieb ich auf dem Rücken des Tieres sitzen.

Fassungslos drehte ich meinen Kopf zur Seite und entdeckte ein Wesen, das sich ein ganzes Stück abseits von uns befand. Es war geschätzte drei Meter groß und ebenso breit, hatte sumpfig grün-gelbe Haut, die von Pockennarben und Warzen übersät war. Es hatte keine Haare auf dem Kopf, aber ihm wuchsen welche aus einer fetten Knollennase, die sich in einem runden Mondgesicht befand. Sein Unterkiefer war viel zu weit nach vorn gereckt, sodass seine Zähne wie ein Lattenzaun hinter seiner wulstigen Lippe hervorschauten. Seine kleinen dunklen Schweinsäuglein blickten auf den Winterpalast, dessen Türme es mit seinen Pranken attackierte und damit Feenritter vom Dachsims fegte, die das Wesen mit Pfeilen beschossen. Jedes Mal, wenn eine Gruppe von Rittern auf dem Boden landete, freute sich das Monster wie ein kleines Kind und stampfte mit seinen Füßen, die ungefähr die Länge meines Oberkörpers hatten, auf den Boden, der daraufhin erbebte.

»O mein Gott!« Es war wie bei einem Autounfall. Ich konnte meinen Blick nicht von der Abscheulichkeit dieser Kreatur abwenden.

»Nein, Kleines, Gott hat damit nichts zu tun. Trolle kommen direkt aus der Hölle. Und dass die Prinzessin gleich fünf davon auf den Palast gehetzt hat, zeigt deutlich, wie verzweifelt sie ist.«

Fünf? Mein Blick glitt weiter über das bereits zur Hälfte zertrümmerte Schloss, als ich einen zweiten Troll entdeckte, der dem ersten an Hässlichkeit in nichts nachstand. Auch er schwang seine Pranken, als würde er damit Baseball spielen.

Dieser zweite Troll musste meinen Blick gespürt haben und sah in unsere Richtung, während ihn eine ganze Salve Pfeile traf und wirkungslos an seinem Körper abprallte, als wären es Wattebällchen.

Der Grunzlaut, den der Troll ausstieß, erschütterte den Boden und verstärkte den Gestank, der in der Luft waberte, um ein Vielfaches. Sofort musste ich wieder würgen.

Nox schien die ungewollte Aufmerksamkeit des Trolls bemerkt zu haben. Ein höllischer Fluch kam über seine Lippen und er verstärkte abermals den Griff um meine Taille. Wenn er so weitermachte, hatte er mich bald halbiert.

»Halt dich fest, Kleines, jetzt geht's rund.«

Ehe ich fragen konnte, was er damit meinte, stieß Nox einen zweiten Pfiff aus, schlug seine Fersen in die Seiten des Paryis und zog gleichzeitig an dem Seil.

Ich spürte eine Bewegung unter meinen Füßen und als ich mich zur Seite beugte, um dem auf den Grund zu gehen, sah ich, wie das Paryi seine Flügel ausbreitete. Die Haut, die zwischen den deutlich sichtbaren Knochen gespannt war, war ledrig und dunkelgrau. Die Flügel hatten eine Spannweite von sicherlich mehr als drei Metern und begannen erst langsam, dann aber immer schneller zu schlagen und ich bemerkte mit Entsetzen, wie sich unsere Entfernung zum Boden vergrößerte.

Mein Schrei ging in dem lauten Getöse des Kampfes unter, aber ich spürte ihn deutlich in meiner immer noch schmerzenden Kehle. Auch die kühler werdende Luft trug nicht zur Linderung bei, hinderte mich aber auch nicht daran, jetzt lauter und ausgiebiger zu kreischen, mich an Nox zu klammern und ihn für diesen geisteskranken Einfall zu verfluchen.

Mit jedem Meter, den wir höher stiegen und uns gleichzeitig vom Winterpalast entfernten, verklang nach und nach der Lärm der Schlacht, ebenso wie mein Schrei nachließ.

»Na, das hat doch Spaß gemacht!« Nox lachte ausgelassen und weckte damit bisher ungekannte Aggressionen in mir. Inzwischen segelten wir in einer friedlichen Stille über einem weißen Land, das unbewohnt schien.

»Spaß?« Ich wollte Nox anschreien, aber meine Stimme war nur noch ein heiseres Krächzen. Dafür funktionierten meine Fingernägel bestens, die ich nun voller Zorn in die Oberschenkel des Höllendieners grub.

»Hey! Aua! Lass das!« Nox lachte weiter. »Du willst doch nicht, dass ich runterfalle, oder? In dem Fall musst du allein weiterfliegen.« Sein bebender Körper verriet, wie sehr ihn die Situation erheiterte.

Ich rang mit mir. Zu gern hätte ich ihn runtergeschubst, nur um ihm meinen Groll zu verdeutlichen, aber er hatte recht. Ohne ihn würde mich das Tier sofort abwerfen.

Schmollend schob ich die Unterlippe vor und konzentrierte mich auf die Landschaft, die von den Sonnenstrahlen zum Glitzern gebracht wurde und mich blendete. Ich war so auf unsere Flucht konzentriert gewesen, dass ich nicht bemerkt hatte, dass es bereits helllichter Tag war.

»Sei nicht beleidigt, Kleines. Freu dich lieber, dass wir es ernsthaft geschafft haben.« Nox strich mit seinen Lippen sanft über meinen Nacken, was mich ungewollt erzittern ließ. Offenbar hatte mein Körper nicht vor, länger sauer zu sein.

Ich hingegen war anderer Meinung.

»Du bist ein Riesenarsch, Nox!«

»Ich weiß, aber du stehst trotzdem auf mich.«

Wieder fuhren seine Lippen über meine Haut und mein Widerstand bröckelte. *Verdammt!*

Um mich abzulenken und nicht wie ein hirnloser, hormongesteuerter Teenager auf seinen Charme reinzufallen, lenkte ich das Thema auf etwas anderes. »Woher wusstest du, dass die Eiswand im Stall eine Illusion war?«

»War sie nicht.«

»Was?« Entsetzt drehte ich meinen Kopf zur Seite, konnte Nox jedoch nur zum Teil erkennen. »Und wie ist es uns dann gelungen ...?«

»Paryis besitzen eine starke Magie. Außerdem sind sie sehr intelligente Tiere. Sie würden nicht wie Lemminge einfach gegen eine Wand laufen und Suizid begehen.«

Nox wollte sich vorbeugen und mir einen Kuss geben, aber ich wich ihm aus. So leicht würde er mir nicht davonkommen.

»Na toll. Gibt es in dieser Feenwelt auch irgendetwas, das nicht magisch ist?«

»Ja. Dich.« Nox küsste meinen Nacken, woraufhin meine Lider zu flattern begannen.

Mein Puls beschleunigte sich, während ich weiter an meinem Groll festhielt. »Schön, aber du hättest mich ruhig vorwarnen können, dass du *fliegen* willst.« Mit jedem Kuss fiel es mir schwerer, meine Gedanken auf Kurs zu halten. »Woher weißt du überhaupt, wie man ein solches Tier lenkt?« Inzwischen war meine Frage nicht mehr als ein leises Wispern.

Nox zuckte mit den Schultern, ohne mit seiner süßen Folter aufzuhören. »Ich hatte gar nicht vor zu fliegen. Ich habe nämlich keine Ahnung, wie das geht. Das Tier muss die Gefahr gespürt haben, die von dem Troll ausging, und hat selbst entschieden, dass es in der Luft sicherer für uns ist.«

Mit einem Schlag erstarb das Flattern in meinem Magen und mein Entsetzen wich blanker Panik, die Nox erneut zum Lachen brachte.

»Und wo fliegen wir hin?« Mein Krächzen erklang jetzt zwei Oktaven höher.

»Keine Ahnung. Noch befinden wir uns am Winterhof, wie der Schnee vermuten lässt. Ich würde vorschlagen, wir warten ab, wohin uns das Paryi bringt.«

»Du willst abwarten?« Ich schnappte hörbar nach Luft. »Und wie lange?«

»Keine Ahnung. Das werden wir wohl herausfinden müssen. Es sei denn, du hast eine bessere Idee.«

Die hatte ich nicht. Leider. Egal, wie verzweifelt ich nach einer Alternative suchte, mir fiel nichts ein.

Kraftlos lehnte ich mich an Nox. Jetzt, als mir bewusst wurde, dass wir die Kontrolle über die Situation verloren hatten, wich das Adrenalin aus meinem Körper und machte Erschöpfung Platz.

»Das ist ätzend!«

Nox lachte leise, legte sein Kinn auf meinen Kopf, ließ das Seil des Paryis etwas locker und schlang auch seinen anderen Arm um meine Taille. »Mach dir keinen Kopf, Kleines. Alles wird gut.«

Ich wusste nicht, wo er seinen tief vergrabenen Optimismus wiedergefunden hatte oder wann wir die Rollen getauscht hatten, aber in diesem Moment wollte ich seine Worte nicht hinterfragen, sondern einfach nur den Augenblick und die Ruhe genießen, ehe unsere Welt wieder auf den Kopf gestellt wurde.

Wir flogen eine geraume Zeit, ohne unsere Position zu verändern. Meine Lider fielen mir immer wieder zu, aber ich zwang mich, wach zu bleiben. Auch wenn Nox mich sicher festhielt, wollte ich seine Reflexe nicht unnötig auf die Probe stellen.

Um meine Müdigkeit in Schach zu halten, konzentrierte ich mich auf die Landschaft, die sich immer noch wie eine große weiße Decke unter uns erstreckte und für mein Auge nicht viel Interessantes bot. Diesen kleinen, dunklen Fleck auf der rechten Seite ausgenommen. Einen ähnlichen hatte ich vorhin schon auf der linken Seite entdeckt.

»Nox?«

»Hm?«

»Sieh mal da unten.« Ich hatte meine Hände unter seine Oberschenkel geschoben, aber jetzt zog ich eine hervor und deutete hinunter. »Der Fleck dort, der kommt mir bekannt vor. Was ist das?«

Nox zeigte keine Regung und sah weiter geradeaus. »Das ist der klägliche Rest des Winterwaldes. Früher war er wesentlich größer und grenzte an den Finsterwald an, aber Mab hat ihn mit der Zeit entfernen lassen. Und er kommt dir sicherlich nur deshalb so bekannt vor, weil wir schon zweimal daran vorbeigeflogen sind.«

Ich erstarrte. »Was? Wir sind schon zweimal daran vorbeigeflogen?« Mein Kopf ruckte zu Nox herum. »Heißt das, wir fliegen im Kreis?«

»Scheint so. Offenbar will das Paryi sich nicht weit von seinem Zuhause entfernen.«

»Aber wir müssen etwas unternehmen! Was ist, wenn es Hunger bekommt und zum Palast zurückfliegt?« Allein die Vorstellung beschleunigte meinen Puls.

»Und was sollen wir unternehmen, Kleines? Ich sagte dir doch, ich habe keine Ahnung, wie man das Tier lenkt. Von einer Landung ganz zu schweigen. Meine bisherigen Begegnungen mit diesen Wesen waren eher distanzierter Art.« Nox strich mit seinem Kinn über meinen Nacken. »Aber mach dir keine Sorgen. Er wird erst zurückfliegen, wenn die Gefahr vorbei ist. Und das kann Tage oder Wochen dauern. Trolle sind dämlich. Sie kämpfen, bis sie verhungern. Und bei all den Feen, die ihnen als Snack dienen, haben sie genug Zeit, den gesamten Palast auseinanderzunehmen. Wenn wir also tatsächlich dazu gezwungen sein werden, zurückzufliegen, wird sehr wahrscheinlich nicht mehr viel von Mabs Reich übrig sein.« Er stockte. »Vielleicht war das auch die Hoffnung der Prinzessin, als sie für dieses Ablenkungsmanöver sorgte. Für den Fall, dass wir versagen, meine ich.«

Ich stöhnte. »Das klingt ja alles schön und gut, Nox, aber es ändert nichts daran, dass wir Marron und Harmony finden müssen. Alyssa sagte, sie würde dafür sorgen, dass die beiden ebenfalls fliehen können. Wenn das stimmt, irren sie vermutlich genauso wie wir durch die Gegend.«

Nox seufzte, hob seinen Kopf und beugte sich zu mir vor, sodass ich ihm endlich ins Gesicht sehen konnte. Die Schrammen, Prellungen und Beulen erweckten mein Mitleid. Ebenso wie die zerstörte Lippe, die ihn bisher nicht daran gehindert hatte, mich mit Küssen zu überhäufen.

»Deine Hoffnungslosigkeit im Verlies hat mir besser gefallen, Kleines. Dagegen ist dein neu erwachter Tatendrang ziemlich kräftezehrend.« Sein Zwinkern strafte die Ernsthaftigkeit seiner Worte Lügen. Er löste seinen Klammergriff, hielt mich jedoch mit seinen Ellbogen eingeklemmt, während er mit beiden Händen nach dem Seil griff. »Wenn du unbedingt einen Absturz riskieren willst, tue ich dir den Gefallen. Aber nur, weil du mir deine Jungfräulichkeit versprochen hast, wenn wir überleben.«

Mein keuchender Protestruf ging in dem lauten Pfiff unter, den Nox ausstieß, während er sich nach vorn beugte und an den provisorischen Zügeln riss.

Und entweder hatte Nox mich belogen oder er war ein Naturtalent, was das Fliegen von Paryis anging. Denn anstatt in einem halsbrecherischen Tempo herabzustürzen, segelten wir in weiten Kreisen um das Waldstück herum und kamen dem Boden dabei immer näher. Allmählich gelang es mir sogar, die Baumkronen zu erkennen, die sich bisher ein gutes Stück unter uns befunden hatten.

Der Wind strich sanft über meine erkaltete Haut und ich sehnte mich danach, endlich von diesem Rücken zu steigen und meine Gliedmaßen zu strecken. Ich wollte gerade Nox fragen, ob er eine Idee hatte, wie wir weiter vorgehen sollten, als ich bemerkte, wie er sich hinter mir versteifte.

»Nox? Was ist los?« Ich drehte mich so gut es ging herum, sah jedoch nur einen Teil seiner ernsten Miene. Seine Stirn war gefurcht und seine Augen verengt. Der Anblick war nicht sonderlich beruhigend.

»Ich weiß es nicht, Kleines. Ich habe etwas gehört und ich bin mir nicht sicher, ob ich mir nicht besser wünschen soll, mich geirrt zu haben.«

Verblüfft zog ich die Augenbrauen hoch. Nox würde sich niemals freiwillig wünschen, im Unrecht zu sein.

»Was hast du gehört?« Außer meinem eigenen Herzschlag, unseren Stimmen und dem Wind um uns herum vernahm ich nichts.

Nox öffnete den Mund, doch anstatt seiner Antwort erklang ein lauter Schrei. Das Paryi begann heftig zu rucken und ich riss meinen Kopf nach vorn. Mit Entsetzen sah ich, dass ein Pfeil in seinem Hals steckte. Und gleich darauf traf ein zweiter daneben.

Wir werden abgeschossen!

Das war mein letzter Gedanke, ehe das Tier wie ein Stein zu Boden glitt, mitten auf die rasiermesserscharfen Blätter des Waldes zu, die uns in winzige Stücke zerschneiden würden.

SIEBENUNDZWANZIG

Der freie Fall war eine Erfindung, an der ich noch nie Gefallen gefunden hatte. Das Gefühl, als würde der Magen versuchen, aus dem Hals zu klettern, war wirklich nicht angenehm. Auch nicht, wenn man in einer Achterbahn saß und wusste, dass einem nichts passieren konnte. Diese Erfahrung hatte ich zumindest gemacht, als meine Mom, Adam und ich meinen dreizehnten Geburtstag im Disneyland in Orlando verbrachten, wo Adam mich zu einer Fahrt auf einer dieser Achterbahnen überredete. Danach hatte ich, stinksauer, wie ich war, zwei Stunden lang nicht mit ihm geredet. Trotz dieser Erinnerung wünschte ich mir, mich jetzt in dieser Achterbahn zu befinden anstatt auf einem abstürzenden Tier.

Nox bewegte sich hinter mir. »Los, komm, steh auf.« Er zog an meiner Taille und hatte tatsächlich vor, mich hochzuheben.

»Was? Bist du durchgeknallt?« Meiner bodenlosen Angst hatte ich es zu verdanken, dass meine Stimme verzerrt klang. Ich drehte mich zu Nox herum, der in gebeugter Haltung auf dem Rücken des Paryis stand und mich unerbittlich ansah.

»Los, beeil dich, wie haben keine Zeit zu verlieren!«

Er schob seine Arme unter meine Achseln und zog erneut an mir. Einzig und allein seinem wackeligen Stand hatte ich es zu verdanken, dass er mich nicht einfach hochheben konnte, wie er es sicherlich auf festem Boden getan hätte.

»Nein! Vergiss es!« Ich schüttelte panisch den Kopf, während mir Tränen aus den Augenwinkeln flossen. Das Wort »Todesangst« beschrieb nicht einmal im Entferntesten, was ich gerade durchmachte.

Nox packte mein Kinn und bog meinen Kopf nach hinten, sodass ich ihm ins Gesicht sehen musste. Sein Anblick war verdreht, aber das strahlende Grün seiner Augen unverkennbar. »Vertraust du mir?«

»Was?« Seine Stimme war so leise, dass ich mir nicht sicher war, die Worte wirklich gehört zu haben.

»Vertraust du mir ... Avery?«

Diesmal hatte ich ihn laut und deutlich verstanden.

Die Zeit stand still und für den Moment vergaß ich, wo wir uns befanden. Der Klang seiner Stimme, als Nox zum ersten Mal meinen Namen ausgesprochen hatte, echote in meinem Kopf und vertrieb alle Angst und Gefahr. Noch nie hatte ich etwas Vergleichbares gehört.

Nox sah mich eindringlich an. Er wartete auf eine Antwort.

Ich nickte schlicht. »Bedingungslos.«

Das zaghafte Lächeln auf Nox' Lippen sandte Heerscharen kribbelnder Ameisen durch meinen Körper, die jedoch sofort verstummten, als ich meinen Widerstand aufgab und mit seiner Hilfe aufstand. Er drehte mich herum, noch ehe ich mich der idiotischen Neugier hingeben konnte, einen Blick nach unten zu riskieren. Nun standen wir einander dicht gegenüber. Meine Hände lagen auf seiner Brust, während Nox meine Ellbogen festhielt. Wir sahen uns direkt in die Augen und ich konzentrierte mich auf das warme Gefühl, das dieser Blick in mir auslöste.

»Halt dich gut fest«, sagte Nox mit einem schwachen Lächeln auf den Lippen.

Augenblicklich schlang ich meine Arme um seinen Körper, schloss die Augen und schmiegte mein Gesicht an seine Jacke. Was auch immer er jetzt vorhatte, ich wollte es lieber nicht sehen.

Nox hauchte mir einen Kuss auf die Haare.

Dann sprangen wir.

Der Fall dauerte nur wenige Sekunden, auch wenn es sich wie Minuten oder gar Stunden anfühlte. Aber irgendwann endete das Gefühl von Freiheit und wir landeten in der Realität. Im wahrsten Sinne des Wortes.

Der Aufprall war schmerzhaft.

Verdammt schmerzhaft.

Er presste den Sauerstoff aus meinen Lungen, raubte mir die Sinne und verlieh mir für einen Moment den Gedanken, dass der Tod vielleicht doch eine angenehme Alternative wäre. Denn so hätte ich nicht jeden einzelnen Muskel in meinem Körper, jeden Knochen und jeden Zentimeter Haut spüren müssen, der mich vor Schmerz in den Wahnsinn trieb. Doch gleich darauf verdrängte ich diesen Gedanken und wagte ein stummes, innerliches Jubeln, weil wir überlebt hatten. Es grenzte an ein Wunder, aber ich wollte mich nicht beschweren. Nach all dem, was wir inzwischen durchgemacht hatten, war uns jemand ein wenig Glück schuldig!

Ich stöhnte und wagte es, meine Lider zu öffnen. Selbst meine Augen brannten und ich musste mehrmals blinzeln, um etwas erkennen zu können. Leider war das Bild, das sich vor mir ausbreitete, ziemlich eintönig, denn ich sah nichts außer frisch gefallenem Schnee.

Der Untergrund, auf dem ich lag, bewegte sich und forderte meine Aufmerksamkeit. Ich hob meinen zentnerschweren Kopf an und drehte ihn zur Seite. Nun sah ich anstatt des Schnees etwas Dunkles, das ich nicht direkt zuordnen konnte.

»Zur Hölle, das tat weh!«

Der Fluch brachte mich zum Grinsen, als ich die Stimme erkannte. Aber kaum wagten meine Mundwinkel sich auch nur einen Millimeter zu bewegen, schoss ein Schmerz durch meinen Kopf, der meine Freude im Keim erstickte.

Ich wollte antworten, brachte jedoch keinen Ton heraus. Dafür gelang es mir, die Arme anzuheben und meine Handflächen abzustützen. Ich wollte meinen Oberkörper aufstemmen und mich hinsetzen.

»Willst du auch meine letzten intakten Rippen brechen oder warum drückst du auf mir rum, Kleines? Jetzt ist echt nicht der richtige Moment für Doktorspiele.«

Ein Ächzen war zu hören und mein Untergrund bewegte sich erneut. Ohne mein Zutun rollte ich zur Seite und landete herrlich weich, wenn auch verdammt kalt.

Das helle Licht über mir blendete mich und ich schloss stöhnend die Augen.

Gleichzeitig genoss ich den Pulverschnee unter meinen Handflächen, der unseren Aufprall gedämpft und uns somit das Leben gerettet hatte.

»Sorry«, murmelte ich erschlagen.

Nox erwiderte nichts auf meine Entschuldigung, stattdessen knackte es und ich hörte ihn stöhnen.

»Verdammt!«

Trotz der Schmerzen lächelte ich. Wenn Nox nach aller Manier fluchen konnte, ging es ihm gut.

Wir haben es geschafft. Wir sind geflohen und haben selbst diesen Höllenflug überlebt!

Ein unbekanntes Gefühl durchströmte mich. *Jetzt kann uns nichts mehr aufhalten!*

Ich wollte mich aufsetzen, aber ehe ich auch nur den Versuch starten konnte, hörte ich ein leises Sirren, das direkt neben meinem Ohr erklang. Perplex öffnete ich die Augen und drehte meinen Kopf zur Seite. Im Schnee, so dicht neben meinem Schädel, dass meine Nasenspitze das dunkle Holz berührte, steckte ein Pfeil, dessen Federende noch vibrierte.

Der Schrei blieb mir in der Kehle stecken, als ich mich ruckartig, wenn auch wenig galant, wieder nach vorn drehte und meinen Oberkörper in eine aufrechte Position brachte. Der aufkommende Schwindel war so stark, dass ich meine Lider zusammenpressen musste.

»Zur Hölle, ich habe mich wirklich nicht verhört«, sagte Nox mit einem resignierten Seufzen.

Ich kämpfte meine Übelkeit nieder und öffnete die Augen. Als Erstes bemerkte ich eine Person, die nur wenige Meter vor uns stand. Es war eine Frau in abgewetzter Ledermontur. Ihr langes hellbraunes Haar fiel ihr glatt über die Schultern und sie fokussierte Nox und mich mit goldenen Augen und verkniffener Miene. Dabei hielt sie ihren gespannten Bogen direkt auf uns gerichtet.

»Beim nächsten Schuss ziele ich nicht in den Schnee. Überlegt euch also gut, ob ihr etwas sagen oder euch bewegen wollt.«

»Marron!« Die helle Stimme kam von einer Person, die sich hinter der

Anführerin der Rebellentruppe befand. Erst als sie neben die Fee trat, erkannte ich sie, auch wenn ich meinen Augen nicht traute.

Harmony?!

Sie war es. Eindeutig. Noch immer trug sie den hellblauen Pyjama, den sie angehabt hatte, als wir sie aus ihrem Haus entführt hatten. Ihre Haut war blass, ihre Haare verknotet und verfilzt, aber sie war keine Schwarz-Weiß-Kopie mehr, was das getrocknete Blut an ihrer Stirn und ihrer Lippe verriet.

Eine Bewegung neben Harmony zwang mich, meine Aufmerksamkeit von ihrem Antlitz zu lösen. Als mein Blick weiterglitt und mein Verstand realisierte, was ich da sah, erstarrte ich schlagartig. Meine Augen weiteten sich, mein Mund formte ein perfektes O, während der Rest des »O mein Gott« irgendwo in meiner Kehle stecken geblieben war.

»Ave?!« Adam trat einen Schritt auf uns zu. Seine Mimik spiegelte meine eigenen Emotionen wider. Unglaube, Fassungslosigkeit, Hoffnung. Seit unserer letzten Begegnung hatte er sich nur minimal verändert. Er trug dunkle Jeans, ein schwarzes, eng anliegendes Hemd und seine weiße Motorradjacke. Sein Gesicht war leicht geschwollen, seine Lippe aufgeplatzt. Die blonden Locken wirkten dunkler, als seien sie nass, und an seiner Schläfe entdeckte ich eine dicke Beule und getrocknetes Blut.

»Adam?« Ich wagte es immer noch nicht, der trügerischen Hoffnung nachzugeben. Wenn sich das hier als ein Trick oder eine Halluzination herausstellen sollte, wusste ich nicht, ob ich den Schmerz überleben würde.

Die Welt bewegte sich im Zeitlupentempo. All meine Schmerzen waren vergessen, die Anwesenheit Marrons, die immer noch mit ihrem Bogen auf mich zielte, verdrängt. Nichts war mehr wichtig außer dem Mann vor mir.

Mit zitternden Muskeln zwang ich mich auf die Beine. Ich musste zu ihm, musste ihn anfassen und berühren, um sicher zu sein, dass ich nicht träumte. Dass er wirklich hier war.

»Nein, Kleines! Bleib hier!«

Nox griff nach meinem Handgelenk, aber ich wich ihm aus. Ich wusste nicht, weshalb er mich daran hindern wollte, zu Adam zu gehen, aber er konnte sein Vorhaben vergessen. In diesem Moment gab es nichts, was mich von meinem besten Freund fernhalten konnte.

»Avery?« Adam schien ebenso unsicher zu sein, als er eine Hand vor Marrons Pfeil hielt. »Bist du das wirklich?«

Ich taumelte zwei Schritte nach vorn. Jeder Knochen in meinem Leib schmerzte, aber Adam, der mich mit großen karamellfarbenen Augen ansah, signalisierte mir Liebe und Wiedererkennen und verlieh mir damit so viel Kraft, wie ich seit sehr langer Zeit nicht mehr gespürt hatte.

»O Gott! Adam!« Mit tränenverschleiertem Blick machte ich einen weiteren Schritt auf ihn zu. Am liebsten wäre ich losgelaufen, aber die Angst, dass es sich hierbei um eine Falle handelte, lähmte mich. »Was machst du hier?« Auch wenn sich ein Teil von mir gewünscht hatte, ihn wiederzusehen, wollte ich nicht wirklich wahrhaben, dass er hier vor mir stand.

Adam hingegen schien schneller begriffen zu haben, dass es kein Trick war. Er lief los und nur wenige Sekunden später lagen wir uns in den Armen. Meine Emotionen überrollten mich. Glück, Hoffnung, Freude, Liebe, Schmerz, Angst und Unglaube zirkulierten wie der explodierte Inhalt eines Molotowcocktails durch meine Adern und brachen alle Dämme. Ich weinte, ich schluchzte, ich lachte. Zitternd, kraftlos und gleichzeitig voller überschäumender Energie klammerte ich mich an den Körper, der mir so vertraut war wie mein eigener. Der Duft nach Meersalz und Sonne kribbelte in meiner Nase und verstärkte das Chaos in meinem Inneren.

»Du bist es wirklich. Du lebst!« Adam flüsterte dicht an meinem Ohr und es war deutlich zu hören, wie wenig Hoffnung er gehabt hatte, diese Worte jemals wieder auszusprechen.

Ich selbst brachte keinen Ton heraus. Wie eine Ertrinkende klammerte ich mich an Adam und wünschte mir, ihn nie wieder loslassen zu müssen. Leider wusste ich, dass das unmöglich war, denn die stechenden Blicke der übrigen Anwesenden waren nicht zu ignorieren.

Adam schien dasselbe zu empfinden. Er drückte mich langsam, wenn auch widerstrebend von sich, ohne mich loszulassen.

»Ich kann nicht fassen, dass ich dich wirklich wiedersehe. Als ich im Verlies aufgewacht bin, dachte ich schon, das war es.« Sein Blick huschte über mein Gesicht und die Euphorie, die ich zuvor in seinen Augen gesehen hatte, verblasste mit jeder Sekunde, bis nur noch Sorge und Angst übrig blieben. »Heilige Maria, wie siehst du aus, Avery? Was ist passiert? Wer hat dir …« Ohne seinen Satz zu beenden oder mir die Möglichkeit zu geben, auf seine Fragen zu antworten, richtete Adam seine Aufmerksamkeit auf einen Punkt hinter meinem Rücken. »Warst du das, Höllenhund? Hast du ihr wehgetan? Ich schwöre, wenn ich könnte, würde ich …«

Die vor Hass verzerrte Maske, die einst Adams schönes Gesicht gewesen war, half mir, meine Gedanken zu sortieren. Ehe der Engel auf die Idee kam, sich auf Nox zu stürzen, griff ich mit beiden Händen nach seinem Kopf und drehte ihn in meine Richtung.

»Halt! Adam! Hör mir zu!« Ich wartete, bis meine Worte in seinen Verstand gedrungen waren. »Nox hat mir das Leben gerettet. Mehrfach! Ohne ihn wäre ich längst tot! Und du ebenfalls! Er hat mich die ganze Zeit beschützt und auf mich aufgepasst. So wie er es dir versprochen hat.« Mit zitternden Daumen strich ich über seine Wangen. Ich konnte kaum glauben, dass ich endlich wieder Adams weiche Haut spürte.

Mein bester Freund starrte mich ungläubig an. Die lodernde Leidenschaft, die in seiner Iris flackerte, erlosch nur langsam, aber seine geblähten Nasenflügel beruhigten sich und die Zornesröte wich aus seinen Wangen. Mit einem schnellen Blick sah er wieder zu Nox, ehe er zu mir sprach. »Er hat dir vielleicht das Leben gerettet, aber so wie du aussiehst, hat er nicht gut genug auf dich aufgepasst. Zum Glück bin ich jetzt da, um das zu übernehmen.«

Besitzergreifend packte er meine Hände und nahm sie von seinem Gesicht. Gleichzeitig verschränkte er schmerzhaft seine Finger mit meinen. Die Geste war so unangenehm, dass ich mir ein Zischen nicht verkneifen konnte.

Nox' tiefes Lachen strahlte pure Ironie und Verachtung aus. »Du willst dich um sie kümmern, Goldlöckchen? Wie denn? Indem du ihr den Arm brichst? Du hast doch keine Ahnung, was wir zusammen durchgemacht haben, während du dich mit deiner kleinen Feenprinzessin vergnügt hast.«

»Du …« Adam fletschte die Zähne und knurrte aggressiv. Es war deutlich, dass die beiden sich gleich aufeinander stürzen würden, wenn ich es nicht verhinderte.

»Adam Jacob Hill, es reicht!« Zornig riss ich meine Hände aus seinem eisernen Griff und legte sie an seine Brust. Ich hörte sein Herz, das genauso hastig schlug wie meins. Adam war schon immer der Mittelpunkt meiner Welt gewesen. Meine Sonne, um die ich mich drehte. Aber auch er hatte kein Anrecht darauf, mich wie sein Eigentum zu behandeln.

Als ich ein hämisches Lachen hinter mir hörte, drehte ich mich zu dem Höllendiener um, der mit einem provokativen Grinsen in unsere Richtung sah. »Nox, du sollst auch aufhören. Jetzt ist nicht der richtige Moment, sich gegenseitig an die Gurgel zu gehen. Wir haben ein gemeinsames Ziel. Verdammt, Jungs, wir sind ein Team!«

Nox verdrehte schnaubend die Augen.

Adam seufzte. »Sorry, Avy. Du hast recht.« Er schlang einen Arm um meine Taille und zog mich an seine Seite. »Ich hatte nur solche Angst um dich. Und jetzt, wo ich dich wiederhabe, will ich dich nie wieder allein lassen.«

Er drückte mir einen Kuss auf die Schläfe und legte sein Kinn auf meinen Scheitel. Er hatte absichtlich den alten Spitznamen aus Kindergartenzeiten gewählt, um Nox unsere tiefe Verbindung zu demonstrieren. *Vollidiot!*

Ich stöhnte innerlich. Bisher hatte ich mir keine Gedanken gemacht, wie das erste Zusammentreffen der beiden nach diesem Abenteuer aussehen würde, aber selbst mit meiner ausufernden Fantasie hätte ich es mir niemals so grauenvoll vorgestellt.

Um den testosterongesteuerten Revierkampf nicht noch zu unterstützen, schälte ich mich aus Adams Griff, was Nox ein erheitertes und zufriedenes Grinsen entlockte. Doch anstatt an seine Seite zu treten, was er sicherlich angenommen hatte, ging ich auf die beiden Feen zu, die das Spektakel mit einer großen Portion Skepsis betrachtet hatten.

Es behagte mir nicht, die Männer aus den Augen zu lassen, aber Adam war nicht die einzige Person, die ich jetzt dringend in den Arm nehmen musste, um mich davon zu überzeugen, dass sie echt und real vor mir stand.

Harmony musste meinen Gedanken erraten haben, denn ehe ich auch nur den Mund aufmachen konnte, lief sie los, warf sich mir in die Arme und riss uns beide von den Beinen. Mit einem Lachen, das sich mit einem erleichterten Schluchzen mischte, fielen wir in den Schnee, wo wir einander festhielten.

»O Ave! Ich kann es nicht fassen! Ich meine, ich hatte zwar angenommen, dass du noch lebst, weil auch Adam am Leben war, aber ich dachte, du wärst gefangen, so wie wir es waren, weil die Wachen davon sprachen, dass ein Mensch unten im Erdloch sitzt und darauf wartet, zusammen mit dem Dämon hingerichtet zu werden, und da wusste ich, dass nur du es sein konntest, und als der Palast angegriffen wurde und wir fliehen konnten, hoffte ich inständig, dass ihr es auch schafft, aber ehrlich gesagt glaubte ich es nicht und ...«

Ganz nach Nox-Manier presste ich der niemals mit dem Reden aufhörenden Quasselstrippe meine Hand auf den Mund und sah ihr dabei fest in die Augen. »Ich habe dich auch vermisst, Harmony. Oder sollte ich dich lieber *Liliana* nennen?!«

Ehe die Fee antworten konnte, drückte ich sie noch einmal fest an mich, was mit meinen immer noch schmerzenden Gliedern nicht so angenehm war, doch dann rollte ich ihren kleinen Körper von mir. Es war ein berauschendes Gefühl, mal wieder jemanden um mich zu haben, der kleiner war als ich. In Nox' Gegenwart kam ich mir immer wie ein Schulkind vor.

Unbeholfen, jedoch aus eigener Kraft erhob ich mich und half anschließend meiner Freundin aus dem Schnee. Kichernd klopften wir uns das weiße Pulver von der Kleidung, während ich mich in dem Gefühl von Wärme und Freude sonnte.

»Ich hoffe, ihr seid bald fertig mit eurer Wiederverveinigung.« Marrons kühle, sachliche Stimme dämpfte mein Hochgefühl und ich drehte mich zu der Fee herum, die zwar immer noch ihren Bogen in der Hand hielt, jedoch den Pfeil zurück in den Köcher hinter ihrem Rücken gesteckt hatte. Offenbar hatte sie eingesehen, dass wir keine Gefahr darstellten. »Dann könnt ihr ja jetzt berichten, wie es euch gelungen ist, aus dem Verlies zu entkommen. Und wieso du einen Mantel der Wintergarde trägst und ihr auf einem Paryi unterwegs wart.« Wie auch bei unserem letzten Aufeinandertreffen strahlte Marron eine unbeugsame Autorität aus, die keinerlei Widerspruch duldete.

»Das Gleiche könnten wir euch fragen«, sagte Nox mit einem lässigen, vor Arroganz strotzenden Ton, als er sich neben mich stellte und seinen Arm wie selbstverständlich um meine Taille schlang. Ich war inzwischen so sehr an seine Berührungen gewöhnt, dass ich nicht zusammenzuckte, sondern mich an seine Seite schmiegte. Es fühlte sich so herrlich vertraut und gleichzeitig aufregend kribbelig an, dass ich unwillkürlich lächeln musste.

Ein wütendes Knurren erklang und ich drehte mich danach um. Bei all dem Freudentaumel hatte ich für einen winzigen Augenblick vergessen, dass niemand von Nox' und meiner neuen Freundschaft wusste. Doch Adams vor Zorn funkelnder Blick rief mir diese Tatsache schonungslos in Erinnerung. Es war eindeutig, dass ihm die Nähe zwischen dem Höllendiener und mir nicht gefiel.

Verdammt!

Im selben Moment ließ ich Nox los und trat einen Schritt zur Seite. Aber Adam kannte mich fast mein gesamtes Leben lang und er hatte mich immer beschützt. Wenn er so offensichtlich und deutlich gegen was-auch-immer-Nox-und-ich-da-hatten war, wollte ich ihn nicht damit provozieren oder verletzen. Ich war mir sicher, mein bester Freund würde anders über den Höllendiener denken, wenn ich ihm in Ruhe erklären würde, was Nox und ich zusammen erlebt hatten. Wenn er wüsste, dass Nox mir die Wahrheit über seine Vergangenheit erzählt und dass er sein Leben riskiert hatte, um meins zu retten. Nur leider war jetzt nicht der richtige Moment für diese Art von Gespräch.

Nox waren Adams Knurren und meine gedankenlose Reaktion darauf nicht entgangen. Das Lächeln auf seinen Lippen gefror zu Eis und sein Blick huschte für eine Nanosekunde in meine Richtung. Doch welcher Gedanke auch immer gerade durch seinen Verstand geistert war, er hatte sich schnell wieder unter Kontrolle. Mit einer lässigen Geste verschränkte er die Arme vor der Brust und musterte Marron fragend. Mir war bewusst, dass er wieder die dicke Mauer aus Arroganz und Überheblichkeit hochgezogen hatte, die im Laufe unseres Abenteuers zumindest zeitweise verschwunden war.

Ich seufzte leise. Egal, was ich jetzt tat, ich würde jemanden verletzen. Entweder Adam, Nox oder mich selbst.

Marron verengte die Augen und verstärkte den Griff um ihren Bogen. »Ich habe aber zuerst gefragt, Dämon. Außerdem tragen wir nicht die Kleidung unserer Feinde und ebenso wenig fliegen wir auf ihren Wehrtieren.« Marron machte einen Schritt auf uns zu. »Nur weil ihr nicht der Grund für den Verrat an Königin Mab wart, bedeutet das nicht, dass ich euch traue. Einzig und allein Liliana habt ihr es zu verdanken, dass ich das Paryi und nicht euch getroffen habe.«

»Marron! Es reicht! Ich habe dir bereits gesagt, dass Avery meine Freundin ist. Sie würde uns niemals verraten. Sie und der Dämon haben mir eine Rückkehr nach Galoai ermöglicht. Du kannst ihnen vertrauen!« Harmony hatte sich zwischen uns und die Anführerin der Rebellentruppe gedrängt und sah Marron herausfordernd an. Sie strahlte eine bisher ungekannte Ruhe und Sanftheit aus, die im völligen Gegensatz zu der aufgedrehten und hibbeligen Mony stand, die ich seit Jahren kannte.

Marron sah mit zusammengepressten Lippen an Harmony vorbei und taxierte uns. »Schön. Ich lasse euch am Leben. Aber ich vertraue euch immer noch nicht.«

Ich quittierte ihre Worte stumm und mit ausdruckslosem Blick. Der Argwohn beruhte auf Gegenseitigkeit und ich war mir nicht sicher, ob wir ihr trauen konnten. Aber wir hatten keine Wahl. Wir brauchten sie, um an das Zepter zu gelangen.

»Und jetzt beantwortet meine Frage. Wie konntet ihr fliehen? Wurdet ihr gesehen? Verfolgt?« Marron sah hinauf zum Himmel, als erwarte sie jeden Augenblick eine ganze Heerschar von Paryis zu entdecken.

Nox öffnete bereits den Mund, um etwas zu erwidern, aber ich kam ihm zuvor. Im Augenblick konnte ich nicht sagen, in welcher Laune er sich befand, und ich wollte verhindern, dass er neben dem Ärger mit Adam auch noch Stress mit Marron provozierte.

»Es begann mit dem ersten Erdbeben, das durch die Trolle ausgelöst wurde.« In knappen Sätzen berichtete ich von unserer Flucht. Dabei verschwieg ich, welchen Einfluss Alyssa auf die Wahl der Wache gehabt hatte, und schmückte stattdessen den Kampf gegen Dragon und die Begegnung mit den beiden Trollen etwas aus. »Und wenn du uns nicht vom Himmel geschossen hättest, müssten wir uns jetzt nicht wie Matschkartoffeln fühlen«, fügte ich mit einem verärgerten Unterton hinzu.

Marron hatte mir stumm zugehört. Nur Harmony und vor allem Adam hatten immer wieder Ausrufe des Entsetzens und des Unglaubens ausgestoßen.

»Ihr könnt von Glück reden, dass Liliana und Adam sich für euch verbürgt haben. Meine Pfeile treffen immer ihr Ziel. Und wenn die beiden euch nicht erkannt hätten, wärt ihr jetzt so kalt wie das Herz der Königin.« Mit diesen charmanten Worten drehte Marron sich um und stapfte durch den Schnee. Für sie war die Unterredung beendet.

»Ihr dürft nicht sauer auf sie sein. Sie hat ein Vertrauensproblem, was bei ihrer Vergangenheit kein Wunder ist.« Harmony sah uns entschuldigend an. »Aber sie will dasselbe wie wir alle. Das Zepter finden. Und deswegen können wir ihr vertrauen.« Sie kam auf mich zu, nahm mich in den Arm und drückte mich fest an sich, was ich mit schmerzverzerrtem Gesicht über mich ergehen ließ. »Ich bin wirklich so unendlich froh, dass es dir gut geht, Avery.« Ihr Blick huschte kurz zu Nox, ehe sie mich wieder ansah. Sie wusste genau, was zwischen dem Höllendiener und mir geschehen war. Nur konnte ich nicht einschätzen, was sie davon hielt. Ihre warnenden Worte waren mir noch sehr präsent. »Ich muss euch dafür danken, dass ihr mir das Leben gerettet habt.«

Ich wandte meinen Blick von Marron ab, die sich bereits entfernte, und sah Harmony an, nachdem sie mich endlich losgelassen hatte. »Schon okay, Mony. Wir sind quitt. Immerhin hast du Marron davon abgehalten, uns wie Tontauben abzuschießen.«

Harmony lächelte erleichtert. »Das habe ich gern getan. Aber jetzt muss ich schnell zu ihr, ehe sie es sich anders überlegt und uns hier allein zurücklässt.«

Mit einem typischen Harmony-Grinsen drehte sie sich auf dem Absatz um und folgte Marron. Ich bemerkte, dass sie barfuß war. Wahrscheinlich hatte sie es ihren Winterfee-Genen zu verdanken, dass sie nicht fror.

Ich wollte den beiden Feen folgen, als Adams Ruf mich zurückhielt.

»Avery? Kann ich dich kurz sprechen? Allein!«

Auch wenn wir in einer größeren Gruppe hier gestanden hätten, wäre mir klar gewesen, wen Adam mit dieser Forderung ausschloss. Am liebsten hätte ich so getan, als hätte ich ihn nicht gehört. Aber natürlich war das albern und kindisch. Früher oder später musste ich mich diesem Gespräch stellen. Nur wäre mir ein »später« lieber gewesen.

Ich seufzte und drehte mich zu Adam herum, doch ich kam nicht weit. Nox hatte meinen Oberarm gepackt und ich sah überrascht auf. Sein Griff war grob und schmerzhaft.

»Du solltest aufpassen, Kleines. Der Schein trügt. Goldlöckchen ist nicht der, den du kennst. Irgendetwas an ihm ist nicht richtig. Ich spüre es. Zudem kenne ich das Lichte Volk. Die Prinzessin würde ihren Bann nicht einfach so brechen und ihn ins Verlies stecken. Irgendwas ist hier faul.«

Nox sah mich aus ernsten Augen an und die Intensität seines Blickes verursachte mir eine Gänsehaut.

Er meint es ernst! Er hält Adam für eine Gefahr.

Unsicher, was ich davon halten sollte, wandte ich mich Adam zu, in dessen Blick ich Missbilligung las. Meine Kopfschmerzen verstärkten sich und ich ließ kraftlos die Schultern und den Kopf hängen und sah auf den Boden. Das Gefühl, zwischen zwei Stühlen zu stehen und mich entscheiden zu müssen, raubte mir die letzten Energiereserven.

Es war zum Verrücktwerden. Adam kannte ich schon mein ganzes Leben lang. Er war immer für mich da gewesen. Er war mein bester Freund. Mein Bruder. Aber Nox hatte mich beschützt und mir mehrfach das Leben gerettet. Ich hatte ehrliche Gefühle für ihn entwickelt und war drauf und dran, mich in ihn zu verlieben.

Was soll ich nur tun?

Ich hob den Kopf und sah Nox in die Augen. »Ich weiß, dass du sauer bist. Mit meiner Abweisung habe ich dich ...«

Der Blick des Höllendieners wurde kalt und hart. Sein Griff lockerte sich, ohne dass er mich losließ. »Wieso sollte ich sauer sein? Wir hatten nur ein bisschen Spaß zusammen. Nicht mehr. Ich habe mir bereits gedacht, dass du zu Sinnen kommen wirst, sobald das Schoßhündchen auf der Bildfläche erscheint.« Er ließ meinen Arm los, als hätte er sich verbrannt, und richtete seinen Blick in die Ferne. »Wie ich bereits sagte, ihr Menschen seid schrecklich langweilig und vorhersehbar. Was auch der Grund ist, weshalb ich mich nie ernsthaft auf einen von euch einlasse.«

Mit diesen Worten ließ Nox mich stehen und folgte schnellen Schrittes Harmony und Marron.

Ich sah ihm hinterher. Wieso wusste ich selbst nicht. Mir war bewusst, dass er sauer und verletzt war. Trotzdem hoffte ich, dass er sich noch einmal umdrehen würde. Hoffte, dass er stehen bleiben oder sogar zurückkommen würde. Aber das tat er nicht. Als wäre ich ihm völlig egal, ging er weiter.

»Nox. Bitte.« Sein Name perlte mir über die Lippen, ohne dass ich es verhindern konnte, doch es war nur ein leises Wispern. Und selbst das hätte er vernommen, wenn er auf mich geachtet, sich auf mich konzentriert hätte.

Aber er reagierte nicht.

Mein Herz geriet aus dem Takt.

Stolperte.

Fiel.

Zerbrach.

In der um mich herum herrschenden Stille hörte ich, wie jeder einzelne der tausend Splitter über den Boden meiner Seele schlitterte und liegen blieb, weit außerhalb meiner Reichweite, damit ich bloß nicht auf die Idee kam, sie wieder einzusammeln und zu flicken.

»Ave?« Wie aus dem Nichts tauchte Adam vor mir auf. Seine Hand landete samtweich auf meiner Schulter und riss mich aus meiner Starre. Überrascht hob ich den Kopf und sah in flüssiges Braun, das mich sorgenvoll anblickte. »Bitte sag mir, dass ich mich täusche. Sag mir, dass du dein Versprechen gehalten und dich nicht in den Dämon verliebt hast.« Er legte seine Hand auf meine Wange und strich mit seinem Daumen über meine Haut, wobei er nasse Spuren hinterließ, die von meinen Tränen kommen mussten. Dabei hatte ich nicht einmal bemerkt, dass ich zu weinen begonnen hatte.

Ich sah Adam lange in die Augen. Er war die einzige Person, der ich immer alles sagen konnte. Wir hatten keine Geheimnisse voreinander. Zumindest war es bis zu meinem achtzehnten Geburtstag so gewesen. Er liebte mich, ebenso wie ich ihn liebte. Er würde die Wahrheit verstehen. Das wusste ich.

Mein Blick glitt an Adam vorbei, wo ich Nox' Schemen sah, der sich immer weiter entfernte.

»Nein, Ad. Ich habe mich nicht in den Dämon verliebt.«

Aber in den Engel.

ACHTUNDZWANZIG

Hätte ich zuvor gewusst, wie lange unsere Weiterreise dauern würde, hätte ich ernsthafte Zweifel gehegt, ob wir es überhaupt rechtzeitig bis zum Zepter schafften. Dabei hatte ich längst mein Zeitgefühl verloren. Und ich wurde den Gedanken nicht los, dass die Tage länger und die Nächte wesentlich kürzer waren, als ich es von zu Hause gewohnt war. Aber vielleicht täuschte ich mich auch, weil ich seit Tagen Hunger, Schmerzen und Müdigkeit verspürte. Die Feen, ebenso wie Adam und Nox, hatten damit offenbar keine Schwierigkeiten. Aber ich wollte nicht jammern, also hielt ich stur die Klappe, während die aufgeplatzten Blasen an meinen Füßen die Stiefel vollbluteten und meine Nase immer noch nicht wusste, ob sie den Gefriertod überlebt hatte oder nicht.

In unserer kleinen Reisegruppe bildeten Marron und Harmony die Vorhut. Ein Stück dahinter ging Nox und mit so viel Abstand, wie es möglich war, ohne dass Adam misstrauisch wurde, folgten wir. Die ersten Stunden unserer Wanderung hatte ich genutzt, um ihm alles zu erzählen, was seit der Party am Strand geschehen war. Dabei verschwieg ich ihm jedoch all jene Momente, die auch nur im Geringsten darauf hindeuteten, dass ich mich in Nox verliebt hatte. Denn genau das war passiert. Auch wenn ich es erst erkannt hatte, nachdem er mich verlassen hatte.

Es war merkwürdig, dass ich genau sagen konnte, wann es mir bewusst geworden, aber nicht, wann es geschehen war. Vielleicht war es der Moment, als wir von dem abstürzenden Paryi gesprungen waren und Nox seinen Körper als Puffer zwischen mich und den Boden geworfen hatte. Vielleicht aber auch in der Sekunde davor, als er zum ersten Mal meinen Namen ausgesprochen und damit zugegeben hatte, dass ich ihm wichtig genug war und er ihn sich deshalb gemerkt hatte. Es konnte aber auch jeder andere x-beliebige Moment davor gewesen sein. Genügend Möglichkeiten, sich in mein Herz zu schleichen und es mit seiner Anwesenheit zu füllen, hatte er gehabt.

Um mich von der Leere in meinem Inneren abzulenken, fragte ich Adam, was er erlebt hatte, seit wir durch das Tor gegangen waren. Leider konnte er sich an nichts erinnern. Sein letztes Bild war, wie er am Montagmorgen Alyssa auf dem Schulflur angesprochen hatte. Danach war er – zumindest in seinen Augen – völlig überraschend im Verlies am Winterhof in einer Zelle gegenüber von Marron und Harmony erwacht. Diese hatten ihm erzählt, dass Nox und ich ebenfalls am Winterhof waren und man uns ins »Erdloch« gesteckt hatte – eine Bezeichnung, die offenbar jedem außer mir ein Begriff war. Welch Ironie, dass Nox und ich die Einzigen waren, die dieses Erdloch bereits kennengelernt hatten.

Anschließend fragte ich Adam, ob Marron etwas von dem Verbleib ihrer Rebellentruppe mitbekommen hatte. Er antwortete, dass die meisten Rebellen bei dem Angriff auf das Lager getötet und nur eine Handvoll an den Winterpalast gebracht worden waren. Da aber keiner von ihnen in den Teil des Verlieses gebracht worden war, in dem sich Adam, Marron und Harmony befunden hatten, waren sie sich nicht sicher, ob überhaupt irgendeiner der Rebellen noch am Leben war. Ebenso wie der Farir, den Marron nach ihrer Flucht mehrfach erfolglos zu rufen versucht hatte.

Um dieses traurige Thema zu beenden, machte Adam Anstalten, mich noch einmal auf Nox anzusprechen, aber ich beschleunigte meine Schritte. Doch sobald ich Gefahr lief, den Abstand zum Höllendiener zu verringern, ließ ich mich wieder zurückfallen und täuschte entweder einen Wadenkrampf oder offene Schnürsenkel vor.

Adam warf mir einen nachdenklichen Blick zu, den ich gekonnt ignorierte. Stattdessen konzentrierte ich mich auf die hier schneefreie Landschaft.

Wow, Avery, du benimmst dich wirklich sehr erwachsen!, schalt ich mich. Aber ich wollte mich nicht erwachsen benehmen. Erwachsene hatten nur Probleme. Und meine bisherigen Entscheidungen, die ich als Erwachsene getroffen hatte, waren alle falsch gewesen. Ich hatte nicht nur mein Leben in

Gefahr gebracht, nein, auch Adams und Nox'. Ich hatte sowohl meinen besten Freund verraten und zwei meiner Versprechen gebrochen als auch den Mann, für den ich zum ersten Mal erste Verliebtheitsgefühle empfand, vergrault.

Ja, erwachsen zu sein war ätzend!

»Dort hinter dem Hügel schlagen wir unser Lager für die Nacht auf.« Marron und Harmony waren stehen geblieben und die Anführerin der Rebellentruppe deutete auf einen Punkt in weiter Ferne. Bei dem Gedanken, noch so weit laufen zu müssen, entfloh mir ein ungewolltes Stöhnen.

Das Winterreich lag zwar inzwischen weit hinter uns und wir hatten das Wilde Land erreicht, was zumindest für angenehme Temperaturen sorgte. Dafür waren uns hier bereits einige Kreaturen begegnet, die meinen schlimmsten Horroralbträumen hätten entsprungen sein können. Zum Glück schaffte Marron es, sie mit ihrem Bogen zu töten, ehe sie uns zu nah kommen konnten. Aber auch diese winzige Sicherheit wurde mir geraubt, als die Anführerin der Rebellentruppe sachlich erklärte, dass die meisten Wesen nachtaktiv waren und in der Dunkelheit auf Beutejagd gingen. Diese seien dann auch wesentlich schwieriger zu sehen.

Ich war jetzt schon begeistert, jedes einzelne von ihnen kennenzulernen.

»Bist du müde, Ave?« Adam stieß mich mit der Schulter an und als ich ihn ansah, entdeckte ich sein vertrautes warmes Lächeln. Sofort verengte sich meine Brust und raubte mir den Atem. Ich hatte ihn so schrecklich vermisst. Das schlechte Gewissen, das mich wie ein Schatten begleitete, erschwerte die Situation zunehmend.

»Nee, kein bisschen, Ad. Du weißt doch, wie sehr ich Spaziergänge in unbekannten Welten liebe.« Ich streckte ihm frech die Zunge raus, einfach weil es sich so vertraut und nach Heimat anfühlte. Ich wusste nicht, was Nox mit seiner versteckten Warnung über Adam gemeint hatte, aber niemand kannte den blonden Engel so gut wie ich. Wenn er immer noch unter Alyssas Bann stand, hätte ich es gemerkt.

Adam grinste und zuckte mit den Schultern. »Na, wie du meinst. Ich wollte dir gerade anbieten, dich huckepack zu nehmen, aber wenn du nicht willst …« Er kreuzte seine Arme hinter dem Rücken und ging ein paar Schritte voraus. Dabei pfiff er diese typische Unschuldsmelodie.

»Du Blödmann!« Ich lachte von Herzen, als ich Anlauf nahm und auf seinen Rücken hopste. Der Sprung und auch der Aufprall waren extrem schmerzhaft, aber ich ignorierte das Leid und frönte dem warmen Gefühl, das sich in mir ausbreitete. Es war unbeschreiblich, *wie sehr* ich Adam vermisste hatte.

Und jetzt vermisse ich Nox genauso. Obwohl er nur ein paar Meter von mir entfernt ist, fühlt es sich so an, als wäre er auf einem unerreichbaren Planeten. Der Gedanke dämpfte meine Euphorie.

Adam bekam davon nichts mit, lachte und lief los. Wir überholten Nox, Marron und Harmony. Ich spürte ihre Blicke, aber ich verdrängte das unangenehme Gefühl, das sie in mir auslösten. In diesem Moment hatte ich eine Portion Glück und Freude verdient. Und es gab niemanden, der es besser vermochte, mir dieses Gefühl zu bescheren, als Adam.

***

Nach einigen Stunden – die meiste Zeit hatte ich auf Adams Rücken geschlafen – erreichten wir den Hügel, den Marron gemeint hatte. Sie, Harmony und Nox machten sich auf, um Feuerholz zu sammeln, während Adam und ich losgeschickt wurden, um Nahrung zu suchen.

»Weißt du eigentlich irgendetwas über Marron?«, fragte ich Adam, als wir von unserer Lebensmittelexpedition zurückkamen. Wir hatten meinen Umhang zu einem Beutel gebunden, in dem wir Beeren und Wurzeln gesammelt hatten. Und weil Adam ein perfekter Gentleman war, hatte er mir, als er gesehen hatte, in welchem Zustand die Weste war, die ich unter dem Umhang trug, stumm und ohne Fragen zu stellen seine Jacke gereicht, die ich mit glühenden Wangen angezogen hatte.

»Nein, sie ist nicht sonderlich gesprächig. Das kann aber auch an Mony liegen, die einen selten zu Wort kommen lässt.« Adam warf mir einen schelmischen Blick zu, als wir uns dem Platz näherten, an dem die anderen bereits um ein prasselndes Lagerfeuer saßen.

»Ja, mag sein.« Ich richtete meine Aufmerksamkeit auf das Feuer. Harmony, die neben Marron saß, plapperte gerade irgendwas, das die andere Fee entweder nicht interessierte oder nicht kommentieren wollte. Dafür registrierte ich deutlich ihren Blick in unsere Richtung. Und je näher wir kamen, desto mehr wurde mir klar, dass sie nicht mich, sondern Adam musterte. Und das auch nicht auf diese kühle und abschätzige Art, die ich von ihr gewohnt war. Trotzdem konnte ich unmöglich sagen, was gerade in ihrem Kopf vorging.

Adam ging mit dem Umhang zu Marron. Wir hatten ein paar Früchte gefunden, bei denen Adam sich nicht sicher war, ob ich sie unbeschadet essen konnte, und er wollte sich zuvor bei Marron erkundigen. Unterwegs hatte er mir von einigen möglichen Reaktionen bei Menschen auf Feenfrüchte erzählt und ich war ihm für diese Sicherheitsvorkehrung dankbar. Ich wollte nämlich weder für den Rest meines Lebens mit schlumpfblauer Hautfarbe rumlaufen, noch wollte ich schwerelos durch die Luft schweben und nie wieder einen Fuß auf die Erde setzen können.

Meinen Blick auf Adam gerichtet suchte ich mir einen Platz am Feuer, darauf bedacht, einen gewissen Abstand zu Nox zu wahren. Seit seinem Abgang hatten wir uns nicht mehr in die Augen gesehen, obwohl zumindest ich so schwach gewesen war und immer wieder kurze Blicke in seine Richtung geworfen hatte, die jedoch unbemerkt geblieben waren und mir nur weiteren Kummer beschert hatten.

»Ihr wart aber lange weg. Und du trägst seine Jacke.« Unbemerkt hatte Nox sich neben mich gesetzt. Als ich aufschaute, sah ich nur sein Profil. Der Höllendiener hatte sich zum Feuer gewandt. »Ich hoffe, Goldlöckchen hat nicht meinen Preis geerntet. Immerhin steht mir deine Jungfräulichkeit zu.« Das Grinsen, mit dem Nox mich jetzt bedachte, war an Ekel und Abscheu nicht zu überbieten.

»Du ...« Mir fehlten die Worte und ich wandte mein vor Scham und Wut glühendes Gesicht ab. Er wusste, dass mich diese Worte verletzten. Natürlich war ihm klar, wie er mich für meine Entscheidung bestrafen konnte. Und wie es sich für einen Höllendiener gehörte, war er nicht sparsam mit seinen Gemeinheiten.

»Mache ich dich wieder sprachlos, Kleines? Tja, in den letzten Tagen hast du dich nicht darüber beschwert. Ich bin mir sogar sicher, dass es dir regelrecht gefallen hat. Aber natürlich darfst du das vor deinen ach so heiligen Freunden nicht zugeben. Immerhin wären sie schwer enttäuscht, wenn sie wüssten, wie *bereit* du warst, dich mir zu öffnen.«

Jedes Wort fühlte sich wie eine Ohrfeige an und der Schauder, der durch meinen Körper fuhr, hatte nichts Angenehmes oder Romantisches an sich.

Einen Moment lang war ich wie erstarrt und wusste nicht, ob ich aufspringen und ihn schlagen oder mich bei ihm entschuldigen sollte, weil ich wusste, dass er seine Beleidigungen aus verletztem Stolz aussprach. Da mir beides falsch erschien, hielt ich den Mund und starrte weiter ins Feuer, auch wenn meine Sicht von aufsteigenden Tränen getrübt war.

Nox hingegen hatte nicht vor, den Mund zu halten. »Aber weißt du was, Kleines? Du brauchst keine Angst zu haben, dass ich dich nachts heimlich überfalle und vergewaltige. Ich verzichte freiwillig auf den mir versprochenen Heldenlohn. Und weißt du warum?« Er gab mir keine Möglichkeit, auf seine rhetorische Frage einzugehen. »Es gab da mal ein Mädchen, das etwas in mir sah, das niemand sonst zuvor in mir gesehen hatte. Etwas, das ich selbst längst vergessen hatte. Und zu Ehren dieses Mädchens werde ich meinen inneren Dämon an der Leine halten.« Nox erhob sich, den Blick in die Flammen gerichtet, wie ich bemerkte, als ich zu ihm aufsah. Ich hatte den Kampf gegen die Tränen verloren und sie flossen mir jetzt ungehindert über die Wangen. Das Gefühl zu ersticken lähmte mich.

»Nox, es ...«

»Schon gut, Kleines. Lass stecken. Du brauchst dich nicht zu entschuldigen.« Er schaute mich an. Zum ersten Mal seit Stunden sah er mir in die Augen und ich sah seinen Schmez und das Leid darin. »*Du* hast nichts falsch gemacht. Denn du kennst das Mädchen nicht, das ich meine. Sie war etwas Besonderes. Leider starb sie bei einem Sturz, während ich versuchte sie zu retten.«

Nox wandte sich ab und steuerte einen Felsen an, der nur ein paar Meter vom Lagerfeuer entfernt aufragte und in sanftes Licht getaucht war. Dort ließ er sich auf den Boden gleiten, lehnte sich an den Stein und schloss die Augen, sein Gesicht zu einer ausdruckslosen Maske verzogen, als hätte dieses Gespräch, das mein Innerstes wie Säure zerfraß, nie stattgefunden.

***

Nach Nox' Abgang war Adam neben mich getreten. Er hatte mir ein paar Beeren gereicht und sich mit seiner eigenen Portion neben mich gesetzt. Während Marron und Harmony an irgendwelchen Fleischstücken knabberten, dessen dazugehöriges Tier Marron zuvor mit ihrem Bogen erlegt hatte, aßen Adam und ich schweigsam unsere Früchte. Dabei richtete ich meinen Blick immer wieder auf die Feen, nur um nicht zu Nox sehen zu müssen.

»Wollt ihr auch? Es ist genug da.« Harmony deutete mit einem Kopfnicken auf die restlichen Brocken, die noch über dem Feuer hingen.

Ich schüttelte den Kopf. Auch wenn das Fleisch köstlich roch und mein Magen sich über warme Nahrung gefreut hätte, konnte ich den Anblick nicht verdrängen, wie Marron dem Tier, das mich ein wenig an einen Waschbären erinnert hatte, das Fell abgezogen, ihm den Bauch aufgeschnitten und die Innereien entnommen hatte. Ich war mir nicht einmal sicher, ob ich jemals wieder Fleisch essen würde.

Adam schien mein Unbehagen zu spüren und wechselte das Thema. »Erzähl mal, Marron, wie bist du eigentlich zur Anführerin einer Rebellentruppe geworden?«

Die Angesprochene zuckte mit den Schultern und kaute auf einem Bissen, den sie sich zuvor in den Mund geschoben hatte. Bisher hatte sie kaum ein Wort gesprochen, außer um uns Befehle zu erteilen. »Genauso gut könnte ich dich fragen, wie man von einem Himmelsdiener zum Menschen wird. Die Antwort wäre dieselbe: Andere haben Entscheidungen getroffen, die unser Leben beeinflussten.«

Der in ihren Worten mitschwingende Vorwurf trieb mir das Blut in die Wangen und ich wandte den Blick ab, obwohl mich niemand beachtete. Nur um mich von meinen eigenen Problemen abzulenken, versteifte ich mich auf den absurden Gedanken, Marron könnte etwas für Adam übrighaben. Ihre Worte ließen zumindest darauf schließen, dass sie eine gewisse Verbindung zwischen sich und ihm sah.

Adam, dem meine angespannte Haltung nicht entgangen war, legte einen Arm um meinen Rücken und strich sanft darüber. »Das stimmt nicht, Marron. Avery hat ihre Entscheidung getroffen ohne das Wissen, dass wir daran beteiligt sind.«

»Und doch ist dir aufgrund ihrer Wahl der Zugang zum Himmelsreich verwehrt«, konterte Marron. »Ebenso wie mir der Zugang zum Sommerhof verwehrt wurde, als jemand anderes eine Entscheidung traf.«

»Du bist eine Sommerhof-Fee?« Überrascht hob ich den Kopf. Ich wusste nicht, weshalb ich bisher felsenfest davon überzeugt gewesen war, dass sie zum Winterhof gehörte. Vielleicht lag es an den eiskalten Blicken, mit denen sie mich immer wieder bedachte. So wie in diesem Moment.

»Ich gehörte einst zum Hofe von König Oberon. Meine Familie und ich. Doch in dem Krieg, den jede Fee kennt, an den sich jedoch keine zu erinnern vermag, wurden sie alle wie wilde Tiere abgeschlachtet. Nur mich ließ man am Leben, weil ich so gut mit dem Bogen umgehen konnte. Sie wollten mich für die Armee rekrutieren.« Marron lenkte ihren Blick wieder zum Feuer. Ihrer Meinung nach war genug gesagt worden.

»Marron, du weißt nicht, ob Thor...«

Marrons Kopf ruckte zu Harmony herum, die den Blick traurig erwiderte. »Wag es nicht, seinen Namen in den Mund zu nehmen, Liliana. Es ist nicht deine Geschichte. Du solltest lernen, Respekt vor den Toten zu haben.«

Harmony verdrehte die Augen. »Mein Gott, Marron. Das Ganze ist bereits mehrere Jahrhunderte her. Es wird dir guttun, darüber zu reden.«

Marron funkelte Harmony an, sagte jedoch nichts. Dann wandte sie sich wieder dem Feuer zu. Es war eindeutig, dass sie nicht mehr dazu zu sagen hatte. Aber Harmony wäre nicht sie selbst, wenn sie dieses Thema einfach so auf sich hätte beruhen lassen.

»Wenn du nicht reden willst, erzähle ich ihnen deine Geschichte, Marron. Sie haben ein Recht auf die Wahrheit.«

»Sie haben ein Recht auf die Wahrheit?« Marron lachte, was mich überraschte. Zum einen, weil ich sie noch nie hatte lachen hören, und zum anderen, weil es kein erfreutes Lachen war. Es klang sarkastisch. »Ich bin mir im
Moment nicht einmal sicher, ob sie alle ein Recht auf Leben besitzen. Aber
ganz bestimmt schulde ich ihnen nicht die Wahrheit über mein Leben.
Zudem bist du, Liliana, die letzte Person auf dieser Erde, der ich es gestatten
würde, meine Geschichte zu erzählen. Ich kenne deine Vorliebe, Dinge preis-
zugeben, die unerwähnt bleiben sollten.« Trotz der harschen Worte erkannte
ich deutlich, dass Marron Harmony mochte.

Meine Freundin zuckte mit den Schultern und wandte sich uns zu. »Thormur war Marrons kleiner Bruder. Bei dem Angriff der Wintergarde auf ihren
Hof wurden ihre Eltern und ihre jüngere Schwester Tabathea getötet. Thormur wurde wie Marron an den Winterhof gebracht. Sie sollten dort beide als
Söldner für Königin Mab ausgebildet werden, aber ...«

»Aber ich weigerte mich, dem Feind zu dienen. Um meinen Willen zu brechen, steckte man mich in das Erdloch, das auch ihr kennengelernt habt. Sie
drohten meinem Bruder mit derselben Strafe, wenn er sich weigern sollte,
mit der Garde in den Finsterwald zu gehen. Erst als es mir gelang, mit einer
Gruppe anderer Gefangener zu fliehen, und wir wegen unseres Gefangenen-
makels – ein Brandmal im Nacken, mit dem Königin Mab ihre Sklaven zeich-
net – nicht zurück an den Sommerhof konnten, schlossen wir uns zusammen.
Im Laufe der Zeit erfuhr ich von dem Schicksal meines Bruders. Die Garde,
die damals in den Finsterwald gezogen war, war zurückgekommen. Mein
Bruder nicht.« Die Kälte, die sonst immer in Marrons Stimme mitschwang,
war gewichen und hatte alten, nie überwundenen Schmerz freigelegt.

»Das tut mir leid, Marron.« Adam, der wie so oft ein Gespür für die richtigen Worte hatte, fügte mit sanfter Stimme hinzu: »Einst erwähnte eine
Dryade mir gegenüber einen Sinnspruch, den ich in all den Jahrhunderten
nie vergessen habe. ›Solange die Sterne nicht ...‹«

»›... nicht erloschen sind, vergeht auch meine Hoffnung nicht.‹« Marron
hatte ihren Kopf gehoben und betrachtete Adam sichtlich überrascht. »Diese
Weisheit ist sehr alt. Nur die wenigsten Feen kennen sie noch.«

Adam zuckte mit den Schultern und ich meinte, eine leichte Färbung auf seinen Wangen zu erkennen. »Auch ich bin sehr alt, Marron.«

NEUNUNDZWANZIG

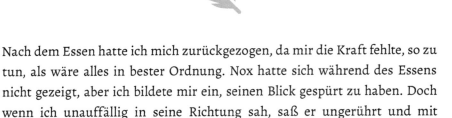

Nach dem Essen hatte ich mich zurückgezogen, da mir die Kraft fehlte, so zu tun, als wäre alles in bester Ordnung. Nox hatte sich während des Essens nicht gezeigt, aber ich bildete mir ein, seinen Blick gespürt zu haben. Doch wenn ich unauffällig in seine Richtung sah, saß er ungerührt und mit geschlossenen Augen an seinen Felsen gelehnt und erweckte den Eindruck, als würde er schlafen.

Da wir uns nicht mehr am Winterhof aufhielten, waren die Temperaturen angenehm warm, sodass ich mich ein Stück abseits auf den Boden legen und den Umhang zusammengeknüllt als Kissenersatz nutzen konnte. Adams Jacke diente mir als Wärme- und Krabbeltierschutz.

Mit geschlossenen Augen versuchte ich mich zu entspannen und wenigstens etwas Schlaf zu finden, doch die leisen Stimmen von Marron, Adam und Harmony erschwerten es mir, das Gedankenkarussell in meinem Kopf anzuhalten. Zudem hielten mich Geräusche wach, die ich zuvor noch niemals gehört hatte. Ein leises Sirren, Summen, wiederholtes Knacken und Knurren waren dabei noch die harmlosesten Laute, die an mein Ohr drangen. Aber eigentlich waren das alles nur Ausreden. Der wahre Grund, weshalb ich nicht zur Ruhe kam, lag ein Stück hinter mir.

Ich wusste, dass ich Nox mit meiner Zurückweisung in Gegenwart von Adam verletzt hatte. Aber er hatte mir keine Chance gelassen, es ihm zu erklären. Verstand er denn nicht, dass jetzt nicht der richtige Moment war, um mit Adam über dieses Thema zu reden? Hatte Nox kein bisschen Vertrauen, dass meine Gefühle für ihn echt waren? Aber vielleicht kam ihm dieser Streit sogar gelegen. So blieb es ihm erspart, mich darauf hinzuweisen, dass zwischen uns sowieso niemals etwas anderes als Sex geschehen wäre. In diesem Punkt hatte er sich deutlich ausgedrückt.

Unruhig drehte ich mich auf die andere Seite. Meine Lider öffneten sich automatisch und suchten Nox' Blick. Aber natürlich hatte er seine Augen geschlossen und schlief tief und fest. Ich erlaubte mir, ihn einen Moment lang anzusehen, in der Hoffnung, dass er sich beobachtet fühlte und zu mir herübersah. Doch je länger ich seinen Anblick ertragen musste, desto schwerer fiel es mir zu atmen. Die Gewissheit, dass die Sehnsucht nach einer Versöhnung einzig und allein von mir ausging, schnürte mir die Kehle zu.

Mit tränenfeuchten Augen, zusammengebissenen Zähnen und einem Kloß im Hals, der die Größe einer Orange haben musste, gab ich mich geschlagen und drehte mich wieder zur anderen Seite. Um die Leere in meinem Inneren zu verdrängen, schlang ich die Arme um meine Brust und zog meine Beine an.

Leise Schritte kamen auf mich zu. Ich hörte ein Rascheln, ehe sich ein warmer Körper an mich kuschelte. Ein schwerer Arm schlang sich um meine Taille und zog mich an eine harte Brust. Die Geste, der Körper, der Duft. Alles war so irrsinnig vertraut, dass ich den Kampf gegen die unterdrückten Tränen verlor.

»Ich frage dich gar nicht erst, ob du okay bist. Ich will nur, dass du weißt, dass du mit mir über alles reden kannst. Ich meine wirklich *alles*.« Adam flüsterte seine Worte dicht an meinem Ohr und sein Atem, der vom Essen süßlich roch, strich über meine Wange.

Ich wusste, dass jeder der hier Anwesenden uns hören konnte. Und selbst wenn es sowieso alle bereits wussten, wollte ich nicht der Schwäche nachgeben und es auch noch zugeben. Stattdessen biss ich mir fest auf die Zunge, um meinen Herzschmerz zu unterdrücken. Stumm drehte ich mich zu Adam herum und verbarg mein Gesicht in seinem Hemd. Gleichzeitig schob der Engel den freien Arm unter meinen Körper und zog mich in eine feste Umarmung. Er wusste, dass ich nicht darüber reden würde. Aber er wusste auch, wie dringend ich jetzt seine Nähe und Liebe brauchte. Und die gab er mir bedingungslos. Genau diese Vertrautheit war der Grund, weshalb ich das schlechte Gewissen Adam gegenüber nicht länger ertrug und mich schluchzend an ihn klammerte, während er mich hielt, mir tröstend über das Haar strich und mir keine Vorwürfe machte, weil ich ihn belogen und mein Versprechen gebrochen hatte.

***

Irgendwann musste ich mich in den Schlaf geweint haben, denn ein Pfiff, der von einem Knall abgelöst wurde, ließ mich erschrocken die Lider aufreißen. Ich musste mehrmals blinzeln, ehe ich scharf sah und registrierte, dass Adam nicht mehr neben mir lag. Dann bemerkte ich Marron, die mit gespanntem Bogen auf mich zielte. Auf meinen Kopf!

Ich wollte schreien, aber meine Kehle war vom Weinen rau und belegt und ich brachte keinen Ton heraus. Doch selbst wenn ich wie eine Opernsängerin ganze Arien hätte schmettern können, wäre mir nichts Verständliches über die Lippen gekommen. Mein Kopf war wie leer gefegt und ich war außerstande, etwas anderes zu tun, als Marron mit geweiteten Augen und offen stehendem Mund anzustarren.

Die Fee hingegen blickte konzentriert auf mich herab, als wäre es für sie das Normalste der Welt, ihrem Opfer in die Augen zu sehen, kurz bevor sie es umbrachte.

Ich war wie erstarrt. Mein Blick war auf die Pfeilspitze konzentriert, die in der schwachen Morgensonne tödlich glänzte.

Marron zuckte nicht mal mit der Wimper. Ihre Mundwinkel umspielte ein Lächeln, als sie den gezückten Pfeil losließ.

Ich hörte das bereits bekannte Sirren, spürte den Windhauch, vernahm den dumpfen Klang, als der Holzstab nur wenige Zentimeter neben meinem Kopf den Stoff des Umhangs durchbohrte. Mein Puls raste, Schweiß rann mir über die Schläfen und ich blieb erstarrt liegen, immer noch unfähig, mich zu bewegen oder auch nur zu verstehen, was gerade geschehen war.

Wie aus dem Nichts tauchte Nox in meinem Blickfeld auf. Er griff Marron mit einer Hand an den Hals und hob sie hoch. Ihre Beine baumelten mehrere Zentimeter über dem Boden, doch sie wehrte sich nicht. Mit kaltem, abschätzigem Blick sah sie auf den Höllendiener herunter.

»Nenn mir einen Grund, weshalb ich nicht einen deiner Pfeile nehmen und ihn dir ins Herz rammen sollte, Fee!«

Marron ignorierte Nox' lautes Knurren, seine gefletschten Zähne und die aus allen Poren dringende Mordlust und antwortete seelenruhig: »Ohne mich würdet ihr das Zepter niemals finden.«

»Falsche Antwort.« Nox verstärkte den Griff um Marrons Hals. Jeden Augenblick würde er ihr das Genick brechen, das wusste ich, dennoch war ich außerstande, ihn von einem weiteren Mord abzuhalten.

»Nox! Lass los! Sie hat Avery das Leben gerettet!«

Von wo auch immer Harmony gerade kam, ich war froh, dass sie einschritt. Innerhalb eines Wimpernschlags stand sie bei Nox und hielt ihm etwas vors Gesicht. Es war ein Pfeil. Auf seine Spitze war eine kleine dunkelblaue Kugel gespießt.

»Das ist ein Skarabäus. Ein einziger Biss ist tödlich. Für jedes Wesen.«

Nox zeigte keine Reaktion. Sein Blick glich dem eines Serienkillers. Erst nach mehreren Sekunden lockerte er seinen Griff um Marrons Hals, ließ die Fee jedoch nicht los.

»Solltest du noch einmal mit einem Pfeil auf dieses Mädchen zielen, werde ich dich erst töten und dann eine Erklärung verlangen.« Langsam, vermutlich um Marron Zeit zu geben, seine Worte zu verinnerlichen, öffnete Nox seine Finger und Marron landete katzenhaft auf ihren Beinen. Dabei bedachte sie Nox mit einem undefinierbaren Blick.

Der Höllendiener griff nach dem Pfeil in Harmonys Hand und entriss ihn ihr. In einer schlichten Bewegung zerbrach er ihn in der Mitte und ließ ihn zu Boden zu fallen, ehe er sich umdrehte und wegging.

Mit leerem Blick sah ich ihm nach.

»Wenn ich dich hätte töten wollen, wärst du jetzt tot. Dann hätte ich auf deinen Hals gezielt, nicht auf den Kopf. Menschliche Knochen, insbesondere der Schädel, sind zu hart, um sie leicht zu durchschlagen. Die Wahrscheinlichkeit, dass du überlebt hättest, wäre mir persönlich zu groß gewesen.«

Unschlüssig, wie ich reagieren sollte, widmete ich mich den beiden Feen, die immer noch vor mir standen. Harmony sah mich mit großen, verängstigten Augen an, während Marrons Miene ausdruckslos war. Ich erwiderte ihren Blick perplex, als ein leises »Danke« über meine Lippen kam. Dabei wusste ich nicht, ob ich mich für die Rettung oder für die informative Erklärung bedankte.

»Ich habe es nicht für dich getan, Mensch.« Marron drehte sich von mir weg und folgte Nox. Als ich ihr sprachlos hinterhersah, entdeckte ich Adam, der in einem halsbrecherischen Tempo auf mich zugelaufen kam. Dabei beachtete er die Fee nicht, die kurz stehen blieb und mit gerunzelter Stirn verfolgte, wie er sich neben mich auf den Boden kniete.

»Himmel, Avery! Was ist passiert? Geht es dir gut?« Adam griff nach meiner Hand und strich gleichzeitig über meinen Körper. »Ich war doch nur wenige Minuten weg!«

Ich zwang mich zu einem Lächeln, auch wenn mein gesamter Körper zitterte. »Jaja, mir geht's gut. Wirklich. Marron hat mir das Leben gerettet.« Ich versuchte mich aufzusetzen, doch Adam drückte mich mit einer Hand an der Schulter wieder herunter. Er sah zu Marron, die seinen Blick stumm erwiderte, ehe er sich mir erneut zuwandte.

»Dich kann man echt keinen Moment allein lassen, Ave.« Adam lächelte zwar, aber es erreichte seine Augen nicht. Seine Sorgen und Ängste standen ihm deutlich ins Gesicht geschrieben.

»Marron mag dich, Ad.« Harmony, die ich völlig ausgeblendet hatte, kam ebenfalls zu mir. »Sie hat Avery für dich gerettet, weil sie gesehen hat, wie viel sie dir bedeutet.« Ohne ihre Erklärung weiter auszuführen, drehte sie sich um und eilte Marron hinterher.

Adam folgte unserer gemeinsamen Freundin mit seinem Blick, während ich nicht wusste, auf welchen Punkt des verzwickten Chaos, das sich bereits am frühen Morgen in all seiner Pracht aufgetan hatte, ich mich konzentrieren sollte. Die Auswahl war eindeutig zu groß.

Was ist hier nur los?

***

Während ich die Beeren aß, die Adam heute Morgen für mich gesammelt hatte, setzten wir unsere Reise fort. Marron und Harmony führten unsere Truppe an. Nox, der stumm und mit wütender Miene zu uns gestoßen war, hielt sich zwischen uns und den Feen auf, sodass Adam und ich das Schlusslicht bildeten.

Ich hatte damit gerechnet, dass Adam versuchen würde, ein Gespräch anzufangen, aber er schien in Gedanken zu sein. Diesen Umstand nutzte ich, um mich ausgiebig um mein Nox-Problem zu kümmern. Denn auch wenn der Höllendiener etwas anderes behauptete, glaubte ich ihm nicht, dass ich in seinen Augen gestorben war. Seine Reaktion auf Marrons vermeintliches Mordattentat sprach Bände. Und auch wenn der rationale Teil in mir aus Gründen des Selbstschutzes immer wieder darauf hinwies, dass Nox nur deshalb so ausgerastet war, weil er durch meinen Tod ebenfalls gestorben wäre, ignorierte ich diese Stimme und klammerte mich an den winzigen Spross Hoffnung, der aufgrund seiner harschen Reaktion erneut in mir aufgekeimt war.

Leider half mir diese Hoffnung kein bisschen bei der Beantwortung der Frage, was ich jetzt tun sollte. Ich konnte zwar zu ihm gehen und auf ein Gespräch bestehen, aber ich war mir sicher, dass die Erfolgschancen unterhalb des Nullpunkts lagen. Zudem gab es eindeutig zu viele Zeugen. Insbesondere Adam würde ich damit vor den Kopf stoßen und das wäre nicht fair.

Es ist aber auch nicht fair, dass ich so leiden muss!

Es war zum Haareraufen! Niemals hätte ich angenommen, dass ich mich irgendwann einmal in einer solchen Situation wiederfinden würde. Genau aus diesen Gründen hatte ich mich bisher immer von Jungs ferngehalten. Aber jetzt war es passiert und ich war völlig überfordert.

Die Stunden zogen ins Land und wir wanderten unermüdlich weiter. Zwischendurch durfte ich mich auf Adams Rücken ausruhen, was Nox mit einem abschätzigen und kalten Grinsen quittierte, auch wenn sein Blick deutlich zeigte, wie sehr ihn der Anblick verletzte.

»Ist es noch weit?« Ich wollte nicht wie ein quengeliges Kleinkind klingen, aber ich konnte die nagende Sorge nicht ausblenden, dass uns die Zeit davonlief. Nachdem wir heute Morgen losgewandert waren, hatte ich Adam gebe-

ten, einen Blick auf meine Schulter zu werfen, und er hatte meine schlimmsten Befürchtungen bestätigt. Das letzte Blatt auf meinem Feentattoo war
gezupft und fiel bereits zu Boden.

Uns bleiben nur noch Stunden. Vielleicht noch ein Tag!

»Nein. In dem Waldstück da vorn befindet sich unser Ziel.« Marron hatte
sich während ihrer Antwort nicht zu mir umgedreht, sondern zeigte auf
einen dunklen Punkt, der sich in weiter Ferne befand.

Ich konnte mir ein genervtes Stöhnen nicht verkneifen. Für sie mochte das
ein Katzensprung sein, aber mir erschien die Distanz unüberwindbar.

»Soll ich dich noch eine Runde tragen?«, fragte Adam liebevoll.

Mit hängenden Schultern drehte ich mich zu ihm um. Inzwischen wirkte
er selbst ziemlich müde. Seine Haut war blass, Schweiß hatte seine Locken an
seine Schläfen gepappt und auch wenn er mich anlächelte, sah ich, wie viel
Kraft es ihn kosten musste. Er war das Fehlen seiner übernatürlichen Energie
nicht gewohnt. Daher wunderte es mich auch, dass Nox einen ziemlich fitten
Eindruck machte. Aber vermutlich lag das an der Magie, die meine Gefühle
für den Höllendiener erzeugten. Nox hatte ja erwähnt, dass sie Engel stärker
machte.

Mit einem Kopfschütteln richtete ich meine Aufmerksamkeit wieder nach
vorn. »Nein, geht schon, Ad. Trotzdem danke.«

»Wie du willst, Ave. Aber verzichte nicht auf etwas Ruhe, nur weil du
denkst, mir oder jemand anderem wehzutun. Nicht jeder, in dessen Körper
ein Herz schlägt, hat auch Gefühle.«

Ich warf Adam einen kurzen Seitenblick zu und als ich sah, dass er auf den
Weg vor sich konzentriert war, tat ich es ihm gleich, auch wenn ich genau
wusste, wen er meinte.

Vielleicht hast du recht, Adam. Aber bei Nox täuschst du dich. Das weiß ich genau.

***

Die nächsten Stunden und Kilometer brachten wir schweigsam hinter uns.
Sogar Harmony hielt den Mund, wofür ich ihr wirklich dankbar war.

Die glühenden Sonnenstrahlen, die unbarmherzig auf uns und den ausgetrockneten, rissigen Sandboden fielen, quälten mich bei jedem Schritt. Doch unser Ziel, ein rettender Wald, befand sich unmittelbar vor uns und ich meinte beinahe, seine schattige und kühle Luft spüren zu können. Daher versuchte ich gar nicht erst, mein erleichtertes Stöhnen zurückzuhalten, als wir endlich den Waldrand erreicht hatten und ich gierig die uns entgegenschlagende satte, feuchte Luft einsog. Das dunkelgrüne Blätterdach spendete den ersehnten Schatten und ich bildete mir sogar ein, das Rauschen eines Flusses zu hören.

Wie lange habe ich kein Wasser mehr gesehen oder gar gespürt?

Auch wenn ich wusste, dass ich, selbst wenn wir diese vermeintliche Wasserquelle sehen sollten, niemals darin baden würde, konnte ich meine Gedanken nicht daran hindern, wie sie sich träumerisch einen kleinen Bach oder einen See vorstellten, in den ich zumindest meine lädierten Füße hineinstecken konnte. Wie das frische Nass meine wunde und gerötete Haut kühlte und langsam über meine geschwollenen Knöchel stieg, meine verkrampften Waden erfrischte und …

»Wir sind da«, sagte Marron und ich öffnete perplex die Augen. Ich war so in meine Fantasien vertieft gewesen, dass ich gar nicht mitbekommen hatte, dass wir unser Ziel erreicht hatten.

Im Halbkreis standen wir auf einer von der Sonne beschienenen Waldlichtung. In ihrem Zentrum befand sich ein See, dessen Durchmesser ich auf ungefähr fünfzig Meter schätzte. Seine Oberfläche war dank des an der rechten Seite der Lichtung befindlichen Wasserfalls wild und schäumend, auch wenn die Wassertropfen, die in der Luft tanzten, kristallen funkelten. Zumindest wusste ich jetzt, dass ich mir das Tosen des Wassers nicht eingebildet hatte.

Die Wiese, auf der wir standen, war von wunderschönen Wildblumen in allen Farbnuancen übersät und außer dem Wasserfall war nichts zu hören.

Noch nie hatte ich eine Landschaft gesehen, die idyllischer gewesen war.

»Hier soll sich das Jahreszeitenzepter befinden?«, fragte Harmony und die Skepsis in ihrer Stimme war nicht zu überhören.

Marron nickte stumm und ging auf den See zu. Erst als sie nah an seinem Ufer stand, blieb sie stehen und drehte sich zu uns um.

»Das kann nicht sein, Marron.« Während Harmony weitersprach, trat sie ebenfalls an das Ufer des Sees. »Du musst dich irren. Dort ist die letzte überlebende Dryade.«

Sie deutete auf einen Baum, der mir bislang nicht aufgefallen war, so sehr hatte mich der Anblick des Sees verzaubert. Es handelte sich um eine überdimensional große Trauerweide, deren saftig grüne Äste von kleinen weißen Blüten überzogen waren und bis auf den Boden reichten, auf den sie sich wie eine Schleppe ergossen. Der Anblick ließ mich an den Wasserfall denken.

»Du sagtest, du brauchst mich, um das Zepter zur Dryade zu bringen.«

»Das stimmt auch alles, Liliana. Aber welches Versteck eignet sich besser als ein Ort, an dem niemand suchen würde, weil es viel zu offensichtlich und einfach wäre?« Die Anführerin der Rebellentruppe klang stolz, so als hätte sie sich diesen Plan selbst ausgedacht. Dabei keimte in mir die Frage auf, woher sie überhaupt von dem Aufenthaltsort des Zepters wusste. Dieses Thema hatten wir überraschenderweise nie angesprochen.

»Aber ich verstehe immer noch nicht, wozu du mich brauchst. Immerhin ist es offensichtlich, dass die Legenden über den Schutzzauber der Dryade nichts als Volkssagen sind. Sonst wären wir alle längst tot.« Harmonys anfängliche Skepsis war blankem Argwohn gewichen und ich sah sie überrascht an. In einem solchen Ton hatte ich sie noch nie mit Marron sprechen hören. Bisher waren sie vertraut und freundschaftlich miteinander umgegangen.

Marron schüttelte den Kopf, während sie einen Schritt auf Harmony zu machte. »Nein, Liliana, du irrst dich. Die Legenden stimmen. Doch der Schutzzauber, den die Herrscher errichtet haben, ist nur auf die Dryade und ihren Baum beschränkt, nicht auf die gesamte Lichtung. Die Grenze beginnt bei ihren Blüten. Das Zepter jedoch befindet sich unter Wasser.« Marron deutete auf den See. »Und deswegen brauche ich ... braucht Galoai dich! Nur du kannst das Zepter holen und es zur Dryade bringen.« Der flehende Ton in ihrer Stimme machte mir deutlich, wie dringend sie Harmonys Hilfe benötigte. »Der vermeintliche Dieb, der das Zepter während des Krieges an sich nahm und es hierherbrachte, starb, als er die Grenze passieren wollte. Danach wurde das Zepter in den See geworfen und sank auf dessen Grund.«

»Woher ...?« Harmony keuchte und schlug sich eine Hand vor den Mund.

»Du warst es, nicht wahr? Die Legenden besagen, dass ein Mädchen und sein Vater das Zepter gestohlen haben. Doch es heißt auch, dass beide gestorben sind und seitdem niemand weiß, wo sich das Zepter befindet.«

Marrons Gesichtszüge wurden hart, aber nicht abweisend. Ich spürte ihren Schmerz und die Trauer.

»Mein Vater weckte mich in der Nacht, ehe unser Hof angegriffen wurde. Er sagte, er müsse mir etwas sehr Wichtiges zeigen, und brachte mich hierher. Er holte das Zepter aus seinem Versteck und erklärte mir, dass ich es verstecken müsse, falls ihm etwas passiere. Niemand, selbst die Herrscher nicht, dürfe jemals erfahren, wo es sich befindet. Das Versprechen musste ich ihm geben. Als er dann zu der Dryade ging und ihre Äste zur Seite schieben wollte, fiel er einfach um. Er war auf der Stelle tot. Ich nahm das Zepter und warf es in den See. Damals fiel mir nichts Besseres ein. Als ich nach Hause lief, um meiner Mutter zu erzählen, was passiert war, war die Wintergarde bereits eingefallen und ich musste mit ansehen, wie meine Familie abgeschlachtet wurde. In diesem Augenblick beschloss ich, das Geheimnis des Zepters mit ins Grab zu nehmen. Zumindest bis ich von deiner Geburt erfuhr und neue Hoffnung für das Feenreich schöpfte.«

Ich starrte die Anführerin der Rebellentruppe an. Doch ich war nicht die Einzige, die überrascht war. Auch alle anderen schienen nicht mit dieser Offenbarung gerechnet zu haben.

»Marron! Wie konntest du nur?! Das ist Hochverrat! Sollte jemals jemand erfahren, dass du ...«

Marron unterbrach Harmony. »Ich weiß. Dann werde ich auf der Stelle hingerichtet. Aber das Zepter muss zur Dryade! Nur so kann Galoai gerettet werden. Das war der letzte Wunsch meines Vaters. Und ich schwöre, alles dafür zu tun, um diesen Wunsch wahr werden zu lassen. All die Toten, die während der vielen Jahrhunderte des Krieges gefallen sind, waren unnötig, Liliana. Thormur, Tabathea und meine Eltern sind umsonst gestorben. Aber ich werde ihr Andenken ehren, indem ich dafür sorge, dass Galoai wieder zu dem Land wird, das es vor vielen Jahrtausenden war, bevor Hochmut und Stolz uns entzweiten! Und falls mein Leben der Preis dafür ist, bin ich bereit, ihn zu zahlen!«

Harmony sah Marron lange an. Ihr Blick war traurig und ich konnte mir vorstellen, was sie gerade dachte. Marron war bereit, für ihre Überzeugung zu sterben, und Harmony sollte ihr dabei helfen.

Seufzend wandte sie sich dem See zu. »Es liegt auf dem Grund?«

Marron nickte. »Ja, aber genau darin liegt auch die erste Hürde, die mich daran hinderte, das Zepter selbst zur Dryade zu bringen. Keine Fee aus meiner Gruppe, weder vom Sommer- noch vom Winterhof, konnte die Wasseroberfläche durchdringen und hinabtauchen. Daher denke ich, dass der See ebenfalls mit einem Zauber belegt ist, den nur dein Mischlingsblut umgehen kann.«

Harmony betrachtete die unruhige Oberfläche. Als sie sich zögerlich ins Gras kniete, zeugte ihre angespannte Körperhaltung von ihrer Angst. Sie streckte eine Hand aus und verharrte in der Bewegung.

Ich hielt den Atem an. *Wir sind so dicht davor! Wenn Harmony erst das Zepter hat, dann ...*

Meine Gedanken stockten, als mir klar wurde, dass ich nicht wusste, wie es dann weitergehen sollte. Um die Prüfung zu bestehen, mussten wir das Zepter zur Dryade bringen. Aber mein Deal mit Alyssa band mich daran, ihr das Zepter auszuhändigen. Doch war ich an den Vertrag überhaupt noch gebunden, wenn Adam neben mir stand und offensichtlich nicht mehr unter ihrem Bann stand? Und wie sollten wir Alyssa überhaupt erreichen? Uns fehlte die Zeit, zum Winterhof zurückzureisen.

Während ich verzweifelt überlegte, was ich tun sollte, ließ Harmony ihre Hand langsam sinken. Doch es gelang ihr nicht, ins Wasser einzutauchen. Sie schien gegen eine unsichtbare Mauer gestoßen zu sein.

Harmony zog die Hand zurück und unternahm einen erneuten Versuch, doch auch dieses Mal glitten ihre Finger nicht ins Wasser. Eine unsichtbare Kraft schien sie aufzuhalten.

»Es geht nicht! Ich komme nicht weiter!« Mit Verzweiflung im Blick wandte sie sich zu uns um. »Was hat das zu bedeuten, Marron?« Anstatt eine Antwort abzuwarten, stand sie auf und versuchte, ihren Fuß ins Wasser zu stecken. Aber auch das war nicht möglich. Wie ein kleines Kind, das in eine Pfütze hüpfte, sprang Harmony mit beiden Füßen auf den See. Doch es änderte nichts. Als wäre die Oberfläche gefroren, konnte Harmony über das schäumende Wasser spazieren, wie sie uns mit ungläubigem Blick demonstrierte.

»Nein! Das kann nicht sein!« Marron, die Harmony stumm zugesehen hatte, lief zu ihr, sprang ebenfalls auf der Wasseroberfläche herum und schoss Pfeile darauf ab. Doch egal, was die beiden Feen auch anstellten, der See ließ sie nicht eintauchen.

»Das ist nicht gut«, murmelte Nox neben mir. Ich hatte nicht mitbekommen, wann er sich zu mir gesellt hatte. Trotz der verworrenen Situation tat es gut, seine Stimme zu hören.

Zur Bekräftigung seiner Aussage schüttelte ich den Kopf.

Adam, der auf der anderen Seite neben mir stand, ging auf den See zu, kniete sich ans Ufer und streckte seine Hand aus. Noch ehe er den Kopf hob und seine Locken schüttelte, wusste ich, dass es auch ihm nicht gelungen war, ins Wasser einzutauchen.

Schließlich unternahm Nox einen Versuch. Ein Stück abseits von Adam ging er in die Hocke und stützte einen Unterarm auf seinem Knie ab, während er sich vorbeugte und seine Hand ausstreckte. Ohne seinen Misserfolg zu verkünden, richtete er sich wieder auf und sah sich suchend auf der Lichtung um.

Was hat das zu bedeuten? Wie sollen wir jetzt an das Zepter kommen?

DREISSIG

Ich starrte die Gruppe von Personen an, die immer wieder versuchte die unsichtbare Barriere zu durchdringen. Dabei wusste ich nicht, ob ich über ihre sinnlosen Versuche lachen oder meinen Frust über diese Ungerechtigkeit in die Welt hinausschreien sollte. Denn das Ganze konnte nur ein übler Scherz sein. Irgendjemand musste seine Finger im Spiel haben und uns abgrundtief hassen.

Meine plötzlich aufkommende Wut brandete so schnell und heiß durch meine Adern, dass ich gar nicht bemerkte, wie sie mich zum Handeln trieb. Erst als ich neben Nox kniete und meine Faust derart zornig ins Wasser rammte, dass mein halber Unterarm in das angenehm kühle Nass eintauchte, wurde mir bewusst, was gerade geschehen war.

»Kleines? Wie hast du das gemacht?« Es war das erste Mal, dass Nox mich seit unserem Streit direkt ansprach, aber ich war viel zu perplex, um mich darüber zu freuen.

Ich wollte meinen Arm hinausziehen, doch das Gefühl, nach Tagen endlich wieder frisches, kühles Wasser zu spüren, war unbeschreiblich.

»Ich habe keine Ahnung«, antwortete ich wahrheitsgemäß, während ich mit meinem Arm durch den sanften Widerstand strich. Ohne nachzudenken, steckte ich auch den zweiten Arm hinein. Ein lustvolles Stöhnen drang mir über die Lippen und ich schloss die Augen. Am liebsten hätte ich mich kopfüber ins Wasser gestürzt.

Ehe ich diesem Wunsch nachgeben konnte, packte mich jemand an den Schultern und riss mich zurück. Ich verlor den Kontakt zum Wasser, landete schmerzhaft auf dem Po und stützte mich mit den Händen hinter meinem Rücken ab. Der Aufprall jagte mir einen sengenden Schmerz in die Arme und ich riss überrascht die Augen auf. Adam kniete hinter mir, sein Gesicht schwebte über meinem und er sah mich wütend an.

»Bist du lebensmüde, Avery? Oder wieso steckst du deine Arme in einen See, ohne zu wissen, wer oder was sich darin befindet?«

In dieser Position konnte ich mich nicht lange halten, also richtete ich mich auf und bemerkte, dass die Blicke aller auf mich gerichtet waren.

Ich wollte den Mund öffnen, um mich zu verteidigen, doch Nox kam mir zuvor. »Reg dich ab, Goldlöckchen. Wir sind sowieso in wenigen Stunden tot. Was macht es für einen Unterschied, ob die Kleine vorher von Kelpies gefressen wird?«

Sprachlos sah ich zu Nox, der meinen Blick mit einem arroganten Lächeln erwiderte, während er geräuschvoll seinen Nacken dehnte.

Hat er gerade wirklich gesagt, dass ...

Adam sprang so schnell auf die Beine, dass ich es kaum wahrnahm. Erst als er vor Nox stand und seine geballte Faust zielsicher auf dessen Kiefer zuraste, realisierte mein Verstand, was gerade geschah. Doch ehe es zu der Kollision kam, wich der Höllendiener mit einem breiten Grinsen aus. Überraschenderweise revanchierte er sich nicht für den Angriffsversuch.

»Du elender Höllenbastard! Ich weiß, dass du keinen Funken Licht in deiner mörderischen Seele trägst, daher erwarte ich gar nicht erst, dass du verstehst, was Avery mir bedeutet. Aber wag es noch einmal, so über sie zu reden, dann bringe ich dich um. Hast du mich verstanden?!«

Blanker, alles verzehrender Zorn war in Adams Blick zu sehen und selbst ich zuckte zusammen, so sehr erschreckte mich seine Reaktion.

Die gerade entstandene Stille war so drückend, dass ich kaum Luft bekam. Blut rauschte mir in den Ohren und alle meine Sinne waren geschärft und gespannt, jeden Moment zwischen die beiden Engel zu gehen, falls die Situation eskalieren sollte.

»Der See ist unbewohnt«, sagte Marron nach einem Moment. Dabei klang die Fee so sachlich, als wäre es ihr völlig egal, ob sich die beiden Männer gegenseitig umbrachten. »In dem starken Magiefeld, das von dem Zepter ausgeht, würde kein Wesen überleben. Was vermutlich auch der Grund dafür ist, weshalb nur der Mensch«, sie hielt kurz inne, ehe sie weitersprach, »den Schutzzauber durchdringen und das Zepter vom Grund des Sees holen kann.«

Synchron, als reagierten Adam und Nox auf ein unsichtbares Signal, drehten sich die beiden gleichzeitig zu Marron herum. Ich folgte ihrem Beispiel und starrte die Anführerin der Rebellentruppe an.

»Was? Ich?«

»Nein! Auf keinen Fall!«

»Vergiss das gleich wieder, Fee!«

Unsere Stimmen vermischten sich zu einem unverständlichen Brei und ich hatte nicht genau verstanden, was Adam und Nox gesagt hatten, nur dass es eine Ablehnung gegen Marrons Worte gewesen war.

Die Situation ließ mich schmunzeln. Ich hätte nicht gedacht, dass sich die beiden Idioten jemals in einem Punkt einig sein würden.

Harmony stellte sich neben Marron. Es war ein surreales Bild. Auf der einen Seite befanden sich zwei Feen, auf der anderen die beiden Engel. Und ich genau dazwischen.

Wie Himmel und Hölle.

Blieb nur die Frage, welche Seite ich wählen würde.

Harmony unterbrach die Stille. »Marron hat recht, Adam. Avery ist unsere einzige Möglichkeit, an das Zepter zu gelangen. Sonst ist unser aller Tod vorprogrammiert.«

Hinter mir erklang erneut lautstarker Widerspruch, den ich jedoch ignorierte. Stattdessen konzentrierte ich mich auf die beiden Feen vor mir. »Wie tief ist der See, Marron?«

Ehe ich eine Antwort erhielt, packte jemand meine Oberarme und riss mich unsanft herum. Diesmal war es Adam, der dicht vor mir stand, sein Gesicht eine Maske aus Zorn.

»Vergiss das gleich wieder, Avery! Ich werde dich auf keinen Fall da runterlassen! Selbst wenn dort keine Wesen leben, die dich fressen wollen, wirst du aller Wahrscheinlichkeit nach ertrinken. Niemand von uns weiß, welchen Einfluss das Zepter auf dich hat. Du hast keine Ahnung, wozu Feenmagie in der Lage ist.« Adam trat noch näher an mich heran. Sein Gesicht schwebte nur wenige Millimeter vor meinem und seine Stimme war zu einem drohenden Raunen gesenkt. »Lieber sterbe ich, weil die Zeit abgelaufen ist, als mit anzusehen, wie du dein Leben freiwillig beendest.«

Ich öffnete den Mund, um zu widersprechen. Ich wollte Adam auf die Geschichte mit dem Winterschwert hinweisen, aber das konnte ich nicht. Diesen Teil unserer Reise hatte ich ihm verschwiegen. Dennoch würde ich seine Worte nicht einfach so im Raum stehen lassen.

»Wir kennen uns seit über zwölf Jahren. Und auch wenn das für euch Engel nur ein Wimpernschlag ist, bedeutet es für mich mehr als mein halbes Leben. Und in all der Zeit hast du mich beschützt. Aber in diesem Fall kannst du das nicht mehr, Ad. Wir haben einen Punkt erreicht, an dem du mir einfach vertrauen musst. Ich habe uns in diese Situation gebracht und werde auch versuchen, uns jetzt hier rauszuholen. Sollte ich dabei sterben, dann mit der Gewissheit deiner Liebe. Wenn du also für mich dasselbe empfindest wie ich für dich, lässt du mir diese Chance, alles wiedergutzumachen!«

Adam starrte mich mit funkelnden Augen an. Ich kannte diesen Blick. Er war kurz davor auszuflippen. Aber er wusste, dass ich recht hatte, und die von mir gewählten Worte hinderten ihn daran, mich von meinem Vorhaben abzuhalten.

»Wenn du da unten stirbst, Ave, werde ich nie wieder ein Wort mit dir reden, hast du mich verstanden?! Und glaub mir, die Ewigkeit ist lang!«

Mit einem schwachen Lächeln nickte ich. »Ich liebe dich auch, Ad.« Sein verächtliches Schnauben ignorierend, straffte ich die Schultern und sah zu Marron. »Also? Wie tief ist der See?«

Die Fee antwortete, ohne mit der Wimper zu zucken. »Zwölf Meter.«

Ich atmete geräuschvoll ein. Das war tiefer, als ich befürchtet hatte. Ja, ich war durch das Surfen trainiert, kannte mich mit dem Tauchen aus und konnte lange die Luft anhalten. Dennoch war mir bewusst, dass das nicht die größte Schwierigkeit meines Vorhabens sein würde. Der Wasserdruck, der in dieser Tiefe herrschte, war nicht ungefährlich. Jedoch galt das für normale

Gewässer. Wer wusste schon, wie sich magische Feenseen gegenüber physikalischen Gesetzen verhielten.

Adam musste dasselbe denken. »Avery, vergiss es! Das ist zu tief!« Seine Hand landete erneut auf meiner Schulter, aber diesmal drehte er mich nicht zu sich herum. Auch klang seine Stimme gedämpfter.

Ich legte meine Hand auf seine, ohne ihn anzusehen. Mein Blick war auf Marron fixiert. »Nein, Ad. Wir haben keine Wahl. Ich werde es riskieren.«

***

Mich vor den Augen anderer auszuziehen machte mir im Grunde nicht viel aus. Besonders Adam und Harmony hatten mich schon oft in Unterwäsche gesehen. Marron war als weibliches Wesen ebenfalls kein Problem, doch bei Nox sah die Sache anders aus. Auch wenn er bereits meinen halb nackten Oberkörper gesehen und diesen sogar mehrfach berührt, gestreichelt und geküsst hatte, fühlten sich seine Blicke anders an, als ich Adams Jacke öffnete und sie über meine Schultern gleiten ließ. Ich ließ den schweren weißen Stoff neben die Stiefel fallen, die ich bereits ausgezogen hatte. Nur die Lederhose ließ ich an, auch wenn sie meine Bewegungen etwas einschränken würde.

»Ave, bitte! Lass es!«, startete Adam einen weiteren Versuch, mich umzustimmen. Aber ebenso wie die letzten drei oder vier hervorgebrachten Bitten ignorierte ich auch diese. Da ich niemandem eine Alternative bieten konnte, blieb mir nichts anderes übrig, als diesen Sprung zu wagen. Denn auch wenn mein Überlebenswille in der Zeit mit Nox im Verlies eine kleine Verschnaufpause eingelegt hatte, war er jetzt zu neuem Leben erwacht. Und solange mein Herz schlug, würde ich alles daransetzen, diese Prüfung zu bestehen.

Meinen Blick auf die unruhige Wasseroberfläche gerichtet redete ich mir gut zu. *Ich kann es schaffen! Ich werde es schaffen! Wasser ist mein zweites Zuhause! Ich muss keine Angst haben!*

»Wie ich bereits sagte, Mensch, es lebt kein Wesen in dem See. Dennoch solltest du achtgeben. Ich weiß nicht, ob sich die Macht des Welo-Opals auf dich auswirkt. Du bist zwar in der Lage, Wintermagie anzuwenden, aber ...«

»Was? Wie kommst du auf diesen Schwachsinn, Marron? Avery kann keine

Wintermagie anwenden!« Adam unterbrach die Anführerin der Rebellentruppe und ich warf ihm über meine Schulter einen betroffenen Blick zu. Das Entsetzen, das ich in seinen Augen wahrnahm, versetzte mir einen Stich und ich wandte mich schnell wieder ab.

Marron schien Adam gar nicht zu beachten. Sie sprach einfach weiter, als hätte es die Unterbrechung nicht gegeben. »Aber die Magie des Edelsteins ist wesentlich stärker. Falls es dir dennoch gelingt, das Zepter zu finden und es an dich zu bringen, solltest du sofort zurück an die Oberfläche kommen und aus dem Wasser steigen. Da mir nichts über den Zauber des Sees bekannt ist, weiß ich auch nicht, wie er auf das Entfernen des Steins reagiert.«

Ich nickte mit einem unbehaglichen Gefühl im Bauch, als Adam neben mich trat. Während sich seine Hände federleicht auf meine Taille legten, reagierte ich prompt mit einer Gänsehaut. Zum Glück war eine gerötete und empfindliche Narbe die einzige sichtbare Erinnerung an meinen ersten Beinahetod.

»Ich weiß nicht, was Marron damit meint, dass du angeblich Magie anwenden kannst. Wenn das jedoch die Basis dieser Mission ist, verbiete ich es dir, Avery! Und zwar genau aus dem Grund, weil ich dich liebe!«

Mit einem schwachen Lächeln auf den Lippen drehte ich mich zu meinem besten Freund um und schlang die Arme um seine Mitte. »Ach Ad! Ich liebe dich auch! Und deswegen muss ich das jetzt tun!« Ich hob meinen Kopf und blickte in diese treuen, loyalen Augen, die mich immer an zu Hause erinnerten. »Wir sehen uns gleich wieder. Versprochen. Entweder hier oder eben in der Hölle.« Mit einem gequälten Lächeln stellte ich mich auf die Zehenspitzen und hauchte ihm einen Kuss auf die Wange. Dabei flüsterte ich ihm etwas ins Ohr. »Es tut mir leid, wenn ich dir jemals wehgetan habe oder es gleich tun werde.«

Ohne Adams Reaktion abzuwarten, löste ich mich aus der Umarmung und sah hinüber zu den anderen. Harmony und Marron standen in unserer unmittelbaren Nähe, doch Nox hatte sich ein Stück abseits positioniert. Er beobachtete Adam und mich mit vor der Brust verschränkten Armen. Seine Haltung wirkte kalt und abweisend, aber seine Augen blickten traurig drein.

Ohne nachzudenken, ging ich auf ihn zu. Ich wusste nicht, wie er reagieren würde, aber ich wollte nicht mit dieser Kluft zwischen uns in den See hinabtauchen. Wenn ich tatsächlich gleich starb, sollten Nox' Worte am Lagerfeuer nicht die letzten gewesen sein, die er zu mir gesagt hatte.

Wortlos stellte ich mich dicht vor den Höllendiener. Er war noch ein paar Zentimeter größer als Adam und selbst als ich mich auf die Zehenspitzen stellte und meine Arme um seinen Hals schlang, reichte es nicht aus, um mein Vorhaben in die Tat umzusetzen.

Nox erwiderte meinen Blick und ich verlor mich einen Moment lang in dem grünen Meer, das mich von der ersten Sekunde an in seinen Bann gezogen hatte.

»Es tut mir leid, wie es zwischen uns geworden ist, Nox. Und auch wenn du niemals etwas Ernstes gewollt hast, bereue ich keine Sekunde und keinen Kuss. Das musst du mir glauben.«

Mein Herz pochte lautstark gegen meine Brust und machte mich ganz schwindelig. Wir standen so dicht voreinander, dass Nox das Wummern an seinem eigenen Rippenbogen spüren musste.

Reicht ihm das nicht als Beweis, wie ehrlich ich diese Worte meine? Wie aufrichtig meine Gefühle sind?

Nox schwieg. Offenbar hatte ich ihn nicht überzeugen können.

Ich wollte meinen Griff lösen, doch kaum deutete ich eine Regung an, legten sich die Arme des Höllendieners um meine Taille und hielten mich fest.

»Wehe, du kommst da nicht lebend wieder raus, Kleines!«

Er beugte sich vor und überbrückte die letzte Distanz zwischen uns. Als seine Lippen sich auf meine legten, schloss ich die Augen und ignorierte die Tränen, die über meine Wangen flossen.

Ich erwiderte seinen Kuss gierig und konzentrierte mich völlig auf das Spiel unserer Zungen und das brennende Gefühl, das diese Zuneigung in mir auslöste. Auch wenn ich Adams erbosten Blick deutlich spürte, konnte selbst er den Moment unseres Abschieds nicht zerstören.

Nox ließ mich los und blickte mir noch für einen kurzen Moment in die Augen. Ich sah ihm an, dass er etwas sagen wollte, doch er hielt den Mund

und ich mochte nicht nachfragen. Stattdessen löste auch ich meine Arme aus seinem Nacken und wandte mich wieder dem See zu, an dessen Ufer Harmony und Marron neben Adam standen. Ich atmete tief durch, straffte die Schultern und ging zielsicher auf das Ufer zu.

»Wenn du wiederkommst, reden wir ein ernstes Wort über deine Männerwahl, Ave!«, zischte Adam und ich schmunzelte.

»Gute Idee. Schreib aber auch deine Beziehung zu *Ally* auf die Liste.« Ich quittierte Adams erbosten Blick, der eindeutig eine Spur Scham aufwies, indem ich ihm die Zunge rausstreckte und mich anschließend mit einem schwachen Lächeln an Harmony wandte. »Grüß Killian von mir, wenn du ihn jemals wiedersehen solltest, Mony. Und sag ihm bitte, wie leid es mir tut, was wir ihm angetan haben. Ich hab euch beide lieb, ihr verrückten Zwillinge.«

Erneut stiegen mir Tränen in die Augen und ich konnte das erdrückende Gefühl von Abschied, das Harmony mit ihrer zitternden Unterlippe und ebenfalls feuchten Augen noch verstärkte, nicht länger ausblenden. Nach einem letzten tiefen Atemzug kehrte ich ihr den Rücken und sprang ins Wasser.

In dem Moment, als mein Körper die Wasseroberfläche durchdrang und das kühle, angenehme Nass meine Haut zum ersten Mal völlig umschloss, sang ein Engelschor in meinem Kopf »Halleluja«. Nach all den Tagen und Wochen ohne Dusche oder sonst irgendeine Möglichkeit, mich frisch zu machen, glich dieser Sprung einer Neugeburt. Ich spürte förmlich, wie Schweiß, Dreck, Schuld und Schmerz von mir gewaschen wurden und ich wieder Kraft tankte.

Leider dauerte dieser hoffnungsvolle Moment nur so lange an, bis ich mich durchringen konnte, die Augen zu öffnen. Denn obwohl es helllichter Tag war und die Sonne den See perfekt beschien, herrschte unter der Wasseroberfläche nichts als Finsternis.

Okay, ruhig bleiben. Jetzt nur keine Panik kriegen!

Ich zwang mich zur Ruhe, um keinen kostbaren Sauerstoff zu vergeuden. Um mich zu orientieren, legte ich den Kopf in den Nacken und entdeckte tatsächlich die erhellte Oberfläche.

Zumindest wird der Rückweg leicht zu finden sein.

Aber daran wollte ich jetzt noch nicht denken. Ehe ich zurückkonnte, hatte ich noch einen weiten Weg vor mir.

Ich lenkte meine Konzentration wieder auf das Ziel. Mir blieben nicht viele Versuche. Mit jedem Mal, das ich abbrechen und zur Oberfläche zurückkehren musste, um Luft zu holen, würde der erneute Abstieg noch schwerer fallen.

Ich muss es schaffen!

Mit einem innerlichen Arschtritt begann ich zu schwimmen. Meine Arme und Beine fanden schnell in einen bewährten Rhythmus und ich spürte jeden Meter, den ich hinter mir ließ. Die Angst ebbte ab und ich spürte Zuversicht.

Es ist wie zu Hause. Wie am Baker Beach!

Dieser Gedanke beruhigte mich weiter.

Ich muss nur den Boden erreichen und mir das Zepter schnappen!

Im ersten Moment grinste ich über meine kindliche Zuversicht, aber dann besann ich mich. Solange ich das Ding nicht in der Hand hielt und zurück an der Oberfläche war, stand alles offen. Wer wusste schon, welche Gefahren und Hürden noch auf mich warteten. Ich wollte nicht glauben, dass ein derart wichtiges Insignium so ohne Weiteres zu bergen war.

Konzentriert schwamm ich weiter. Der Druck auf meinen Ohren nahm zu und ich versuchte ihn auszugleichen. Leider hielt das Ergebnis nicht lange an und ich geriet aus dem Rhythmus.

Halt durch, es ist nicht mehr weit!

Auch wenn ich wusste, dass ich mich belog, gelang es mir, mich auszutricksen. Aber mit jedem weiteren Meter wurde das unangenehme Gefühl schlimmer, bis es so unerträglich war, dass ich kurz davor war, wieder aufzutauchen. Dann kam mir der Gedanke, dass Adam diese Schwäche ausnutzen und erneut versuchen würde, mir die Idee auszureden.

Nein, ich muss es schaffen! Die anderen zählen auf mich!

Blind, nur die hell leuchtende Haut meiner Arme im Blick, stieg ich immer tiefer, auch wenn meine Lungen bereits nach Sauerstoff bettelten.

Nur noch ein wenig! Es kann nicht mehr weit sein!

Diesmal glaubte ich mir meine Lüge nicht mehr. Der Druck auf meinen Ohren und der Brust wurde immer stärker und ich musste gegen meinen Instinkt ankämpfen, der mich zurück an die Oberfläche drängte.

Nicht mehr weit.

Meine Bewegungen wurden langsamer und ich wendete all meine Kraft auf, um gegen den Wasserauftrieb anzukommen.

Nicht mehr ...

Meine Sicht begann zu verschwimmen. Schwarze und weiße Punkte tanzten vor meinen Augen.

Ich schaffe es. Nicht.

Diese Gewissheit traf mich wie ein Hammerschlag und raubte mir beinahe die letzten Kraftreserven. Ich war drauf und dran, meine Schwimmrichtung zu ändern, um wenigstens zu versuchen wieder an die Oberfläche zu gelangen, als ein schwaches Leuchten unmittelbar vor mir meine Aufmerksamkeit auf sich zog. Es war ähnlich wie damals bei den Nixen. Für einen Augenblick vergaß ich, in welch lebensbedrohlicher Situation ich mich befand, und konnte meine unstillbare Neugier nicht verdrängen.

Was ist das?

Als hätte mein Körper irgendwelche versteckten Kraftdepots entdeckt, die er anzapfen konnte, wurden meine Bewegungen wieder kräftiger und ich überwand die Distanz zu dem immer heller werdenden Licht, das nun nicht mehr weiß schimmerte, sondern wie eine Diskokugel in allen Farben des Regenbogens erstrahlte.

Das Zepter!

Wie ferngesteuert schwamm ich weiter. Ich kannte nur noch ein Ziel.

Ich muss das Zepter berühren!

Mittlerweile konnte ich trotz des trüben grünlichen Lichts Details des Insigniums erkennen. Der Stab war golden und ungefähr so lang wie mein Bein. An seiner Spitze thronte ein faustgroßer Stein, der mich an einen geschliffenen Diamanten erinnerte und eindeutig die Quelle für das farbenfrohe Lichtspiel darstellte.

Als würde mich ein Magnet an den Boden ziehen, erreichte ich beinahe mühelos das Zepter. Meine Finger legten sich zielsicher um den überraschend kühlen und glatten Stab und ein Kribbeln durchfuhr mich.

Ich habe das Zepter gefunden! Ich habe es geschafft!

Unbändige Freude durchströmte mich und verdrängte alle negativen Gedanken. Wie damals beim Winterschwert wusste ich, dass nichts und niemand mich aufhalten konnte. Das Gefühl grenzenloser Macht war überwältigend.

Ich verstärkte meinen Griff um den Stab und wollte ihn anheben, aber er bewegte sich nicht.

Was? Wieso?

Ich packte mit der zweiten Hand zu, aber auch damit gelang es mir nicht, das Zepter zu bewegen.

Nein!

Die soeben gespürte Euphorie verklang. Panik überkam mich. Mit einem Mal fiel mir wieder ein, wo ich mich befand und wie dringend ich Sauerstoff brauchte. Mein Herz pumpte unaufhörlich Blut durch meine Adern und Adrenalin schärfte meine Sinne.

Nein! Nein! Nein!

Meine Tränen vermischten sich mit dem Seewasser und ebendieses drang in meinen Mund, als ich die Lippen zu einem tonlosen Schrei öffnete.

»Wer bist du?« Eine unbekannte, raue und mehr als abweisende Stimme erklang in meinem Kopf. *»Du bist keins meiner Kinder! Wie konntest du meinen Schutz umgehen?«*

Mit hektischen Bewegungen sah ich mich um, konnte jedoch nicht erkennen, woher und von wem die Worte gekommen waren.

Wer spricht da?

»Beantworte meine Frage, dann beantworte ich deine, Mensch! Warum begibst du dich in meinen See und versuchst mich zu bestehlen?«

Meine Finger waren noch immer um das Zepter geschlungen, weshalb es unsinnig war zu lügen. Außerdem waren meine Gedanken in den Überlebensmodus übergegangen und hätten sowieso keine plausible Erklärung parat gehabt. Mir blieb nur die Wahrheit.

Wir wollen das Zepter zur Dryade bringen. Nur so ist es geschützt!

»*Du lügst! Ich bewache den Welo-Opal seit vielen Jahrhunderten! Ich schütze ihn! Niemand kann meinen Schutz umgehen.*«

Trotz der heiklen Lage und meiner immer schmerzhafter brennenden Lungen konnte ich mir einen sarkastischen Kommentar nicht verkneifen.

Dann ist »*Niemand*« *wohl mein neuer Name! Denn wer auch immer du bist, ich konnte deinen Schutz durchbrechen!*

Es herrschte Schweigen und ich versuchte erneut das Zepter anzuheben, aber es blieb verankert. Wie von selbst legte sich mein Kopf in den Nacken und mein Blick huschte in der Finsternis umher. Ich konnte das helle Licht, das mir die Oberfläche des Sees signalisierte, nicht sehen. Und wenn ich nicht sofort losschwamm, würde ich es nie wiedersehen.

»*Mein Zauber schützt das Zepter vor niederträchtigen Gedanken und Absichten. Nur jemand mit reiner Seele hätte die Oberfläche durchdringen können.*«

Langsam wurde mir das Ganze zu blöd. Ich musste zurück oder ich würde hier ertrinken. Und ich hatte keinen weiteren Versuch. Noch einmal würde ich es nicht bis hier runter schaffen.

»*Ich sehe deine Seele, Mensch. Du hast ein reines Herz, doch sind deine Absichten dem Zepter gegenüber nicht aufrichtig. Du willst es Prinzessin Alyssandra vom Sommerhof überreichen.*«

Ich fühlte mich ertappt. Wer oder was auch immer gerade mit mir sprach, wusste von meinen Plänen. Da mir sowieso nichts anderes übrig blieb, antwortete ich aufrichtig.

Aber nur, weil ich meinen Freund retten muss. Außerdem ...

Meine Gedanken erlahmten. Mir blieben nur noch Sekunden.

»*Ich weiß von deinem Vorhaben, Mensch!*«, unterbrach die Stimme mich. »*Deswegen werde ich dich nicht töten. Dennoch endet dein Leben nun.*«

Die Stimme hatte recht.

Ich spürte ein Stich im Herzen und riss erschrocken den Mund auf. Kaltes, verdrecktes Brackwasser strömte in meinen Mund und floss in meine Lungen. Ich keuchte, würgte, schluckte.

Schloss die Augen.

Lauschte meinem letzten Herzschlag.

Wer bist du?

»Die Wächterin des Feenreichs. Beschützerin des Welo-Opals. Meine Kinder nennen mich ›Mutter Dryade‹.«

EINUNDDREISSIG

Klonk.
 Klonk.
 Klonk.
 Klonk.
 Klonk.
 Immer wieder ertönte das Klopfen, ohne dass ich sagen konnte, woher es kam.
 Wo war ich überhaupt?
 War ich am Leben?
 Nein, das war unmöglich.
 Ich hatte genau gespürt, wie meine Lungen sich mit Wasser gefüllt hatten, wie mein Herz seinen letzten Schlag getan hatte und schlussendlich zum Stillstand gekommen war.
 Aber wieso höre ich dann meine Gedanken?
 »Du bist im Zwischenreich, Avery.«
 Eine unbekannte Stimme erklang und ich öffnete die Augen. Ich war überrascht, wie leicht es war und wie schmerzlos es mir gelang. Doch die nächste Verblüffung wartete bereits. Vor mir erstreckten sich unendliche Weiten des Nichts. Keine Ebenen, keine Wände. Keine Kanten, keine Begrenzungen. Ich schaute auf eine noch nie zuvor gesehene weiße Leere.
 »Dreh dich um, Avery.«
 Erneut erklang die fremde Stimme, die so samtig und weich war, dass sie selbst die von Alyssa, ja sogar die von Mab in den Schatten stellte. Vielleicht fühlte ich deshalb weder Angst noch Sorge, als ich ihrem Aufruf folgte und mich umwandte.

Eine Armlänge vor mir stand eine Frau. Sie war groß, schlank und bildschön. Ihre dunkle Haut schimmerte bronzefarben, als wäre sie von der Sonne selbst geküsst worden. Ihre dunkelblauen Augen sahen mich voller Wärme und Zuneigung an und das lange, dichte schwarze Haar fiel ihr sanft über die Schulter. Die Strähnen glänzten wie Seide und reichten ihr bis zu den Knien. Sie trug ein goldenes Kleid, das mich an eine griechische Toga erinnerte, ihre Haut und die Augen jedoch perfekt betonte und sie erstrahlen ließ.

»Wer sind Sie?« Überrascht zuckte ich zusammen. Meine Stimme klang völlig normal. Weder heiser oder dünn noch ängstlich. Überhaupt hörte man mir die Strapazen der letzten Wochen nicht an.

»Ich habe viele Namen, mein Kind.« Die Frau lächelte sanft und ich senkte den Kopf. Sie war so schön, dass mich ihr Antlitz blendete. Mein Blick fiel auf meinen Körper und ich sah, dass ich nackt war. Überraschenderweise schämte ich mich nicht dafür.

Was hat das zu bedeuten?

Ein sanftes Lachen erklang und ich hob den Kopf.

»Ich beantworte dir all deine Fragen, mein Kind. Sicherlich hast du eine ganze Menge davon, nicht wahr?!«

Meine Mundwinkel zuckten verlegen. »Na ja, ein paar vielleicht.«

»Stell mir die erste. Ich gebe mein Bestes, dir die Dinge verständlich zu erklären.«

Alles an der Frau strahlte Ruhe und Zuversicht aus. So stellte ich mir das Gefühl »Hoffnung« als Person vor.

»Ähm, okay. Dann vielleicht erst mal die wichtigste Frage, denke ich.« Ich räusperte mich. »Bin ich tot?«

Die Frau lächelte sanft und nickte. »Ja, mein Kind, das bist du.«

Auch ich nickte. Mit der Antwort hatte ich gerechnet, daher überraschte sie mich nicht sonderlich.

»Und wo sind meine Freunde? Die beiden Engel Adam und No... Nicholas?«

»Sie sind ebenso wie du im Zwischenreich, bis darüber entschieden wird, wie eure Reise weitergehen soll.«

Irritiert runzelte ich die Stirn. »Was bedeutet das? Ich meine, ich dachte, unsere Reise steht fest. Wir haben die Prüfungen nicht bestanden. Wir haben verloren. Uns erwartet die Hölle.«

Ich war erstaunt, wie ruhig ich die Worte über die Lippen brachte. Aber in welcher Situation ich mich auch gerade befand, sie hatte nichts mit der Realität zu tun. Es schien fast so, als existierten an diesem Ort keine negativen Gedanken.

»Das stimmt, mein Kind. Dennoch stellt eure Situation eine Besonderheit dar. So etwas ist uns zuvor noch nie begegnet.«

Wieder konnte ich nur verwirrt meine Stirn kräuseln. So beruhigend die Frau auch auf mich wirkte, konnte ich dennoch nicht leugnen, dass sie in mir ein Gefühl von Unverständnis weckte.

»Was ist denn an unserer Situation so besonders?«

Die Frau lächelte und reichte mir ihre Hände. »Am besten zeige ich es dir, Avery. Das wird vielleicht deine Gedanken klären.«

Mein Blick glitt von dem Gesicht der Frau auf ihre Hände. Ihre Finger waren lang, schmal und ihre Nägel passend zum Kleid golden. An jedem Finger trug sie einen mit einem daumennagelgroßen Edelstein besetzten Ring. Jeder dieser Ringe schimmerte in einer anderen Farbe. Sogar Weiß und Schwarz waren dabei.

»Nur zu, Avery. Du brauchst keine Angst zu haben. Was kann dir schon passieren? Du bist bereits tot.«

Ich sah auf und konnte mein Grinsen nicht verbergen. Die Unbekannte hatte meinen Sinn für Humor, weshalb ich ohne nachzudenken meine Hände in ihre legte.

»Schließ die Augen, meine Tochter.«

Ich tat wie geheißen. Die Schwärze hinter meinen Lidern ließ nach und schon einen Augenblick später war es, als würde ich mit geschlossenen Augen in die Sonne sehen. Kurz darauf erschien ein Bild vor mir, das mir vertraut war.

»Es war ein Fehler, sie da reinzulassen! Sie wird unmöglich überleben.« Nox verschränkte die Arme vor der Brust und trat zu den anderen ans Ufer.

»Halt die Klappe, Höllenhund! Sie schafft das!«

Auch Adam verschränkte die Arme vor der Brust, jedoch um seine plötzlich zitternden Fäuste zu verbergen. Die Mühe hätte er sich sparen können, denn bereits einen Moment später begannen auch seine Beine zu zittern, bis schließlich sein ganzer Körper von einem Beben erfasst war.

»Goldlöckchen?« Nox klang besorgt. Auch die beiden Feen sahen Adam sorgenvoll an.

»Was ist mit ihm?«, fragte Marron in erhöhter Alarmbereitschaft.

»Wie süß. Ihr sorgt euch um ihn. Aber keine Angst. Ihm geht es bestens. Jetzt, wo ich wieder in seiner Nähe bin. Nicht wahr, mein Engel?«

Wie aus dem Nichts war Alyssa erschienen. Sie stand unmittelbar neben Adam, dessen Zittern schlagartig aufgehört hatte. Mit leblosem, glasigem Blick stand er da. Die Prinzessin hatte eine Hand auf seine Schulter gelegt, hatte sich jedoch den anderen zugewandt und ignorierte dabei Harmonys erschrockenen, Marrons hassvollen und Nox' amüsierten Blick.

Hinter Alyssa war eine ganze Schar Feenritter in bordeauxroten Umhängen versammelt, die vermutlich vom Sommerhof stammten. Es waren so viele, dass man deren Zahl unmöglich auf einen Blick erfassen konnte.

»Ich wusste doch, dass du den Bann nicht einfach gebrochen hast, Prinzessin.« Nox knurrte leise, ohne seine vorgetäuschte Erheiterung zu beenden. »Lass mich raten. Du hast den Zauber geschwächt, damit Goldlöckchen wieder zu sich kam und den Anschein erweckte, normal zu sein. Und kaum haben wir das Zepter erreicht, hast du ihn aufgrund der Verbindung aufgespürt.«

Alyssa bedachte Nox mit einem feinen Lächeln, das deutlich zeigte, wie sehr es ihr missfiel, dass jemand ihren Plan durchschaut hatte. »Du bist nicht dumm, Dämon. Leider wirst du dennoch gleich sterben.«

»Wie hast du es geschafft, einen Himmelsdiener unter deinem Bann zu halten, Prinzessin?« Marron war vorgetreten. Ihre Hand umklammerte ihren Bogen und alle Muskeln waren deutlich angespannt. Doch anstatt Alyssa anzusehen, blickte sie zu Adam. Der Schmerz des Verrats blitzte in ihren Augen auf. »Engel sind sehr mächtige Wesen.«

»Die Rebellenanführerin Marron. Wie schön, dich nach all den Jahrhunderten wiederzusehen.« Alyssa trat ebenfalls einen Schritt vor und stellte sich vor Adam, der wie ferngesteuert seine Arme um die Taille der Prinzessin schlang. »Ich hoffe, deine Gefühle für mein Spielzeug sind nicht so stark, wie die Qual in deinem Gesicht vermuten lässt. Du musst doch wissen, dass romantische Gefühle zwischen einer Fee und einem Himmelsdiener niemals funktionieren können.« Alyssa legte den Kopf schräg und schürzte die Lippen. »Haben deine Eltern dir das nicht beigebracht? Ach nein, warte, sie waren viel zu sehr damit beschäftigt, dich zu einer Hochverräterin zu erziehen.« Das Lächeln in ihrem Gesicht wich einem kalten Ausdruck. »Wachen! Ergreift die Verräterin und bringt sie zu meinem Vater! Er wird über ihr Strafmaß entscheiden.«

Vier Feenritter traten zielstrebig vor, während Marron ihren Bogen hob und drei Pfeile aus ihrem Köcher zog. Ehe die anderen registrierten, was geschah, ging der erste Ritter mit einem Pfeil im Hals zu Boden. Augenblicklich rückten weitere Ritter nach und drängten Marron in die Defensive. Sie zückte immer mehr Pfeile, schoss und traf, aber der Strom der Sommerhofritter ließ nicht nach.

»Nun denn, wir müssen nicht alle auf Averys Rückkehr warten, nicht wahr?!« Alyssa lenkte ihre Aufmerksamkeit von Marron zu dem Höllendiener und der Mischlingsfee. »Ich denke, es genügt, wenn ich sie in Empfang nehme.«

»Wie gut, dass wir uns wenigstens in einem Punkt einig sind, Alyssandra.« Hinter Nox und Harmony erschien Mab. Ebenso wie Alyssa hatte sie eine ganze Heerschar von Feenrittern mitgebracht, die in ihren dunklen Umhängen eine Mauer aus Finsternis darstellten.

»Doch bin ich der Meinung, deine Aufgabe am heutigen Abend sollte anders aussehen. Anstatt hier auf der Lichtung zu stehen, solltest du dir aus nächster Nähe ansehen, welche Zerstörung die Trolle an meinem Palast angerichtet haben, während sie unter deinem Befehl handelten. Zum Glück konnte ich die Kreaturen unschädlich machen, ehe sie alle Verliese einstürzen ließen. Sonst wäre mir kein Platz für meine restlichen Gefangenen geblieben, denen es im Übrigen nicht gelang, dank deiner Hilfe zu fliehen.«

Mabs Stimme war scharf wie ein Eisdolch und Alyssas entsetztem Gesichtsausdruck nach zu urteilen, war ihr bewusst, dass sie in der Klemme saß. »Und so verachtenswert und abtrünnig dieser Hinterhalt auch war, ist er nicht der Grund für deinen Hochverrat. Den hast du begangen, indem du eine verstoßene und eine eximilierte Fee ebenso wie Nicht-Feen auf ein Insignium angesetzt hast, das, wenn es in die falschen Hände geraten sollte, Galoais Untergang bedeutet!«

»Eure Majestät, so war das nicht. Lasst mich erklären!« Alyssa wollte einen Schritt zurückweichen, kam jedoch nicht weit, da Adam ihr im Weg stand.

»Schweig!« Wie ein Blizzard peitschte Mabs Stimme über die Lichtung und ließ die Blumen auf der Wiese erbeben. »Ergreift die Verräterin und ihre Komplizen. Ich will sie alle in meinem Verlies sehen, ehe ich sie hinrichten lasse!«

Die Winterritter marschierten auf Alyssa zu, woraufhin sich die Sommerritter ihnen in den Weg stellten, um ihre Prinzessin zu schützen. Nox und Harmony gelang es, sich auf die Seite zu retten, ehe sie zwischen die Fronten der beiden Rittermannschaften gerieten.

Mabs Befehl war eindeutig gewesen. Ein knappes Dutzend Winterritter sonderten sich von der Gruppe ab und schritten mit erhobenen Schwertern auf den Höllendiener und die Mischlingsfee zu.

»Eure Majestät! Darf ich Euch an Eure Zusage erinnern: Wenn ich Euch zu dem Zepter bringe, wolltet Ihr die Verbannung zurücknehmen und mich am Leben lassen. Unsere Abmachung besagte, ich könnte an Eurem Hof leben!«

Harmony blickte mit großen Augen zu der Eiskönigin, die mit eleganter Lässigkeit ihren Rittern dabei zusah, wie sie sich in den Kampf stürzten.

»Das sagte ich, Liliana. Und ich stehe zu meinem Wort. Du bist am Leben und die Verbannung wurde aufgehoben. Jedoch sagte ich nicht, dass du als freie Fee an meinem Hofe leben würdest. Du hast dich des Verrats schuldig gemacht, indem du einer verstoßenen Sommerfee bei der Flucht aus meiner Gefangenschaft geholfen hast.« Mit eiskaltem Blick wandte Mab sich an Harmony, der erst in diesem Augenblick klar wurde, welchen Fehler sie begangen hatte.

Nox riss seinen Blick von den näher rückenden Winterfeen und wandte sich an Harmony. »Du verdammtes Biest! Ich habe Avery gesagt, dass sie dir nicht trauen soll! Ich wusste, dass du uns in den Rücken fallen würdest!«

Harmony sah Nox mit großen, feuchten Augen an. Es war schwer zu sagen, welchen Grund ihre aufsteigenden Tränen hatten. »Avery würde mich verstehen! Sie wollte, dass ich lebe! Deswegen hat sie mich hierhergebracht! Sie wollte mein Leben retten! Sie ist meine Freundin!«

Nox knurrte. »Deine Freundin? Du weißt gar nicht, was Freundschaft ist. Du hättest ihren Tod in Kauf genommen, um dein eigenes Leben zu retten! Ich bin nur froh, dass sie das niemals erfahren wird. Diesen Schmerz hat sie nicht verdient!«

Harmony öffnete den Mund, um etwas zu sagen, doch die angreifenden Winterritter verhinderten ihre Erklärungen. Schreie erklangen, Schläge wurden ausgeteilt. Der Kampf zwischen den Winterrittern, dem verstoßenen Engel und der Mischlingsfee begann.

Adam, der immer noch wie in Trance bei Alyssa stand, bekam davon nichts mit. Selbst als ein Winterritter sich durch die Mauer der Sommerfeen gekämpft hatte und sich auf direktem Weg zur Prinzessin befand, stand er nur da.

Alsyssa hingegen, die sich wegen Mabs Zauber nicht dematerialisieren konnte, hob ihre Hände und schoss einen Strahl golden glänzenden Lichts gegen den Winterritter, der auf der Stelle zu Boden sank. Doch eine weitere Fee mit dunklem Umhang und erhobener Waffe stand bereits parat, um die Prinzessin anzugreifen.

»Adam! Kämpfe! Beschütze mich!«

Der hysterische Schrei der Prinzessin ging in dem Kampfgeheul unter, doch der Engel hatte seinen Befehl erhalten und agierte danach. Eilig griff er nach dem Schwert des am Boden liegenden Winterritters und stürzte sich in den Kampf.

Währenddessen sah sich Marron in einer ausweglosen Lage. Eine Gruppe Winterritter hatte sie eingekreist. Mit erhobenen Schwertern traten sie auf die ehemalige Anführerin der Rebellentruppe zu.

»Los! Tötet mich! Besiegelt Galoais Untergang! Ihr lebt schon so lange unter Königin Mabs Herrschaft, dass ihr vergessen habt, welches Reich wir einst waren, bevor wir getrennt und wie Sklaven gehalten wurden!«

Keiner der Ritter sagte etwas, sie blieben auch nicht stehen. Fast unmerklich traten sie näher, als würden sie die Angst in Marrons Augen genießen und so lange wie möglich aufrechterhalten wollen.

Ein hoher, schriller Schrei ertönte. Ruckartig richteten sämtliche Feen ihren Blick gen Himmel, als ein roter Feuerball über ihre Köpfe schoss. Die Winterritter riefen Befehle, versuchten sich in Sicherheit zu bringen, hoben ihre Schwerter zum Kampf.

Nur Marron blieb ruhig stehen, ein siegessicheres Lächeln auf den Lippen. »Arrow.«

In der Zwischenzeit hatte es Nox geschafft, einen der Winterritter zu entwaffnen und das Schwert an sich zu bringen. In einer schier endlosen Aneinanderreihung von Bewegungen parierte er Schläge und griff schließlich selbst an. Längst hatte er den Überblick verloren, wie viele Feen er verwundet oder sogar getötet hatte. Doch er vertrat die Meinung, dass jedes Leben den Tod verdiente, das versucht hatte, ihm seins zu rauben.

Zu Beginn des Angriffs hatte der Höllendiener sich noch bemüht, den Blickkontakt zur Mischlingsfee zu halten. Jedoch nicht aus Zuneigung. Er wollte die Verräterin eigenhändig töten. Für Avery. Doch er war derart beschäftigt, dass es dazu nicht mehr kam. Die Fee war in dem Tumult verschwunden. Ob sie getötet worden war oder ob man sie lebendig gefangen genommen hatte, wusste er nicht. Ihm blieb nur die Hoffnung, dass ihr unmöglich eine Flucht gelungen sein konnte.

Adam kämpfte unterdessen verbissen, obwohl seine Kräfte unaufhörlich schwanden. Die Verbindung zur Sommerhofprinzessin schwächte ihn. Alyssa allein war stark, keine Frage. Doch aufgrund der zusätzlichen Energie eines Himmelsdieners war sie fast nicht aufzuhalten. Das war auch der Grund, weshalb Königin Mab sich inzwischen persönlich um die Prinzessin und ihre Magie kümmern musste, was Adam wiederum die Aufgabe zuteilwerden ließ, sich um jeden Winterritter zu kümmern, der sich der Prinzessin näherte.

Im Moment waren es gleich zwei, gegen die er antrat. Dabei hatten es die Feenritter geschafft, ihn taktisch von Alyssa wegzudrängen, bis er den Blickkontakt zu ihr verlor.

»Was willst du denn hier?«

Eine bekannte Stimme störte seine Konzentration und Adam drehte seinen Kopf für einen winzigen Moment zur Seite, wo er Nox entdeckte, der mit dem Rücken zu ihm stand und ebenfalls gegen zwei Feen kämpfte.

Die kurze Ablenkung genügte. Einem der Winterritter gelang ein Schlag gegen Adams Oberarm. Die Schwertklinge glitt durch seine Kleidung und gleich darauf durch seine Muskeln. Doch anstatt einen Schmerzensschrei auszustoßen, biss er die Zähne fest zusammen und wechselte die Schwerthand. Mit links war er lange nicht so gut wie mit rechts, aber dank seiner zweitausend Jahre währenden Lebenserfahrung war er auch kein blutiger Anfänger mehr.

Ohne auf Nox' Frage einzugehen, konzentrierte Adam sich weiter auf den Kampf. Dennoch gelang es ihm nicht, das schmerzende Gefühl in seiner Brust auszublenden, das jedes Mal aufs Neue entflammte, wenn er den Höllendiener sah. Es fühlte sich an, als würde ihm jemand einen brennenden Stock ins Herz rammen. Den Verrat seines ehemaligen besten Freundes, seines Bruders, hatte Adam nie richtig verarbeiten können. Zudem hatte die Unsterblichkeit den unangenehmen Nebeneffekt, dass man nicht so leicht vergaß.

Ein lauter Schrei, der ihm durch Mark und Bein ging, zerriss die dumpfen Kampfgeräusche. Adam konnte nicht sehen, was geschehen war, doch auf einmal verstärkte sich der Schmerz in seiner Brust, bis er keine Luft mehr bekam. Ungewollt ließ er das Schwert fallen, presste sich beide Hände auf die Brust und fiel auf die Knie. Die Qual, die ihm im Gesicht abzulesen war, musste jenseits aller Vorstellungskraft liegen. Alyssas Zauberbann war gebrochen.

»Adam?! Was ist los?« Nox hatte sich zu dem Engel umgedreht und sah ihn mit großen Augen an. Gleichzeitig bemerkte er, wie einer der Winterritter, gegen die Adam gerade noch gekämpft hatte, die Ablenkung ausnutzte und sein Schwert zum tödlichen Hieb anhob. Mit einem schnellen Sprung gelang es ihm, den Schlag abzuwehren, er geriet dabei jedoch selbst aus dem Takt und stürzte. »Adam! Ich brauche deine Hilfe! Ich schaffe das nicht allein! Beweg dich!«

Der verzweifelte Ton in Nox' Stimme ließ Adam tatsächlich den Kopf heben. Noch nie hatte der Höllendiener um Hilfe gebeten oder zugegeben, etwas allein nicht zu schaffen. Er kannte Nox als derart eingebildet und stolz, dass im Lexikon neben dem Wort »Hochmut« sein Bild hätte erscheinen müssen.

Ehe Adam sich fragen konnte, was den Sinneswandel hervorgerufen haben konnte, musste er sich mit einem Satz zur Seite retten. Nur einen Wimpernschlag später steckte an der Stelle, an der er zuvor gehockt hatte, ein Schwert im Boden.

Mit aufgerissenen Augen sah er von der Klinge zu dem Winterritter, der mit zorniger Miene seine Waffe aus dem Boden zog und sich dem Höllendiener zuwandte, der, auf dem Rücken liegend, gerade einen weiteren angreifenden Ritter getötet hatte.

»Nox! Vorsicht!« Adam sprang auf, riss gleichzeitig sein Schwert hoch und parierte den Schlag, der zum Tod des Höllendieners geführt hätte.

Verblüfft drehte Nox sich herum. Dabei glitt sein Blick von der Winterfee, die neben ihm zu Boden ging, zu Adam. »Danke. Bruder.«

Adam biss die Lippen fest zusammen und nickte steif. Er wusste nicht, was er auf diese Worte erwidern sollte. Daher schwieg er und reichte stattdessen Nox die Hand.

Für einen Moment starrte der Höllendiener ungläubig auf die ihm dargebotene Hilfe, ehe er die Hand ergriff und sich aufhelfen ließ.

Die Brüder, denn das waren sie, wenn auch nicht durch Blut gebunden, sahen einander schweigend an. Beiden stand ins Gesicht geschrieben, dass sie etwas sagen wollten, doch nicht wussten, was das sein sollte.

Unentschlossen wandte Adam den Blick ab und sah im selben Moment den Winterritter, der sich unauffällig an Nox herangepirscht hatte, sein Schwert kampfbereit erhoben. Der Winterritter hatte einen entschlossenen, ja geradezu verhassten Gesichtsausdruck aufgelegt.

»Für meinen Bruder, Dämon!«

Adam hatte keine Ahnung, was damit gemeint war, konnte aber im Augenblick auch nicht darüber nachdenken. Instinktiv packte er Nox' Oberarme und stieß ihn zur Seite. Dabei blieb ihm keine Zeit, sein Schwert zu heben und den Schlag, der jetzt auf ihn niederging, abzuwehren.

Die milchig weiße Klinge, das Markenzeichen der Wintergarde, glitt widerstandslos in seine Brust, durch sein Herz, bis es auf der anderen Seite wieder hervorkam.

Adam blieb nicht einmal die Möglichkeit, einen Schrei auszustoßen. Er brachte nur ein überraschtes Keuchen über die Lippen, ehe seine Knie einknickten und er zu Boden ging.

»Avy.«

Der Stoß überraschte Nox so sehr, dass er ins Taumeln geriet und beinahe über eine Feenleiche gestolpert wäre. Doch es gelang ihm, sich auf den Beinen zu halten. Zumindest bis er einen Schmerz in der Brust spürte, als würde ihm ein Vampir mit bloßer Hand das Herz herausreißen. Das Gefühl erinnerte Nox an den Moment, als Avery ihn voller Abscheu angesehen und mit lebloser Stimme gesagt hatte, dass sie ihn hasste und er der Bezeichnung »Dämon« alle Ehre machte. In diesem Augenblick hatte er gedacht, ein Teil von ihm würde sterben, ohne dass er den Grund für diese Empfindung erklären konnte.

Eine Hand auf die Brust gepresst, mit der anderen das Feenschwert umklammernd drehte Nox sich herum, bis er seinen Bruder sah, der auf dem Boden kniete und durch dessen Brust eine Winterklinge gerammt war. Blitzartig glitt sein Blick hinauf zu der Fee, die Adam das angetan hatte.

»Dragon?« Nox war sich nicht sicher, ob er seinen Augen trauen konnte. Der Schmerz in seinem Körper raubte ihm die Sinne.

»Du hast meinen Bruder getötet, ich deinen. Dass du jetzt ebenfalls stirbst, ist ein netter Bonus, Dämon.«

Nox wollte einen Schritt auf die Fee zu machen, aber seine Beine gehorchten ihm nicht. Die Knie knickten ein und er ging zu Boden. Nur mit äußerster Willensanstrengung gelang es ihm, seinen Oberkörper aufrecht zu halten.

»Wir sehen uns in der Hölle, Dragon. Dann ...«

Weiter kam Nox nicht. Seine Stimme versagte, seine Muskeln erschlafften und das Schwert glitt ihm aus der Hand. Wie ein gefällter Baum ging der Höllendiener zu Boden, während sein Herz seinen letzten Schlag tat.

ZWEIUNDDREISSIG

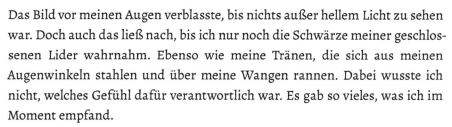

Das Bild vor meinen Augen verblasste, bis nichts außer hellem Licht zu sehen war. Doch auch das ließ nach, bis ich nur noch die Schwärze meiner geschlossenen Lider wahrnahm. Ebenso wie meine Tränen, die sich aus meinen Augenwinkeln stahlen und über meine Wangen rannen. Dabei wusste ich nicht, welches Gefühl dafür verantwortlich war. Es gab so vieles, was ich im Moment empfand.

»Das Opfer, das Adam gebracht hat, ist der Grund für die besondere Situation, in der ihr euch befindet. Er wurde getötet, als er seinen Bruder Nicholas rettete.«

Die samtweiche und liebevolle Stimme der unbekannten, namenlosen Frau lenkte meine Aufmerksamkeit auf sich und ich öffnete die Augen. Im selben Moment blickte ich in ein warmes Lächeln.

»Wir sind gestorben, weil Adam sich für Nox geopfert hat?« Auch wenn ich es gesehen hatte, konnte ich es kaum glauben. Ich war der festen Überzeugung, dass wir gescheitert waren, weil ich ertrunken war.

Mein Gegenüber nickte. »Er tat dies nicht bewusst oder aus ehrenhafter Absicht. Vermutlich war es ihm in diesem Augenblick selbst nicht klar, aber er hat Nicholas seinen vermeintlichen Verrat verziehen. Dadurch ist er über sich selbst hinausgewachsen und hat den Hochmut in seiner Seele überwunden.«

Meine Augen weiteten sich. »Adam? Hochmütig?« Ich schüttelte den Kopf. »Adam ist kein bisschen hochmütig.«

Eine warme, weiche Hand legte sich auf meine Wange und ich hielt in der Bewegung inne. Meine Lider öffneten sich wie von selbst.

»Jede Seele trägt Splitter der Todsünden in sich, Avery. Manche von ihnen sind stärker, manche schwächer vertreten. Doch sie existieren in jedem von uns. Es liegt an uns, wie wir mit ihnen umgehen.«

»Aber ...« Mir fiel es immer noch schwer, Adam mit Hochmut oder übertriebenem Stolz in Verbindung zu bringen. »Was bedeutet das? Für ihn? Für uns?«

Die Frau nahm ihre Hand von meinem Gesicht, doch die Wärme, die ihre Berührung verursacht hatte, blieb. »Das bedeutet, dass ihr in der Sekunde, als Adams Herz Demut verspürte, er seinen Stolz vergaß und seinem Bruder verzieh, die erste Prüfung bestanden hättet.«

»Wenn er nicht danach umgebracht worden wäre«, beendete ich den Satz und senkte den Kopf. *Wie gewonnen, so zerronnen.*

Ein helles Lachen ertönte und wärmte mich von innen heraus. »Du hast wirklich einen sehr speziellen Humor, mein Kind. Trotzdem stimmen deine Gedanken.«

Ich nickte schwach. Auch wenn die Worte tröstend gemeint waren, blieb der Effekt aus.

Ein Schweigen entstand, das ich nutzte, um meine Gedanken zu sortieren. Die Bilder des Kampfes, die ich gesehen hatte, konnte ich nicht einfach ausblenden. Erstaunlicherweise waren meine Empfindungen nicht so intensiv, wie ich gedacht hätte. Ich nahm alles irgendwie mit einer gewissen Distanz wahr. Als hätte ich einen Film geschaut, der mich zwar tief berührt und zum Nachdenken angeregt, mich jedoch nicht völlig aus der Bahn geworfen hatte.

»Darf ich noch eine Frage stellen?« Ich sah auf und blickte in die wunderschönen dunkelblauen Augen, die mich an einen Dämmerhimmel erinnerten.

»Natürlich, mein Kind. So viele, wie du möchtest. Wir haben alle Zeit der Welt.«

Ich nickte und überlegte, welche Frage ich zuerst loswerden wollte, und entschied mich für einen harmlosen Start. »Die Fee auf meiner Schulter, das Tattoo, ist sie jetzt auch tot?« Der Gedanke betrübte mich überraschenderweise. *Noch eine Seele, die ich auf dem Gewissen habe.*

»Das Bild auf deiner Haut ist nicht wahrhaftig lebendig. Es wurde durch sehr alte und starke Magie hervorgerufen. Mit dem Bestehen der Prüfung erlosch der Zauber und das Bild erstarrte für alle Zeit.«

»Das heißt, das Tattoo ist immer noch da?« Ich versuchte meinen Kopf über die Schulter zu drehen, um es mir anzusehen, doch es war ein unmögliches Unterfangen und ich gab mein Bestreben auf. Stattdessen widmete ich mich einer anderen Frage, die mir auf der Seele brannte. »Also beruhte das Bestehen der Prüfung gar nicht darauf, dass wir das Zepter zur Dryade bringen und das Feenreich retten?«

Die Frau antwortete nicht sofort. Ein trauriges Lächeln erschien auf ihren Lippen. »Das Reich des Lichten Volkes kann nicht durch Außenstehende gerettet werden, Avery. Nur die Bewohner sind dazu in der Lage. So wie es auch bei euch auf der Erde ist. Ein jeder von euch hat sein eigenes Schicksal in der Hand. Ebenso wie das seiner Umwelt.«

»Was bedeutet das? Was passiert mit Galoai?«

Die Unbekannte seufzte. »Deine Gefährten hatten recht, als sie sagten, dass es keine Wesen auf Gottes Erde gibt, die dem Hochmut mehr verfallen sind als das Lichte Volk. Und ebendieser Stolz und diese Eitelkeit werden sie irgendwann das Dasein kosten. Doch mach dir keine Sorgen, meine Liebe. Das Feenreich existiert bereits seit sehr vielen Jahrtausenden. Länger, als deine beiden Engel leben.«

Ich sah mein Gegenüber mit aufgerissenen Augen und geöffnetem Mund an. »Aber wie kann es sein, dass sie es nicht einsehen? Ich meine, Marron hat doch wenigstens versucht das Reich zu retten!«

Die Frau schüttelte sanft den Kopf. »So nobel die Absichten der Rebellenanführerin auch erscheinen mögen, Avery, darfst du nicht vergessen, dass auch ihr Handeln sehr hochmütig geschah. Sie ist so versessen darauf, ihr Ziel zu erreichen, dass sie nicht vor Verlusten haltmacht. Immerhin hat sie dich in den See gelassen, obwohl die Gefahr deines Todes bestand.«

»Ja, aber ...« Ich wollte Marron in Schutz nehmen, verstummte jedoch. »Sie *ist* so versessen? Bedeutet das, sie lebt noch?« Hoffnung keimte in mir auf. Auch wenn ich die Fee nicht mochte und sie aus Sicht der Frau vor mir tatsächlich fragwürdig gehandelt hatte, schätzte ich doch ihre Willensstärke und Loyalität.

»Ja, sie lebt und konnte fliehen. Ihr Farir hat sie gerettet. Nun streift sie durch Galoai auf der Suche nach einer Möglichkeit, ihr Ziel zu erreichen.«

Diese Aussage weckte eine Erinnerung, die ich fast verdrängt hatte. »Die Dryade!« Ich keuchte. »Sie schützt das Zepter! Sie hat im See mit mir gesprochen. Glaube ich. Oder habe ich mir das eingebildet?« So sicher war ich mir in dem Punkt nicht.

»Nein, mein Kind, du hast es dir nicht eingebildet. Tatsächlich ist das Zepter bereits im Besitz der Dryade und somit auch in Sicherheit. Unwissend hat Marron ihr Ziel schon vor vielen Jahrhunderten erreicht. Aber solange ihr Herz voller Trauer und Schmerz ist, wird sie unentwegt auf der Suche sein. Auf der Suche nach ihrem Bruder, dem Zepter und innerlichem Frieden.«

Der Gedanke machte mich traurig. Gleichzeitig hoffte ich für die Fee, dass sie eines Tages ihr Ziel erreichen würde, auch wenn sie im Augenblick noch das falsche vor Augen hatte.

»Und was ist mit Alyssa, Königin Mab und Harmony? Was ist aus ihnen geworden?«

Die Frau hob den Kopf und blickte mich lächelnd an. »Auf sie wartet das Schicksal, das sie sich selbst ausgesucht haben, mein Kind. Jede von ihnen glaubte, den anderen überlegen zu sein. Sei es in Macht, Stärke oder Taktik. Doch wie du es sicherlich auch von Menschen kennst, entsprechen solche Gedanken selten der Wahrheit.«

»Hochmut kommt vor dem Fall.«

Die Unbekannte nickte lächelnd. »So ist es. Die Fee Liliana, ebenso wie die Prinzessin Alyssandra, erwartet der Tod. So hat es Königin Mab angeordnet.«

Die Worte trafen mich wie eine Ohrfeige. Auch wenn ich mit eigenen Augen gesehen hatte, zu welch grauenvollen Taten Alyssa bereit war, nur um an ihr Ziel zu kommen, hatte sie in meinen Augen den Tod nicht verdient. Und auch Harmony sollte nicht dieses Ende erwarten. *Sie ist meine Freundin!* Trotz ihres schmerzhaften Verrates.

Die Frau vor mir verengte minimal die Augen, was ihrer gesamten Mimik etwas Nachdenkliches verlieh. »Du spürst keinen Groll gegen die beiden.«

Auch wenn es keine Frage war, schüttelte ich den Kopf. »Nein, ich kann sie irgendwie verstehen.« Es mochte absurd erscheinen und falsch sein, aber so war es nun mal. Sowohl Alyssa als auch Harmony hatten Dinge getan, die auf den ersten Blick bösartig, grauenvoll oder nahezu dämonisch erschienen. Doch wenn man einen zweiten Blick riskierte und sich in ihre Lage versetzte, sah man, dass sie beide dasselbe Ziel hatten: ein Leben in Freiheit. Sie waren aus niederen Umständen in eine Richtung manövriert worden, aus der sie sich herauskämpfen wollten. Nur eben auf ihre Art. Niemand konnte sagen, wie er in dieser Situation gehandelt hätte.

»Das ist wahrlich interessant, Avery.« Die Frau ließ meine Hände los und trat einen Schritt zurück. »Dir wurde bereits mehrfach gesagt, dass du etwas Besonderes bist. Auch ich schließe mich dem an. Dein Herz ist rein, deine Gefühle aufrichtig. Du besitzt etwas, das sehr selten ist auf der Welt. Und ich verspreche dir, dass ihr die Prüfungen bestehen werdet, wenn es dir gelingt, an diesem Etwas festzuhalten.«

Ich hatte die Frau mit der unbeschreiblich positiven Ausstrahlung unentwegt angesehen. Und auch jetzt konnte ich meinen Blick nicht von ihr wenden.

»Aber wie ist das möglich? Ich meine, wir haben verloren! Es gibt keine weiteren Prüfungen für uns. Oder?« Ich wagte es kaum, der Hoffnung in meinem Inneren nachzugeben, aber die Intensität des Gefühls riss mich mit sich.

»Das stimmt, Avery. Doch wie ich zu Beginn sagte, wird über euer Schicksal noch entschieden. Und nun wird es Zeit dafür.«

Meine Hoffnung wich prickelnder Aufregung. Ich spürte die Ameisenkolonie, die durch meine Adern kroch und mich hibbelig machte. Dennoch wagte ich es nicht, meine nervösen Fragen hinauszuposaunen.

Nach einer schier unendlichen Zeit, in der wir uns einfach nur angesehen hatten, lächelte die Unbekannte vor mir und entblößte dabei zwei Reihen perfekter weißer Zähne.

»Beantworte mir bitte folgende Fragen, Avery. Sei dabei völlig ehrlich und aufrichtig. Du brauchst keine Angst zu haben. Es gibt keine falschen Antworten. Bist du damit einverstanden?«

Ich runzelte irritiert die Stirn. Diese Worte entlockten mir ein Déjà-vu und dennoch verspürte ich keinen nagenden Argwohn wie damals bei Königin Mab. Warum auch immer, ich traute dieser Frau. Ich glaubte ihr, dass ich keine falsche Antwort geben konnte.

Mit einem Nicken bestätigte ich.

Das Lächeln der Frau wurde breiter. »Schön. Dann sag mir bitte, was du empfindest, wenn du an den Engel Nicholas denkst.«

Bei Nox' echtem Namen zuckte ich innerlich zusammen. Es war albern, aber es fiel mir schwer, diesen blöden Vollidioten mit einem richtigen Engelsnamen in Verbindung zu bringen. *Auch wenn er ein Engel ist.*

Meine Gedanken mussten die Frau amüsieren, denn ihr entfuhr ein leises Schulmädchenkichern, was meine eigene Anspannung wiederum lockerte.

Mit einem tiefen Atemzug sprach ich zum ersten Mal die Worte aus, die ich früher niemals für möglich gehalten hätte. »Ich habe mich in ihn verliebt.«

Das Lächeln der Frau wurde nun sanfter und weicher. »Schäm dich nicht für deine Gefühle, Avery. Liebe ist die stärkste Macht auf der Welt. Sie lässt uns verzeihen, spendet uns Kraft und Licht in der Dunkelheit. Sie überwindet alles Leid und jeden Schmerz. Nur wer aufrichtig lieben kann, ist bereit, den Himmel zu sehen.«

Meine Mundwinkel zuckten und ich spürte eine vertraute Wärme im Bauch. Dieses Gefühl hatte mich jedes Mal durchströmt, wenn Nox mich berührt oder ich seine Stimme gehört hatte. Es waren die betrunkenen Schmetterlinge, die mir das Gefühl gaben, schwerelos zu sein.

Die Frau lächelte ebenfalls. »Eine junge, frische Liebe ist etwas Wundervolles. Besonders wenn man sie zum ersten Mal verspürt.« Mit einem Zwinkern wurde sie wieder ernst. »Da Nicholas und du nur gestorben seid, weil eure Leben an das von Adam geknüpft sind, wird er den Zoll für seine Rückkehr selbst löhnen. Dir biete ich die gleiche Chance, Avery. Bist du bereit den Preis zu zahlen?«

Im ersten Moment wollte ich gedankenlos zusagen, doch wenn mich das Abenteuer beim Lichten Volk eines gelehrt hatte, dann, dass man keinen Deal einfach so eingehen sollte. Egal wie verlockend er auch klingen mochte.

»Was ist der Preis?«

»Eine Erinnerung. Ein Moment, der dein Herz mit Liebe und Wärme erfüllt hat.«

Ich stockte und hob skeptisch eine Augenbraue. »Das ist alles? Nur eine Erinnerung?« Das erschien mir recht wenig im Vergleich zu einer Rückkehr in mein Leben.

»Das ist der Preis, der gefordert wird, Avery. Wie ich bereits sagte. Liebe ist die stärkste Macht auf Erden.« Die Frau faltete ihre Hände und lächelte mich liebevoll an. »Wenn du bereit bist, diesen Preis zu zahlen, dann erinnere dich an eine Situation, die dein Herz vor Glück und Liebe hat überquellen lassen.«

Meine Lider schlossen sich automatisch und ich ging im Kopf alle Momente durch, an die ich mich erinnern konnte. Die wundervollen Geburtstage mit meiner Mom und Adam. So viele tolle Nachmittage am Strand. Das erste Mal, als ich allein eine Welle geritten war.

Es gab unzählige Momente. Und doch kam keiner davon an den Augenblick heran, in dem ich beschlossen hatte, Nox mein Herz zu schenken. Die Sekunde, in der ich mich bewusst dafür entschieden hatte, ihm zu vertrauen. Der Augenblick, in dem ich ihn küssen wollte.

»Ah, eine wundervolle Erinnerung, Avery. Ich verstehe, weshalb dein Herz diesen Moment ausgewählt hat.« Das Lächeln der Frau war deutlich in ihrer Stimme zu hören. »Dieser Preis ist mehr als ausreichend. Aber ich möchte ihn dir nicht rauben. Daher frage ich dich noch einmal: Bist du sicher, dass du bereit bist, diese Erinnerung abzugeben? Du wirst sie nicht zurückerhalten.«

Mein Kopf nickte, noch bevor ich die Frage zu Ende gehört hatte. Der Gedanke, diese Erinnerung zu verlieren, machte mir zwar Angst, aber im Vergleich zu dem, was ich gewann, war der Verlust verkraftbar.

»So sei es.«

Ein warmer Windhauch fuhr über meine Haut und verursachte mir eine

Gänsehaut. Überrascht öffnete ich die Augen. Die unbekannte Frau stand lächelnd vor mir.

»War es das?« Ich blinzelte ein paarmal und rieb mir anschließend über die Augen. Mir war, als wäre ich aus einem langen, tiefen Schlaf erwacht.

»Beinahe, Avery. Wir müssen noch besprechen, wie es mit dem Engel namens Adam weitergeht. Die Frau öffnete ihre Hände und strich sich über das Kleid. »Sein Opfer war nobel und rein. Doch war es sein Tod, der euch alle mit sich gerissen hat. Um ihm eine Wiederkehr zu ermöglichen, wird ein Opfer von ebensolcher Tragweite gefordert. Bist du bereit, auch diesen Preis zu zahlen?«

Ohne einen Gedanken zu verschwenden, antwortete ich. »Ja!« Über diese Frage musste ich nicht nachdenken. Ebenso wie Emilia wäre ich bereit, meine Unsterblichkeit aufzugeben, wenn ich Adam damit retten konnte. »Für Adam wäre ich bereit, jedes Opfer zu zahlen!«

Zum ersten Mal erstarb das Lächeln auf den Lippen der Frau und sie sah mich mit gehobener Augenbraue an. »Jedes? Das ist eine große Verantwortung, die du dir da aufbürdest, Avery.«

Ich schüttelte den Kopf. »Nein, ist es nicht. Für Adam würde ich alles tun. Alles aufgeben!«

»Auch das Leben deiner Mutter?«

Die Frage riss mir den Boden unter den Füßen weg und ich keuchte entsetzt auf. »Was? Nein! Niemals!« Wie konnte sie so etwas nur fragen? »Ich dachte, ich soll den Preis zahlen, nicht jemand anderes!«

Die Unbekannte ging nicht auf meinen Einwurf ein, sondern schritt galant auf mich zu. »Und wie sieht es mit einem Bus voller Kindergartenkinder aus? Würdest du sie opfern, um deinen Engel Adam wiederzuholen?«

Entsetzt schüttelte ich den Kopf. »Nein! Natürlich nicht! Das würde Adam nicht wollen!« Tränen stiegen mir in die Augen, als mir bewusst wurde, welches Opfer es benötigte, um Adam zurückzubekommen, und wie ausweglos die Sache war. Ich würde niemals jemand anderen zum Tode verurteilen, nur um Adam zu retten. Niemanden außer ...

Ich hielt in der Bewegung inne und richtete meinen Blick auf die Frau. Ihre

Schönheit war grenzenlos, doch jetzt erschien sie mir kälter und härter. Wie Königin Mab.

»Ich würde kein Leben nehmen, nur um Adams zu retten. Weder das eines Menschen noch das eines Tieres oder eines sonstigen Lebewesens. Das Leben von niemandem. Außer mir selbst.«

Eine unbekannte und noch nie da gewesene Stille entstand. Als würde sich der Filter eines Bildbearbeitungsprogramms von meinen Augen lösen, verblasste ihre kalte Härte und die Frau erstrahlte wieder voller Wärme und Zuversicht.

»Dein Herz ist wahrlich rein und voller Liebe, Avery. Meine Söhne können sich glücklich schätzen, dass du sie liebst. Und zwar jeden von ihnen auf ihre eigene Art. Daher bin ich gewillt, euch eine zweite – und letzte! – Chance zu gewähren, wenn du bereit bist, das Opfer zu zahlen. Doch überlege es dir gut ...«

»Wenn niemand anderes durch dieses Opfer Schaden erlangt, bin ich bereit, es zu zahlen. Was auch immer es ist.«

Die Aussicht auf eine zweite Chance ließ mich vor Euphorie fast durchdrehen. Was auch immer der Preis für Adams Rettung war, ich würde ihn zahlen.

Für Adam würde ich alles tun!

Die Frau runzelte die Stirn. »Du hast deine Entscheidung mit dem Herzen getroffen, mein Kind. Der Lohn wird akzeptiert. Doch eins solltest du bedenken: So stark uns die Liebe macht, ist sie auch unsere größte Schwäche. Sie kann uns zu Helden, aber auch zu Feinden machen. Und solange das Herz schlägt, vermag es auch zu brechen.«

DREIUNDDREISSIG

Ein ohrenbetäubendes Geräusch war zu hören und ich riss meine Augen auf. Im ersten Augenblick umgab mich nichts als Dunkelheit und ich verstand nicht, wo ich mich befand. Dann registrierte ich bunte Lichter. Rote, weiße, grüne. Große, kleine. Runde, rechteckige.

Wieder ertönte das Geräusch. Diesmal länger und drängender. Erschrocken drehte ich mich mehrmals um die eigene Achse, überrascht, dass das so einfach ging.

Wo ist das Wasser? Bin ich nicht mehr im See?

Ein Auto fuhr dicht an mir vorbei und hupte, während der Fahrer mir den Mittelfinger zeigte. Seine Lippen bewegten sich, aber ich verstand nicht, was er mir sagen wollte.

Der dröhnende Verkehrslärm verschlimmerte meine Kopfschmerzen und ich musste meine Handballen gegen die Schläfen pressen, um den Druck auszuhalten. Erst im zweiten Moment wurde mir klar, was mir gerade durch den Kopf ging.

Verkehrslärm?

Wieder drehte ich mich mehrmals um mich selbst, diesmal mit wacheren Sinnen. Doch es stimmte. Ich stand mitten auf einer Straße. Den finsteren Lichtverhältnissen nach zu urteilen war es mitten in der Nacht, was zumindest erklärte, weshalb nur wenige Autos an mir vorbeifuhren. Dabei hupten sie alle ununterbrochen, blieben jedoch nicht stehen.

Ich blickte mich nach links und nach rechts um, passte eine Lücke ab und rettete mich auf den Bürgersteig.

Mein Herz pochte wie wild, während ich versuchte, die Lage zu sondieren. *Wo bin ich?*

Der nächtliche Wind frischte auf und ich schlang meine Arme um den Oberkörper. Meine kalten, zitternden Finger fühlten sich wie Eiswürfel an, als sie auf meine nackte Haut trafen.

Erschrocken sah ich an mir herab. Ich war barfuß und trug die enge, an den Beinen scheuernde Lederhose. Wasser tropfte von meinem Gesicht, während mir meine Haare als verfilzte Strähnen ins Gesicht hingen. Mein dunkelblauer BH war völlig durchnässt und stank, als hätte ich in der Kanalisation gebadet.

Wie komme ich hierher?

Meine letzte Erinnerung bestand darin, dass ich auf den Grund des Sees getaucht war, um das Zepter zu finden. Dann hatte ich eine Stimme in meinem Kopf gehört.

Die Dryade!

Aber was geschah danach?

Ich versuchte mich zu erinnern, doch es gelang mir nicht. Das Pochen in meinem Kopf verhinderte jeden Gedanken.

Um meine Qual zu lindern, verdrängte ich meine Überlegungen und sah mich mit vor der Brust verschränkten Armen um.

Vielleicht finde ich einen Hinw...

Ich keuchte auf und traute meinen Augen nicht.

Dort stand unser Haus.

Ich war mir hundertprozentig sicher.

Das ist mein Zuhause!

Tränen der Erleichterung rannen mir über das Gesicht und meine Beine machten sich selbstständig. Gedankenlos und ohne Rücksicht auf den Verkehr zu nehmen lief ich über die Straße. Kleine Steinchen und Splitt bohrten sich in meine Sohlen, aber ich nahm nichts davon wirklich wahr. Mein Augenmerk war einzig und allein auf die helle Sandsteinfassade vor mir gerichtet, die mir so vertraut war, dass ich ein lautes Schluchzen nicht zurückhalten konnte, als meine Hand das Treppengeländer berührte und meine Füße die ersten Stufen erklommen.

Nur wenige Sekunden später stand ich vor der Haustür. Im Inneren war alles dunkel, aber ich scherte mich nicht darum. Wie eine Wahnsinnige drückte ich immer wieder auf die Türklingel, die einen hysterischen Summton von sich gab. Ich machte eine winzige Pause und drückte noch einmal. Ich quälte die Klingel so lange, bis im Obergeschoss Licht anging. Und selbst dann hörte ich nicht auf. Kurz darauf ging auch im Erdgeschoss das Licht an.

Erst als die Haustür geöffnet wurde und eine Frau in mein Blickfeld trat, sah ich mich imstande, die Klingel loszulassen. Sie trug einen hellblauen Pyjama und die kinnlangen braunen Haare standen ihr wirr vom Kopf ab. Ihre Augen waren rot geädert und geschwollen. Ein schwacher, nach Alkohol riechender Dunst drang aus ihren Poren, wurde aber vom aufkommenden Wind davongetragen.

»Wer stö...« Meine Mom verstummte mitten im Satz, als sich unsere Blicke trafen. »Avery?« Sie hauchte meinen Namen und der Unglaube stand ihr deutlich ins Gesicht geschrieben, als sie sich eine Hand vor den geöffneten Mund schlug.

»Mom!« Schluchzend warf ich mich in ihre Arme.

Sie erwiderte die Umarmung und hielt mich fest, während sie mir über den Rücken und den Kopf strich. Auch hauchte sie mir immer wieder Küsse auf die Haare und murmelte ein paar Worte, die ich nicht verstand.

»O Avy! Ich dachte, du seist tot! O Gott, ich kann es nicht fassen! Du bist wirklich wieder da!« Sie löste unsere Umarmung und hielt mich auf Armeslänge von sich gestreckt, während ihr Blick suchend über meinen Körper huschte. »Wo warst du nur, mein Kind?!« Doch sie wartete keine Antwort ab und zog mich abermals an ihre Brust. Mir war es mehr als recht, denn ich wusste nicht, was ich auf ihre Frage erwidern sollte. »O Spätzchen! Was ist nur passiert?! Wo sind deine Kleider? Komm ins Haus! Du bist ja pitschnass und völlig unterkühlt!«

Ich nickte und merkte erst jetzt, dass ich zitterte. Ins Haus zu gehen war genau das Richtige.

Meine Mom ließ mich gerade so weit los, dass wir durch die Haustür passten, doch bevor ich die Schwelle übertreten konnte, schallte mein Name durch die Nacht.

»Avery? Bist du das?«

Die Stimme kam mir so vertraut vor, dass ich augenblicklich stehen blieb, meinen Kopf zur Seite drehte und meine Augen zusammenkniff, um in der Dunkelheit hier draußen etwas zu erkennen. Aber erst als zwei Personen ins Licht der Straßenlaterne traten, bestätigte sich meine Hoffnung.

»Nox?!« Ich wartete keine Antwort ab. In einer hektischen Bewegung schälte ich mich aus der Umarmung meiner Mom und hetzte die Stufen hinunter.

Der Engel lief mir entgegen und nur wenige Sekunden später fielen wir uns in die Arme.

»O Gott! Nox! Du lebst! Du bist hier!« Ich krallte mich in seiner Lederjacke fest. Genau so, wie ich ihn auf der Lichtung zurückgelassen hatte, trug er auch jetzt die schweren Bikerstiefel und die zerrissene Jeans.

»Ja, wir leben. Zur Hölle, ich weiß nicht, was passiert ist, aber ...«

»Wir?« Ich löste meinen Blick von Nox, um zu sehen, wer mit ihm hierhergekommen war.

Im selben Moment packte jemand meine Schulter und riss mich grob von Nox los. Ich taumelte zwei Schritte zurück und wäre fast über meine eigenen Füße gestolpert. »Was ...« Weiter kam ich nicht.

»Sie!« Mom hatte sich zwischen Nox und mich gedrängt. Da ich hinter ihrem Rücken stand, konnte ich nicht sehen, was sie tat. »Sie werden meine Tochter nie wieder anfassen, haben Sie mich verstanden? Verschwinden Sie, ehe ich die Polizei rufe!«

»Mom?!« Ich versuchte ihren Arm zu greifen und sie von Nox wegzuziehen, aber jemand packte meinen Oberarm und hinderte mich daran. Ich drehte meinen Kopf zur Seite und blickte in ein Paar hellbraune Augen, die mich an flüssiges Karamell erinnerten. Doch ehe ich reagieren konnte, drehte sich meine Mom wieder zu mir herum und lenkte meine Aufmerksamkeit auf sich. Ihr Gesicht war gerötet und ihre Augen funkelten wild. Sie war rasend vor Wut.

»Avery, geh sofort mit Adam ins Haus! Wir reden drinnen weiter!« Dann wandte sie sich abermals Nox zu. »Und Sie?! Was machen Sie noch hier?! Ich sagte, Sie sollen verschwinden, ehe ich die Polizei rufe! Sofort!«

»Mom!« Ich riss mich los und drängte mich zwischen sie und Nox, meinen Blick auf ihre blauen Augen gerichtet. »Mom, ich verstehe ja, dass du wütend bist, aber ...«

»Du verstehst, dass ich wütend bin?« Ihre Stimme schrillte eine Oktave höher. »Ich bin nicht wütend, Avery. Ich war krank vor Sorge! Erst taucht dieser *Mann* in Adams Leben auf. Dann sehe ich den Jungen kaum noch bei uns zu Hause. Dann fängst du an, dich zu schminken. Und du tätowierst dich! Dann sehe ich euch drei am Freitag zu einer Party gehen und am Samstagmorgen steht die Polizei vor der Tür und sucht dich. Als Nächstes behauptet Killian, dass du und dieser Kerl hier seine kranke Schwester entführt habt.« Mom schüttelte ungläubig den Kopf. Tränen rannen ihr über die Wangen. »Dann wird dein Auto knapp dreißig Meilen außerhalb der Stadt verlassen am Straßenrand gefunden, von dir und Harmony keine Spur!« Ihre Stimme brach und ihre Worte waren nicht mehr als ein leises Flüstern. »Schließlich verschwindest du für mehr als eine Woche und Adam sagt, dass er nicht weiß, wo du bist.« Ein herzerweichendes Schluchzen drang über ihre Lippen. »Und jetzt kommst du wieder, mitten in der Nacht, halb nackt, in fremder Kleidung, und wirfst dich als Erstes diesem Kerl in die Arme.« Sie trat einen Schritt zurück und ließ ihren Tränen freien Lauf.

Von hinten legten sich zwei Hände auf ihre Schultern und drehten sie vorsichtig herum. Widerstandslos ließ sie sich in eine Umarmung ziehen und verbarg ihr Gesicht in dem dunklen Hemd, das sich ihr bot.

Ihr Anblick raubte mir den Atem und ich hatte längst keine Kontrolle mehr über meine eigenen Tränen. Trotzdem konnte ich Nox unmöglich einfach stehen lassen. Es gab so viel zu klären und zu besprechen.

Ich nutzte es, dass meine Mom abgelenkt war, und drehte mich zu Nox herum. »Bitte geh. Ich muss hier bleiben. Bei meiner Mom. Allein.«

Er nickte knapp. »Ja, okay. Du hast recht.« Er beugte sich zu mir vor, als würde er mich küssen wollen, entschied sich jedoch nach einem Blick zu meiner Mom dagegen. Stattdessen strich er mit seinen Fingerknöcheln über meine Wange. »Komm morgen so früh, wie es dir möglich ist, zu uns, okay?! Wir müssen herausfinden, was passiert ist.«

Ich nickte ebenfalls und wollte mich bereits wieder meiner Mom zuwenden, als Nox mein Kinn umfasste und meinen Kopf noch einmal zu sich drehte.

»Avery?«

Wenn Nox meinen Namen nannte, erschauderte ich jedes Mal. Wäre mein Körper nicht bereits von einer Gänsehaut überzogen, hätte ich spätestens jetzt eine bekommen.

»Ich bin froh, dass es dir gut geht. Und Adam auch.« Sein Blick huschte erneut über meine Schulter und seine Mundwinkel zuckten schwach. »Wir werden versuchen, unser Kriegsbeil zu begraben. Denke ich.« Als er mir wieder in die Augen sah, zeigte er ein breites Lächeln, das reine Wärme ausstrahlte. »Trotzdem solltest du uns besser nicht zu lange allein lassen.« Er zwinkerte mir zu, was meinen Magen zu einem Salto animierte.

»Ich komme, sobald ich kann«, flüsterte ich heiser.

Nox nickte und sein Blick glitt erneut zu meinen Lippen. Ihm war anzusehen, wie gern er mich zum Abschied geküsst hätte. Sicherlich fast so gern, wie ich von ihm geküsst werden wollte. Widerstrebend ließ er mein Kinn los und senkte seine Arme. Dabei schob er seine Hände in die Hosentaschen.

»Adam? Kommst du?«, fragte Nox und blickte erneut über meine Schulter.

Ich drehte mich herum und entdeckte meine Mom, die immer noch in einer liebevollen Umarmung gehalten wurde. Sie schien sich beruhigt zu haben.

Erleichtert seufzte ich auf.

»Ja, sofort. Ich bringe nur eben Joleen ins Haus.«

Ich wandte mich wieder Nox zu, der in derselben Sekunde die Antwort des blonden Mannes mit einem Nicken bestätigte.

»Nox?«, fragte ich.

»Ja, Kleines?« Der Höllendiener blickte wieder zu mir herab. Ohne Schuhe an meinen Füßen war unser Größenunterschied noch gravierender.

»Wer ist eigentlich dieser Adam, der gerade meine Mom tröstet?«

ENDE von Band 2

Die Macht der Elemente

Tauch ein in die magische Welt der Feen!

Die Magie der Flammen

Leni Wambach
**Ein Königreich aus Feuer und Eis
(Die Feenwelt-Reihe 1)**
Softcover
ISBN 978-3-551-30151-2

Jennifer Wolf
Feuerherz
Softcover
ISBN 978-3-551-30163-5

www.impress-books.de

Es wird teuflisch und dämonisch ...

Wenn sich dein Herz nach der Hölle sehnt ...

Wenn eine Dämonin der Hölle den Kampf ansagt ...

Ella Amato
Der Ruf des Teufels
Softcover
ISBN 978-3-551-30150-5

Justine Pust
Devilish Beauty 1:
Das Flüstern der Hölle
Softcover
ISBN 978-3-551-30180-2

www.darkdiamonds.de

Willkommen in der Welt der Vampire

Jennifer Wolf
In sanguine veritas – Die Wahrheit liegt im Blut
Softcover
533 Seiten
ISBN 978-3-551-30033-1

Dass es Vampire gibt, weiß Miriam schon seit ihrem elften Lebensjahr. Doch das ist jetzt fünf Jahre her und trotzdem hat sie noch nie einen in echt gesehen. Umso unglaublicher findet sie es daher, dass gleich zwei Vampire auf ihre Schule kommen sollen. Und der eine sogar in ihre Klasse! Elias nennt sich der blasse neue Schüler, der seine roten Pupillen hinter einer blickdichten Sonnenbrille versteckt. Ein bisschen mulmig wird ihr dann schon, als er den Platz direkt neben ihr bekommt. Auch wenn er eine merkwürdige Anziehungskraft auf sie ausübt …

www.impress-books.de

Wenn der Schein trügt ...

Carina Mueller
Moonlit Nights – Gefunden
Softcover
234 Seiten
ISBN 978-3-551-30037-9

Jeden Tag im Obstladen ihres Vaters aushelfen, Matheklausuren verhauen und zu keiner Party eingladen werden ... Emma könnte sich mit Leichtigkeit ein tausendmal besseres Leben ausmalen. Doch dann taucht der umwerfend gut aussehende Liam in ihrer Kleinstadt auf, ein Junge, der wirklich jede haben könnte – und scheint sich ausgerechnet für sie zu interessieren. Das käme ihrem Wunschtraum schon recht nah, wäre da nicht das gewisse Etwas, das Liam nicht nur unsagbar anziehend, aber auch
ein klein wenig bedrohlich machen würde. Doch Emma wäre nicht Emma, wenn sie ihm nicht die Stirn zu bieten wüsste ...

www.impress-books.de

Impress
Die Macht der Gefühle

Alle Rechte vorbehalten.
Unbefugte Nutzungen, wie etwa Vervielfältigung, Verbreitung, Speicherung oder
Übertragung, können zivil- oder strafrechtlich verfolgt werden.

Impress
Ein Imprint der CARLSEN Verlag GmbH
April 2020
© der Originalausgabe by CARLSEN Verlag GmbH, Hamburg 2020
Text © Lana Rotaru, 2020
Lektorat: Birgit Rentz
Umschlagbild: shutterstock.com / © 55th / © dome studio / © BoxerX
Umschlaggestaltung: formlabor
Satz und Umsetzung: readbox publishing, Dortmund
Druck und Bindung: CPI Books GmbH, Birkach
ISBN 978-3-551-30257-1
Printed in Germany
www.carlsen.de/impress

Alle Bücher im Internet: www.carlsen.de